Christine Bode, geboren 1967, verliebte sich sofort in Schottland, als sie während eines längeren Aufenthalts auf den Britischen Inseln das Land in einem alten klapprigen Auto bereiste. Neben der wundervollen Landschaft, die nicht nur von Regen, sondern auch von Historie durchtränkt ist, sind es vor allem die unkomplizierten, liebenswerten Menschen, die Schottland für sie so einzigartig machen. Heute lebt sie mit ihrem Lebensgefährten und drei Katern in Berlin.

Wo unsere Herzen sich finden – Zuhause in Glenbarry (Band 1) in der Presse:

»Das Buch lädt zum Träumen ein. Dazu kommen liebenswerte und überzeugende Charaktere, die man als Leser schnell in sein Herz schließt.« *Radio Euroherz*

Außerdem von Christine Bode lieferbar:

Wo unsere Herzen sich finden – Zuhause in Glenbarry

Christine Bode

Zuhause in
GLENBARRY

HERBSTLEUCHTEN IN DEN HIGHLANDS

ROMAN

PENGUIN VERLAG

MIX
Papier | Fördert gute Waldnutzung
FSC® C014496

Penguin Random House Verlagsgruppe FSC® N001967

1. Auflage 2023

Redaktion: Angela Kuepper
Umschlaggestaltung und -abbildungen: www.buerosued.de
Satz: Uhl + Massopust, Aalen
Druck und Bindung: GGP Media GmbH, Pößneck
Printed in Germany
ISBN 978-3-328-10732-3

www.penguin-verlag.de

Prolog
Betty

»Halt still, Elizabeth Cleary!«

Wenn das mal so einfach wäre! Ich weiß, dass Maw es nicht leicht hat, meine Haare in einem Zopf zu bändigen, und ich will ihr die Arbeit nicht noch schwerer machen, aber ich kann nicht still sitzen bleiben! Seit ich aufgewacht bin, kitzelt es in meinem Bauch vor Aufregung. Nervös rutsche ich auf dem Stuhl hin und her. Maw hält mich lachend an den Schultern fest.

»Du bist unruhig wie ein Eichhörnchen im Herbst.«

»Sorry!« Ich lege eine Hand auf ihre und drücke sie.

»Es ist doch nur ein Tanz«, versucht sie mich zu beruhigen. »Und es werden ja auch nicht viele Leute da sein. Hallion Castle ist schließlich nicht Dunnottar.«

Ich atme tief ein und setze mich auf meine Hände. Sie hat ja recht, welcher Tourist kennt schon Glenbarry und sein Schloss? Der Ort ist so winzig, man kann leicht an ihm vorbeifahren auf dem Weg durch die Highlands, vorbei an den Lochs der Westküste, hoch zum Atlantik. Er ist kaum auf Landkarten oder in Reiseführern zu finden. Aber trotzdem! Es ist mein Zuhause, und in Hallion Castle findet endlich mal wieder ein Fest statt. Und auf dem werde ich mit einem Highland Fling auftreten. Himmel, nur der Gedanke daran lässt meine Hände schweißnass werden, aber in den letzten Wochen habe ich mit Fred trainiert, bis mir die Füße wehtaten und die Beine sich schwer wie Blei anfühlten. Heute wird alles gut gehen! Mehr als nur gut gehen. Da ist so ein Gefühl in mir, dass heute irgendetwas passiert, etwas Großartiges und Besonderes und Einmaliges. Wenn ich mich in ein paar Stunden ins Bett lege, werde ich wissen, was das war, aber jetzt kann ich nur darauf warten und mich freuen. Ich sollte mit Kendra darüber sprechen. Wenn sich jemand mit Vorahnungen auskennt, dann sie.

»Besser wird's nicht.« Seufzend legt Maw den Kamm beiseite und streicht über meinen Scheitel. »Deine Haare sind struppig wie eine Pferdemähne.«

»Alles gut, Maw, vielen Dank!« Ich springe auf und drücke ihr einen Kuss auf die Wange. »Kommt ihr später dazu?«

»Du kennst doch deinen Vater. Das ist nichts für ihn.«

Mit »so etwas« meint sie Hallion Castle. Früher, also vor dreihundert Jahren, was für schottische Verhältnisse beinahe Gegenwart ist, gehörte es dem MacDurban-Clan, aber nach der Schlacht von Culloden wurde es mitsamt dem Titel der englischen Familie Bartholomew übergeben. Seitdem ziehen alle Glenbarrys einen Schmollmund, denn Engländer sind für uns gleichbedeutend mit dem Leibhaftigen. Wobei ich das ein bisschen anders sehe. Für mich sind dreihundert Jahre ziemlich lange her, und ich habe keine Ahnung, ob ich jemals wieder die Chance erhalten werde, vor einem Schloss aufzutreten. Und ehrlich gesagt sollten meine Eltern dabei sein.

»Bitte, ich würde mich so freuen, wenn ihr kommt!«

»Ach, Schatz.« Maws Stimme hat diesen gequälten Unterton, den sie für gewöhnlich draufhat, wenn sie mir etwas Enttäuschendes mitteilen will. Seltsamerweise fühle ich mich danach immer elend, gerade so, als hätte ich die unangenehme Nachricht überbracht und nicht erhalten.

»Wir haben dich schon so oft tanzen sehen.«

»Aber nicht bei solch einem Fest! Vielleicht kommen ja doch ein paar Touristen und …«

»Als ob die so etwas interessiert. Aber gut, vielleicht stoße ich später noch dazu.«

Das wird sie nicht, doch möglicherweise – und das fällt mir jetzt erst ein – ist das gar nicht so schlecht. Ich werde allein sein mit Marsha und Brent, ihrem Freund. Die beiden bringen einen Jungen aus ihrer Schule mit, den sie mir vorstellen wollen. Er sei süß, meinte Marsha. Süß und cool. Der Gedanke bringt das Prickeln zurück. Was, wenn ich heute den Einen treffe! Der richtige Tag dafür wäre es. Es ist Sommer, der Himmel ist strahlend blau ohne eine einzige Wolke. Möglicherweise fängt endlich das Leben an, das ich mir wünsche – eines voller Romantik und Abenteuer und mit mir in der Hauptrolle! Ich bin sechzehn – meinetwegen kann es losgehen!

Natürlich liebe ich mein Leben in Glenbarry, ich liebe Maw und Pa, aber ich wünsche mir mehr als nette Nachbarn und schöne Landschaften. Ich will … Keine Ahnung. Wenn ich einen Raum betrete, soll die Musik aufhören zu spielen und nicht meine Schritte übertönen. Ich will, dass man mich sieht. Ich will erwachsen sein – nicht mehr die brave Betty, sondern Liz.

Ich schlüpfe in meine Tanzkluft, die aus dem knielangen Kiltrock im eleganten hellgrünen und beigen Tartan der MacDurbans, einer weißen Bluse und der am Rücken geschnürten Weste, ebenfalls im MacDurban-Tartan, besteht. Dazu noch die weißen Strickkniestrümpfe, und es kann losgehen. Meine schwarzen Ghillies packe ich in die Handtasche. Sie sind durch die vielen Trainingsstunden zwar nicht mehr wirklich ansehnlich, aber die besten Tanzschuhe, die ich je hatte. Ich werde sie tragen, bis sie mir von den Füßen fallen – was hoffentlich nicht ausgerechnet heute passieren wird.

»Also dann, Maw, ich mache mich auf den Weg.«

Sie hat sich mit einer Zeitung in der Hand in ihren Schaukelstuhl gesetzt, die Lesebrille auf der Nase, und sieht kurz hoch, als ich mich verabschiede.

»Viel Spaß, Schatz. Und mach keine Dummheiten. Spätestens um zehn bist du wieder hier.«

Ich verschwinde rasch durch die Tür, dann kann ich behaupten, den letzten Satz nicht mehr gehört zu haben, falls Colin und ich uns Hals über Kopf verlieben … So etwas soll es geben. Ich würde es schrecklich gern erleben.

Ein gewundener Pfad führt den Mount Hallion empor zum Schloss, an uralten Bäumen vorbei und über moosbewachsene Steine. Die Sonne brennt selbst durch das dichte Blätterdach so stark, dass ich ins Schwitzen komme. Aber der Aufstieg lohnt sich, denn ich liebe das kleine Schloss mit den beiden schmalen Türmen, die von Zinkdächern geziert werden. Und heute ist es auch noch mit Wimpelketten schottischer und englischer Fahnen geschmückt.

Direkt vor der Freitreppe, die zum Eingangstor führt, sind vier Stehtische aufgebaut. An einem davon unterhält sich die Countess mit dem Provost unserer Gemeinde. Ich würde schrecklich gern durch das halb geöffnete Tor in das Schloss schlüpfen, aber ich traue mich nicht an ihr vorbei. Sie ist keine imposante Erscheinung, eher klein und dünn und mit einem schmalen Gesicht, doch es ist die Art, wie sie da steht, die mich Abstand halten lässt. Sie wirkt, als gehörte Hallion Castle ihr. Ein dummer Gedanke, es gehört ihr ja tatsächlich. Aber durch ihre gerade Haltung und ihr erhobenes Kinn drückt sie genau das auch aus.

Also wende ich mich lieber dem Platz vor dem Schloss zu, auf dem schon eine Menge Menschen zusammengekommen sind. Viele davon drängen sich vor den beiden Ständen, die am Rand aufgebaut wurden. An einem zapfen Fred und ein Freund Bier und verkaufen Sandwiches. Fred ist mein Tanzlehrer – und was für einer! Ihm gehört der Pub, das Robert the Bruce, und er sieht ziemlich gut aus. Groß, schlank und mit lockigem dunklem Haar, das ihm bis über die Schultern fällt. Ich kenne einige Frauen, die was für ihn übrighaben, aber Fred hat bis jetzt noch nicht die Richtige getroffen.

Am zweiten Stand bietet Miss Herbert Souvenirs an, die sie sonst in ihrem Laden verkauft. Der ist eine ziemliche Krambude mit hohen, vollgestopften Regalen, aber ich bin gern im Herberts Muddle. Es ist ein bisschen wie die Schatzkammer, in die Aladin hinabsteigt. Außerdem darf ich die kleine Küche nutzen, die zu dem Laden gehört, um dort zu backen.

Abseits am Waldrand steht Mr. O'Malley neben einem

Mann, der wie ein Tourist aussieht mit seinem Rucksack und der Regenjacke, die er trägt, obwohl es bis auf einige wenige Schauer heute trocken ist. Die Nasen fast an der Rinde, betrachten sie eine der alten großen Waldkiefern, und Mr. O'Malley redet mit ausgreifenden Gesten. Ihm gehört die Tischlerei in Glenbarry, er ist ein netter Mann, aber manchmal habe ich das Gefühl, dass es für ihn kaum etwas anderes gibt als Holz. Vielleicht hat ihn seine Frau deshalb verlassen.

In der Mitte des Platzes schließlich ist die Bühne aufgebaut, auf der ich heute auftreten werde. Sie ist nur eine Holzplattform, zu der drei Stufen führen, aber ihr Anblick macht mich nervös. Noch spielen die Glaswegian Fuaim, eine Band, die mit ihren zwei Gitarren, der Violine, dem Banjo und dem Dudelsack ursprünglichen schottischen Folk zum Besten gibt, aber in einer halben Stunde muss ich dort hinauf. Werde ich mich nicht vollständig blamieren? Was, wenn ich auf die Nase falle oder aus dem Takt gerate oder …

»Betty! Luv, komm rüber!« Miss Herberts Stimme reißt mich aus den schrecklichen Gedanken. Froh über die Ablenkung mache ich mich auf den Weg zu ihr und werde fast umgerannt, als Andrew und Mr. O'Malleys Sohn Eric wie die Wilden angerast kommen. Als die beiden klein und niedlich waren, habe ich ab und zu auf sie aufgepasst, aber jetzt sind sie sieben und acht Jahre alt und kaum zu bändigen.

Im Rennen dreht sich Eric um, winkt mir zu und ruft »'tschuldigung«, und dann sind die beiden auch schon zwischen den Bäumen verschwunden. Wovor sie davonlaufen, wird mir klar, als Mariah, Andrews Zwillingsschwester, keuchend vor mir stehen bleibt.

»Betty«, sagt sie, und ich höre ihr an, dass sie den Tränen nahe ist, »weißt du, wo Eric und mein doofer Bruder sind? Mama hat gesagt, wir sollen zusammenbleiben und miteinander spielen.«

Ich hocke mich hin und streiche ihr die wirren Locken aus dem Gesicht. Die Kleine tut mir leid, immer wieder sucht sie die Nähe der Jungs, aber die haben so gar kein Interesse daran, mit ihr Zeit zu verbringen. Ich frage mich, ob sich das irgendwann mal ändert. »Warum gehst du nicht zu Lauraine?«, schlage ich vor und deute auf das braunhaarige Mädchen, das mit gelangweiltem Gesichtsausdruck neben ihren Eltern an einem der Tische steht. Mariah zuckt die Schultern und starrt auf den Boden. »Die ist manchmal so komisch.«

»Na gut.« Im Aufstehen reiche ich ihr die Hand. »Komm mit mir. Ich will zu Miss Herbert.«

Jetzt strahlt Mariah mich an. »Au ja! Sie hat bestimmt Zuckerstangen.«

Natürlich gibt Miss Herbert ihr eine und setzt sie auf eine Kiste, in der sie ihren Krimskrams vom Geschäft hierhertransportiert hat.

»Dann ist heute dein großer Tag«, wendet sie sich an mich und blickt mich so erwartungsvoll an, dass mir gleich wieder angst und bange wird.

»Großer Tag würde ich jetzt nicht sagen. Ich tanze. Für ein paar Minuten. Vor nicht allzu vielen Menschen.«

»So ein Auftritt ist etwas Besonderes, rede dir das nicht klein. Ich habe es geliebt, auf der Bühne zu stehen.«

Verwundert sehe ich sie an. »Du hast Theater gespielt? Wann?« Normalerweise redet sie nicht über ihre Vergangenheit. Sie kam schon vor meiner Geburt nach Glenbarry und gehört seitdem dazu, aber sie hat etwas Mysteriöses. Allein die Kleider, die sie immer trägt!

»In den Sechzigern und Siebzigern, Engelchen. Mitten im Swinging London.« Ihre Augen strahlen. »Theater, Ausdruckstanz, ein bisschen Exotik – du weißt schon …«

Nein, ich habe keine Ahnung, nicke aber wissend. Bevor ich weitere Fragen stellen kann, sieht Miss Herbert über meine Schulter hinweg und zieht die dünn gezupften Augenbrauen zusammen. »Ich glaube, da will jemand was von dir.«

Ich drehe mich um und sehe Marsha und Brent auf mich zukommen. Beide sind wie immer im Partnerlook, mit weiten Jeans und Stones-Shirts. Neben ihnen läuft ein schlaksiger Typ, die Hände in den Hosentaschen, den Blick gesenkt. Das muss Colin sein. Auf den ersten Blick bin ich enttäuscht, rufe mich aber sofort zur Ordnung. Ich sollte nicht so oberflächlich sein!

»Hey, wir haben dich überall gesucht, hast du dich vor uns versteckt? Nicht cool.« Marsha zieht mich in die Arme und drückt mich kurz, während Brent mir zunickt.

»Ihr habt sie gefunden, herzlichen Glückwunsch«, erwidert Miss Herbert an meiner statt und klingt dabei sehr reserviert. Marsha kräuselt die Nase, sagt aber nichts.

»Hier«, sie schiebt mich ein wenig dem anderen Jungen entgegen, »Betty – Colin, Colin – Betty.«

»Liz«, verbessere ich ungewollt und ergreife die Hand von Colin, die er mir zögerlich entgegenstreckt. Sein schlaffer Händedruck wirkt, als wollte er zeigen, dass er es nicht nötig hat, mich kennenzulernen. Was, wenn ich es mir recht überlege, ziemlich doof ist, schließlich ist er mein Begleiter für heute. So uninteressiert, wie er sich gibt, wirkt er nicht wie das große Los, aber wer weiß. Man muss sich ja erst kennenlernen, und außer eine Fülle an roten Haaren habe ich auch nicht viel zu bieten.

»Liz? Seit wann das denn?«, fragt Marsha.

»Seit heute. Klingt cooler, finde ich.«

»Echt?« Es ist das erste Wort, das Colin zu mir sagt, und ich weiß nicht, was ich entgegnen soll, also lache ich.

»Dann lasst uns mal rübergehen und was zu trinken holen.« Brent legt den Arm um Marshas Schultern und zieht sie in Richtung von Freds Stand. Colin setzt sich ebenfalls in Bewegung, und es ist mir peinlich, gleich unangenehm aufzufallen. »Tut mir leid, ich kann nicht. Mein Auftritt, du weißt doch, Marsha …«

»Ach ja.« Sie dreht sich um und streicht die blonden Haare zurück, die im leichten Wind über ihre Augen wehen. »Du tanzt ja.«

»Tanzen? Was denn?«, fragt Brent.

»Einen … einen Highland Fling. Ganz schön aufregend, vor so vielen Leuten.« Unwillkürlich pule ich mit dem Zeigefinger an meinem Daumen und balle meine Hand zur Faust, als ich es bemerke.

Zum ersten Mal sieht Colin mich direkt an, und einen Moment hoffe ich, dass er es gut findet, dass ich auftrete, aber dann grinst er breit und sagt: »Spielst du das Tanzäffchen für die fucking Countess und die Touristen? Braves Mädchen!«

Seine Gemeinheit trifft mich völlig unerwartet, und mir fällt keine Erwiderung ein, deshalb lache ich meine Kränkung weg. »Ich muss los. Wir sehen uns.«

»Klar!« Marsha streckt den Daumen hoch und zieht mit den beiden Jungs davon. Ich blicke ihnen hinterher, und Tränen treten in meine Augen. Da bin ich so hoffnungsfroh in mein neues Leben als junge Frau gestartet, der die Welt offensteht, und nach nicht mal einer Stunde schlage ich unsanft als braves Mädchen wieder auf dem Boden auf.

Bin ich hier wirklich die lustige Schottin, die wie ein Aufzieh-Äffchen für ein paar uninteressierte Leute hüpft?

»Sind das Freunde von dir?«, fragt Miss Herbert. Hastig wische ich mir über die Augen und zwinge ein Lächeln in mein Gesicht. »Ja, ich kenne sie aus der Schule. Marsha ist toll!«

Sie verzieht den Mund. »Nee, Süße, ist sie nicht. Und die anderen auch nicht. Komm doch nach deinem Auftritt wieder hierher. Das wird bestimmt lustig mit uns beiden.«

Sicher sind ihre Worte lieb gemeint, und ich weiß, dass viele mit Marsha nicht gut klarkommen, aber nein – ich bin kein kleines Mädchen mehr! Es wäre gut, wenn Glenbarry das endlich begreifen würde.

»Nein, danke, Miss Herbert.«

»Wie du willst. Aber du bist hier willkommen, wenn du deine Meinung änderst. Ich bin zwar verabredet, aber ich kenne den Kerl noch nicht sehr lange. Ein Wort von dir, und ich schicke ihn nach Haus.«

Ich kann nichts sagen, denn wieder steigt mir ein Kloß in den Hals. Um mich der Situation zu entziehen, laufe ich am Schloss entlang, bis ich hinter einem Container für Streusand stehen bleibe und tief durchatme. Soll ich verschwinden und lieber das neue Backrezept ausprobieren, das ich in der letzten *Woman & Home* gesehen habe? Aber das kann ich Fred nicht antun. Er hat so viele Abende geopfert, um mit mir zu üben.

Und hat Miss Herbert recht mit ihrer Meinung über Marsha? So richtig wohl habe ich mich tatsächlich nicht mit ihr gefühlt – und mit Colin auch nicht. Auf einmal kommt mir der Gedanke, mich neben Mariah auf die Kiste zu setzen und etwas Süßes zu essen, sehr verlockend vor.

Aber nein! Entschlossen schüttele ich den Kopf, sodass mein dicker Zopf mir um die Ohren schlägt. Jetzt werde ich tanzen, und hinterher mache ich mit meinen Freunden das Dorf unsicher.

Ich hole die Ghillies aus der Handtasche und tausche sie gegen meine Schuhe, mache ein paar Dehnübungen, um mich aufzuwärmen, und rekapituliere vor meinem geistigen Auge jeden Schritt und jede Drehung des Tanzes.

Erneut ein Blick auf die Uhr – es ist so weit! Ich komme hinter dem Container hervor und laufe auf die Tribüne zu. Fred wartet auf halbem Weg auf mich.

»Da bist du ja endlich! Es wird Zeit.« Er streicht die langen Haare zurück und zieht mich hinter sich her in Richtung Bühne. Als ich davorstehe, bekomme ich es so richtig mit der Angst zu tun. Was habe ich mir nur dabei gedacht? Kann aus Betty, die sich am liebsten hinter ihren Töpfen und Rührschüsseln versteckt, eine Liz werden, die vor Publikum die Beine schwenkt?

»Ich kann das nicht, Fred.« Krampfhaft halte ich ihn an seinem Hemd fest. »Das geht nicht. Ich werde vom Podest fallen, und alle werden lachen und …«

»Unfug. Du hast geübt, du bist gut. Und glaub mir eins …«, flüstert er mir ins Ohr, »selbst wenn du einen Fehler machst, ist das völlig egal. Niemand aus dem Publikum könnte es besser als du. Jetzt pack die weg«, er nimmt meine Handtasche und stellt sie auf den Boden, »und ab auf die Bühne!«

Ich lächele ihn schief an, fest davon überzeugt, dass ich mich für jetzt und immer unmöglich machen werde. Da oben werden alle sehen, dass meine Beine zu dick, meine Taille zu breit, mein Gesicht zu langweilig ist. Sie werden mich ansehen und lachen … In diesem Moment lässt die Band eine Fanfare ertönen, Fred zieht mich hoch auf das Podest, um das sich die Besucher scharen. Fred begrüßt sie mit einer tiefen Verbeugung. Nervös starre ich in die Menge. Alle meine Leute sind da – Dave und seine Gwynie halten Händchen, und er drückt ihr einen Kuss auf die Wange. Die beiden sind eine Art Blaupause für die Beziehung, die ich mal führen möchte. Seit mindestens hundert Jahren verheiratet, und noch immer passt kein Blatt Papier zwischen die beiden. Miss Herbert hat ihren Stand verlassen und steht neben einem schicken Typen, der aussieht, als wäre er gut zwanzig Jahre jünger als sie. Das ist also ihre Verabredung, die sie wieder nach Hause schicken würde, wenn ich es wollte – was ich ihr auch zutraue. Sie hat keinen Mangel an Herrenbekanntschaften und hat ihr Herz bestimmt noch an keinen verloren. Sie ist meine Blaupause, sollte ich mich dazu entschließen, Single zu bleiben. Aber nein, ein Leben ohne festen Partner kann ich mir nur schwer vorstellen. Jeden Abend allein zu Hause zu sein – das wäre nichts für mich.

Weiter hinten sehe ich Marsha, Brent und Colin. Sie haben große Plastikbecher voll Bier in der Hand und unterhalten sich. Hoffentlich sehen sie nicht her, hoffentlich sehen sie nicht her, hoffentlich …

»Begrüßen Sie Elizabeth Cleary«, ruft Fred in diesem Augenblick, und mir stockt das Herz. »Ein großes Talent, eine wunderbare Schülerin.« Nach einer bedeutungsschwangeren Pause fügt er hinzu: »Ich habe ihr alles beigebracht. Denken Sie daran, wenn Sie sich gleich die Finger wundklatschen.«

Die Leute lachen, und ich stakse mit zittrigen Beinen in die Mitte der Empore. Warum kann die nicht unter mir zusammenbrechen? Das wäre leichter zu ertragen als die vielen Augenpaare, die auf mich gerichtet sind. Fred schlägt mir im Vorbeigehen sanft auf die Schulter. »Du machst das schon, Betty«, flüstert er. »Du kannst so viel mehr, als du denkst.«

»Liz«, erwidere ich, ohne zu wissen, warum. »Ich bin Liz«, aber er ist schon weg und stellt sich direkt in die erste Reihe. Nach einem tiefen Einatmen füge ich mich in das Unvermeidliche und gebe dem Violonisten mit einem Kopfnicken zu verstehen, dass ich so weit bin. Ein paar Sekunden verstreichen, dann setzt die Musik ein, und in diesem Moment weichen alle lästigen Gedanken aus meinem Kopf. Nichts bleibt zurück als die Schrittfolge, die ich genauso problemlos abrufen kann wie meine Lieblingsrezepte, und nach den ersten Schritten spüre ich die

Freude an dem, was ich da tue. An der Leichtigkeit, die mir nur die Musik meiner Heimat vermitteln kann, an der Bewegung und dem Gefühl, Teil von etwas Größerem zu sein. Schon so viele vor mir haben diese Schritte vollführt, so viele werden es nach mir tun. Und ich stehe zwischen ihnen. Die Musik schwillt an, die letzten Takte ertönen, verklingen … Atemlos und mit rasendem Herzen bleibe ich stehen, meine Muskeln vibrieren von den Steps und Sprüngen. Der Applaus bricht los, laut und warm. Ich verbeuge mich, lache vor Freude. Als ich unten stehe, umringt von meinen Freunden, die mir gratulieren, fühle ich mich als Betty, aber auf eine gute Art.

»Schön gemacht«, höre ich Colin neben mir. Ich drehe mich um, in der Hoffnung, dass mein Blind Date ein paar nette Worte für mich hat, aber das Grinsen in seinem Gesicht zeigt mir, dass das nicht geschehen wird. Er hebt einen Arm und spreizt die Finger seiner Hand, bewegt sie, als führte er eine Marionette. »Tanz, kleine Betty«, sagt er, »tanz.«

Ist es die Euphorie des Auftritts, die mich dazu bringt, nicht gekränkt zu sein? »Du solltest das auch einmal probieren«, entgegne ich kühl. »Es würde deine Haltung verbessern. Zurzeit läufst du ja herum, als hättest du kein Rückgrat.« Damit drehe ich mich um und gehe in Richtung des Schlosses. Eigentlich will ich dort gar nicht hin, sondern mir etwas zu essen und vor allem zu trinken holen, aber jetzt kann ich nicht umdrehen und zurückgehen, wie sähe das denn aus? Also laufe ich weiter, zur Rückseite des Schlosses, wo niemand außer mir ist und ich stehen bleiben kann. Meine Beine zittern, nicht so sehr wegen der Anstrengung des Tanzes, sondern wegen des Geplänkels mit Colin. Ich lehne mich an die Mauer und schließe die Augen. Normalerweise bin ich nicht so. Elizabeth Cleary ist immer freundlich und hilfsbereit, so haben mich meine Eltern erzogen. Aber manchmal, denke ich, manchmal ist freundlich vielleicht nicht gut.

»Du hast doch gerade getanzt, oder?«, höre ich eine Stimme hinter mir. Abrupt drehe ich mich um. Wehe, wenn sich noch jemand über mich lustig machen will … Aber statt Colins gelangweiltem Gesicht sehe ich einen jungen Mann vor mir, der mich breit anlächelt. Er ist von oben bis unten schottisch gekleidet – vom Argyll Jacket mit passender Weste über den traditionellen Tweed-Kilt im Tartan der MacDurbans, der von einem Sporran aus braunem Leder und einem Kilt-Pin in Form einer Distel geschmückt ist, bis hin zu den Strümpfen, die unter den Knien enden. Es fehlt nur noch der Sgian-dubh, der kleine Dolch, der in einen der Strümpfe gesteckt wird. Aber so sehr ich unsere Tracht auch mag, so sieht dieser junge Mann doch fürchterlich fehl am Platz darin aus. Man merkt, dass er sich in der Kleidung nicht wohlfühlt. Na ja, nicht jedem ist es gegeben, einen Kilt zu tragen.

»Das warst doch du. Ich habe dich von dort aus beobachtet«, hakt er nach und deutet auf einen der beiden Türme.

»Ja, war ich«, entgegne ich kurz angebunden und erwarte jeden Moment eine fiese Bemerkung, auch wenn er nicht so aussieht, als würde er so etwas tun.

»Das war toll.«

Ich zögere. Er scheint das wirklich ernst zu meinen. »Danke.«

»Ich habe zu danken.« Er schweigt nach diesen Worten, sieht mich nur an, und seine grauen Augen strahlen vor Freude. Das gefällt mir, aber es macht mich auch schrecklich nervös. Ich schaue nach links und nach rechts, dann kurz in sein Gesicht. Es ist fein geschnitten und mit einer schmalen, geraden Nase. Ich wünschte, ich hätte den Mut, es länger zu betrachten, aber so gleitet mein Blick zu Boden.

»Darf ich fragen, wie du heißt?«

Überrumpelt schaue ich auf. »Ja, darfst du.«

»Und«, sagt er lachend, »wie heißt du?«

Um Himmels willen, Betty, reiß dich zusammen und benimm dich erwachsen!

So gelassen wie nur möglich reiche ich ihm meine Hand. »Liz Cleary.«

Er ergreift sie, schüttelt sie aber nicht, sondern hält sie. Nicht zu fest, nicht zu schwach. Er hält sie einfach, und ich spüre, wie mir Hitze in die Wangen steigt. Nur langsam lässt er meine Finger wieder los und fährt sich durch die hellbraunen Haare. »Die tanzende Liz.«

Ein schöner Spitzname. Ich freue mich, dass er ihn mir gibt, und würde nur zu gern erfahren, wie er heißt. Da er sich mir nicht vorstellt, hake ich nach. »Verrätst du mir deinen Namen?«

»Ich bin Richard.« Nach einer kurzen Pause ergänzt er, aber so leise, als würde er es am liebsten verschweigen: »Bartholomew.«

Ich begreife, dass ich gerade den Earl of Hallion kennengelernt habe. Mir entfährt ein leiser Aufschrei, und ich weiche einen Schritt zurück.

Abwehrend hebt er beide Hände. »Bitte, tu mir einen Gefallen und fang nicht damit an.«

»Womit denn?«

»Mit dem ›Er ist ein Earl‹-Getue. Ich hasse das. Dieses ganze Adelstheater, wenn Leute plötzlich glauben, sie könnten nicht mehr normal mit mir reden, nur weil ich diesen dämlichen Titel geerbt habe. Bitte, ich bin Richard, okay?«

Meine kurz aufgekommene Ehrfurcht verflüchtigt sich wieder. »Also gut, Richard. Verrätst du mir, warum du das Fest aus einem Turm heraus beobachtest und nicht unter die Leute gehst?«

Er zuckt die Schultern. »Weiß nicht. Ich fühl mich nicht wohl in diesen Klamotten. Sorry!«, fügt er gleich hinzu. »Nichts gegen eure Tracht, aber …«

Sein bekümmerter Blick hinunter zu seinen Unterschenkeln in den dunkelgrünen Wollstrümpfen bringt mich zum Lachen. »Ist schon gut, ich verstehe das. Du siehst nicht so aus, als würdest du in die Sachen hineingehören.«

»Ist das so offensichtlich?«

Ich verziehe entschuldigend das Gesicht. »Immerhin ist es nett, dass du sie angezogen hast.«

»Nicht meine Entscheidung. Meine Mutter wollte das, ehrlich gesagt.«

»Wieso?«

»Ich weiß zwar nicht immer, wie ihr Verstand arbeitet, aber sie hatte für heute ein paar ihrer ›Freunde von der Presse‹«, und er deutet mit den Fingern Anführungszeichen an, »eingeladen, damit über das Schloss berichtet wird. Aufmerksamkeit zieht Interesse nach sich und Interesse Geld. Um nun auf mich zurückzukommen – sie hoffte wohl, dass ich so herausstaffiert auf Fotos Eindruck schinden würde.«

»Das könnte ich mir gut vorstellen«, platzt es aus mir heraus. »Du siehst hübsch aus!«

Echt jetzt, Betty? Bestimmt werde ich gerade rot wie eine Tomate, aber Richard nimmt meinen Ausbruch sportlich. »Danke schön, du aber auch.«

»Nee!«

»Doch.« Sein Lächeln vertieft sich, ich starre ihn an, vergesse für einen Moment alles um mich herum – wie beim Tanzen. Ganz genau so.

Er streckt mir die Hand entgegen. »Was meinst du, hübsche tanzende Liz, willst du meinen Lieblingsplatz kennenlernen?«

Ohne zu überlegen, ergreife ich seine Hand und lasse mich von ihm mitziehen zu einem verfallenen Gebäudeteil, von dem nur noch drei mannshohe Wände stehen. Die Ruine ist über und über mit Glyzinien bewachsen, die sie wie ein Vorhang verhüllen. Richard streckt einen Arm zwischen die Ranken und hebt sie an, sodass eine Öffnung entsteht. Er sieht mich an, und ich folge seiner unausgesprochenen Aufforderung. Den Kopf gebeugt, gehe ich durch die Ranken und finde mich mitten in der Ruine wieder. Der Boden besteht aus zersprungenen Fliesen, aber ich kann mir vorstellen, was für ein wunderschönes Mosaik in Weiß und Blau sie einst dargestellt haben müssen. Langsam drehe ich mich im Kreis und nehme alles in mir auf: die Steinmauern, die vollen fliederfarbenen Blütentrauben, den süßen Geruch, den sie verströmen. Ich kann verstehen, warum dies Richards Lieblingsplatz ist. Es wäre auch meiner.

»Was ist das hier?«

Richard tritt nun auch ein und lässt die Ranken los. Sie gleiten zurück und verbergen uns vor fremden Blicken. Mit jedem anderen würde ich mich fürchten, aber nicht mit ihm.

»Das war früher die Küche, abseits vom Schloss, damit die offenen Herdfeuer nicht auf das ganze Gebäude übergreifen konnten. Holz und Feuer, das verträgt sich nicht so gut.«

»Was du nicht sagst. Vor ein paar Jahren gab es hier einen schlimmen Waldbrand nach einem Blitzeinschlag.«

Ich erinnere mich noch gut an die Nacht, obwohl ich damals noch ein Kind war. Wir verließen alle unsere Häuser und versammelten uns am baumlosen Ufer des Loch Tain. Mir erschien es eine Ewigkeit, bis endlich Löschflugzeuge eintrafen und den Brand unter Kontrolle bekamen. Kein Haus wurde zerstört, aber viele Bäume. Mr. O'Malley begann bald mit der Aufforstung. Dank ihm hat sich der Wald wieder gut erholt.

Richard zieht seine Jacke aus und legt sie auf den Boden, dann deutet er darauf. »Bitte, setz dich doch.«

»Bist du dir sicher? Deine schöne Jacke …«

»Na und? Ist nur Stoff.«

Immer noch zweifelnd, setze ich mich und seufze leise. Es tut so gut, die Beine ausruhen zu können!

Richard nimmt in einigem Abstand Platz. »Erzähl mir von dir, Liz«, sagt er.

»Von mir? Was denn?«

»Egal. Was immer dir wichtig ist.«

Ich glaube, das hat mich noch niemand gefragt. So irritiert bin ich, dass mir zuerst nicht das Geringste einfällt. Schließlich bringe ich doch ein paar Worte heraus.

»Ich würde gern reisen, etwas von der Welt sehen. Nicht für immer, ich kann mir nicht vorstellen, woanders als hier zu leben, aber ich will wissen, wie es anderswo ist. Die Lavendelfelder in der Provence, den Broadway in New York will ich besuchen. Und Hawaii. Ja, unbedingt Hawaii!«

Hawaii – was will ich denn da? Mit meiner hellen Haut bekäme ich schon am ersten Tag einen fürchterlichen Sonnenbrand, wenn ich mich nicht zentimeterdick mit Sonnencreme einschmiere. Egal – vor meinem geistigen Auge sehe ich weiße Strände, kristallklares Wasser und kokosnussschwere Palmen, die sich im Wind wiegen. Einfach traumhaft!

Unsicher, ob ich weiterreden soll, sehe ich Richard an, und das Interesse in seinen Augen gibt mir die Kraft, fortzufahren. »Ich tanze gern, aber noch lieber backe ich. Ich mag den Geruch von Kuchen, der frisch aus dem Ofen kommt. Und es ist so erstaunlich: Man vermischt unterschiedliche Zutaten, rührt oder knetet oder walkt sie, und am Ende kommt etwas dabei heraus, was so viel besser ist als seine Einzelteile.«

Mein Herz schlägt stärker und das nicht nur wegen Richard. Ich liebe es, zu backen, und noch nie habe ich das so sehr gemerkt wie in diesem Augenblick, als ich versuche, meine Leidenschaft zu erklären.

»Du brauchst nur Butter, Mehl und Zucker, um Shortbread zu machen.«

»Ich liebe Shortbread«, wirft Richard ein.

»Natürlich! Es ist köstlich. Letzte Woche habe ich einen französischen Apfelkuchen ausprobiert. Man bäckt ihn verkehrt herum. Erst kommen Zucker und Äpfel in die Form, dann der Teig, und man denkt, was soll das denn, aber es wird großartig.« Ich schließe die Augen, versuche mich an den köstlichen Geruch zu erinnern, als ich die Ofentür öffnete und den Kuchen hervorholte, an den Glanz der karamellisierten Äpfel und den feinen Geschmack. »Ich glaube«, sage ich langsam und befürchte, dass ich mich mit meinen Worten gleich völlig lächerlich machen werde, »ich glaube, dass die Welt eine bessere wäre, wenn jeder Mensch jeden Tag etwas backen und es mit anderen teilen würde.«

Richard lacht, aber es klingt nicht überheblich. »Kuchen als Hilfsmittel zum Weltfrieden. Es gibt weniger erfolgversprechende Ideen.«

Wenn ich das jetzt richtig verstanden habe, findet er meinen Gedanken nicht albern. Ich entspanne mich und lehne mich an die Wand hinter mir. »Was willst du später mal machen? Du hast ja jede Menge Möglichkeiten, deine Familie muss sehr reich sein.«

Wieder lacht er, aber diesmal klingt es nicht mehr fröhlich. »Reich? Schön wär's. Dann könnten wir das Schloss in Schuss halten, ohne auf die Hilfe irgendwelcher Presseheinis zu hoffen, und ich müsste mich nicht so affig verkleiden.«

Meine Worte von vorhin tun mir jetzt leid, und ich versuche sie abzuschwächen. »Es ist wirklich nicht so schlimm, Richard.«

»Von wegen.« Er fährt mit der Hand nachlässig über seinen Kilt. »Wenn das Tartanmuster wenigstens schön wäre, aber ich finde es so langweilig, dieses Grün und Beige.«

»Das ist ein sehr schöner Tartan«, widerspreche ich. »Zurückhaltend, aber edel.«

»Zurückhaltend, aber edel? Liz, du solltest in die Werbung gehen. Wenn du solche Worte für so einen öden Stoff findest, kannst du jedem alles verkaufen.«

»Ja, klar«, lache ich. »Vielleicht übernehme ich irgendwann Herberts Muddle, dann verkaufe ich wirklich alles.«

»Ist das ein Laden?«

Überrascht sehe ich ihn an. »Ein Laden? Der beste Laden in den Highlands, hier in Glenbarry. Warum kennst du ihn nicht?«

»Ich verbringe nicht viel Zeit hier. Als mein Vater starb, war ich noch sehr jung, und meine Mutter zog mit mir erst nach Paris, später nach Barcelona. Sie hatte einige …«

Er stockt, und ich sehe ihm an, dass es ihm unangenehm ist, weiterzusprechen.

»Ist schon gut, Richard. Wenn du nicht darüber reden willst, dann …«

»Nein«, unterbricht er mich, »kein Problem. Sie hatte einige Bekanntschaften. Männer mit Geld, die bereit waren, in das Schloss zu investieren. Ich hatte sogar mal für ein paar Monate so etwas wie einen kleinen Bruder.« Sein Gesicht bekommt einen sanften Ausdruck, als er das sagt.

»Wirklich? Habt ihr noch Kontakt?«

»Nein. Meine Mutter und sein Vater – es hat nicht gehalten. Es hat nie irgendetwas gehalten. Und seit ich zwölf bin, gehe ich auf ein Internat in der Nähe von London. Deshalb bin ich kaum hier.«

»Auch nicht in den Ferien?«

Er schüttelt den Kopf. »Eher nicht. In den Sommerferien bleibe ich in der Schule und helfe in einem Buchladen im Ort aus, und in den Winterferien – na ja, in den Winterferien auch.«

»Aber dann«, es fällt mir schwer, zu begreifen, was er da sagt, »dann siehst du deine Mutter ja kaum.«

»Sie besucht mich ab und zu. Es gibt diese Elterntage in der Schule. Die sind immer ein bisschen peinlich.« Er lacht leise in sich hinein. »Vormittags gibt es die Gespräche mit den Lehrern, nachmittags blamieren sich alle bei albernen Spielen, und am Abend gibt es Lammfilet in Minzsoße. Ich bin nur hier, weil heute dieses Fest veranstaltet wird und meine Mutter hofft, mich irgendwelchen Journalisten als so eine Art ›Little Lord Fauntleroy‹ vorzuführen.«

Er greift eine der vertrockneten Glyzinienblüten und dreht sie zwischen seinen Fingern. »Ich bin heilfroh, dass keiner ihrer geladenen Pressetypen sich blicken lässt, sonst hätte sie mich bestimmt schon gerufen und Männchen machen lassen. Das wird ihrem Ego einen ziemlichen Stoß versetzen, vor allem, weil die meisten Gäste wegen des Getränkestandes und der Musik gekommen sind.« Er wirft mir einen verstohlenen Seitenblick zu. »Hauptsächlich natürlich wegen der Tanzdarbietung.«

Schon wieder werde ich rot. Das hat noch niemand so oft geschafft wie er.

»Ich bin auf jeden Fall froh«, versuche ich meine Gefühle auszudrücken, »dass es das Fest gibt, weil du deshalb hier bist.«

»Ich auch, Liz, ich auch.«

Danach rede ich nicht mehr viel. Richard sagt, dass er es liebt, zu lesen, was ich auch tue, aber von den Büchern, von denen er mir erzählt, habe ich noch nie etwas gehört. Doch das ist egal, denn er verspricht mir, sie mitzubringen, wenn er das nächste Mal nach Glenbarry kommt. Und während ich ihm zuhöre, weiß ich, dass dies hier das Großartige und Wundervolle ist, von dem ich wusste, dass es mir heute passieren sollte. Er ist es.

1
Richard

Während meines Monologs über Rushdies *Satanische Verse* sehe ich, dass Liz die Augen geschlossen hat.

Toll, Richard, du hast sie ins Koma gelabert!

Vorsichtig berühre ich ihre Schulter mit dem Zeigefinger. »Liz?«

Sie öffnet die Lider, und das dunkle Blau ihrer Augen raubt mir den Atem. Goldene Punkte strahlen darin wie Sterne. Sie ist so schön! Nicht auf so eine offensichtliche Weise, wie sie meinen Schulfreunden gefällt. Liz' Schönheit zeigt sich erst nach und nach, in vielen kleinen Aspekten. Zuerst natürlich die Art, wie sie tanzt. So voller Freude und Energie, man spürt ihre Verbundenheit mit der Musik ihres Landes. Sie ist hier zu Hause, auf eine Art und Weise, die ich nie erreichen werde. Und ihre Haare! Wann immer die Sonne darauf scheint, sieht es aus, als würden sie brennen. Wenn sie lächelt, bilden sich Grübchen in ihren Wangen, und auf ihrer Nase sind ein paar Sommersprossen verstreut. So etwas ist mir noch nie passiert – ich will sie in die Arme nehmen und festhalten und diese Sommersprossen, diese Grübchen, ihre Lider küssen und dabei ihr Kichern hören.

»Warum erzählst du nicht weiter?«, fragt sie. »Ich höre dir gern zu.«

»Ich dachte, du wärst eingeschlafen.«

Da ist es wieder, dieses glucksende Lachen. Der Gedanke, es nach diesem Tag nicht mehr zu hören, macht mir Angst. Ich sollte sie fragen, ob sie sich mal mit mir treffen will, vielleicht ins Kino gehen oder ins Museum.

»Ich bin hellwach.«

»Soll ich dir das Schloss zeigen? Es gibt einen Hintereingang, da bemerkt uns niemand.«

»Das würde ich schrecklich gern. Wenn es keine Umstände macht …«

»Nicht die geringsten.« Ich springe auf und strecke ihr meine Hand entgegen, die sie sofort greift und sich von mir beim Aufstehen helfen lässt. Sie stöhnt leise auf und reibt ihre Unterschenkel.

»Meine Beine sind ganz schön müde.«

»Kann ich mir vorstellen. Ich kam schon beim Zusehen außer Atem.«

»Du könntest das auch. Du hast genau die richtigen Waden dafür.«

Zweifelnd blicke ich an mir herunter, sehe ein paar für mein Empfinden viel zu dünne Beine, die in kratzigen Wollstrümpfen stecken. »Wenn du das sagst, tanzende Liz.«

Wir verlassen das Versteck und sind für einen Moment beide von der Sonne geblendet. Liz sieht mich blinzelnd an. »Ich könnte es dir beibringen, weißt du. Aber dann müsstest du öfter mal herkommen.«

»Das werde ich«, entgegne ich aus tiefster Überzeugung. Während der paar Male, die ich bisher in Glenbarry war, habe ich mich nie willkommen gefühlt. Die Schotten zeigen recht deutlich, dass sie von Engländern nicht viel halten, umso weniger, wenn wir auf dem okkupierten Schloss eines ihrer Clans sitzen. Ehrlich gesagt kann ich die Ressentiments gegen uns sogar verstehen. Das Vereinigte Königreich wurde nicht mit Verständnis und Respekt geschmiedet. Trotzdem – ich bin achtzehn Jahre alt, habe nicht um diesen Titel gebeten, und die gälischen Worte, mit denen sie mich bezeichnen und von denen sie wohl glauben, ich verstünde sie nicht – oder vielleicht ist es ihnen auch egal, ob ich sie verstehe –, diese Worte verletzen mich. Bampot, Scranner. Idiot, Parasit, das ist nur eine kleine Auswahl aus dem reichhaltigen Repertoire schottischer Beleidigungen, mit denen ich hier schon bedacht wurde. Das war der Hauptgrund, warum ich mich in den Ferien immer ferngehalten habe. Doch jetzt gibt es einen Grund, hier zu sein. Ich pflücke eine der fliederfarbenen Blüten und stecke sie in Liz' Haar. Ihre Finger tasten sofort danach, aber ich halte sie fest.

»Nein, bitte, lass sie stecken. Es sieht wunderschön aus.«

Sie lässt ihre Hand in meiner, sieht mich nur an, und ich glaube, sie öffnet die Lippen ein wenig. Das Herz schlägt mir bis zum Hals. Will sie das, was ich denke, dass sie will? Soll ich sie küssen? Nichts möchte ich lieber tun, aber wenn sie merkt, dass ich noch nie ein Mädchen geküsst habe …

Der Moment dehnt sich, und ich weiß, dass er vorübergehen wird, wenn ich noch lange warte, und mit ihm vielleicht meine einzige Chance, ihr näherzukommen.

Tu's einfach, denke ich und gehe einen Schritt auf sie

zu. Wenn ich nur nicht so verdammt nervös wäre! Aber sie lächelt mich an. Ihr Mund, ihre Augen, ihr ganzes süßes Gesicht strahlen mich an.

Ich drücke ihre Hand etwas fester, hoffentlich nicht zu stark, dann beuge ich mich vor und berühre ihre Lippen ganz kurz mit meinen. Es ist wie ein elektrischer Schlag, aber ein guter. Keiner, der einen tötet, sondern einer, mit dem man ins Leben zurückgeholt wird. Noch einmal wage ich mich vor, und diesmal kommt sie mir entgegen, ihre freie Hand legt sich auf meinen Rücken, ich streiche über ihre Haare, als wir uns küssen. In meinen Ohren dröhnt es, Schweißperlen bilden sich in meinem Nacken, aber dies hier – und das steht so fest wie die Mauern von Hallion Castle –, dies hier ist der absolut wunderbarste Moment meines Lebens. Und wenn ich einen Wunsch frei hätte, würde ich mir wünschen, dass sie genauso empfindet.

Als wir uns voneinander trennen, schweigen wir. Nicht auf eine unangenehme Weise, wo man krampfhaft nach irgendeiner nicht allzu peinlichen Möglichkeit sucht, eine Konversation zu beginnen. Nein, dieses Schweigen rührt daher, dass kein Wort den Moment verbessern könnte. Er ist perfekt, so wie er ist.

»Richard! Hier bist du!« Die Stimme meiner Mutter schlägt wie eine Bombe ein. Liz sieht mich erschrocken an, und ich lasse ihre Hand los. Mit ein paar schnellen Schritten kommt meine Mutter auf uns zu und drängt sich zwischen uns. Sie nickt Liz zu. »Ich freue mich, dass Sie heute unser Gast sind, und wünsche Ihnen einen schönen Tag.« Dann wendet sie sich mir zu. »Komm bitte mit,

Junge. Ein Reporter vom *Edinburgh Standard* ist gerade eingetroffen. Er möchte mit uns beiden sprechen und ein paar Fotos machen. Ich habe ihm von dir und Marge erzählt. Sprich doch ein bisschen über euch.«

Marge? Sie ist meine Cousine, die in Brasilien lebt und mit der ich eine Brieffreundschaft führte, bis ich dreizehn wurde und das Interesse verlor.

»Was hat Marge denn damit zu tun?«

Mutter hakt mich unter und zieht mich mit sich. Mir ist klar, was ich tun sollte. Nämlich bei Liz bleiben und meiner Mutter sagen, dass mich der *Edinburgh Standard* überhaupt nicht interessiert und ich garantiert nicht hier weggehen werde. Aber so funktioniere ich nicht.

Während wir uns Schritt um Schritt von Liz entfernen, beugt sich Mutter mir entgegen und flüstert: »Solche Geschichten sind wichtig. Dieser Artikel ist wichtig. Ein Bericht in einer Zeitung mit dieser Reichweite macht auf uns aufmerksam, weckt das Interesse von Investoren. Ich will, dass du dir das klarmachst, bevor wir mit der Presse sprechen.«

»Das weiß ich doch alles!«, entgegne ich und merke selbst, dass ich wie ein nörgelndes Kind klinge. »Aber Liz ist etwas Besonderes, ich will sie jetzt nicht allein lassen.«

»Liz? Meinst du die kleine Rothaarige?« Sie deutet mit dem Kopf nach hinten.

»Genau die.« Ich senke die Stimme nun ebenfalls, denn ich fürchte, dass Liz erschrecken würde, wenn sie hörte, was ich sage. »Ich glaube, ich werde sie mal heiraten.«

»Ach, Junge, du bist manchmal noch so ein Kind.« Die

Stimme meiner Mutter nimmt einen leutseligen Tonfall an, den ich kenne und verabscheue. Sie gebraucht ihn, wenn sie mit Menschen redet, die ihrer Meinung nach unter ihr stehen, oder um mir klarzumachen, dass ich keine Ahnung von irgendetwas habe. Aber vor allem ist sie viel zu laut.

»Du wirst einmal eine Countess heiraten oder eine Duchess, wenn wir viel Glück haben, oder zumindest eine Frau aus einer sehr wohlhabenden bürgerlichen Familie und kein Mädchen aus diesem Ort hier.«

Abrupt bleibe ich stehen. »Das hast nicht du zu entscheiden!«

»Natürlich nicht. Es ist schon längst entschieden worden, am Tag deiner Geburt. Du bist nicht irgendein Junge, Richard. Du bist der Earl of Hallion, und du trägst die Verantwortung für dieses Schloss, so wie es deine Vorfahren während der letzten dreihundert Jahre getan haben.«

Es ist nicht so, als hätte ich nicht schon vorher gewusst, was von mir erwartet wird, aber in diesem Moment begreife ich die Auswirkungen, wenn ich diese Erwartungen akzeptiere. Liz wird aus meinem Leben verschwinden, wir werden nie die Chance haben, uns kennenzulernen. Vielleicht finde ich in ein paar Jahren eine Frau, die mir auch gefällt und mit der ich meiner Verantwortung meinem Titel gegenüber gerecht werde, aber es wird nicht Liz sein. Dieser erschreckende Gedanke gibt mir die Kraft, mich gegen meine Mutter und all die Ahnen, die sie immer als Front vor mir aufbaut, zu wehren. Ich reiße mich von ihr los und werfe einen Blick zu den Glyzinienbüschen. Liz ist gegangen. Mutter sieht mich fragend an. »Richard?«

Ohne zu antworten, drehe ich mich um und laufe zum Vorplatz. Er hat sich mit noch mehr Menschen gefüllt, scheint es. Ich dränge mich an ihnen vorbei zu dem gut besuchten Stand der älteren Frau mit dem knalligen Lippenstift und dem bunten Kleid, wo ich Liz vor ihrem Auftritt gesehen habe, aber sie ist nicht dort. Musik ertönt aus der Getränkebude, es wird laut und falsch gesungen, doch Liz ist nicht dabei. Um einen besseren Überblick zu bekommen, steige ich auf die Tribüne, auf der Liz getanzt hat und die nun leer ist. Und jetzt sehe ich sie. Zusammen mit drei anderen sitzt sie abseits vom Geschehen zwischen ein paar Bäumen. Auch wenn ich nicht weiß, was ich ihr sagen soll, so laufe ich rasch dorthin. Mein Atem geht schnell, als ich sie erreiche. Wie viel hat sie wohl von dem Gespräch mit meiner Mutter mitbekommen? Dass ich sie heiraten will? Oh Gott, hoffentlich nicht! Wenn doch, dann hält sie mich bestimmt für einen kompletten Freak!

»Liz«, stoße ich hervor, aber sie sieht mich nicht an, im Gegensatz zu ihren Begleitern, die die Köpfe heben und mich unverhohlen mustern. Ein blondes Mädchen und ihr Freund, so interpretiere ich zumindest ihr Verhältnis anhand ihrer Kleidung, und ein Typ, der dicht neben Liz sitzt und den Arm um ihre Schulter gelegt hat. Ich neige nicht zu Gewalttätigkeit, aber diesem Kerl möchte ich sein Grinsen aus dem Gesicht schlagen.

»Wer bist du denn?«, fragt er, und seine verwaschene Aussprache zeigt mir, dass er schon einige Male den Getränkestand aufgesucht haben muss.

»Das ist der Earl«, sagt die Blonde. »Das sieht man doch an seiner arroganten Visage. Typisch Engländer.«

»Hört zu«, fange ich an, »ich suche keinen Ärger …«

Der Freund der Blonden schwankt, als er aufsteht, aber er ist trotzdem furchteinflößend mit seinem breiten Kreuz und der Tatsache, dass er mich um mindestens einen Kopf überragt.

»Du suchst keinen Ärger? Dann hau ab in dein Schloss, Sodalan. Niemand will dich hier haben.« Er versetzt mir einen Stoß gegen die Schulter. Ich stolpere zurück, falle aber nicht.

»Gealtair«, zischt er verächtlich. Auch dieses Wort höre ich nicht zum ersten Mal – Feigling. Ich wollte, er hätte nicht recht damit. Ich wollte, ich fände den Mut, ihn anzugreifen, auch auf die Gefahr hin, zu Brei geschlagen zu werden. Mein Blick wandert von seinem kantigen Gesicht zu Liz, die noch immer zu Boden sieht. Sie muss doch wissen, dass ich nur ihretwegen hier bin und mich diesen Typen aussetze.

Typen, die ihre Freunde sind. So enge Freunde, dass sie ihnen erlaubt, den Arm um sie zu legen. Freunde, die mich beleidigen und denen sie nicht widerspricht.

Mir wird eiskalt, als ich verstehe, dass die Liz, die ich kennengelernt habe, nur für einen winzigen Moment existiert hat. Dieser Moment ist vorüber. Jetzt ist sie Liz, die lieber mit ihren unangenehmen Freunden abhängt und sich dafür schämt, mich zu kennen. Ich drehe mich um und gehe, verfolgt von brüllendem Gelächter. Ich glaube und hoffe, dass sie nicht mit einstimmt, zumindest höre ich ihr helles Lachen nicht heraus.

Mutter steht vor dem Eingangstor des Schlosses neben einem Mann, der einen Notizblock in der Hand hält. Eine Kamera mit aufgesetztem Blitzgerät liegt auf dem Tisch neben ihnen. Als ich über die alten Steine laufe, die zur Freitreppe führen, schaut Mutter auf und winkt mich heran.

»Wie schön, dass du doch noch Zeit für uns findest, Richard«, überspielt sie elegant meine vorherige Abwesenheit. »Ich habe Mr. Norton schon erzählt, wie hervorragend deine Leistungen in der Schule sind und wie sehr du dich hier in Glenbarry und auf dem Familiensitz einbringst.«

Ich starre sie an. Was, um Himmels willen, behauptet sie da?

»Richard fühlt sich der Familie, dem Ort und den Menschen hier sehr verbunden, Mr. Norton. Er ist sozusagen das Idealbild eines Adelssprosses.«

Lachen perlt in mir hoch, aber es erstirbt, als ich mich frage, ob Mutter wirklich nicht weiß, welchen Stellenwert ich hier habe. Sieht sie in mir, dieser Witzfigur im Kilt, tatsächlich den perfekten Abkömmling einer Adelsfamilie, oder macht sie sich nur etwas vor?

Mr. Norton wendet sich mir zu, einen gelben Bleistift in der Hand. Sein Notizbuch ist türkis. Will er etwa aufschreiben, was ich zu sagen habe?

»Wie begreifen Sie Ihre Rolle als Earl of Hallion?«, fragt er mich. Ich lächele ihn an, aber fühle mich vollkommen taub. Als existierte ich gar nicht.

»Es ist eine große Ehre und eine große Verpflichtung«, erwidere ich. »Eine Verantwortung, der ich hoffe, gerecht werden zu können.«

Mr. Norton macht sich Notizen. Mutter lächelt und streicht sich eine Haarsträhne aus dem Gesicht.

Ich möchte weglaufen.

Ich möchte schreien.

Aber vor allem möchte ich weinen.

2

Betty

21 Jahre später

»Black Pudding, White Pudding, Sliced Sausage, Sellerie, Karotten, Lauch.« Kieran wuchtete eine Kühlbox aus seinem Lieferwagen.

»Kartoffeln, fünf Säcke.« Er stellte sie daneben.

»Mehl, Zucker, Backpulver, Vanillezeugs.«

»Extrakt«, verbesserte ihn Betty. »Vanilleextrakt.«

»Sag ich doch. Außerdem Nudeln, Reis und Chips. Das war's für heute, oder habe ich was vergessen?«

Sie warf einen prüfenden Blick auf den Lieferschein und zählte dann rasch die Ware durch. »Nein, stimmt alles. So wie immer. Danke, Kieran.«

»Nicht dafür. Soll ich es reintragen?«

Betty war versucht, Ja zu sagen, aber Kierans Tage waren eng getaktet. Es musste nur einen Stau geben, und dann käme er erst spät am Abend von seiner Lieferfahrt zurück zu seiner Frau und den beiden Kindern.

»Ist schon gut, ich schaff das. Fahr los.«

Grüßend fasste er an seine Mütze und stieg in den LKW. »Bis nächste Woche.«

Betty winkte ihm nach, bis sie ihn nicht mehr sehen konnte, dann seufzte sie tief und packte zwei Kartoffelsäcke.

Fünf Uhr früh, und der Tag hatte gerade für sie begonnen.

Nachdem sie die Lieferung in ihrem Laden, dem Bettys Muddle, verstaut hatte, setzte sie die Scottish Baps an. Während der Hefeteig für die Frühstücksbrötchen eine Stunde ruhte, bereitete sie Shortbread, Scones und Muffins zu. Es dauerte nicht lange, bis die kleine Küche in ihrem Laden köstlich duftete und Mehlstaub auf der Arbeitsplatte und ihrer Kleidung haftete. Bis auf das Brummen der Küchenmaschine war es vollkommen still. Betty walkte den Teig der Baps noch einmal kräftig durch, bevor sie ihn in gleich große Portionen teilte, diese zu Kugeln formte und auf das Backblech legte. Flach drücken, mit Milch bestreichen, Mehl darüberstäuben, wieder stehen lassen. Backen war kein Geschäft für Ungeduldige. Sie wischte sich mit dem Arm über die Stirn und ihre Hände an der Schürze ab, bevor sie die Küche verließ und die Tür des Muddle aufschloss. Es war viel zu früh für die ersten Kunden, aber sie nutzte gern die freie Zeit, die der Teig ihr ließ, um sich gegen die Wand ihres Ladens zu lehnen und die frische Luft zu atmen.

Die Herbstsonne erhob sich langsam über dem Mount Hallion und tauchte die raue Landschaft in ein warmes goldenes Licht. Der Schatten des Berges breitete sich auf dem Boden aus, und die Schafe auf den Weiden blökten leise, während das Land erwachte. Der Himmel wechselte von einem kühlen Blau zu einem tiefen Orange und Rot im Licht der aufsteigenden Sonne. Betty spürte ihre Wärme im Gesicht. Es versprach, ein schöner Herbsttag zu werden, auch wenn der Wind kühl über die Heide wehte.

Es ist magisch, dachte sie. Zwischen all dem Schleppen und Kneten und Backen ist immer noch Platz für ein wenig Magie.

»Okay, Dave, hier ist dein Essen für die nächsten drei Tage.« Betty stellte die Vorratsbehälter mit den Mahlzeiten, die sie für den alten Mann vorgekocht hatte, auf dem Wohnzimmertisch ab und dazu eine Tasche mit Brot und Bier.

»Danke, das ist so lieb von dir, Mädchen.« Dave zog sie in eine Umarmung. Erschrocken stellte sie dabei fest, dass sie seine Rippen spüren konnte.

»Gut, Planänderung. Das hier ist dein Essen für zwei Tage. Ich komme übermorgen wieder und bringe dir mehr. Du bist viel zu dürr, alter Mann.«

»Dürr?« Grinsend hob er die Arme und drehte sich um sich selbst. »Ich reise mit leichtem Gepäck. Mehr braucht man in meinem Alter nicht.«

»Das ist doch Unfug! Glücklicherweise habe ich vorgesorgt und dir das hier mitgebracht …« Sie zog eine Butterbrottüte mit frisch gebackenen Scones aus der Tasche und hielt sie ihm direkt vor die Nase. »Die isst du mir heute noch alle auf.«

»Sonst was? Regnet es morgen?«

»Genau. Und tut es das bei uns nicht schon genug? Du trägst jetzt eine Verantwortung, Dave.«

Er schnappte sich die Tüte, öffnete sie und roch hinein. »Köstlich! Vielen Dank, Betty.«

Es schmerzte, als sie das Zittern seiner Hände sah. Natürlich wusste sie, wie alt Dave war, aber zum ersten Mal wurde ihr seine Gebrechlichkeit bewusst. »Kommst du hier allein noch klar? Brauchst du mehr Hilfe?«

»Nein, nein, es ist alles in Ordnung. Du bringst mir Essen, Eric und Andrew reparieren, was immer anfällt, Claire kommt manchmal vorbei, um mir aus den neuesten Zeitschriften vorzulesen, und Kendra geht mir beim Putzen zur Hand und bringt ihre Kleinen mit – es könnte gar nicht besser sein. Und eines Tages wird Gwynie mich mitnehmen.«

Gwynie war seine verstorbene Frau, deren Geist die gemeinsame Wohnung nicht verlassen hatte – zumindest war Dave felsenfest davon überzeugt, und auch Betty hielt dies nicht für unmöglich, so eng, wie die beiden ihr Leben lang miteinander verbunden gewesen waren.

»Bestimmt wird sie das. Grüß sie schön von mir, wenn es so weit ist.«

»Das kennst du doch selbst machen. Da ist sie.« Der alte Mann deutete auf einen Stuhl, den ein Kissen schmückte, das Betty den beiden zur Goldenen Hochzeit mit Rosen bestickt hatte. Drei Wochen hatte sie dafür gebraucht und sich unzählige Male in die Fingerspitzen gestochen, aber Gwynies glückliches Gesicht, als sie es ihr überreicht hatte, war die ganze Mühe wert gewesen.

Lächelnd, wenn auch mit einem etwas gruseligen

Gefühl im Nacken, hob Betty die Hand und winkte dem leeren Stuhl zu, bevor sie Dave in die Arme zog und ihm einen Kuss auf die faltige Stirn drückte.

»Also dann, ihr beiden, ich muss weiter zu Granny. Übermorgen bin ich wieder da, und bis dahin das Essen nicht vergessen.«

»Du solltest dir das wirklich überlegen, Schätzchen.«

»Es klingt ein bisschen brutal.«

»Thaiboxen ist doch nicht brutal. Es ist … herausfordernd.« Porzellan schlug an Porzellan, als Granny Herbert ihre Kaffeetasse mit abgespreiztem kleinem Finger auf den Unterteller stellte.

»Da bleibe ich lieber beim Yoga.«

»Ach!« Den Kopf zur Seite gelegt, die Augenbrauen hochgezogen, sah die alte Dame Betty interessiert an. »Du bist eine Yogini? Das wusste ich ja gar nicht. Welcher Schule fühlst du dich zugehörig? Hatha, Kundalini, Iyengar?«

Betty verstand nur Bahnhof. »Es gibt da einen You-Tube-Kanal, da macht eine Frau Übungen vor, und das schaue ich mir an. Manchmal.« Grannys Blick ruhte unbeirrt auf ihr, und Betty fühlte sich bei dem Gedanken unbehaglich, dass eine Frau von über achtzig wahrscheinlich mehr Sport trieb als sie – wenn man denn ihre tagtäglichen Läufe durch den Laden und das Heben der Backbleche nicht als sportliche Aktivitäten rechnen wollte.

»Anschauen reicht bei Netflix, bei Yoga muss man schon mitmachen, Betty«, erklärte Granny.

»Das mache ich ja auch«, verteidigte sie sich. Immerhin

atmete sie immer tief ein und aus, wenn die Dame in ihren Videos dies vorgab. Und wenn sie dabei die Augen schließen sollte, wachte sie erst mitten in der Nacht wieder auf, das Smartphone irgendwo zwischen die Laken gerutscht und mit nur noch einem Bruchteil Akkuladung.

»Danke für den Kaffee, Granny, aber ich muss leider los.«

»Na gut, Schatz. Sehen wir uns später bei Fred zum Rommee?«

Seit Claire Wesley aus London nach Glenbarry gezogen war und – Betty wusste noch immer nicht so recht, wieso – sich mit ihr angefreundet hatte, war die fast-jeden-abendliche Kartenrunde in Freds Pub Robert the Bruce, die aus Granny, Betty und ihren Eltern bestanden hatte, um eine Person angewachsen. Zu Grannys Leidwesen war Bridge seitdem keine Option mehr, aber Rommee hatte sich als guter Ersatz herausgestellt. Im Grunde machte es keinen Unterscheid, an welchem Spiel sie sich versuchten, da Granny sowieso fast jedes Mal gewann.

»Sicher komme ich, wenn ich nichts anderes vorhabe.«

Granny lachte ihr dunkles, raues Lachen. »Sei ehrlich, könnte irgendetwas wichtiger sein als unsere Treffen? Außerdem rechnen wir mit dir. Enttäusche uns nicht.«

»Nie im Leben.«

Im Hinausgehen klopfte Betty auf eine Dose Katzenfutter, die sie der heutigen Lieferung beigefügt hatte: »Thunfisch mit Papaya und Taurin. Nur das Beste für deine Lady Guinevere.«

Granny nahm die Dose in ihre faltige Hand und betrachtete das Etikett skeptisch. »Ich weiß nicht. Dieses ganze Taurinzeug macht meinen Liebling noch agiler als ohnehin schon.«

Betty warf einen Seitenblick auf Grannys Perserkatze, die rücklings auf dem Sofa lag, die Pfoten an den Körper gezogen, die Augen geschlossen. Außer einem leichten Heben und Senken des Brustkorbs bei jedem Atemzug, verbunden mit einem Zittern der langen weißen Schnurrhaare, konnte sie keine Regung des Tieres feststellen.

»Siehst du?« Grannys makellos lackierte lange Nägel strichen durch das flauschige graue Fell. »Einfach nicht zu bändigen, das freche Ding.«

Im Gegensatz zu Lady Guinevere fühlte sich Betty überhaupt nicht agil, nachdem sie abends endlich den Kassensturz gemacht hatte. Am liebsten wäre sie nach oben in ihre Wohnung gegangen, um ebenfalls mit geschlossenen Augen auf dem Rücken zu liegen, aber im Pub warteten ihre Freunde auf sie, also benetzte sie sich rasch das Gesicht mit kaltem Wasser, schlüpfte in ihre Jacke, schlang sich den Schal um den Hals und verließ ihr Geschäft.

Im auffrischenden Wind schwang das Ladenschild mit heftigem Quietschen hin und her. Das konnte auch mal wieder eine Ölung vertragen. Die Rosenbüsche mussten heruntergeschnitten werden, damit sie im Frühjahr in voller Kraft austreiben konnten. Und die Fensterrahmen brauchten einen neuen Anstrich, bevor der Winter kam. Na, das würden auf jeden Fall Eric oder Andrew übernehmen. Sie war keine Heldin mit Farbe und Pinsel. Tief einatmend machte sie sich auf den Weg zum Pub. Obwohl ihre Füße schmerzten, nahm sie nicht den

Wagen. Sie liebte den Weg zum Dorf, vorbei an den Wiesen und Feldern, auf denen sich die Schafe zur Nachtruhe zusammengefunden hatten. Im Licht der untergehenden Sonne schienen die herbstlich gefärbten Blätter des Waldes zu brennen. Orange, rostrot und gelb leuchteten sie zwischen dem Grün der Nadelbäume. Nach der Wegbiegung tauchte der Loch Tain vor ihr auf, und auf seinem glatten Wasserspiegel schimmerten die kräftigen Farben ein zweites Mal. Der Anblick wärmte sie so sehr, dass sie ihren Schal lockerte und schnelleren Schrittes weiterlief.

3
Richard

Wenn er sich selbst gegenüber ehrlich war, hatte Richard diese Vorstellung immer am Dasein als Earl geliebt: vor einem fröhlich flackernden Feuer im Kamin in einem Ohrensessel zu sitzen, ein Glas honigfarbenen Whisky neben sich auf dem Intarsienbeistelltisch, von dem Geruch nach altem Leder und torfigem Gerstenmalz umschmeichelt zu werden und, eingehüllt in das Schattenspiel des glühenden Holzes, in aller Ruhe in einem guten Buch zu versinken.

Leider sahen seine Wochenenden auf Hallion Castle fast nie so aus. Entweder stand er bis zu den Knöcheln im Wasser und schraubte an alten Rohren, weil eines davon mal wieder undicht war; verputzte Löcher in Wänden oder sah dabei zu, wie Handwerker Dachbalken austauschten, und versuchte nicht daran zu denken, dass er sich für das Geld, das all dies kostete, eine größere Wohnung in Edinburgh leisten und mal wieder in Urlaub fahren könnte. So gesehen stellte dieser Samstag einen guten Start ins Wochenende dar: Trocken und die Hände nicht von Farbe verschmutzt, saß er in eine Decke gehüllt an seinem Schreibtisch und korrigierte Arbeiten seiner Studenten. Neun mehr oder weniger oberflächliche Abhandlungen über die Bedeutung der Heimtücke des unbelebten Objekts in den Werken von Jerome K. Jerome zu lesen, glich zwar nicht einmal ansatzweise der Lektüre eines guten Buches, aber immerhin stand ein Glas Laphroaig neben ihm. Nachdem er endlich die letzte Arbeit korrigiert hatte und neben die vernichtenden zwanzig Prozent als Note den Hinweis geschrieben hatte: *Wirklich, George, mehr fällt dir zu diesem Thema nicht ein als: Ich fand die Szene mit der Ananasdose echt komisch*, gönnte er sich einen tiefen Schluck und schloss die Augen. Hauptsächlich, um auszuspannen, aber auch, um nicht mehr den Riss in der Wand neben dem zugigen Fenster sehen zu müssen. Wenn er es sich recht überlegte, war ganz Hallion Castle ein Beweis dafür, dass es diese Bösartigkeit der Dinge gab. Irgendeine höhere Macht, an die er sich weigerte zu glauben – auch wenn er sich in einem Landstrich befand, der prädestiniert dafür schien, die Heimstatt von Elfen, Kobolden und Feen zu sein –, hatte es darauf angelegt, ihm mithilfe von Mörtel, Holz und Farbe das Leben schwer zu machen. Gerade, als ihm dieser Gedanke durch den Kopf ging, klingelte sein Smartphone. Aus dem Augenwinkel erkannte er die Nummer seiner Mutter auf dem Display. Im ersten Moment versucht, den Anruf abzuweisen, stellte er dann doch den Lautsprecher an: »Hallo, Mutter.«

»Mein Junge. Wie geht's dir?«

»Ich bin in Hallion Castle.«

»Verstehe. Gut, dass du gleich darauf zu sprechen kommst, ich habe eine Idee bezüglich der Erhaltung des Familiensitzes.«

Sie nannte das Schloss immer nur so: Familiensitz.

Als könnte dieses Wort das marode Gemäuer und den wild wuchernden Garten in etwas Elegantes, Edles verwandeln. Etwas, was all die Mühen wert war, die er dort hineinsteckte.

»Gestern hat mich Raymond angerufen.«

Sollte ihm dieser Name etwas sagen? Hastig durchstöberte er sein Gedächtnis nach einem Raymond, förderte aber nur Ray-Ban hervor und Reginald, seinen Literaturdozenten in Eton. Der alte Reg! Ob er immer noch so fanatisch alles über Christopher Marlowe las, was er nur in die Finger kriegen konnte? Bestimmt nicht. Reg müsste mittlerweile mindestens neunzig sein. Wahrscheinlich lebte er nicht einmal mehr.

Richard lächelte. Hoffentlich saß er jetzt zusammen mit dem guten alten Kit, wie er ihn nannte, auf einer Wolke und konnte stundenlang aus dessen Werk zitieren: »Ich bin der Neid, gezeugt von einem Schornsteinfeger und einem Austernweib. Ich kann nicht lesen und wünschte daher, alle Bücher würden brennen.«

Die tragische Geschichte des Dr. Faustus – Himmel, wie sehr er dieses Stück liebte! Poetisch und dennoch präzise wie ein Skalpell.

Sein Blick wanderte über die alten Bücher im Regal, ein brauner Lederrücken neben dem anderen. Eines von denen war die Marlowe-Ausgabe von 1899. Er sollte sie suchen und im Bett darin lesen.

»Bist du noch dran, Richard?«

Aus seinen Gedanken gerissen, schrak er so heftig zusammen, dass er fast vom Stuhl rutschte. »Natürlich bin ich noch dran. Ich würde doch nicht einfach auflegen.«

»Als ob du das noch nie getan hättest. Oder du gehst gar nicht erst an den Apparat, wenn ich anrufe. Glaube nicht, dass ich das nicht wüsste.«

Richard sah förmlich vor sich, wie seine Mutter die Augenbrauen hob. Um sie vom Thema undankbarer Sprössling abzulenken, fragte er: »Du hast also Raymond gesprochen.«

»Genau. Du weißt, wen ich meine? Nein, natürlich nicht. Raymond ist der Sohn von Greg. Sagt dir das immer noch nichts, nein? Greg Creston. Er war wie ein Vater zu dir.«

Greg Creston. Nach dem Tod seines Vaters vor über dreißig Jahren hatte seine Mutter eine kurze Affäre mit ihm unterhalten. Richard erinnerte sich schemenhaft an einen gemeinsamen Urlaub in Spanien, an einen lauten, furchteinflößenden Mann und dessen blassen kleinen Sohn namens Raymond. Leider war Creston, zwar schon immer wohlhabend, erst nach der Trennung von Richards Mutter mittels Börsenspekulation zu seinem enormen Vermögen gekommen. Ansonsten sähe es in Hallion Castle bestimmt anders aus. Seine Mutter konnte überzeugend sein, wenn sie wollte.

»Greg, natürlich. Und Raymond. Wie geht es ihm?«

»Hervorragend. Er steht Alba TV vor. Eine schöne Karriere für einen Mann von Anfang dreißig. Greg hat ihm den Fernsehsender gekauft.«

Alba TV – oder auch Blabla TV, wie Richard es gern nannte – war ein lokaler Sender mit geringer Reichweite, der sich durch die Ausstrahlung uralter Serien und billig eigenproduzierter Reportagen aus dem Umland auszeichnete.

»Ist es wirklich eine Karriere, wenn man mit einem Geschenk von Daddy spielt?«

»Richard, sei nicht immer so neidisch auf den Erfolg anderer Menschen.«

»Ich bin nicht neidisch, ich finde nur …«

»Wie auch immer! Raymond hat eine faszinierende Idee für eine Show kurz vor Weihnachten. Charmant, leicht, aber trotzdem anspruchsvoll. Drei Teilnehmer treten an einem Wochenende in drei Backdisziplinen gegeneinander an.«

Ein unbehagliches Gefühl kroch Richards Nacken empor. Worauf lief dieses Gespräch hinaus? Alte Familienverbundenheit konnte es nicht sein – die Beziehung zwischen seiner Mutter und Creston hatte schon vor vielen Jahren ein Ende gefunden, und mit Raymond hatte er seitdem nie wieder Kontakt gehabt.

»Das klingt …«, da Richard nicht wusste, in welche Richtung seine Antwort gehen sollte, tat er sich schwer mit einer Replik, »das klingt nach viel Spaß.«

»Das sehen wir genauso.«

Jetzt war also aus seiner Mutter und Raymond schon ein »Wir« geworden. Wann auch immer es dazu gekommen war. Und vor allem – was auch immer es zu bedeuten hatte. Diese Erklärung folgte auf dem Fuße.

»Ich schlug ihm vor, Hallion Castle als Austragungsort zu nehmen. Eine wundervolle Kulisse inmitten der herbstlichen Highlands, findest du nicht auch? Und es stellt eine gute Möglichkeit dar, landesweit Aufmerksamkeit auf uns zu ziehen. Warum sollten Touristen sich immer nur Eilean Donan ansehen – das meiste davon ist doch ein Nachbau aus den Zwanzigern. Von Urquhart Castle will ich gar nicht erst anfangen – die paar Gesteinsbrocken, die da noch stehen. Es gibt keinen Grund, dass Hallion in der Beliebtheit nicht gleichziehen könnte.«

Richard schloss die Augen und ließ den Kopf nach hinten sinken. Natürlich, warum sollte das kleine, unbedeutende Hallion nicht genauso viele Schottlandbegeisterte anziehen wie die anderen beiden Schlösser? Gut, das eine war die Kulisse für einen der bekanntesten Fantasyfilme der Achtziger und das andere die Kulisse für eines der bekanntesten Seeungeheuer, aber beim Jupiter – rissige Wände und zugige Fenster mussten solche Vergleiche nicht scheuen.

»Du willst damit sagen, du hast unseren Familiensitz an einen drittklassigen Fernsehsender verhökert, und dieser vollführt hier zur heiligen Weihnachtszeit *The Great British Bake Off*, bei Wish bestellt? Etwas, womit wir uns komplett lächerlich machen, aber auf geheimnisvolle Weise Hallion Castle retten werden?«

Eine lange Pause entstand, und je mehr sich diese ausdehnte, umso größer wurde Richards Verlegenheit über seinen Ausbruch. So lächerlich die Idee auch war, stellte sie doch eine Möglichkeit dar, die Situation zu verbessern – mehr als seine gelegentlichen Reparaturen es vermochten.

»Wie immer sträubst du dich dagegen, deine Rolle zu akzeptieren. Du bist ein Earl, Richard. Das bringt Verpflichtungen mit sich.«

Genau das hatte er vor ein paar Wochen selbst gesagt, bei seinem Besuch in dieser Tischlerei, angeregt von den wütenden Worten einer jungen Frau. In diesem Moment war er ernsthaft dazu bereit gewesen, sich und Glenbarry eine neue Chance zu geben, bis – ja, bis dieser Eric O'Malley ihm klargemacht hatte, was er eigentlich schon seit vielen Jahren wusste: Man wollte sein Engagement nicht. Man wollte ihn nicht. Warum sollte er sich also Gedanken über dieses winzige, unbedeutende Stück Land machen?

»Ich habe Verpflichtungen meinen Studenten gegenüber, deren Arbeiten ich übrigens gerade korrigiere. Glaubst du, es befördert mein Ansehen im akademischen Zirkel, wenn man mich mehlbedeckt zwischen Backblechen und Keksen im Fernsehen sieht?«

»Du bist ein Snob!«, erwiderte seine Mutter.

»Ich bin ein Earl. Beinhaltet das nicht eine gute Portion Snobismus? Aber weißt du was? Ich sollte das Schloss in die Obhut des National Trust for Scotland geben. Dann wären wir die Sorgen los, und ich könnte mir endlich mal wieder eine Urlaubsreise gönnen. Hawaii soll im Winter schön sein.«

»Das ist nicht dein Ernst!« Die Stimme seiner Mutter klang ehrlich entsetzt. »Hallion, das sind doch wir! Seit über dreihundert Jahren lebt unsere Familie hier, deine Urgroßeltern, deine Großeltern, dein Vater und ich. Du wurdest hier geboren und Fiona. Das kann man nicht wegschmeißen wie eine Jacke, deren Ärmel abgewetzt sind!«

Nein, das konnte man tatsächlich nicht. Er zumindest nicht, und auch wenn er immer mal wieder mit dem Gedanken liebäugelte, das Schloss zu verlassen und die

Verantwortung dafür in andere Hände zu geben, so fühlte es sich letztlich doch nicht richtig an. Als wäre er ein Feigling.

»Gealtair«, zischte eine Stimme aus seiner Erinnerung. Mit einem Kopfschütteln brachte er sie zum Schweigen.

»Reg dich nicht auf, Mum.« Ewig hatte er sie so nicht genannt, war selbst davon überrascht. Vielleicht hatte die Erwähnung seiner kleinen Schwester ihn so unerwartet in die Rolle als Sohn zurückfallen lassen. Und genauso verspürte er auch wieder dieses latente Gefühl der Ungerechtigkeit, dass ihm als Erstgeborenem die Last des Schlosses auf den Schultern lag, während seine kleine Schwester durch die Welt reiste und immer nur das tat, was sie gerade wollte. Fiona – Finn. Ein naseweises, liebevolles Bündel aus dunklem Haar und lautem Lachen. Er hatte so lange nichts von ihr gehört, nichts Richtiges, Wichtiges. Nur ab und zu eine Nachricht, dass es ihr gut gehe.

Entschlösse Finn sich jemals zur Heimkehr – wo sollte sie dann hin, wenn Hallion Castle nicht mehr der Familie gehörte?

»Sag Raymond, er soll mich wegen dieser Backsache anrufen.«

In den Angeln knarzend, schwang das Fenster auf. Der Septemberwind wehte in den Raum, ließ die Papiere auf dem Schreibtisch flattern. Die schmale Straße, die sich zwischen Wasser und Berg entlangschlängelte, wurde von den Scheinwerfern eines einsamen Autos erleuchtet, und auf dem Loch Tain glitzerte das fahle Mondlicht, ansonsten lag Dunkelheit über dem Land. Die Nacht verwischte alle Konturen zu einem impressionistischen Gemälde, und das Rauschen der windbewegten Blätter klang dazu wie ein traumverlorenes Werk von Debussy. Bis auf diese sanften Geräusche war alles still, gerade so, als gäbe es keine laute, verrückte, selbstzerstörerische Welt. Richard atmete tief ein, genauso wertschätzend, als tränke er einen Schluck guten Weins, aber die Kälte ließ ihn husten. Er zog den Kopf zurück und schloss das schwergängige Fenster. So lief es immer ab zwischen ihm und Schottland – kaum, dass er sich erlaubte, es zu genießen, trat es ihm in den Hintern.

4

Betty

Nervös lief Betty vor dem Restaurant auf und ab. Die Turmuhr der Backsteinkirche gegenüber zeigte ihr, dass Harry um zehn Minuten zu spät war. Sollte sie ihn anrufen und nachfragen, oder klänge das zu verzweifelt? Eine kühle Abendbrise ließ sie ihren Mantel dichter um sich ziehen. Lächelnd dachte sie daran, wie Claire vor ein paar Tagen gemeckert hatte, dass es im September doch unmöglich in Großbritannien schon so kalt sein könne. Betty hatte ihr zwar zu erklären versucht, dass die Luft klar und nicht kühl war, aber Claire hatte nur abschätzig geschnaubt und erwidert, dass sie sich so leicht nicht überzeugen lasse.

Erneut fiel ihr Blick auf das Ziffernblatt der Turmuhr. Fünfzehn Minuten verspätet. Was würde Claire in so einem Fall tun? Einfach gehen? Sich allein in das Restaurant setzen und essen? Nein, das konnte sie nicht. Jeder Bissen würde ihr im Hals stecken bleiben, und würde man ihr nicht auf den ersten Blick ansehen, dass sie versetzt worden war?

Harry und sie hatten sich vor knapp drei Monaten kennengelernt, über eine Datingwebsite, auf der Claire sie angemeldet hatte. Betty hatte nie ernsthaft damit gerechnet, dass sich jemand von ihrem Profil angesprochen fühlen würde, aber dann hatte Harry sich gemeldet: fast gleichaltrig und – zumindest wenn man nach seinem Foto ging – genauso unauffällig, mit blauen Augen und braunen Haaren und einer Figur, die im Übergang von jugendlich-sportlich zu mittelalt-füllig begriffen war. Er arbeitete in Inverness bei der Royal Bank of Scotland, bewohnte eine Zweizimmerwohnung und hatte – so die Aussage in seinem Profil – eine längere Beziehung hinter sich, die Spuren hinterlassen hatte. Was auch immer das bedeutete. In Bettys Leben hatte es noch nie irgendeine Beziehung gegeben, weder lang noch kurz. Spuren gab es trotzdem.

Unter Hobbys hatte Harry angegeben, sich regelmäßig mit seinen »Jungs« zum Spielen zu treffen. Hatte sich Betty zuerst Fußball– oder Rugby-Training vorgestellt, entpuppten sich diese Spiele-Abende bald als Nächte vor der Playstation. Er hatte ihr sogar einmal ein Foto davon geschickt, wie er und drei Männer sich mit Konsolen in den Händen über den Couchtisch beugten. Diese Jungenhaftigkeit gefiel ihr an ihm. Und das eine Mal, als er ihr nach einem Treffen in seinem Lieblingspub beim Warten auf ihr Taxi einen Kuss auf die Wange gegeben hatte, da waren ein paar Schmetterlinge in ihrem Bauch geflattert. Ein bisschen zumindest. Claire hatte es etwas anders ausgedrückt, nachdem sie ihr die Geschichte aus der Nase gezogen hatte.

»Ein Kuss auf die Wange, mehr nicht?«, hatte sie gesagt. »Das waren keine Schmetterlinge, da sind dir höchstens ein paar Raupen durch den Magen gerollt.«

»Hallo, Betty.« Schwer fiel Harrys Hand auf ihre Schulter, und sie drehte sich zu ihm um. Einen peinlichen Moment lang stand sie vor ihm, wusste nicht, ob sie ihm die Hand reichen oder ob es bei einem vierten Rendezvous nicht schon einen Kuss auf die Wange geben sollte. Auch Harry wirkte unschlüssig, als er sich eine braune Haarsträhne aus der Stirn wischte. Mit einem verlegenen Lachen nickte er ihr schließlich zu und hielt die Tür des Restaurants auf. »Bitte sehr.«

Der Kellner führte sie an einen der hinteren Tische und reichte die Speisekarten.

»Das ist nett hier«, sagte Betty, als sie auf dem robusten Eichenstuhl Platz nahm und die cremeweiß gestrichenen Wände betrachtete. »Sehr gemütlich.«

»Ja.« Harry legte die Speisekarte hin, ohne einen Blick hineingeworfen zu haben.

»Du weißt schon, was du willst?«

»Lasagne. Nehme ich hier immer. Willst du einen Salat?«

»Guter Tipp«, erwiderte sie, aber auch wenn sie normalerweise nichts gegen einen knackigen Salat mit einem guten Dressing einzuwenden hatte, so stand ihr der Sinn heute doch eher nach etwas Herzhaftem, und so bestellte sie eine Salami-Pizza.

»Echt?«, fragte Harry, kaum, dass der Kellner gegangen war. »Pizza? Ist ganz schön heftig, findest du nicht?«

Erstaunt sah sie ihn an. »Heftig?«

»Na ja«, sein Blick glitt an ihr herab. »Vielleicht wäre Salat für dich einfach besser.«

Es brauchte einen Moment, bis sie verstand. Sie nahm

einen Schluck des Tafelwassers und starrte auf die rotweiß karierte Tischdecke. Harry räusperte sich.

»Tut mir leid, das war dämlich von mir. Du isst, was du willst.«

Betty wusste genau, was Claire jetzt sagen würde: Natürlich esse ich, was ich will. Hab ich schon immer gemacht und mache ich weiterhin, aber nicht mehr mit dir.

Bei dem Gedanken daran musste sie trotz ihrer Verletztheit lächeln. Sie blickte auf und sah in Harrys hellblaue Augen. »Dann nehmen wir heute Lasagne und Pizza und bestellen uns beim nächsten Mal beide Salat, was hältst du davon?«

Harry lachte und trommelte so laut auf seinen Bauch, dass sich einige Gäste zu ihnen umdrehten. »Habe ich nicht nötig. Sind alles Muskeln.«

Die Zeit, bis der Kellner ihre Speisen auf den Tisch stellte, verging in unangenehmer Stille. Der ölig-würzige Geruch der Pizza drang in Bettys Nase, aber die Freude am Essen war ihr verdorben. Schweigend saßen sie sich gegenüber, und Betty wünschte sich, einen wichtigen Anruf zu bekommen, damit sie einen Grund hätte, aufzustehen und zu gehen, ohne allzu unhöflich zu wirken. Aber das würde auf gar keinen Fall geschehen. Jeder ihrer Freunde wusste, dass sie ein Date in Dingwall hatte.

»Pass bloß auf«, hatte Fred ihr eingeschärft. »Die Stadt ist nicht wie Glenbarry, das ist ein Moloch. Die haben sogar ein Museum.«

»Und mehr als eine Straße«, hatte sie lachend erwidert.

»Keine Angst, ich passe auf. Außerdem ist Harry ein guter Kerl.«

War er das wirklich, oder wollte sie nur, dass er es war? Lag es an ihr, dass sie so lange schon Single war? Gab sie niemandem eine echte Chance?

Beim zweiten Bier für Harry und einem Espresso für Betty entspannte sich die Situation wieder. Seufzend lehnte Harry sich in seinem Stuhl zurück. »Hör zu, da gibt es etwas, was ich mit dir besprechen wollte.«

Die Hand, mit der sie die Tasse an ihre Lippen führte, hielt inne. Was kam jetzt?

»Nächsten Samstag, da feiere ich meinen Geburtstag.« Harry grinste verlegen, und Betty spürte Wärme in ihren Wangen. Wollte er sie einladen? Um Himmels willen, was sollte sie ihm schenken? Was gefiel Harry? Die Freude darüber, von ihm so weit in sein Leben einbezogen zu werden, verblasste, als ihr klar wurde, dass sie nichts über ihn wusste. Sie räusperte sich.

»Wirklich? Wie alt wirst du?« Das wusste sie natürlich von seinem Profil auf der Datingseite, aber sie wollte auch nicht den Eindruck erwecken, sich wie eine Stalkerin alles über ihn zu merken. Himmel, war das anstrengend! Nicht zu wissen, was der andere für einen empfand; nicht zu wissen, was man selbst für ihn empfand. Konnte das nicht leichter sein – man traf sich, redete ein paar Worte miteinander, und alles passte zusammen wie die Zutaten eines guten Rezepts?

»Sechsunddreißig. Nicht Rundes, aber ich treffe mich mit ein paar Freunden zum Quatschen und hatte gehofft, du könntest mich da unterstützen.«

»Beim Quatschen?«

Was sollte sie denn sagen? Sie kannte diese Menschen doch gar nicht.

»Was? Du bist ja komisch! Nein, kannst du mir Essen machen? Normalerweise hilft mir meine Mutter dabei, aber die hat eine Kreuzfahrt gewonnen und ist im Mittelmeer unterwegs. Oder in Norwegen. Wir brauchen auch gar nicht viel.«

»Aber sicher! Ich bereite etwas vor. Das ist dann mein Geschenk für dich.« Sie sah das Büfett schon vor sich: Cornish Pasties, Scotch Eggs, ein, zwei Salate und eine französische Schokoladentarte als Geburtstagskuchen.

»Großartig, du bist die Beste.«

Mit einem leichten Gefühl im Herzen trank Betty ihren Espresso aus. Sie lernte Harrys Freunde kennen, sie feierten zusammen, und mit ihrem Essen konnte sie auf jeden Fall Eindruck schinden. Harry nahm einen Schluck Bier, legte dabei den Kopf in den Nacken und schloss halb die Augen. Trat etwas Neues in ihr Leben? Dafür musst du nur ein bisschen zur Seite gehen, Betty.

Nachdem sie die wenigen Meter zu ihrem Auto zurückgelegt hatten, trat Harry von einem Fuß auf den anderen, und sie kramte länger als notwendig in ihrer Handtasche nach dem Schlüssel.

»Na dann«, sagte sie, nachdem sie ihn gefunden und den Wagen geöffnet hatte.

»Na dann.«

Jetzt einzusteigen und davonzufahren, schien nicht das Richtige zu sein, aber was wäre richtig? Harry machte keine Anstalten, sie auf einen Schlummertrunk zu sich einzuladen. Und wenn er es täte – würde sie mitkommen? Wie konnte es nur sein, dass sie sich wie ein unbeholfener Teenager fühlte, wenn es um die natürlichste Sache der Welt ging? Alle um sie herum, so schien es Betty zumindest, fanden sich wie Claire und Eric in glücklichen Beziehungen zusammen oder in Affären so wie Granny Herbert. Was der mit achtzig Jahren gelang, sollte sie doch auch hinkriegen. Zwei Schritte auf ihn zugehen, tief einatmen und dann ein Satz: Willst du mir nicht deine Wohnung zeigen?

»War ein schöner Abend.« Harry zog den Reißverschluss seiner Jacke bis obenhin zu. »Ich ruf dich am Donnerstag an, okay? Wegen meinem Geburtstag und so.«

»Ja, klar, mach das.«

Auf dem Nachhauseweg, als Glenbarry immer näher kam und sie durch den lichter werdenden Wald schon das silbrige Wasser des Loch Tain schimmern sah, verspürte sie mehr Erleichterung als Enttäuschung darüber, dass sie jetzt nach Haus fuhr und nicht bei Harry auf der Couch saß. Es war doch nicht so leicht, jahrzehntelange Zurückhaltung nach einer Salami-Pizza und einem Espresso über Bord zu werfen. Trotzdem – was auch immer sich zwischen ihr und Harry anbahnte, es war das, was einer Beziehung in ihrem Leben am nächsten kam. Dieser Satz fühlte sich gut an: Ich habe da jemanden kennengelernt. Es ist noch ganz frisch, aber wer weiß …

5
Betty

»Freitags mache ich immer die Abrechnung und gebe neue Bestellungen auf. Das dauert bis spät in den Abend.«

»Aha. Und wann kannst du dann morgen kommen?«

Betty zählte heimlich bis zehn. »Morgen schaffe ich es nicht, Harry.«

Am anderen Ende trat Schweigen ein, und gerade, als Betty sich nicht mehr sicher war, ob ihr Gesprächspartner überhaupt noch in der Leitung war, hörte sie Harry sagen: »Du hast versprochen, mir bei den Vorbereitungen zu helfen.«

Sie schloss die Augen. »Und das werde ich auch. Am Samstag.«

»Und dabei bleibt es? Du kommst um drei? Dann müssen wir uns aber beeilen.«

Eigentlich hielt sie ihren Laden samstags immer länger geöffnet, aber um bei Harrys Geburtstagsfeier dabei zu sein und seine Freunde kennenzulernen, würde sie eine Ausnahme machen.

»Ich werde pünktlich da sein, versprochen.«

Sie konnte Harrys Lächeln in seiner Stimme hören. »Das ist mein Mädchen! Kannst du auch so Zeugs mitbringen?«

»Zeugs?«

»Ich weiß nicht.« Seine Stimme klang ungeduldig, fast, als erwartete er, dass sie aus seinen kryptischen Äußerungen schlussfolgern konnte, was er meinte. »Zeugs für die Fenster und den Staub?«

Bettys Fingern schlossen sich fester um das Smartphone. »Reinigungsmittel? Ich soll Reinigungsmittel mitbringen?«

»Hast du das nicht sowieso in deinem Laden? Ist doch kein Problem für dich, oder?«

Dass es sehr wohl ein Problem sei, dachte sie, und warum ein erwachsener Mann kein Putzzeug in der Wohnung hatte, aber darauf erhielt sie sofort eine Erklärung.

»Normalerweise bringt das meine Mutter mit, wenn sie vorbeikommt, aber sie ist ja jetzt auf dieser Kreuzfahrt und kommt erst in zwei Wochen wieder.«

»Ah. Verstehe.«

»Und einen Kuchen bringst du mit? Und Cornish Pasties? Wir werden zu fünft sein und haben immer viel Hunger.«

Die herzhaften Teigtaschen hatte sie schon vorbereitet, zusammen mit einem Nudelsalat und einem Dutzend Scotch Eggs. Sie wollte bei Harrys Freunden einen guten Eindruck machen. Immerhin bestand die Möglichkeit, dass sie auch ihre Freunde werden würden.

»Keine Sorge, Harry. Ich bringe genug mit.«

»Wunderbar. Du bist die Beste. Dann bis morgen.«

»Nein, bis Samstag. Ich schaffe es nicht …«

Er hatte das Gespräch beendet. Betty legte das Smartphone auf den Tresen und atmete tief ein. Seltsam unwohl fühlte sie sich. War das die Aufregung vor Samstag? Noch nie war sie so weit in ein anderes Leben vorgedrungen, sie verfügte also über keinerlei Vergleichsmöglichkeiten, ob diese Beklemmung in ihrer Brust die passende Empfindung war. Gab es da überhaupt ein richtiges Gefühl, wenn doch jeder Mensch verschieden war und jede Beziehung anders? Nur zu gut erinnerte sie sich daran, wie Claires Augen leuchteten, wenn sie von Eric erzählte – und das schon zu einer Zeit, als die beiden noch gar kein Paar gewesen waren. Betty lächelte, als sie daran dachte. Claire, die toughe Geschäftsfrau aus London, hatte jedes Mal über das ganze Gesicht gestrahlt, wenn die Rede auf ihn gekommen war. Sie konnte das verstehen – unter seiner herben Schale war Eric ein empfindsamer, liebevoller Mann, den der tragische Verlust seiner Frau Mariah fast zerbrochen hätte. Diese Sensibilität, gepaart mit seinem robust-attraktiven Aussehen, konnte eine Frau schon dazu bringen, für ihn zu schwärmen. Nicht sie, dafür war er zu jung, doch Betty wünschte sich, dass es jemanden für sie gäbe, an den sie nur denken müsste, um glücklich zu sein.

Sie schluckte schwer, als ihr einfiel, dass es diesen Menschen schon gab. Und dass er ihr stets so fern sein würde wie in diesem Moment, wo sie in ihrem kleinen Laden stand, umringt von Wandersocken, Angelruten und Trockenfleisch, während er sich irgendwo in Edinburgh aufhielt, umringt von adligen Freunden und seiner wunderschönen amerikanischen Ehefrau.

Zwei Stunden später wischte sie die Metallarbeitsplatten in der Küche trocken und ging dann hoch in ihre Wohnung über dem Laden. Am nächsten Morgen würde der Wecker wieder um vier Uhr früh klingeln, damit die Brötchen und Gebäckstücke warm und knusprig pünktlich für die ersten Kunden bereitlägen.

Müde putzte sie sich die Zähne, schlief fast unter dem lauen Strahl der Dusche ein und seufzte selig, als sie endlich im Bett die Decke über sich ziehen konnte. Aber der Schlaf wollte nicht kommen. Nachdem sie eine Weile versucht hatte, sich müde zu machen, indem sie erst Schafe, später dann Hochlandrinder gezählt hatte, gab sie auf und öffnete die Augen. Der Mond schien blassgelb ins Zimmer und zeichnete Schatten an die Decke.

Ein Berg, dachte Betty beim Betrachten der schemenhaften Formen. Das könnte der Mount Hallion sein, und wenn er es war, dann war da auch Hallion Castle, mit seinen berankten Mauern und dieser Ruine, die Glyzinienbüsche vor allen Blicken beschützten …

Resolut drehte sie sich zur Seite und schloss die Augen. »Schlaf jetzt ein, Elizabeth Cleary! Bald siehst du Harry wieder, es wird ein schöner Abend werden, und du wirst glücklich sein!«

Einmal noch blinzelte sie an die Decke, aber der Mond lag wohl hinter einer Wolke verborgen, denn das Abbild von Hallion Castle war verschwunden.

6
Claire

Zwei Monate waren vergangen, seit Claire nach Glenbarry gezogen war, sie sich mit ihrer Familie – oder dem, was sie dafür gehalten hatte – überworfen hatte und mit Eric in dem gemütlichen alten Haus seines besten Freundes Andrew wohnte. Zwei Monate, in denen das winzige Dorf in den schottischen Highlands zu ihrer Heimat geworden war, aber auch zwei Monate, in denen sie ihre jüngere Schwester vermisste und sie sich manchmal so sehr nach Londons überfüllten Straßen und Plätzen sehnte, dass es wehtat. Eine intensive, bittersüße Zeit, die sie jeden Tag herausforderte und ihr Neues abverlangte, aber wenn sie in Erics Armen lag – schweigend oft, doch in einem Einvernehmen und Verständnis, das sie noch nie empfunden, ja, nicht einmal für möglich gehalten hatte –, dann wusste sie, dass sie es nicht anders haben wollte.

Es sei denn, dass Eric sie mit seiner Dickköpfigkeit auf die Palme brachte.

»Kannst du dir das vorstellen?«, wetterte sie, in den Türrahmen zu Bettys Küche gelehnt, während ihre Freundin ein Blech voller Baps-Buns in den Ofen schob. »Er weigert sich, auch nur einen Pence von meinem Geld anzunehmen.«

Betty schloss die Ofentür und wischte ihre mehlbestäubten Hände an der Schürze ab. »Das Geld, das dein Vater dir gegeben hat?«

Claire zögerte. Gegeben – ja, schon, wenn auch nicht freiwillig. Das Vermögen auf ihrem Konto verdankte sie der Erpressung, seinen tadellosen Ruf als Geschäftsmann zu ruinieren, indem sie die Geheimnisse der Familie Wesley an das Licht der Öffentlichkeit zerrte. Dass sie nicht seine Tochter war und er sie deshalb stets benachteiligt und sogar geschlagen hatte. Dass er und sein bester Freund Francis, ihr geliebter Patenonkel, nicht einmal vor Brandstiftung zurückgeschreckt waren, um Erics Tischlerei Spirit of Trees zu zerstören.

»Das Geld, genau«, sagte sie in bemüht lapidarem Ton. Niemand wusste, welche Wege sie dafür hatte beschreiten müssen, selbst Eric nicht. Vielleicht würde er es sogar eher akzeptieren, wenn er wüsste, wie sie es erhalten hatte.

»Eric ist sehr stolz. Er will es aus eigenem Antrieb schaffen.«

»Aber das ist doch lächerlich! Das Geld gehört genauso sehr ihm wie mir. Wir sind zusammen, oder nicht?«

Wie oft hatte sie genau diese Diskussion mit ihm schon geführt, und nie hatte es eine Annäherung gegeben – kein Wunder, an Dickköpfigkeit nahmen sie sich beide nichts. Aber dass auch Betty so dachte wie Eric, überraschte Claire. Der vorwitzige Gedanke, sie könnte im Unrecht sein, schlich sich ein und wurde sofort ad acta gelegt.

»Vielleicht braucht er einfach noch etwas Zeit«, sagte Betty, die wie stets versuchte, eine Brücke zu bauen zwischen auseinanderliegenden Meinungen. Claire bewunderte sie dafür, aber so ganz verstehen konnte sie diese Haltung nicht. Konfrontation brachte Aufruhr, aber letzten Endes Klarheit, und sie bevorzugte Klarheit.

»Für ihn hat sich in den letzten Monaten so viel geändert. Erst hat er dich kennengelernt, hat sich verliebt, dann hat er Spirit verloren, ihr seid zusammengezogen … Gib ihm ein bisschen Freiraum.«

»Freiraum.« Zähneknirschend gestand sich Claire ein, dass Betty wahrscheinlich recht hatte. Aber für sie hatte sich auch alles geändert, und war sie deshalb unvernünftig? Nein, natürlich nicht!

»Dieser Freiraum bedeutet, dass wir kaum Zeit füreinander haben.«

Betty sah von der Schüssel auf, in der sie mit einem Holzlöffel den Teig für die Scones rührte. »Also darum geht es dir. Du vermisst ihn.«

Kaum waren diese Worte ausgesprochen, fiel Claires Ärger in sich zusammen. Ja, genau darum ging es. Sie wollte mehr Zeit mit Eric verbringen, jeden Tag, jede Stunde, und sich nicht von Montag bis Freitag mit Telefonaten und Nachrichten begnügen, weil er in Schottland unterwegs und auf dem Bau war. Das wäre aus Notwendigkeit schon schlimm genug, aber wenn doch ausreichend Geld vorhanden war, um gemeinsam neue Wege zu beschreiten, wuchs es sich zu einer Unerträglichkeit aus.

»Natürlich vermisse ich ihn. Früher hat es mir nichts

ausgemacht, allein zu sein. Im Gegenteil, ich habe es genossen. Aber seit ich ihn kenne, ist alles anders. Da fühle ich mich nur komplett, wenn wir zusammen sind. Albern.«

»Nicht albern.« Ein leichtes Lächeln zog über Bettys Gesicht. »Wunderschön.«

»Schon, aber es macht alles so kompliziert. Du hast es einfacher, Betty.«

Das Lächeln verschwand, und Claire hätte sich am liebsten auf die Zunge gebissen. Ihre Freundin würde bestimmt alles dafür geben, die Liebe zu finden.

»Ich treffe mich morgen Nachmittag mit Harry«, erwiderte Betty. »Ich freue mich schon darauf. Ich lerne seine Freunde kennen.«

»Das ist doch großartig! Sind das auch alles Hedgefondsmanager?«

Grinsend warf Betty einen Klumpen Sconeteig nach ihr. »Bankangestellte, du Nervensäge.«

Lachend strich sich Claire den Teig vom Ärmel. »Und was macht ihr Schönes? Ich hoffe doch, dass seine Freunde euch später allein lassen.«

Bettys Wangen nahmen die gleiche Farbe an wie die Erdbeermarmelade, die sie mit Clotted Cream zu den Scones servierte. »Ich weiß nicht. Wir kennen uns ja noch nicht so lange. Außerdem feiern wir seinen Geburtstag, da geht es ja eher um ein nettes Beisammensein in der Gruppe. Ich helfe ihm, seine Wohnung aufzuräumen, und bereite das Essen vor.«

Claire starrte ihre Freundin an. Ein übles Gefühl setzte sich in ihrer Magengrube fest. Betty sollte nicht dafür zuständig sein, ihrem Bekannten – denn mehr war er ja offensichtlich noch nicht – eine Feier auszurichten. Im Gegenteil, sie sollte der Mittelpunkt dieser Feier sein – neben dem Geburtstagskind natürlich.

»Das ist nett von dir«, sagte sie vorsichtig. »Ich hoffe, Harry dankt es dir auch.«

»Natürlich.«

Überzeugend klang das nicht, aber Claires Gedanken wurden abgelenkt, als die Türklingel ertönte.

»Kannst du mal nachschauen, wer es ist?«, fragte Betty. »Ich habe ganz klebrige Hände.«

»Hey, irgendjemand da?« Erics dunkle Stimme jagte Claires Herzschlag in die Höhe, und sie lief in den Laden. Sie hatte sich nicht geirrt, er war es tatsächlich! Beim Anblick seines lächelnden Gesichts trat alles andere in den Hintergrund, und sie eilte auf ihn zu, um in seiner festen, warmen Umarmung zu versinken.

»Ich wusste, dass ich dich hier finde«, sagte er, und sein Kuss jagte ihr köstliche Schauer über den Rücken.

»Wieso bist du schon so früh da? Ich habe dich erst heute Abend erwartet.«

»Oh, störe ich? Soll ich noch ein paar Stunden in der Gegend herumfahren?«, neckte er sie.

»Dummkopf. Natürlich freue ich mich. Aber ich hoffe, es ist nichts passiert. Ist etwas passiert? Bist du krank? Ist Andrew krank?«

»Ganz ruhig!« Er drückte ihr einen Kuss auf die Stirn. »Alle sind gesund, Andrew und ich haben gestern nur bis in die Nacht vorgearbeitet, um früh nach Hause kommen zu können.«

»Das war eine großartige Idee von euch! Dann brauche ich noch ein paar Buns mehr für die Jungs.«

Betty lugte um die Ecke. »Hey, Eric! Wie viel soll ich einpacken? Zehn Stück sind noch übrig, eine neue Ladung ist gerade erst im Ofen.«

Eric winkte ab. »Vier reichen völlig. Andrew ist übers Wochenende zu einer Freundin nach Inverness gefahren.«

So gern Claire auch Erics besten Freund gesehen hätte, so freute sie sich doch über eine sturmfreie Bude während der nächsten zweiundsiebzig Stunden. »Komm, lass uns gehen! Ich habe dich vermisst.«

»Und ich dich erst.«

»So, ihr beiden Turteltäubchen.« Betty kam mit einer prallen Tüte aus der Küche und drückte sie Claire zwinkernd in die Hand. »Sechs Buns und zwei Muffins. Ich kenne doch Erics Appetit. Viel Spaß euch beiden.«

»Dir auch. Ich hoffe, die Feier wird schön«, erwiderte Claire, aber dieses komische Gefühl in ihrer Magengrube ließ nicht zu, dass ihre Worte überzeugend klangen. Noch auf der Fahrt nach Hause überlegte sie, ob sie Betty mehr hätte sagen und sie warnen sollen, dass sie sich nicht ausnutzen lassen dürfte. Aber als sich die Tür hinter ihnen schloss, Eric sie wieder in seine Arme zog, da glitt ihr die Tüte aus der Hand zu Boden, und nichts war mehr von Bedeutung als sein Kuss.

7
Betty

Es war die Küche, die sie fast dazu brachte, umgehend Harrys Wohnung zu verlassen. Wobei Küche ein viel zu großes Wort war für die Zeile mit einem Zweiplattenkocher und einer Mikrowelle neben der Spüle, in der sich diverse Tassen und Teller stapelten. Salz, Pfeffer und eine Flasche Malzessig wirkten auf dem Gewürzbord an der Wand verloren.

»Und, hast du alles mitgebracht?«

»Was?« Irritiert wandte sich Betty um. Harry grinste sie an.

»Das Essen. Für meine Feier heute.«

»Ach so. Klar. Ist in der Tüte im Flur.«

»Super. Du bist die Beste«, rief er und lief hinaus. Betty ging auf die Küchenzeile zu und strich über die laminierte Arbeitsplatte in hellem Grau. Was sollte man hier denn kochen oder gar backen? Wovon ernährte sich Harry? Während ihrer drei Restaurantbesuche hatte er Pizza gegessen, so erinnerte sie sich. Pizza und einmal Lasagne. Nichts gegen einzuwenden. Aber hier konnte man doch nur Konserven öffnen und warm machen.

Er ist ein Junggeselle, rief sie sich zur Ordnung. Bestimmt würde ihn auch manches in meiner Wohnung stören. Soll ich ihn einladen? Oder geht das zu schnell? Erst einmal abwarten, wie der heutige Abend läuft. Ob seine Freunde mich mögen.

Mit einem lauten Stöhnen drängte sich Harry an ihr vorbei und stellte die Tüte neben der Spüle ab. »Ganz schön schwer.«

»Kuchen, Pasties, Scotch Eggs, Salat. Da kommt schon was zusammen.«

Harry hob die Aufbewahrungsboxen aus der Tüte und stapelte sie auf. »Du bist toll, Betty«, sagte er und drückte ihr einen Kuss auf die Wange. Betty schrak zusammen, Harry wich zurück und starrte sie an. »Ist was?«

»Nein, nichts. Ich freue mich, dass es dir gefällt.«

»Na klar. Kannst du dann jetzt ein bisschen – oder wir beide – bei mir … du weißt schon?«

Seine Stimme hatte das Leutselige verloren und stattdessen einen verlegenen Ton angenommen, sein Blick glitt zu Boden.

Ein unangenehmes Gefühl zog Bettys Rücken hoch. Was verlangte er jetzt von ihr? Was erwartete er?

»Kann ich – was?«

»Na ja … putzen? Du hattest gesagt, es macht dir nichts aus …«

Während Betty den alten Staubsauger, der aussah, als wäre er ein Transformer, über den beige gemauschelten Wohnzimmerteppich schob, versuchte sie zu ignorieren, dass es ihr angenehmer war, hier für Harry sauber zu machen, als das zu tun, was sie für einen Moment geglaubt hatte. Wenn das mit ihr und Harry weiterging, würde es irgendwann dazu kommen. Dann würde sie bei ihm oder er bei ihr übernachten.

Zum wiederholten Mal gab ein Klickgeräusch zu erkennen, dass ein Nagel oder ein Stück altes Brot oder was auch immer eingesaugt worden war.

Warum nur war sie so? Wieso fiel es ihr derart schwer, sich auf jemanden einzulassen? Aber der Gedanke, dass Harry sie küsste – richtig küsste –, jagte ihr keine wohligen Schauer über den Rücken, sondern eine höllische Angst ein.

»Und, kommst du gut voran?« Harry kam aus der Küche ins Wohnzimmer, ein paar Teller und Gläser in der Hand, die er auf dem Esstisch abstellte.

»Ich bin mit dem Saugen fertig. Sonst noch was?«

»Kannst du den Abwasch machen? Ich bin nicht dazu gekommen die letzten Tage. Überstunden, weißt du. Viele Kollegen sind krank.«

Betty befestigte das aufgerollte Kabel am Griff des Staubsaugers und schob ihn zurück in den Flur. »Natürlich.«

Zwei Stunden später, nachdem der Abwasch erledigt war, die Küchenzeile glänzte und das Essen auf Tellern und Schüsseln angerichtet auf dem Esstisch stand, freute sie sich zum ersten Mal so richtig auf den Abend. Sie wusste zwar nicht, worüber sie sich mit vier fremden Männern unterhalten sollte, aber irgendein Thema würde sich schon finden. Mit Harry hatte sie ja auch Gesprächsthemen.

»Du bist Weltklasse!« Harry zog sie in die Arme und

drückte sie kurz an sich. »Vielen Dank noch mal für alles! Ich rufe dich dann die Tage an, okay? Wir können ja mal wieder in den Pub gehen oder so.«

Betty starrte ihn an, nicht ganz sicher, ob sie verstanden hatte. »Du meinst, ich soll jetzt gehen?«

Er grinste schief. »Das hier würde dich doch sowieso nicht interessieren. Fünf Typen, die am Computer zocken.«

Die Erkenntnis, dass er überhaupt nie daran gedacht hatte, sie seinen Freunden vorzustellen, stieg langsam in ihr auf. »Wir könnten uns doch unterhalten. Oder Karten spielen. Oder …«

»So feiere ich meinen Geburtstag schon immer.« Leichte Ungeduld klang in Harrys Stimme mit. »Die Jungs erwarten das.«

»Na, wenn die Jungs das erwarten!« Hastig betrat Betty die Küche, sammelte ihre leeren Boxen wieder ein und stopfte sie mit zitternden Fingern in die Tüte. Dann griff sie ihre Handtasche und lief zur Tür, bemüht, Harry nicht sehen zu lassen, dass Tränen in ihren Augen standen.

»Dann viel Spaß euch heute Abend.«

»Danke, den werden wir haben.«

Die Tür fiel hinter ihr ins Schloss. Betty rannte die Treppenstufen hinunter, auf die Straße und zu ihrem Wagen. Das Smartphone vibrierte in ihrer Hosentasche, als sie hinter dem Steuer Platz genommen hatte. Eine Nachricht von Claire: *Viel Spaß heute! Schick Fotos!*

Das Telefon glitt ihr aus den Fingern, rutschte in den Fußraum. Das Display wurde dunkel und mit ihm die Nachricht, die so harmlos war, aber doch so schwer zu beantworten. Wie sollte sie Claire das hier erklären? Dass sie kochte und backte und putzte und dann vor die Tür geschickt wurde? Wie konnte man jemandem eine solche Demütigung erklären? Warum tat sie sich so etwas an, ihr Leben war doch gut, so wie es war. Wieso wollte sie mehr? Warum Türen zu Räumen öffnen, die man nicht bewohnen durfte? Warum Unerreichbares hoffen? War sie dafür nicht mittlerweile zu alt?

Rasch wischte sie sich mit dem Ärmel über die Augen, hob das Smartphone auf, tippte: *Alles abgesagt heute. Harry ist krank,* und fühlte sich schrecklich dabei, ihre Freundin zu belügen. Aber das, was eben geschehen war, das konnte sie nicht erzählen, nein, das ging einfach nicht.

Nach einem tiefen Durchatmen startete sie den Wagen und machte sich auf den Rückweg nach Glenbarry.

8
Betty

Betty drängte sich an einer Gruppe Männer vorbei, die zu jung schienen, um zur Fangemeinde der BeeGees zu gehören, aber sich dennoch auf der Tanzfläche des Robert the Bruce zum Best Of der Truppe enthusiastisch verausgabten.

»Dürfte ich mal … Danke … Wenn Sie ein Stück zur Seite gehen …«

Einer der Männer packte sie um die Taille und drehte sie im Kreis.

»Staying aliiiiiive!«

»Sicher.« Betty tätschelte seinen Oberarm und befreite sich aus der Umklammerung. Wo, um Himmels willen, waren … Ihre Blicke huschten über die Hupfdohlen, die in das grün-blau-rote Licht der Discokugel getaucht waren. In der Ecke neben der Küche sah sie eine winkende Hand und lief entschlossen darauf zu, auch wenn sie nicht erkennen konnte, wer dort stand.

Nachdem sie wieder in Glenbarry angekommen war, hatte sie es zuerst reizvoll gefunden, sich für den Rest des Tages in ihrer Wohnung zu verkriechen und ihre Wunden zu lecken, doch nach ein paar Minuten war ihr die Decke auf den Kopf gefallen, und die Scham über das, was geschehen war, hatte sie dazu veranlasst, ins Bruce zu gehen. Hier fand sie Menschen, denen sie etwas bedeutete.

»Meine Güte, Granny«, begrüßte sie die alte Dame, nachdem sie sie endlich erreicht hatte. »Das wird jeden Samstag voller hier, findest du nicht?«

Granny Herberts Augen leuchteten aus dem sie umgebenden Faltenkranz. »Allerdings. Ist einfach herrlich, oder?«

Kaum hatten sie Platz genommen, tauchte auch schon Fred aus dem Getümmel auf. Er schien über einen Sensor für seine Freunde zu verfügen, ansonsten konnte sich Betty nicht erklären, wie er sie hier sofort gefunden hatte.

»Was kann ich euch bringen?«, übertönte seine tiefe Stimme die Musik, aber wie so oft meinte er diese Frage nur rhetorisch, denn er hielt ihnen schon zwei geöffnete Flaschen Lager entgegen.

»Danke!« Granny griff danach und reichte eine an Betty weiter. »Allein das Zusehen bringt einen schon ins Schwitzen.«

»Was soll ich da erst sagen?« Fred zupfte an seinem Shirt und grinste. »Ich glaube, es kommen jede Woche mehr Gäste.«

»Haben wir auch schon festgestellt«, erwiderte Betty. »Wie machst du das nur?«

»Gutes setzt sich einfach durch. Himmel, bin ich durstig. Darf ich?« Er streckte die Hand nach Bettys Flasche aus, die sie ihm sofort reichte. »Klar.«

Halb leer gab er sie ihr mit einem »Entschuldigung« zurück und verschwand in Richtung des Tresens. Betty nahm einen Schluck. Das kalte herbe Getränk löste ein wenig die Verspannung, die sie seit ihrem Weggang aus Harrys Wohnung verspürt hatte. Sollte sie über das sprechen, was passiert war? Granny Herbert wusste bestimmt einen Rat, so viel, wie sie schon erlebt hatte. Betty öffnete den Mund, setzte zum Reden an, hielt dann aber doch wieder inne. Nein, keine gute Idee. Erstens hatte sie Claire schon etwas anderes erzählt, und außerdem wusste sie genau, was die alte, selbstsichere Frau ihr raten würde: Schieß den Kerl in den Wind! Claire würde das Gleiche sagen, und beide hätten recht damit.

»Hallo, Granny – und du bist ja auch da, Schatz!«

Ihre Mutter drückte Betty einen Kuss auf die Wange, als sie sich zu ihnen setzte. Im nächsten Moment stand wie von Zauberhand eine weitere Flasche Bier vor ihnen auf dem Tisch. Verwundert drehte Betty sich um. Sie hatte Fred nicht einmal aus dem Augenwinkel herankommen sehen. Der Mann wusste nicht nur, was seine Gäste wollten, er war auch schnell wie der Blitz.

»Wie geht's dir, Kleines? Ich dachte, du hättest eine Verabredung mit deinem Freund.«

»Wirklich?« Granny sah fragend auf. »Warum wusste ich nichts davon?«

»Du wusstest es nicht? Betty, seit wann bist du so verschlossen?«

Warum mussten sie jetzt davon anfangen? Ausgerechnet an dem Tag, der vielleicht das Ende ihrer Zeit mit Harry darstellte.

»Es ist doch überhaupt nichts Festes, Maw. Wir waren

nur ein paarmal zusammen im Restaurant. Und heute hat er abgesagt, weil er krank ist.«

Noch eine Lüge. Nein, Übung machte in diesem Fall nicht den Meister. Sie fühlte sich schlechter als ohnehin schon.

»Essen gehen, das ist ein Anfang. Ich freu mich für dich. Wann lernen wir den jungen Mann kennen?«

»Noch nicht so bald, er ist ja jetzt krank. Das kann dauern.«

»Der Arme! Wenn er wieder auf den Beinen ist, möchten wir ihn gern kennenlernen, dein Pa und ich.«

»Klar.«

»Ich aber auch!«, gab Granny Herbert energisch zu verstehen. »Ich verfüge über eine hervorragende Menschenkenntnis.«

»Oh nein, auf keinen Fall!« Bettys Mutter verschränkte die Arme vor der Brust. »Du schlägst den armen Kerl nur in die Flucht.«

»Sicher, wenn es nötig ist. Betty soll einen guten Mann abkriegen, da sind wir uns doch einig, oder?«

»Natürlich, aber man kann auch zu wählerisch sein, Granny, und dann steht sie am Ende ganz allein da. Todd und ich hätten so gern Enkelkinder.«

»Eure Tochter ist nicht dafür da, um euch …«

Seufzend lehnte Betty sich in ihrem Stuhl zurück. Solche Streitereien zwischen ihrer Mutter und Granny gab es ständig, denn sie hatten zu so gut wie keinem Thema dieselbe Meinung. Doch so heftig sie sich auch stritten, spätestens beim nächsten Rommee-Abend war alles wieder vergessen.

Betty trank ihre Flasche leer, schnappte sich ihren Mantel, drückte ihrer Mutter einen Kuss auf die Wange und winkte Granny zu. »Wir sehen uns morgen.«

Beide Frauen sahen überrascht auf. »Du willst gehen? Wir unterhalten uns doch gerade so schön.«

»Ich bin müde. Es war ein langer Tag.«

»Nicht, dass du auch krank wirst.«

»Bestimmt nicht.«

Fröstelnd zog Betty ihren Mantel enger um sich zusammen. Die Blätter raschelten leise im Wind, und das Wasser des Loch Tain schlug sanft gegen das Ufer. Wolken schluckten das Licht der Sterne, sodass die Dunkelheit wie ein Vorhang über allem lag. Sie konnte sich nicht erinnern, den Weg vom Pub zu ihrem Laden schon einmal in einer solchen Schwärze gegangen zu sein. Mit geschärften Sinnen nahm sie das Aroma der Natur wahr – den Duft des Grases, des Mooses und der Farne. Aus dem Wald drang das Schreien eines Käuzchens, das seine Jagd begann. Vielleicht hätte sie in dieser Finsternis Angst bekommen, hätte nicht der Mount Hallion wie ein Wächter vor ihr gestanden. In dieser Zeit, wo sie sich so verunsichert fühlte, wie schon lange nicht mehr, vermittelte er ihr ein Gefühl von Stärke.

9

Claire

Herbstliches Sonnenlicht zeichnete goldene Muster auf die Bettwäsche. Claire streckte vorsichtig ein Bein heraus und zog es sofort wieder zurück.

Trau niemals der schottischen Sonne, dachte sie. Selbst wenn sie scheint, kann es kalt sein. Mit einem leisen Seufzen kuschelte sie sich dichter an ihren höchstpersönlichen Ofen aka Eric O'Malley, der ruhig atmend auf dem Bauch lag und schlief. Sie wollte ihn nicht wecken, deshalb strich sie nur ganz vorsichtig mit den Fingerspitzen durch seine lockigen Haare und über den muskulösen Rücken. Ob er es merkte, wenn sie ihm in den Hintern kniff? Einen Versuch war es wert.

Nein, er wachte nicht auf. Umso besser, er hatte sich seinen Schlaf verdient. So eine Woche auf einer Baustelle zehrte bestimmt an den Kräften, und wenn er dann am Wochenende nach Hause kam, sollte er sich ausruhen. Claire drehte sich auf den Rücken. Vernünftig und rational, so wollte sie sich verhalten. Allerdings war jetzt schon Sonntagmittag, er würde am nächsten Morgen zusammen mit Andrew zu einem Arbeitseinsatz für zwei Monate auf die Isle of Skye fahren, und sie würden sich noch weniger sehen.

Da war es doch nicht zu viel verlangt, ihn wenigstens ein paar Stunden in wachem Zustand erleben zu wollen. Erst vorsichtig, dann immer robuster rüttelte Claire seine Schulter, bis Eric die Augen halb öffnete.

»Was ist los?«

»Was los ist? Das ist keine anständige Begrüßung für die Frau, die du liebst und bald verlässt.«

Blitzschnell drehte Eric sich auf den Rücken und zog Claire in seine Arme. »Hast du wirklich Interesse an einer anständigen Begrüßung?« Mit einer Hand zog er ihr Gesicht zu sich herunter und küsste sie so intensiv, dass Claire nach Luft schnappte, als er sie wieder losließ. Sein Kuss, das leidenschaftliche Funkeln in seinen Augen, die Festigkeit und Wärme seines Körpers unter ihrem verstärkte den Schmerz über seine baldige Abreise so sehr, dass es ihr nicht gelang, sein Lächeln zu erwidern. Erics dunkle Augenbrauen zogen sich zusammen.

»Und noch einmal, Claire – was ist los? Du siehst mich an, als müsstest du mir etwas Fürchterliches sagen.«

Seufzend rollte sie von ihm herunter und schmiegte sich an seine Seite.

Kein Streit, Claire! Fang nur keinen Streit an. Verpack deine Kritik in etwas Positivem.

»Ich hatte mir überlegt …«

»Ja?«

»Jeder hier in Glenbarry verdient sein Geld mit etwas, was ihn erfüllt. Du könntest Möbel tischlern, wenn du vernünftig wärst …«

»Nicht schon wieder«, stöhnte Eric.

Sie räkelte sich dichter an ihn heran. »Ist ja gut. Betty

hat ihren Laden und ihre Bäckerei, Kendra bekommt Kinder und macht diese seltsamen Voodoo-Sachen …«

»Sie stellt Naturheilmittel und Kerzen her.«

Claire sah in seiner Aufzählung keinen Unterschied zu dem, was sie gesagt hatte.

»Meinetwegen. Fred führt seinen Pub, Glins ist Friseurin, Dave war früher Fischer mit Leib und Seele, Bettys Mutter arbeitet im Büro dieser Kirchengemeinde … Aber ich weiß nicht, was ich tun könnte.«

»Du musst doch nichts tun. Du hast viel Geld auf dem Konto.«

Sie kniff ihn in die Seite. »Geld, dass ich sehr gern in dich investieren würde. Aber egal. Ich kann nicht untätig herumsitzen. Früher habe ich auch gearbeitet, jedoch nicht, weil ich es mir ausgesucht habe, sondern weil es selbstverständlich war, dass ich nach dem Unfall meines Vaters das Management von Woodcorp übernahm. Mich hat niemand gefragt, ob ich das überhaupt wollte – mit Bilanzen jonglieren, Verträge checken, Kundenkontakte knüpfen. Ich konnte nie herausfinden, was ich tatsächlich machen möchte.«

»Du warst sehr gut darin, Äste und Balken zu transportieren und Maschinen zu ölen«, erwiderte Eric in gespielt ernsthaftem Ton. Während ihrer ersten Tage in seiner Tischlerei hatte er ihr die dreckigsten, schwersten Aufgaben zugeteilt, in der Hoffnung, sie würde die Flucht ergreifen. Ein Plan, der nicht hundertprozentig funktioniert hatte, immerhin lag sie nun neben ihm im Bett.

»Du wirst schon noch das Richtige für dich finden,

Claire. Du kannst es nicht erzwingen. Die Aufgabe wird zu dir kommen.«

»Zu mir kommen? Meine Güte, manchmal vergesse ich, was für ein verschrobener Schotte du doch bist. Ich muss was verdienen. Vielleicht nimmst du dieses Geld dann ja an, um Spirit wieder zu eröffnen.«

Eric setzte sich auf. »Das ist nicht dein Ernst!«

»Doch, absolut. Jeden Pence, den ich zukünftig verdiene, stecke ich in die Tischlerei. Das, was du auf den Baustellen bekommst, reicht doch gerade für das Nötigste.«

Besser, er schwieg, denn darauf gab es keine Antwort außer »Du hast recht«.

Er fand doch eine. »Nie im Leben werde ich das zulassen. Erst arbeitest du für George Wesley und später dann für mich? Auf gar keinen Fall! Ich sollte derjenige sein, der dich unterstützt, dir alles gibt, was du möchtest.«

Verschroben und altmodisch – das war also ihr Freund. Und sie würde ihn für nichts und niemanden auf der Welt eintauschen.

»Hör mir zu …«

»Nein! Du wirst nicht meinetwegen schuften, das lasse ich nicht zu.«

Claire setzte sich nun ebenfalls auf, teils, weil es sich besser anfühlte, das Gespräch auf Augenhöhe fortzusetzen, teils, weil sie wusste, wie sehr es Eric ablenken würde, wenn sie mit nacktem Oberkörper vor ihm saß.

»Ich müsste nicht schuften und du auch nicht. Wenn du dir nur helfen lassen würdest. Wir könnten die Tischlerei in ein paar Monaten wiedereröffnen, und dann wärst du nicht ständig weg …« Claire hielt inne, als der Kummer, den sie spürte, sich in ihrer Stimme widerspiegelte. Hastig wischte sie sich über die Augen. War es wirklich zu viel verlangt, den Mann, den sie liebte, an ihrer Seite haben zu wollen?

Eric streckte den Arm aus und zog sie an sich. »Wie sollte ich denn in den Spiegel sehen können, wenn ich meinen Neustart nicht aus eigener Kraft bewältige, sondern mit dem Geld von George Wesley?«

»Ein Neustart, der nur seinetwegen überhaupt nötig ist. Hätten er und Francis Spirit nicht in Brand stecken lassen … Betrachte es doch als ausgleichende Gerechtigkeit.«

Er lachte leise. »Geht nicht, Claire. Du kennst mich, oder?«

Seufzend schlang sie den Arm um seinen Brustkorb. »Ja. Stur und egozentrisch, das bist du.«

»Egozentrisch?« Eric klang alarmiert. »Siehst du mich wirklich so?«

»Allerdings. Dich interessiert nur, dass dein Stolz nicht an ein paar Ecken abgestoßen wird. Wie es mir geht, ist dir völlig …«

So unerwartet, dass sie einen Schrei ausstieß, zog Eric sie mit sich zurück auf die Matratze. »Es ist mir nicht egal, wie es dir geht, Claire«, sagte er. »Das war es nie, das wird es nie. Aber ich kann nicht …«

»Ich weiß! Du kannst nicht über deinen Schatten springen. Nicht so wie ich. Ich habe alles für uns aufgegeben, habe mein ganzes Leben verändert, um bei dir zu sein.«

Nun gut, das war nicht die ganze Wahrheit. Nach

allem, was sie herausgefunden hatte über die Menschen, die ihr am nächsten gestanden hatten, hatte sie nichts mehr gewollt, als genau dieses Leben zu verändern.

Der Ärger, den Eric für einen Augenblick gezeigt hatte, verpuffte sofort wieder. »Worüber reden wir hier?«, fragte er. »Bist du nicht glücklich in Glenbarry? Bei mir?«

»So ein Unsinn, natürlich bin ich glücklich! Ich möchte nirgendwo anders sein und bei niemand anderem. Genau deshalb bitte ich dich doch, das Geld anzunehmen. Damit wir mehr Zeit füreinander haben. Wenn du nicht da bist, dann … Ich weiß nicht. Dann fehlt mir etwas. Das Wichtigste.«

Er beugte den Kopf und drückte einen sanften Kuss zwischen ihre Brüste. »Geht mir genauso. Vielleicht bin ich ja wirklich zu halsstarrig. Aber der Gedanke, mit George Wesleys Geld shoppen zu gehen, ist einfach unvorstellbar. Kannst du das nachvollziehen?«

»Ja, kann ich. Versprich mir aber, darüber nachzudenken, wenn du die nächsten Abende allein und einsam in deinem Bauwagen auf der Isle of Skye liegst, während ich mich in meiner ganzen Pracht und Schönheit zwischen den Laken wälze.«

»Versprochen!« Lachend zog er Claire fest in die Arme. »Ganz großes Ehrenwort. Und bis dahin schaffen wir uns ein paar schöne Erinnerungen. Ein paar Stunden haben wir ja noch.«

Während Claire mit geschlossenen Augen seine Liebkosungen genoss, fasste sie einen Entschluss. Sie würde herausfinden, welcher Beruf der Richtige für sie war. Die Bewohner von Glenbarry würden ihr bei ihrer Suche sicherlich gern helfen. In ihrer neuen Tätigkeit würde sie so erfolgreich werden, dass Eric seine Tischlerei bald wiedereröffnen könnte, und dann würde jeder Tag so wundervoll wie dieser.

Das, so entschied Claire, war ein großartiger Plan.

10

Claire

»Wie lange sind Sie schon als Klempner tätig, Mr. Cleary?«

Claire bemühte sich zu ignorieren, dass der Oberkörper von Bettys Vater unter einer Spüle steckte und sie mit seinen aufgestellten Beinen kommunizierte.

»Vierzig Jahre. Seit der Schule. Hab's von meinem Vater gelernt«, ertönte seine gedämpfte Antwort.

»Und macht Ihnen der Beruf immer noch Spaß?«

Mühsam befreite sich Mr. Cleary aus seiner Position und setzte sich auf. »Achtzig Prozent meiner Arbeitszeit entferne ich Verstopfungen aus Toiletten oder Abwasserrohren. Die restliche Zeit dichte ich Heizungen ab oder schließe neue Armaturen an.«

Dem harschen Ton seiner Stimme nach zu schließen, hatte sie sich wohl gerade sehr blamiert. Und so betrachtet konnte sein Job wirklich nicht die Erfüllung sein. Claire schüttelte sich allein bei dem Gedanken, anderer Leute Hinterlassenschaften aus engen Rohren entfernen zu müssen.

»Tut mir leid, das war eine dumme Frage.«

»Allerdings.« Energisch legte sich Mr. Cleary wieder auf den Rücken und schob sich zurück unter die Spüle. »Es gibt keinen besseren Job, das ist doch offensichtlich!«

Während eines Abendessens bei den Clearys vor ein paar Tagen hatte es Claire einige Überzeugungskraft gekostet, bis er sich bereit erklärt hatte, sie zu einem Arbeitseinsatz mitzunehmen. Aber da der Entschluss, ihren Traumjob zu finden, es erforderte, in andere Berufe hineinzuschnuppern, hatte sie all ihren Charme aufgewendet und von ihm schließlich sein Einverständnis in Form eines an seine Frau gerichteten »Meinetwegen, wenn sie dann endlich aufhört zu reden« bekommen. Deshalb saß sie nun vor ihm auf dem Küchenboden einer freundlichen älteren Dame, deren Spüle seit drei Tagen nicht mehr ablief.

»Ah, da haben wir ja den Übeltäter!« Mr. Cleary schob sich ein Stück weit hervor, einen undefinierbaren grauen Klumpen zwischen den Fingern. »Hier, werfen Sie das in den Müll«, mit diesen Worten klatschte er Claire das nasse, weiche, schleimige Etwas in die Hand und rutschte sofort wieder zurück.

»Was … was ist das?«, fragte sie tonlos, bemüht, die aufsteigende Übelkeit zu unterdrücken.

»Essensreste und Fett, was sonst?«

Gut, sie hätte besser nicht gefragt. So schnell es nur ging, öffnete sie den Deckel des Zinkmülleimers und ließ das Ding verschwinden. Angewidert drehte sie den Wasserhahn auf, um sich die Hände zu reinigen. Dass das Rohr noch nicht wieder geschlossen war, erkannte sie im nächsten Augenblick, als Mr. Cleary ein gotteslästerlicher Fluch entfuhr und er gleich darauf mit nassem Kopf zum Vorschein kam. »Drehen Sie das verdammte Wasser ab!«

»Alles in Ordnung bei euch?« Die ältere Dame, deren Abfluss gerade repariert wurde, sah zur Tür herein.

»Alles klar, Moira.« Mr. Cleary wischte sich mit dem Ärmel seines blauen Arbeitshemds das Wasser aus dem Gesicht. »Bin gleich fertig.«

»Wunderbar, Todd. Auf dich ist einfach Verlass.«

Claire wischte sich die Hände an der Hose ab. »Todd?«, fragte sie und hoffte, ihre Stimme klänge nicht so peinlich berührt, wie sie sich fühlte. »Ein wirklich schöner Vorname.«

»Und dann bekam ich heute Abend die Nachricht von Betty, dass ihr Vater zukünftig auf meine Mithilfe verzichten würde.«

Eric lachte am anderen Ende der Leitung. »Das tut mir zwar sehr leid für dich, aber ehrlich gesagt, kann ich mir dich nicht im Blaumann vor einer tropfenden Toilette vorstellen.«

Seufzend ließ sich Claire auf das Bett sinken. »Du traust mir überhaupt nichts zu.«

»Im Gegenteil. Ich traue dir fast alles zu. Aber ich sehe dich eher im Organisatorischen, im Management. Da, wo du anderen sagen kannst, was sie zu tun und zu lassen haben. Das ist deine Stärke.«

»Haha! Das habe ich die letzten Jahre bei Woodcorp gemacht. Aber jetzt will ich herausfinden, was ich wirklich will. Was mich begeistert. Was mich brennen lässt.« Sie erstarrte. Sofort stand ihr wieder vor Augen, wie sie sich in Erics Werkstatt befunden hatte, von lodernden Flammen umgeben. Sie spürte die Hitze auf ihrer Haut und den Qualm erstickend in der Lunge. Todesangst. Seit jenem Tag wusste sie, was dieses Wort bedeutete. Ihr Herz raste, und mit schweißnassen Händen hielt sie das Smartphone gegen ihr Ohr gedrückt.

»Claire? Alles in Ordnung?«

Sie wollte etwas sagen, verschluckte sich, hustete. Spürte das Kratzen des Rauches im Hals.

»Atme tief ein, Claire. Dir kann nichts passieren. Du bist in Sicherheit. Hörst du mich? Hörst du mich?«

Erics ruhige Stimme drang durch ihre Angst. Die dunkle Furcht um sie herum zerbrach in tausend Scherben. »Ja, ich höre dich. Es ist wieder gut.«

Nicht zum ersten Mal war sie von der Erinnerung an die schrecklichsten Minuten ihres Lebens übermannt worden, und so wie damals, als es wirklich geschehen war, so hatte sie auch in diesen Momenten Eric aus der Situation gerettet.

»Tut mir leid, ich bin ein bisschen meschugge.«

»Du bist traumatisiert, Claire, und du hast jeden Grund dazu. So etwas wird nicht einfach wieder gut.«

Sie wusste, dass er aus Erfahrung sprach. Er hatte seine Frau in einem Feuer verloren und sich seitdem jahrelang nicht mal einem Kamin unbeirrt nähern können. Erst die Angst, Claire zu verlieren, hatte ihn dazu gebracht, über sich selbst hinauszuwachsen. Hätte er sie nicht aus den Flammen gerettet, sich dabei selbst in Lebensgefahr gebracht, dann … Sie wollte nicht einmal darüber nachdenken.

»Wir sind schon ein paar kaputte Typen«, versuchte sie die Situation aufzuheitern.

»Was mich angeht, hast du sicher recht, aber du bist die wunderbarste Frau, die ich mir vorstellen kann.«

»Schade, dass du diese Frau so lange allein lässt. Sie kann dir wohl nicht so wichtig sein.« Am liebsten hätte sie jetzt einen Streit vom Zaun gebrochen, um die unangenehmen Emotionen kanalisieren zu können, aber das wäre Eric gegenüber unfair gewesen.

»Claire, bitte, ich …« Der schmerzliche Ton in seiner Stimme machte ihr sofort ein schlechtes Gewissen.

»Ich weiß, ich weiß. Mach dir keine Gedanken, ich komme hier klar. Und wie geht es dir?« Himmel, sie war wirklich eine Freundin aus der Hölle! Redete die ganze Zeit nur von sich, während er auf Skye Gott weiß wo untergebracht war. »Hast du ein Bett? Und genug zu essen? Soll ich dich am Wochenende besuchen? Soll ich dir etwas schicken oder …«

»Halt die Luft an«, unterbrach Eric sie lachend. »Es ist alles gut, ich schlafe nicht auf der Erde und ernähre mich ausreichend. Und ich würde dich schrecklich gern am Wochenende sehen, aber wir werden hier durcharbeiten. Je eher … du weißt schon.«

»Ja, ich weiß. Ich vermisse dich nur so sehr.«

»Ich dich auch.«

Nachdem sie das Gespräch beendet hatten, hielt sie das Smartphone noch eine Weile in der Hand, spürte die Wärme des Geräts.

Schließlich zog sie, so wie sie war, die Decke über sich und schlief ein.

11
Richard

Liebe Lavinia,

mein Anwalt teilte mir mit, dass er dir die Scheidungspapiere vor zwei Wochen übergeben habe. Bis jetzt hat er allerdings weder eine Rückmeldung noch die unterschriebenen Dokumente von dir erhalten. Bitte unterzeichne die Papiere baldmöglichst und sende sie ihm zurück, damit die Angelegenheit in diesem Jahr abgeschlossen werden kann.

Beste Grüße,
Richard

Er lehnte sich zurück, die Hände hinter dem Kopf verschränkt, und überflog die E-Mail an seine Ehefrau. Zu kurz? Was sonst sollte er zu diesem unangenehmen Sachverhalt schreiben? Zu kalt? Nein, nüchtern.

Trotzdem – es fühlte sich falsch an. Nicht die Scheidung, das war der einzig richtige Weg. Und doch hatte er für Lavinia einmal etwas empfunden, was er für Liebe gehalten hatte. Die Unbeschwertheit, mit der sie durch das Leben ging, hatte ihn angesprochen, auch wenn er später erkannt hatte, dass viel von dieser Leichtigkeit nur eine Rolle war, die sie spielte.

Kennengelernt hatte er Lavinia gleich zu Anfang seiner Zeit als Gastdozent für englische Literatur an der UCLA – höchst profan beim Einkauf in einem Bio-Supermarkt. Er hatte ihr ein Glas Cranberry-Linsen-Aufstrich aus einem Regal geholt, sie hatte ihn als Dank auf einen Cocktail am Abend eingeladen. Wenige Wochen danach hatten sie sich eines Morgens um fünf in einer Hochzeitskapelle trauen lassen. Dieser Hals-über-Kopf-Entscheidung waren drei absolut verrückte, leidenschaftliche Ehejahre gefolgt, in denen Lavinia, die junge Schauspielerin mit ersten Auftritten, und er, der exotische Brite, ein aufsehenerregendes Paar gewesen waren. Für eine Zeit schien ihr Leben eine nach oben offene Richterskala der Möglichkeiten.

Er wollte die E-Mail absenden, da fiel sein Blick auf den zweiten Satz: *Bis jetzt hat er allerdings weder eine Rückmeldung noch die unterschriebenen Dokumente von dir erhalten.* Nein, das war zu hart. Es klang nach einer Zahlungserinnerung, nicht nach der Aufforderung, einen Lebensabschnitt zu beenden. Er löschte den Satz und schrieb stattdessen: *Leider hat er bisher noch nichts von dir gehört, und du hast auch die Dokumente nicht an ihn zurückgesandt. Ich weiß, wie beschäftigt du bist und dass du wahrscheinlich gerade die Drehbücher für die nächste Staffel von* Breaking Bad Law *studierst. Großartig, welchen Erfolg die Serie hat!*

Das klang doch schon besser. Auch wenn er noch nie ein echtes Interesse an ihren schauspielerischen Aktivitäten gehabt hatte. Hatte sie ihm von ihren Erlebnissen bei Castings oder bei Filmaufnahmen erzählt, so hatte er Aufmerksamkeit heucheln müssen; hatte er ihr von den Themen berichtet, die er für seine Kurse vorbereitet hatte, so war sie regelmäßig eingeschlafen. Eine Weile war es ihm recht gut gelungen, die Erkenntnis vor sich zu verbergen, dass er so nicht weitermachen wollte. Aber eines Morgens war er aufgewacht und Los Angeles keine sonnige Stadt voller freundlicher Menschen mehr gewesen, sondern ein lauter, übervoller Moloch, und er hätte alles gegeben für ein Gesicht, auf dem kein breites Lächeln lag. Doch am schwersten hatte die Erkenntnis gewogen, dass die schöne blonde Frau im Bett neben ihm eine Fremde war, mit der ihn nichts verband. Ohne sie zu wecken, hatte er das Haus verlassen, sich im Echo Park an den Rand des Sees gesetzt und die Spiegelungen der Hochhäuser im Wasser betrachtet. In jenem Moment hatte er begriffen, das sein Leben genau so war – das Abbild von etwas Großartigem, aber ohne Substanz. Er hatte Lavinia lieben wollen, weil er gehofft hatte, an ihrer Seite jemand anders sein zu können. Kein Mann, der Jahrhunderte mit sich herumtrug. Kein Junge, der in Kilts und kratzige Wollstrümpfe gesteckt wurde und sich darin so lächerlich vorkam, wie er auch allen anderen erschien. Allen, bis auf Elizabeth. An sie hatte er während seiner Zeit in L. A. nicht einmal gedacht. Erst dort, am Ufer eines Sees, der sich so sehr vom Loch Tain unterschied, hatte er sich wieder an das Mädchen mit den roten Locken, blauen Augen und weichen Lippen erinnert. Und da hatte er gewusst, dass er zwar weit gelaufen war, aber letztlich nur im Kreis.

Jenem Morgen schlossen sich sieben weitere Ehejahre an, die ihn zurück nach England geführt hatten, nach Hallion Castle und nach Edinburgh, wo er etwas fand, was er am ehesten eine Heimat nennen konnte: eine Stelle, eine gemütliche Wohnung, einen Lieblingspub. Und während Lavinias Karriere mit der Rolle der Sadie in *Breaking Bad Law* einen ordentlichen Schub erhielt, war ihre Ehe von gegenseitigen Besuchen in den ersten Jahren zu Telefonaten, E-Mails und später zu vergessenen Geburtstagen geschrumpft. Und dann zu Scheidungspapieren und dieser Nachricht. Die immer noch nicht richtig erschien, aber gesendet werden musste. In einem erneuten Versuch, etwas Unschönes hübsch zu verpacken, änderte er den letzten Halbsatz von *damit die Angelegenheit in diesem Jahr abgeschlossen werden kann* in *damit wir beide in Kürze unbeschwert in die Zukunft blicken können.*

Besser wurde das hier nicht mehr. Er schickte die E-Mail ab, starrte danach so gebannt auf sein Laptop wie ein Kaninchen auf die Schlange.

Jetzt mach schon!, beschwor er seine Frau in Gedanken. Schreib, dass die Dokumente auf dem Weg sind. Schreib, dass es vorbei ist.

Sein heimliches Flehen zeitigte Erfolg, eine Nachricht kam herein.

Hallo Rickie, schön von dir zu hören. Die Papiere liegen auf meinem Schreibtisch, aber ich bin noch nicht dazu gekommen zu unterschreiben. Sorry! Viel zu tun! Ich melde mich wieder.
Kuss, Lavinia

12
Betty

Den Ärmel schützend über die Hand gezogen, schob Betty die dornigen Brombeerranken zur Seite und arbeitete sich so durch Kendras wilden Vorgarten auf ihr Haus zu. Im Sommer leuchtete der Garten im üppigen Orange und Lila des Rhododendrons, aber jetzt im Herbst herrschten das dunkle, glänzende Grün der Blätter und das Rot der prallen Beeren vor. In einem kleinen Kräutergarten neben dem Haus wuchsen Basilikum, Giersch und Bärlauch neben Sonnenbraut und Goldrute. Kendra fertigte Kerzen und Salben aus den Kräutern und trocknete die Blätter für Aufgüsse.

Noch bevor Betty an die grauholzige Tür klopfen konnte, öffnete Kendra. Sie trug den kleinen rothaarigen Walt, ihr jüngstes Kind, auf dem Arm, ein breites Lächeln im Gesicht und einen enormen Schwangerschaftsbauch vor sich her.

»Hi, Betty. Ich hatte dich schon erwartet.«

Zögerlich trat Betty über die Türschwelle. »Woher wusstest du, das ich komme? Ich hatte nicht angerufen …«

Nachlässig zuckte Kendra die Schultern. »Manche Dinge muss man mir nicht sagen. Die weiß ich einfach.«

Gänsehaut ließ die Härchen an Bettys Armen sich aufrichten, bis Kendra laut auflachte. »Mann, ich habe dich vom Schlafzimmerfenster aus kommen sehen.«

Betty fiel in ihr Lachen mit ein, allerdings hegte sie einen tiefen Respekt gegenüber Kendras Fähigkeiten, so wie viele Frauen aus der Umgebung. Zu Kendra ging man mit einer hartnäckigen Erkältung oder einer Warze oder einem gebrochenen Herzen. Je nach Notfall erhielt man dann getrocknete Kräuter zum Inhalieren, eine Paste aus Schöllkraut und Knoblauch oder eine Tasse Tee und ein offenes Ohr.

»Nimm Platz«, sagte Kendra im Wohnzimmer, das mit Kinderspielzeug, Topfpflanzen, einem überquellenden Bücherregal, Tisch und Stühlen gut gefüllt war. Vorsichtig ließ Betty sich auf einem der durchgesessenen Korbstühle nieder, der dabei verdächtig knirschte.

»Tee?«

»Nein, danke …«

»Also ja. Bin gleich zurück. Kannst du ihn halten?« Resolut drückte Kendra ihr Walt in die Arme, der sogleich nach Bettys Locken griff. Während Kendra in der Küche werkelte, ließ Betty den Jungen auf ihrem Oberschenkel reiten, und sofort hörte sie die Stimme ihrer Mutter: *Wir hätten so gerne Enkel, Elizabeth.* Kaum ein Besuch verging, an dem nicht dieser oder ein ähnlicher Satz fiel, der sie stets mit einem schmerzenden Gefühl des Versagens zurückließ – so sehr, dass sie sich nie gefragt hatte, ob sie selbst überhaupt Kinder wollte. Aber diese Frage war sowieso umsonst, denn ohne Mann konnte sie sich keine Familie vorstellen. Im Gegensatz zu Kendra, die nach ihren eigenen Regeln lebte und die es nicht interessierte, was andere über sie dachten, wollte Betty eine funktionierende, traditionelle Familie oder gar keine. Aber jetzt war da ja Harry. Obwohl – gab es den überhaupt noch in ihrem Leben? Wollte sie ihn denn? Sie hatte keine Ahnung, was in einer Beziehung so vor sich ging, aber sie vermutete, dass es mehr sein sollte, als frittierte Eier im Hackfleischmantel zuzubereiten und Küchenherde zu putzen. Ihre schweren Gedanken wurden von Walt unterbrochen, der mit einem Kichern nach ihrer Nase tastete, worauf Betty unweigerlich lachen musste. Sie drückte den Kleinen an sich und küsste ihn schmatzend auf die Wange.

»Ich sehe schon, ihr kommt klar.« Kendra kehrte aus der Küche zurück und stellte ihr selbst getöpfertes, etwas schief geratenes Tablett mit der Teekanne und den beiden Tassen auf den Tisch.

»Verrate mir«, sagte sie, während sie das Getränk eingoss, »weshalb du hier bist.«

Betty zögerte. Auf einmal kam ihr die Idee, Kendra um eine Wegweisung für ihre Zukunft zu bitten, albern vor. Immerhin leitete sie erfolgreich ihren zwar kleinen, aber florierenden Laden. Zwei ihrer selbst kreierten Rezepte waren in Backzeitungen veröffentlicht worden, und – verdammt noch mal – sie war siebenunddreißig Jahre alt. Sie sollte doch wissen, was sie vom Leben wollte. Sie stellte die Teetasse zurück und erhob sich halb, Walt noch immer an sich gedrückt. »Ich glaube, es war eine dumme Idee, Kendra. Tut mir leid und danke für den Tee. Ich sollte besser …«

»Du warst noch nie hier, Betty. Zumindest nicht dafür.«

»Wofür?«

»Für das, was ich mache. Und glaub mir, so gut wie jeder, der das erste Mal zu mir kommt, sagt genau das Gleiche: ›Es war eine dumme Idee. Ich sollte besser gehen.‹ Allerdings bedanken sich nicht alle für den Tee. Den Geschmack von aufgebrühten Tannennadeln mag nicht jeder.«

»Ich schon«, entgegnete Betty entschieden.

»Dann bist du wegen des Tees gekommen? Oder damit deine Haare und deine Nase von Walt malträtiert werden?«

»Nein.«

Fragend zog Kendra die Augenbrauen zusammen und streckte ihr auffordernd die Tasse entgegen. Seufzend griff Betty danach und nahm einen Schluck des würzigen Getränks. Wie sollte sie Kendra nach etwas fragen, was sie nicht einmal für sich selbst formulieren konnte?

»Als du heute deine Wohnung verlassen hast, um zu mir zu kommen, woran hast du da gedacht?«

»An nichts Besonderes. Ob ich genug Mehl im Haus habe.«

»Oh, komm schon, Betty, erzähl mir keinen Scheiß! In deinem Laden türmen sich die Mehlsäcke, da könntest du eine Burg daraus bauen.«

Ertappt wand Betty sich auf ihrem Stuhl. »An nichts Wichtiges, ehrlich.«

»Weißt du, es macht mir nichts aus, dass du mich anlügst. Das passiert mir hier ständig. Aber du belügst dich selbst, und das ist traurig.«

Mit einem komischen kleinen Geräusch schmiegte sich Walt noch enger an Betty und schloss die Augen. Leise lachend nahm Kendra ihn ihr ab und legte ihn in sein Bettchen neben der Couch. Bettys Arme fühlten sich auf einmal schrecklich leer an.

»Siehst du, der Kleine schläft gleich und kriegt nichts von dem mit, was du mir erzählst. Und Dewie und Melissa sind bei Schulfreunden zum Spielen. Hier sind nur du und ich.« Kendra setzte sich ihr gegenüber und pustete in ihren Tee, bevor sie einen Schluck aus der dickwandigen Tasse nahm.

Was hatte sie schon zu verlieren?, überlegte Betty. Auf Kendras Verschwiegenheit war Verlass. Es würde niemand etwas von dem erfahren, was sie hier sagte.

»Manchmal, da denke ich, dass in meinem Leben nichts mehr passieren wird. Ich meine nicht die kleinen Katastrophen wie ein kaputtes Auto und auch nicht die schönen Dinge wie ein gut gelungenes neues Rezept. Dass sich nichts mehr verändert und ich, so wie ich jetzt bin, weiterlebe bis zum Schluss, davor habe ich Angst. Versteh mich nicht falsch, ich liebe das Dorf und euch alle, und es macht Spaß, das Muddle zu führen …« Betty schwieg. Es war so viel einfacher, das Gute aufzuzählen, das sie besaß, als das, was fehlte.

»Das ist doch klar, Betty. Niemand, der dich kennt, käme auf einen anderen Gedanken«, erwiderte Kendra, und ihr sanfter Ton lud förmlich zum Weitersprechen ein.

»Es ist nur – abends bin ich allein. Nicht immer, man sieht sich ja oft bei Fred, oder ich unternehme am Wochenende Wanderungen mit Granny Herbert …«

»Oh Gott, ja!«, lachte Kendra. »Das habe ich einmal gemacht, aber nie wieder. Die alte Lady ist dermaßen gut zu Fuß, ich musste förmlich um Gnade betteln, damit sie mich aufschließen lässt.«

Betty grinste, als sie an eine samstägliche Tour den Loch Tain entlang dachte. Granny war hinterher zum Tanzen ins Bruce gegangen, und sie hatte sich mit Blasen an den Füßen und schmerzenden Beinen ins Bett gelegt. Und genau das war der Punkt. Sie hätte so gern jemanden bei sich gehabt, der ihr eine heiße Schokolade machte, ihr weiche warme Socken reichte und ihre Waden massierte. Aber da war niemand. Sie selbst war mit Tippelschritten durch ihre kleine Wohnung gelaufen, hatte ein paar Wollstrümpfe herausgekramt, die Milch für den Kakao erhitzt und Arnikacreme aufgetragen.

»Es fehlt mir etwas. Ich wüsste gerne, was es ist und warum es so ist. Ich bin zufrieden, Kendra, aber ich wäre gern glücklich, und ich weiß nicht, ob ich zu viel verlange, ob ich unverschämt bin. Gierig. All das will ich nicht sein. Ich will …«

»Du willst es allen recht machen, Betty.«

Wie sollte sie darauf reagieren? Sollte sie sich verletzt fühlen oder gedemütigt? Oder ertappt?

»Was ist denn schlecht daran?«, fragte sie schließlich.

»Gar nichts. Nicht das Geringste. Die Welt wäre sehr viel besser, wenn mehr Menschen versuchen würden, es anderen recht zu machen. Aber das Ganze kann sich auch ins Gegenteil verkehren, wenn man darüber vergisst, es sich selbst recht zu machen. Denn wenn du nicht weißt, was für dein Wohlergehen nötig ist – wie sollte es jemand anderes wissen?«

Betty umschloss die langsam kühl werdende Teetasse mit beiden Händen. »Ich hoffe«, fing sie an, »ich hoffe immer, dass es da mal jemanden geben wird, der es weiß. Einfach so, ohne dass ich etwas sagen muss. Der mich ansieht und begreift, was ich genau in diesem Moment brauche. Und es mir dann gibt.«

»Ein schöner Gedanke. Aber anstatt dafür auf einen anderen Menschen zu vertrauen – wie wäre es, wenn du dieser jemand wärst, der erkennt, was deine Wünsche sind und wie du sie dir erfüllen kannst?«

»So bin ich nicht.« Energisch schüttelte Betty den Kopf, sodass ihre Locken flogen. »Es fühlt sich falsch an.«

Beide Hände auf die Armlehnen gepresst, drückte Kendra sich aus dem Stuhl hoch. »Himmel, das wird immer schwerer«, stöhnte sie. »Ich kann mir kaum vorstellen, dass das noch zwei Monate so weitergeht. Ich will ja jetzt schon nur noch liegen oder rollen.«

»Oh!« Betty erhob sich. »Soll ich etwas für dich holen?«

»Von wegen! Ich hole etwas für dich. Warte, kann sich nur um Stunden handeln.«

In ihrem schwerfälligen Watschelgang ging Kendra ins angrenzende Zimmer. Während Betty wartete, betrachtete sie die üppig wuchernden Orchideen auf dem Fensterbrett. So schön die Pflanzen auch waren, sie empfand sie immer als zu aufdringlich, zu sehr Primadonna. Sie liebte die sommerlichen Wildblumen auf den Wiesen und Feldern.

»So!« Kendra betrat wieder den Raum und packte einen Zettel und einen blauen Kugelschreiber vor ihr auf den Tisch. »Ich möchte, dass du dir in den nächsten

Tagen Gedanken darüber machst, was du dir am sehnlichsten wünschst. Also wirklich richtig und ehrlich und aufrichtig wünschst. Nimm dir Zeit dafür, aber vergiss es nicht.«

Zögernd nahm Betty Stift und Papier in die Hände. »Einverstanden. Und weshalb gibst du mir das hier? Etwas zu schreiben habe ich auch zu Hause. Oder sind das …« Sie stockte und betrachtete den Kugelschreiber genau. »Sind das … besondere Dinge? Hast du sie …«

»Was? Verzaubert? Mit einem Bann belegt?« Kendra lachte schallend, und Betty errötete. »Nee, das ist Billigkram aus dem Ryman. Ich gebe dir das nur, damit es dich an deine Aufgabe erinnert. Leg dir beides auf den Schreibtisch oder in die Küche, irgendwohin, wo es dir ins Auge fällt. Du wirst es sehen und denken: Oh, das hat mir ja Kendra mitgegeben, damit ich meinen tiefsten Wunsch notiere. Und das wirst du dann tun.«

»Danke.« Betty verstaute beides in ihrer Handtasche und stellte sie zurück auf den Boden. »Ich werde darüber nachdenken.«

»Ich bitte darum. Und dann«, mit diesen Worten öffnete Kendra ihre linke Hand, die sie bis dahin zu einer Faust geballt hatte, und eine schmale goldene Kette mit einem sechseckigen Anhänger kam zum Vorschein, »dann faltest du den Zettel zusammen und steckst ihn hier hinein.« Sie schraubte das obere Ende des Anhängers ab. »Wenn du deinen Wunsch verstaut hast, verschließe ihn wieder und trage die Kette so lange um den Hals, bis er sich erfüllt hat.«

Betty öffnete den Mund, aber Kendra fiel ihr sofort

ins Wort. »Nein, du darfst sie nicht ablegen. Nicht zum Schlafen, nicht zum Duschen, überhaupt nicht. Dein Wunsch wird dich in jeder Sekunde begleiten. Dass du ihn erkannt hast, ihn dir eingestanden hast, wird dein Denken beeinflussen, es wird deine Sinne öffnen.«

Betty betrachtete den Anhänger. Ein hübsches Schmuckstück, ungefähr fünf Zentimeter lang, weiß emailliert und mit dunkelblauen Blumenornamenten. Kendra legte die Kette in Bettys Hand und schloss ihre Finger darum.

»Er wird dich auf den Weg bringen, der dich zur Erfüllung deines Wunsches führt.«

Betty schluckte. Die Kette fühlte sich schwerer in ihrer Hand an, als sie es vermutlich war.

»Wie lange wird es dauern?«

»Keine Ahnung. Es ist dein Wunsch, und es ist dein Weg. Du entscheidest, wie weit er sein wird.«

»Aber was, wenn …«

»Kein Aber.« Entschieden schüttelte Kendra den Kopf. »Kein Aber, Betty. Für diesmal nicht.«

Da war etwas in Kendras Bestimmtheit, was Betty fast glauben ließ, ein Stück Papier in einem Anhänger könnte tatsächlich über solche Macht verfügen.

»Und wenn sich mein Wunsch erfüllt hat?«

»Dann holst du das Papier heraus und verbrennst es an einem Ort, an dem du dich wohlfühlst. Die Kette gibst du mir bitte zurück. Echte Wunscherfüller sind nicht leicht zu bekommen. Für den hier musste ich am letzten Samhain um Mitternacht tief in den Wald, bis ich an eine Lichtung kam. Es roch nach Erde und Tannennadeln, die Luft war kalt, aber ich fror nicht.« Kendras Stimme senkte sich verschwörerisch, und Betty musste sich anstrengen, um ihre Worte noch zu verstehen. Sie ertappte sich dabei, dass sie den Atem anhielt.

»Mondschein fiel auf ein Stück Moos und auf den Anhänger, der sich darauf befand«, flüsterte Kendra und führte ihre Hand in einer gleitenden Bewegung von oben nach unten, wie um das Licht darzustellen, dass sie zu dem Schmuckstück geführt hatte. »Hatten ihn Elfen dort abgelegt, damit ich ihn finden konnte? Ich weiß es nicht. Aber als ich danach griff, tanzten Glühwürmchen um meine Finger.«

Die Verzauberung, in der Kendra sie gehalten hatte, erstarb. »Echt jetzt? Glühwürmchen Ende Oktober? Das glaubst du doch selbst nicht.«

Kendra grinste. »Das waren Zauberglühwürmchen, Betty! Aber natürlich, dir kann ich mit so was nicht kommen, du bist hier aufgewachsen. Die Touristen glauben meine Geschichten immer aufs Wort.«

»Hast du kein schlechtes Gewissen, dass du ihnen was vorlügst?«

»Ich lüge nicht«, entgegnete Kendra mit echter Entrüstung im Tonfall. »Ich bringe etwas Magie in ihr Leben, dafür kommen sie her. Magie, warmen Tee und Hilfe bei ihren Problemen. Und die wirst du auch bekommen, wenn du dich darauf einlässt.«

»Na ja«, Betty packte die Kette in ihre Handtasche, wo schon Zauberpapier und Abakadabrastift auf sie warteten, »ich werde es auf jeden Fall versuchen.«

Kendra schüttelte den Kopf. »Tu es oder tu es nicht. Es gibt kein Versuchen.«

»Doch, schon. Man muss Dinge erst versuchen, bevor man sich sicher sein kann, ob man sie mag oder ob sie …

»Du willst doch nicht etwa Meister Yoda widersprechen?«

Betty gab auf. Wer auch immer dieser Meister war, er würde schon recht haben. Und sie würde sich während der nächsten Tage den Kopf zerbrechen, welchen Wunsch sie erfüllt haben wollte.

13
Richard

Die Main Library war mit ihrer brutalistischen Architektur sicher nicht der schönste Bau von allen Gebäuden, die zur Universität Edinburgh gehörten, aber sie beinhaltete einige ruhige Leseräume, die Richard gern für Gruppengespräche in kleinem Kreis nutzte. So auch für seine allsemesterliche Diskussionsrunde zur Frage der Selbstdefinition in Lewis Carrolls Erzählungen über Alice im Wunderland, die er mit vielen Zitaten der weisen, vielschichtigen Werke spickte. Normalerweise stellte der Diskurs einen der unterhaltsamsten des ganzen Semesters dar, und er freute sich jedes Mal darauf, aber an diesem Freitagabend beteiligten die Studenten sich derart zurückhaltend, dass Richard nach dem Ende der Vorlesung mit dem Gefühl zurückblieb, kein Dozent zu sein, sondern nurmehr ein Schauspieler, der versuchte, ein Lehrer zu sein. Frustriert wünschte er allen ein schönes Wochenende, nickte, wenn einer seinen Gruß erwiderte, und hatte nur noch den einen Wunsch, den Campus zu verlassen. Glücklicherweise stand eines der in weiten Abständen stattfindenden Treffen mit seinem alten Studienkollegen Prentiss an. Zur Ablenkung von diesem desillusionierenden Kolleg brauchte es ein kühles Bier und ein freundschaftliches Geplänkel im Dame Ragnell, getragen von humanistischer Bildung und leichter Alkoholisierung. Rasch stopfte er die Unterrichtspapiere in seine abgetragene braune Ledertasche, ließ die Steckschlösser einrasten, hängte sich den Schulterriemen um und griff seinen Regenschirm. Doch auch wenn er es eilig hatte, so verließ er den Raum nicht, ohne vorher vorsichtig nach rechts und links in den Flur zu schauen. Die Luft war rein, kein Student wartete, um ihn mit Fragen, die auch jederzeit bis zur nächsten Woche hätten warten können, von seinem Feierabend abzuhalten. Erleichtert schob er den Schulterriemen zurecht und machte sich, beinahe ein Liedchen pfeifend, auf dem Weg zum Ausgang George Square.

»Professor Bartholomew.«

Nein, er hatte nichts gehört. Das war nur ein unbestimmtes Rauschen. Eine Hand packte ihn zaghaft an der Schulter. »Professor …«

Freitagabend! Was war daran nicht zu verstehen? Er wirbelte herum.

Marjorie, natürlich! Es war immer Marjorie. Eine unauffällige junge Frau, das Gesicht entweder verborgen hinter einem Buch oder ihrem langen Pony. Sie wartete nach jeder Vorlesung, an der sie teilnahm, an der Tür des Hörsaals auf ihn, selbst wenn er sich besonders viel Zeit ließ, seine Unterlagen in seine Aktentasche zu stecken, sie erneut zu sortieren und noch einmal durchzublättern, bevor er die Tasche endgültig schloss und sich zum Ausgang begab. Jedes Mal stand sie dann dort, erwiderte sein genuscheltes »Einen schönen Tag« mit einem leichten

Kopfnicken, und wenn er sich drei, vier hastige Schritte entfernt hatte, warf sie ihm ihr »Professor Bartholomew, hätten Sie einen Augenblick?« wie ein Lasso hinterher. Bisher hatte er es noch nicht über sich gebracht, ihre Frage unbeantwortet zu lassen. Stattdessen drehte er sich jedes Mal mit einem tiefen Seufzen zu ihr um und sagte: »Ja, Marjorie, was gibt es?«

Es gab immer etwas. Fragen zur Naturmetaphorik bei Wordsworth (Narzissen und Wolken, was sonst?), zur Gesellschaftskritik bei Austen (eindeutig vorhanden) und ob Shakespeares Platz im literarischen Kanon nicht überhöht sei (Nein!). Aber heute hatte er sie nicht erwartet. Sie war nicht einmal bei der Vorlesung gewesen – was er ihr übel nehmen würde, hätte sie nicht während der letzten vier Semester getreulich teilgenommen. Er atmete tief ein und versuchte, ein Lächeln auf sein Gesicht zu zwingen. »Ja, Marjorie, was gibt es?«

»Ich wollte mich entschuldigen, dass ich heute nicht mit dabei sein konnte.«

»Tatsächlich.« Fast schämte er sich für seine innere Abwehr ihr gegenüber, aber die Interaktion mit Marjorie konnte anstrengend sein. Mittlerweile waren alle Kommilitonen so genervt von ihr, dass sie ihr aus dem Weg gingen, und so hatte sie ihn zu ihrem unfreiwilligen Sparringspartner auserkoren.

»Das macht doch nichts. In einem halben Jahr erhalten Sie abermals die Chance, meinen Ausführungen über die Veränderlichkeit der Eigen- und Fremdwahrnehmung in *Alice im Wunderland* zu lauschen.«

»Ich weiß.« Ihre grauen Augen blickten ihn zwischen

ihrem dunkel gefärbten Pony an, und Richard fragte sich, ob ihr die Welt wie hinter Gitterstäben erschien. »Ich freue mich schon darauf.«

»Na dann.« Er nickte ihr zu. »Ich wünsche Ihnen ein schönes Wochenende.«

»Danke.«

Er wandte sich zum Gehen, überlegte, ob er doch ein Lied summen sollte. Nicht, dass er über besondere musikalische Fähigkeiten verfügte, aber für »Lovely Rita« oder »A Well Respected Man« würde es schon reichen.

»Professor Bartholomew.«

Natürlich. Es wäre auch zu schön gewesen, wenn sie es bei dieser zugegebenermaßen charmanten Entschuldigung gelassen hätte. Er wandte sich ihr nur halb zu. »Ja?«

»Es ist nur – ich wollte Sie fragen …« Ihre Stimme erstarb, und für einen Moment fuhr Richard der Schrecken in die Glieder, sie könne ihm gestehen, in ihn verliebt zu sein. So etwas passierte immer mal wieder. Zwar nicht ihm, aber Kollegen und Kolleginnen durchaus.

»Was denn?«, erkundigte er sich zögerlich und trat dabei drei Schritte zurück. Marjorie nahm ihren Rucksack ab, stellte ihn auf den Boden, nestelte an dem Verschluss und zog schließlich ein auf einen Abheftstreifen gezogenes Bündel Papier hervor. Auf der ersten Seite standen Marjories Name sowie fett und unterstrichen die Worte *Tage meiner Jugend*. Als er begriff, worum es sich handelte, wünschte er sich, sie hätte ihm stattdessen ihre Liebe gestanden, denn das dort in ihrer Hand war mit Sicherheit das Manuskript eines Romans. Den sie geschrieben hatte. Den er lesen und rezipieren sollte.

»Hier.« Sie streckte ihm das Bündel entgegen. »Ich habe es heute fertiggestellt und ausgedruckt und bin dann sofort hierher gefahren. Bitte, würden Sie es sich ansehen? Mir sagen, was Sie davon halten? Es wäre mir …«

Unwillig griff er danach, hielt es aber mit ausgestrecktem Arm fest, so wie man einen tropfenden Putzlappen halten würde, damit er einem nicht die Kleidung beschmutzte.

»Tage meiner Jugend«, las er vor. »Eine Autobiografie?«

Marjorie lächelte scheu. »Nun ja, ich habe schon einiges erlebt und mache mir ständig Gedanken über die Welt – wie sie ist und was sie verbessern würde. Viele Menschen sollten lesen, was ich zu sagen habe.«

Ihre Worte reizten ihn. Die darin enthaltene Überheblichkeit.

»Wie alt sind Sie, Marjorie? Zweiundzwanzig? Sie sagen, Sie hätten viel erlebt. Was genau, wenn ich fragen darf? Die Tatsache, geboren zu werden, zur Schule zu gehen, schöne und traurige Dinge durchzumachen, erhebt Sie nicht explizit über die Mehrheit der Bevölkerung oder macht Sie zu dem, was man eine Menschheitslehrerin nennen könnte.«

Ihr Lächeln erstarb, und sie schlang die Arme um den Oberkörper. »Ich denke schon, dass ich etwas mitzuteilen habe …«

»Natürlich haben Sie das, Marjorie. Jeder hat das. Dieses Recht auf freie Rede unterscheidet nicht zwischen Reich und Arm, zwischen Jung und Alt, zwischen Hautfarben, Religionen, geschlechtlicher Orientierung oder Weltanschauung.«

Er spürte, dass er sich in Rage redete, bedingt zumindest zum Teil durch die so unbefriedigende letzte Stunde. »Aber dieses Recht auf freie Meinungsäußerung beinhaltet nicht die Pflicht anderer, sich mit Ihren Ansichten zu beschäftigen.«

Marjorie strich sich den Pony zur Seite, aber er fiel sofort wieder vor ihre Augen. Die Geste zeugte von einer solchen Hilflosigkeit, dass sich Richard für seinen Ausbruch schämte. Trotzdem – er wollte dieses Pamphlet nicht lesen. Nicht, wenn er schon lange mal wieder einen Ausflug in die Welt des Dashiell Hammett machen wollte.

»Wissen Sie, warum ich Ihnen das sage?«, fragte er und reichte ihr das Manuskript, das sie zögernd ergriff.

»Weil Sie nicht glauben, dass ich etwas Relevantes mitzuteilen habe«, flüsterte Marjorie.

»Weil ich glaube, dass Sie *noch* nichts Relevantes mitzuteilen haben. Möglicherweise werden Sie das nie, eventuell aber doch. Und wenn es so weit ist, dann schreiben Sie es auf.«

Marjorie streckte den Rücken durch und sah auf, einen Hauch von Widerstand im Blick. »Haben Sie denn etwas zu sagen, Professor Bartholomew? Immerhin stehen Sie jeden Tag vor uns und reden.«

Er schluckte schwer. Da hatte sie einen Treffer gelandet, zumindest beinahe.

»Ich rede nicht über mich, Marjorie. Ich versuche, Ihnen die Werke von Frauen und Männer nahezubringen, die diese schufen, nachdem sie etwas Relevantes mitzuteilen hatten.«

Schweigend packte Marjorie ihren Text wieder ein,

schwang sich den Rucksack über eine Schulter, nickte zum Abschied und wandte sich zum Gehen. Richard sah, wie sie mit hängenden Schultern den Gang entlanglief. Für einen Moment war er versucht, sie aufzuhalten und dieses verdammte Manuskript mitzunehmen, aber da bog sie um die Ecke und verschwand aus seinem Blickfeld.

Richard stieß die Tür des Dame Ragnell mit dem Ellenbogen auf und hielt sie mit dem Rücken halb geöffnet, während er den Regenschirm ausschüttelte und zusammenfaltete, bevor er eintrat. In seinem Edinburgher Lieblingspub bot sich das übliche Bild eines Freitagabends: Jeder der glänzend geölten braunen Tische war voll besetzt, die geschwungene Theke von Touristen belagert, und die beiden Barkeeperinnen bedienten virtuos die bronzefarbenen Zapfhähne, die von Guinness bis japanischem Grüntee-Bier alles boten, was der Gaumen sich nur wünschen konnte.

»Dickie!« Die Stimme seines Freundes Prentiss übertönte mühelos das Stimmengewirr. Ihr folgend, zwängte Richard sich durch eine Gruppe Frauen, die einen Junggesellinnenabschied feierten, zumindest laut ihrer uniformen T-Shirts, die mit einer Tiara und den Worten *Team Bride* bedruckt waren. Mit halbem Ohr bekam er mit, dass die Frauen sich über seinen Spitznamen amüsierten. Wohl eher lustig machten, aber jetzt war ihm nur nach kaltem Bier, nicht nach dem Anerkennen unernst gemeinter Demütigung.

»Ich dachte schon, du kommst nicht mehr.« Prentiss stieß den leeren Stuhl ihm gegenüber nach vorne, und

Richard ließ sich darauf fallen, nachdem er seinen nassen Trenchcoat an einem Haken an der grün gestreiften Wand aufgehängt hatte.

»Tut mir leid. Eine meiner Studentinnen hat mich nach der Vorlesung aufgehalten.«

Grinsend schob Prentiss ihm ein Glas Ale zu. »Eigentlich willst du sagen, eine Elevin konnte nicht genug davon bekommen, vom Nektar deiner Weisheit und Bildung zu trinken.«

»So, wie du es ausdrückst, komme ich mir vor wie Zarathustra. Dabei bin ich üblicherweise eher ein Teletubby.«

»Vor allem bist du ein Griesgram. Los, nimm einen Schluck. Ist ja nicht auszuhalten mit dir.«

Wie meistens hatte Prentiss recht. Richard trank, und die Anspannung der Woche fiel ein Stück weit von ihm ab.

»Also«, sagte Prentiss, »was liegt dir so sehr auf dem Herzen, dass du einen alten Freund nach drei Monaten Schweigen auf ein Bier einlädst und dafür sogar auf deine freitagabendliche Reise ins schottische Paradies verzichtest?«

»Oh, nein!« Abwehrend hob Richard beide Hände. »Ich muss klarstellen: Ad eins – ich war sehr beschäftigt, Ad zwei – ich sagte, wir gehen in den Pub, nicht, dass ich dich einlade, und Ad drei – es ist kein Paradies.«

»Ein Schloss in den Highlands. Klingt erst mal nicht schlecht.«

»Wenn du wüsstest! An diesem Wochenende muss ich Risse im Esszimmer verputzen und das Unkraut zwischen den Steinen der Auffahrt zupfen.« Erneut setzte er das Glas an die Lippen, stellte es jedoch sofort wieder ab, da er große Freude an seiner Litanei hatte. »In diesem Winter wird es sicherlich mindestens drei neue Schimmelflecken geben, und der Frost wird – wenn ich Glück habe – nur ein Rohr platzen lassen. Vielleicht aber ein Heizungsrohr, was ein paar Tage lang der herrlichen schottischen Kälte erlauben wird, ungehindert in meinem Domizil zu herrschen. Aber das Allerbeste, etwas, was mein Herz mit großer Freude erfüllt, habe ich dir noch nicht erzählt.« Er legte eine dramatische Pause ein, auf die Prentiss mit einem gedehnten Seufzen reagierte.

»Was denn? Sag schon.«

Es war ihm peinlich, nur davon zu berichten. Wie sollte es da erst werden, wenn es tatsächlich geschah?

»Am zweiten Adventswochenende wird auf dem Schloss eine Fernsehshow veranstaltet. Ein Backwettbewerb.«

Ungläubig schüttelte Prentiss den Kopf. »Kannst du denn backen?«

»Nicht ich. Drei kaledonische Maiden werden sich von Freitag bis Sonntag an Scones, Shortbread oder Dundee Cake probieren, und eine wird zur Gewinnerin erkoren, der ich als Vorsitzender der Jury die Krone aufsetzen werde. Stell dir das bitte einmal bildlich vor.«

»Ich versuche es, doch es fällt schwer«, entgegnete Prentiss und tupfte sich die Lippen mit einem Taschentuch ab – wahrscheinlich, um sein Grinsen zu verbergen. »Bisher hast du auf mich nicht den Eindruck gemacht, im Rampenlicht stehen zu wollen.«

Tatsächlich erregte der Gedanke Übelkeit in ihm. Er

war nicht wie Lavinia, die erst dann richtig zu leben schien, wenn Kameras und Aufmerksamkeit auf sie gerichtet waren.

»Bei genauerer Überlegung ist es doch keine schlechte Idee. Du kannst Werbung für Hallion Castle gebrauchen. Wenn das Schloss bekannter wird, könntest du es für Hochzeiten vermieten, an Touristen, für Filmaufnahmen.«

»Weil Menschen generell gern Geld ausgeben für morsches Gebälk und undichte Fenster.«

»Weil Menschen die Vergangenheit lieben! Sie mögen das Gefühl, im Schatten von Schicksalen zu wandeln, Geschichte greifen zu können. Gibt es irgendetwas Bedeutendes, was auf Hallion Castle geschah?«

Prentiss' Worte klangen überzeugend. Sicherlich konnte man mit der schottischen Historie Menschen begeistern – viele andere taten das bereits. Aber wollte er es? Wollte er von etwas zehren, dem er nicht angehörte?

»Bedeutende Geschehnisse auf Hallion Castle? Nein. Dafür war der MacDurban-Clan nicht einflussreich genug.«

»Muss ja keine historische Sternstunde sein, aber vielleicht hat sich eine tragische Liebesgeschichte ereignet. Ein Drama junger Menschen, die grausam entzweit wurden, weil die Gesellschaft ihre Liebe nicht gestattete.«

»Himmel, du solltest Romane schreiben! Aber nein, auch so etwas gab es auf Hallion nicht. Nur verabredete Ehen, Tod im Kindbett oder beim Jagdunfall. Business as usual im siebzehnten, achtzehnten, neunzehnten Jahrhundert.«

»Weißt du was?« Prentiss lehnte sich mit verschränkten Armen in seinem Stuhl zurück. »Du willst gar keinen Ausweg aus deiner Misere. Du genießt es, zu meckern und dich schlecht zu fühlen. Selbst wenn das Schicksal dir sorgsam alle Steine aus dem Weg räumte, würdest du die Extrameile laufen, um doch stolpern zu können. Denk mal drüber nach, Dickie.«

Vorsichtig lief Richard die abgetretenen regennassen Stufen zum Water of Leith hinab, der sich durch das malerische Dean Village schlängelte. Seine Wohnung befand sich im zweiten Stock eines der Fachwerkhäuser, und er liebte das Heimkommen in dieses Gebäude wie am ersten Tag. Während er unter der Dusche stand und das heiße Wasser die Regenkälte aus seinen Knochen vertrieb, dachte er über Prentiss' Worte nach. Sollte er sich tatsächlich auf diese lächerliche Back-Show einlassen? Barg das Event noch eine andere Chance als die, zukünftig von allen Studenten und Kollegen mit einem süffisanten Lächeln auf seine »fünfzehn Minuten Ruhm« angesprochen zu werden?

Mit leichtem Bedauern stellte er das Wasser ab, trat aus der Duschkabine und schlüpfte in seinen Bademantel. Reine Baumwolle im Tartandesign der MacDurbans – hellgrüne und beige Streifen auf dunkelgrünem Grund. Langweilig. Kein wilder Mix mit Schwarz und Rot und Gelb wie bei den MacLeods.

»Das ist ein sehr schöner Tartan. Zurückhaltend und edel.«

Liz! Vor seinem geistigen Auge tauchte das runde,

fröhliche Gesicht des Mädchens auf. Gerötete Wangen vom Tanz, Haare wie Kupfer.

Kopfschüttelnd goss Richard sich ein Glas Talisker ein und setzte sich in seinen Lesesessel. Nach dem ersten Schluck Süße und Salz schloss er die Augen, und sofort war da wieder die Erinnerung an jenen Nachmittag vor einer halben Ewigkeit. Liz, die Tänzerin, mit der er sich hinter den Glyzinien versteckt hatte. Er hatte ihr eine Blüte gepflückt und in ihr wildes Haar gesteckt. Diamanten hätten sie nicht schöner schmücken können.

Liz. So lange war das her, aber vergessen hatte er sie nicht. Mittlerweile musste sie Mitte dreißig sein, mindestens. Bestimmt verheiratet, drei Kinder, alle mit den gleichen roten Locken. Hatte er seiner Mutter damals wirklich gesagt, er würde dieses Mädchen zur Frau nehmen? Nach der kurzen Zeit, die er mit ihr verbracht hatte, war er sich dessen sicher gewesen, zumindest bis er sie und ihre Freunde wiedergesehen hatte. Sodalan – die Bedeutung dieses gälischen Wortes kannte er: Schnösel. Er hatte es an jenem Nachmittag nicht zum ersten Mal gehört, aber dass Liz dabei gewesen war und nicht widersprochen hatte, war besonders schmerzhaft gewesen. Doch wenn er daran jetzt dachte, stand nicht diese unangenehme Begegnung im Vordergrund, sondern das Dunkelblau ihrer Augen, die goldenen Flecken in ihrer Iris. Wie ihre Haare in der Sonne geleuchtet hatten und dass er ihr seinen ersten Kuss verdankte.

Seufzend öffnete er die Lider und starrte auf das Bücherregal an der Wand gegenüber. So viele Geschichten warteten dort auf ihn, Wege in fremde Welten, in die

Sünden der Seele und die Hochzeiten der Herzen. Aber er konnte sich nicht dazu durchringen, aufzustehen, eines der Bücher herauszunehmen und aufzuschlagen. Stattdessen ließ er seine Gedanken wandern, zurück zu diesem Moment vor so vielen Jahren, als er sie auf der Rückseite des Schlosses gegen eine Wand gelehnt hatte stehen sehen. Sie hatte traurig gewirkt und wütend zugleich, und er erinnerte sich, was er damals gedacht hatte: dass sie in ihrem Leben weder das eine noch das andere jemals wieder sein würde, wenn es nach ihm ginge. Und dann hatte er sie angesprochen, und ihr eigenes Buch hatte sich aufgeschlagen. Ein Buch, das nur aus einem Prolog bestand und ansonsten aus vielen leeren Seiten.

Der letzte Schluck Whisky rann brennend seine Kehle hinunter. Vielleicht könnte er diese Geschichte ja als Hallion Castles tragische Lovestory verkaufen.

14
Claire

Die Hände in den Jackentaschen vergraben, den Kopf tief zwischen die Schultern gezogen, stapfte Claire auf das Robert the Bruce zu. Es war so kalt, dass bei jedem Atemzug Wölkchen vor ihrem Gesicht kondensierten. Außer dem Weiß des Himmels, dem glatten silbergrauen Wasser des Loch Tain und dem hellen Schotter unter ihren Füßen schien die Welt alle Farben verloren zu haben. Selbst das herbstliche Karminrot, Orange und Goldbraun der Bäume verlor sich in den tiefhängenden Wolken.

»Morgen, Claire.« Fred warf sein Geschirrtuch auf den Tresen, als er auf sie zukam. »Dachte nicht, dass du kommst.«

»Ich hab's doch versprochen.« Unbeholfen knöpfte sie mit kalten Fingern ihre Jacke auf und legte sie auf einem der runden Holztische ab. »Was kann ich tun? Nein, besser: Was tut Fred als Erstes, wenn er morgens in seinen Pub kommt?«

»Als Erstes«, erwiderte Fred gedehnt, »legt er nichts auf den Tischen ab. Die können vom Vorabend noch ziemlich klebrig sein.«

»Oh!« Rasch griff Claire nach ihrer Wolljacke und drückte sie schützend an die Brust. Auch wenn sie sich inzwischen an den derben Kleidungsstil Glenbarrys angepasst hatte, so gab es doch noch einige Stücke, die sie besonders wertschätzte. Diese Burberryjacke gehörte dazu. Behutsam hängte sie sie an einem Wandhaken auf, wobei sie das weiche Gewebe untersuchte. Nein, keine Flecken!

Gehorsam folgte sie Fred in die Küche, wo er ihr einen schon vorbereiteten Eimer mit warmem Wasser und einen Lederlappen in die Hand drückte. »Und dann würde Fred jeden Tisch abwischen, aber Fred ist dankbar, denn heute muss nicht er das machen. Feuchte den Lappen nur an, wisch sorgfältig, bis alles sauber ist und funkelt.«

»Funkelt? Wie sollen denn deine abgeranzten Tische fun…«

»Ganz vorsichtig, junge Dame!« Die Hände in die Hüften gestemmt, baute sich Fred breitschultrig vor ihr auf. »Diese Tische sind ein Zeugnis der Erfolgsgeschichte dieses Etablissements. Behandele sie mindestens so gut wie deine Jacke.«

Grinsend hob Claire die Hand, in der sie den Lappen hielt, salutierend an die Schläfe. »Aye, aye, Sir!«

Mit großer Sorgfalt tunkte Claire den Lappen in das Wasser, wrang ihn aus und wischte so lange über den ersten Tisch, bis keine klebrige Stelle mehr zu spüren war und das Holz tatsächlich ein wenig glänzte.

Na also, dachte sie, ist doch ein Kinderspiel.

Beim dritten Tisch wischte sie Muster, beim fünften wurden allmählich ihre Hände kalt, beim siebten hatte sie das Gefühl, ihre Fingerspitzen würden sich auflösen, und beim achten begann ihre Schulter zu schmerzen. Stöhnend ließ sie den Lappen in den Eimer fallen. »Fred!«

Sein Kopf kam hinter dem Türrahmen zur Küche hervor. »Was gibt's?«

»Kann ich irgendetwas anderes machen? Ich weiß jetzt, wie man deine heiligen Tische säubert.«

»Bist du denn damit fertig?«

»Fast.« Acht von fünfzehn – das war mehr als die Hälfte.

»Du sollst aber nicht nur lernen, wie man es macht, du sollst es machen. Alle. Und danach müssen die Stühle abgewischt werden.«

»Es ist anstrengend!«

»Ich würde es dir nicht aufbürden, wenn ich es dir nicht zutrauen würde.« Mit einem ermutigenden Kopfnicken verschwand Fred wieder in der Küche, und Claire wrang den Lappen aus, um fortzufahren. Freds Vertrauen in sie ließ ihr die Arbeit leichter von der Hand gehen, aber sie kam nicht umhin, sich zu fragen, ob er sie weniger loben als vielmehr dazu bringen wollte, weiterzumachen. Wie auch immer, irgendwann hatte sie alle Tische und Stühle gesäubert, den Boden gefegt und gewischt und den Tresen gereinigt.

»Gute Arbeit, Prinzessin«, sagte Fred, und hätte er nicht ein Tablett mit zwei Tellern Scottish Breakfast und großen Steinguthumpen Kaffee in den Händen gehabt, wäre wohl der Lappen in seinem Gesicht gelandet. So aber nahm Claire mit einem wohligen Seufzen neben ihm an einem der frisch gesäuberten Tische Platz.

»Ist es wirklich erst neun?«, fragte sie nach einem Blick auf die Uhr an der Wand und schob sich hungrig eine

Gabel voll Bohnen und Spiegelei in den Mund. »Kommt mir vor, als wäre ich schon den ganzen Tag hier und nicht erst drei Stunden.«

»Bist ein bisschen aus der Übung, seit du nicht mehr im Spirit mitarbeitest.«

Der Gedanke an die erste Zeit in Erics Tischlerei, als er sie Balken und Äste hatte schleppen lassen, versetzte ihr einen wehmütigen Stich. Gewiss, damals hatte jeder Muskel in ihrem Körper geschmerzt, aber jetzt, wo seine Tischlerei nicht mehr existierte, würde sie alles dafür geben, noch einmal dort zu sein, die Nase an das Holz zu halten und den würzigen Geruch in sich aufzunehmen. Alles war verbrannt, alles. Beinahe auch sie.

War sie die ersten Wochen danach oft aus Albträumen aufgeschreckt, so versteckten sich die Erinnerungen jetzt besser, aber sie waren immer noch da. Sie fuhr sich mit den Händen übers Gesicht, atmete tief ein. Sie lebte. Nur eine Narbe an ihrem rechten Unterarm war zurückgeblieben. Sie sollte dankbar sein, zumindest dafür.

»Woran denkst du, Claire?«

Sie sah aus ihren Erinnerungen hoch in Freds fragendes Gesicht. »An die Tischlerei. An das, was passiert ist.«

»Spirit wird wieder auferstehen«, sagte der kahlköpfige Wirt. »Im Frühjahr, wenn der Boden nicht mehr gefroren ist, beginnt der Aufbau. Ich lasse hier schon die ganze Zeit meine Kontakte spielen, und es gibt viele, die mithelfen wollen, nicht nur aus Glenbarry. Es wird, Claire, es wird.« Wie zur Bestätigung hielt er ihr seine Kaffeetasse entgegen. Claire wollte nur zu gern seinen Optimismus teilen, aber das fiel ihr mit jedem Tag, der verging, schwerer.

»Es gibt Momente, da glaube ich nicht mehr daran. Immer, wenn ich die Stelle sehe, an der noch in diesem Sommer die Werkstatt stand … Jetzt ist da nur ein schwarzer Umriss im Gras. Eric hat so vieles überwunden, aber nicht meine Familie.«

Fred, der sich eben noch über seinen Teller gebeugt hatte, richtete sich auf. »Es geht voran. Das Leben bleibt nie stehen. Es ist so, wie Heraklit sagt: Wir steigen in denselben Fluss und doch nicht in denselben.«

Fred erstaunte sie immer wieder. Betätigte er sich einen Abend als Tanzlehrer oder DJ, so verblüffte er nun mit altgriechischen Aphorismen. »Heraklit?«

»Genau der. Ein cleverer Kerl. War bestimmt ein Schotte. Und jetzt zeige ich dir, wie man Fenster mit Zeitungspapier putzt.«

Zwei Stunden später setzte sich Claire im Schneidersitz neben den Stapel alter Zeitungen auf den Boden. »Ich kann nicht mehr, Fred! Ich streike. Mir tun die Arme weh und die Schultern und die Hände.«

Prüfend warf Fred einen Blick auf die Fensterscheiben. »Aber die Mühe hat sich gelohnt. Schlierenfreie Sauberkeit, alle Achtung, Claire.«

»Du machst dich über mich lustig.«

»Im Gegenteil. Du hast das so hervorragend gemacht, dass du zukünftig dein Bier hier umsonst bekommst.«

»Kriege ich doch sowieso.«

»Also hatte ich noch was gut bei dir. Komm, steh auf.« Er reichte ihr die Hand, und Claire ließ sich von ihm auf die Füße ziehen.

»Wie sieht's aus, kommst du jetzt öfter vorbei, um mir zu helfen?«

Mit Sicherheit nicht! Sie mochte ein Naturtalent sein, was das streifenfreie Trocknen von Fenstern anging, aber kein Geld und keine guten Worte würden sie dazu bringen, sich dieser Reinigungstortur ein weiteres Mal zu unterziehen. Außerdem roch sie aus allen Poren nach Spiritus, Putzmitteln und altem Zigarettenrauch.

»Wärst du mir sehr böse, wenn ich diese Erfahrung, so lehrreich sie auch gewesen sein mag, nicht unbedingt wiederholen möchte? Schau doch, meine Fingerkuppen sind ganz aufgeweicht.«

»Du bist und bleibst halt eine Prinzessin. Kommst du morgen wieder zum Rommee?«

»Auf jeden Fall. Diesmal werde ich Granny Herbert endlich einmal schlagen, und dann …«

Sie unterbrach sich, als ihr Blick auf den Zeitungsstapel fiel.

Alba TV sucht schottische Backtalente, stand auf dem obersten Blatt. Sie nahm die Zeitung zur Hand und überflog den Text. Anscheinend wollte dieser obskure Sender, der ihr nur deshalb ein Begriff war, weil Eric und Andrew sich gelegentlich dessen Sportübertragungen ansahen, einen Backwettbewerb veranstalten, und das auch noch in Hallion Castle!

Energisch hielt sie Fred die Seite vor die Nase. »Hast du davon gewusst?«

»Wovon?«

»Hier, schau doch! Das wäre was für Betty.«

»Oh nein, nie im Leben. Da macht sie nicht mit.«

»Wie kannst du dir da so sicher sein?«

»Ganz einfach. Vor vielen Jahren habe ich ihr Tanzunterricht gegeben, Flings, Lilts, Reels – bei einem Fest ist sie sogar vor Publikum aufgetreten, aber danach nie wieder. Ich wollte sie überreden weiterzumachen, aber vergeblich. Das sei nichts für sie, meinte sie.« Fred zuckte die Schultern. »Ein Jammer, sie war so begabt.«

Das war sie immer noch. Einmal hatte Claire sie beim Tanzen gesehen und dabei sogar eine Einführung in die Feinheiten der Hochlandtänze erhalten. Die Leichtigkeit und Eleganz, mit der Betty sich zu der mitreißenden Musik bewegt hatte, stand ihr deutlich vor Augen.

»Egal ob tanzen oder backen, Betty steht nicht gern im Rampenlicht. Da kann man nichts machen.«

»Von wegen!« Entschlossen schlüpfte Claire in ihre Jacke und stopfte die Zeitungsseite in eine Hosentasche. »Du bist nur nicht so überzeugend wie ich!«

15
Betty

Betty betrachtete Claire als ihre beste Freundin und war unglaublich dankbar, dass sie nach Glenbarry gezogen war. Aber in Momenten wie diesen glich ebenjene beste Freundin einem Bullterrier, der sich in einem Hosenbein festgebissen hatte und nicht loslassen wollte. Wieder und wieder hielt sie ihr die nach Spiritus riechende Zeitungsseite vor die Nase und deutete auf eine Stelle.

»Hier! Ein Backwettbewerb, Betty! Nimm daran teil. Nimm. Daran. Teil! Du musst dich unbedingt bewerben, unbedingt …«

»Claire, das wird im Fernsehen übertragen. Kannst du dir vorstellen, wie ich in meiner Schürze und meinem Haarnetz Teig knete, und die ganze Nation schaut zu?«

»Die ganze Nation bestimmt nicht, da brauchst du keine Angst haben. Das wird von einem winzigen regionalen Sender veranstaltet, der sowieso keinen interessiert.«

»Wenn er so uninteressant ist, warum soll ich mich dann bewerben?«

»Weil du gewinnen kannst! Du bist so gut. Und weil du es verdient hättest.«

Mehl wirbelte auf, als Claire den Zeitungsausschnitt

auf den Tisch legte und mit der Hand bekräftigend daraufschlug. »Du bewirbst dich mit zwei verschiedenen Kuchen, wirst ausgewählt, und kurz vor Weihnachten findet der Wettbewerb zwischen dir und den beiden anderen Teilnehmerinnen statt, die aber nicht die geringste Chance haben werden.«

Die Unbeirrbarkeit, mit der Claire davon ausging, dass sie gewinnen würde, freute Betty mehr, als sie zugeben wollte. Doch die Vorstellung, sich aus dem vertrauten, sicheren Hintergrund ins Rampenlicht zu begeben, verursachte ihr Bauchschmerzen. Sie hatte das schon einmal getan. Hatte getanzt und war verlacht worden. »Tanzäffchen« – nur zu deutlich klang ihr das böse Wort im Ohr.

»Vor Weihnachten ist hier immer gut zu tun, da kann ich nicht ein paar Tage fehlen«, versuchte sie sich herauszureden.

»Das ist nur ein Wochenende. Von Freitag bis Sonntag. Da kannst du doch mal geschlossen haben. Aber Moment, ich habe eine Idee!« Claires Augen leuchteten auf, und Betty seufzte innerlich. Wenn ihre Freundin schon so anfing, dann bedeutete das nichts Gutes.

»Wie wäre es, wenn ich dich hier im Laden vertrete?«

»Du?«

»Ich. So schwer kann das doch nicht sein, immerhin …«

»Du meinst, wenn sogar ich das hinkriege?« Kaum hatte sie es ausgesprochen, wollte Betty die Worte am liebsten wieder einfangen und hinunterschlucken. Was war nur los mit ihr? Warum verhielt sie sich so unfreundlich?

»Das meine ich nicht, wirklich nicht.« Claire legte eine Hand auf ihre Schulter und schüttelte sie sanft. »Mach dich nicht immer so runter, Betty. Ich wollte sagen, dass es nur zwei Tage sind und du mich vorher gut einarbeiten wirst. Außerdem bin ich hier mittlerweile so oft einkaufen gewesen, dass ich jede Ecke kenne. Du siehst, es gibt keinen Grund, abzulehnen.«

Von wegen, es gab hundert Gründe, aber Claire würde keine Ruhe geben, wenn sie nicht wenigstens teilweise einlenkte.

»Ich denke darüber nach.«

»Du denkst darüber nach, welchen Kuchen du einsendest?«

»Ich denke darüber nach, ob ich mich bewerben werde.«

»Okay. Das ist ein Anfang.« Claire strich mit dem Zeigefinger über die bemehlte Arbeitsplatte und dann über Bettys Nase.

»Hey!« Betty griff den Teigroller und hielt ihn drohend in die Höhe, worauf Claire kreischend aus der Küche rannte und Betty hinter ihr her. Nach zwei Runden durch die engen Gänge des Muddle hielten sie lachend und keuchend vor der Küchentür inne.

»Du bist unmöglich, Claire!«

»Das sagt Eric auch immer, und ihr habt beide unrecht.«

Der Blick ihrer Freundin wanderte über ihr Gesicht und dann tiefer. »Der ist aber schön!« In Claires Stimme klang Bewunderung mit.

»Was meinst du? Den Teigroller?«

»Den Anhänger.« Claire griff nach dem Wunscherfüller, den Betty seit ihrem Besuch bei Kendra um den Hals trug. Bei ihrer Verfolgungsjagd musste er herausgerutscht sein. Noch immer steckte kein Wunsch darin.

Sie kam nicht dazu, sich Gedanken darüber zu machen. Obwohl – vielleicht sollte sie sich Tage mit dreißig Stunden wünschen.

»Den habe ich noch nie an dir gesehen. Du trägst normalerweise keinen Schmuck. Wo hast du den her?«

Nein, sie würde ihrer coolen Londoner Freundin nicht erzählen, was es mit diesem Schmuckstück auf sich hatte. Ganz sicher nicht! Hastig zog sie ihn aus Claires Fingern und ließ ihn unter ihr Shirt gleiten.

»Das ist nur so ein Anhänger. Keine Ahnung, wo ich ihn herhabe. Er ist hübsch, das ist alles.«

Claire grinste breit. »Verstehe! Er ist ein Geschenk von Harry, stimmt's? Geschmack hat er ja, das muss ich ihm lassen. Wann lernen wir ihn mal kennen?«

»Bald, versprochen.«

»Ich freue mich darauf, ihn zu treffen. Aber wenn er durch mein Freunde-von-Freundinnen-Raster fällt, dann …« Statt ihren Satz zu beenden, vollführte Claire eine schneidende Handbewegung vor ihrem Hals.

»Er ist toll. Wirklich. Du wirst ihn mögen.« Himmel, sie verhedderte sich immer tiefer in ihrem Lügengestrüpp.

Die Heiterkeit auf Claires Gesicht wich einer in Falten gelegten Stirn und leicht verengten Augen. Ihr typischer Ausdruck, wenn sie davor stand, Frage um Frage zu stellen und einfach nicht lockerzulassen. Das wäre auch ein Wunsch, der auf seine Erfüllung wartete: dass Claire endlich das Thema fallen ließ.

»Ich habe heute ein neues Kuchenrezept ausprobiert, selbst ausgedacht. Willst du ihn probieren?«

Nach einer Pause, in der Betty schon fürchtete, Claire

ließe sich nicht von ihrem Lieblingsthema ablenken, sagte diese: »Auf jeden Fall! Ich liebe alles, was du bäckst. Pack mir am besten gleich drei Stück davon ein. Ich habe Granny für heute Nachmittag eingeladen.«

Erleichtert, dass ihr Ablenkungsmanöver funktioniert hatte, ging Betty in die Küche und holte den Kuchen hervor. »Der Boden ist Mürbeteig, darüber schwebt weiße Schokomousse mit eingetropfter Orangenmarmelade, und als Decke ein hauchdünner Belag aus Zartbitterschokolade«, präsentierte sie ihre neueste Kreation. Beim Aufschneiden sollten die goldenen Tropfen der Marmelade in der Mousse wie Sonnenstrahlen auf einer Schneedecke aussehen – so war zumindest der Plan.

»Das klingt großartig! Aber weißt du, was mir dabei auffällt? Über Harry hast du noch nie derart detaillierte Angaben gemacht.«

»Der ist auch keine Torte.«

»Ja, das stimmt wohl. Hast du zufälligerweise deinen spanischen Mandelkuchen da?«

»Nicht vorrätig, aber ich kann ihn backen.«

Claire sah sie aus großen Hundeaugen an. »Wenn es dir nicht zu viele Umstände bereitet?«

»Überhaupt nicht.«

Betty stellte die Torte auf der Arbeitsfläche ab, tauchte das Messer in den Messbecher mit warmem Wasser und setzte es an. Der Schokoladendeckel knackte knusprig, dann glitt die Klinge leicht durch die Füllung und mit etwas Druck durch den Boden.

Was für ein schöner Kuchen! Auf dem hellen Braun des Mürbeteigs saß die blendend weiße Mousse, in die sich das Gold der Marmelade mischte und darüber das glänzende Braun der Schokolade. Genau so hatte sie sich das vorgestellt.

Behutsam packte sie die Stücke in Einschlagpapier und dann in eine feste Tragetüte, die sie Claire reichte.

»Den Mandelkuchen kannst du in einer Stunde abholen. Wie viel davon willst du – auch drei Stück?«

»Mach vier draus.« Claire zahlte, griff ihre Tüte, aber bevor sie den Laden verließ, drehte sie sich noch einmal um. »Übrigens – der Wettbewerb wird auf Hallion Castle ausgetragen. Dein Earl wird in der Jury sitzen.«

Bettys Herzschlag stockte, aber sie fing sich sofort wieder. »Er ist nicht mein Earl. Überhaupt – wie kommst du darauf, dass mich das interessiert?«

Claire zuckte die Schultern. »Keine Ahnung. Du hebst alte Zeitungsausschnitte auf, in denen er erwähnt wird.«

»Ich hebe keine …« Sie stockte. Leugnen war zwecklos, Claire hatte die Artikel an ihrer Pinnwand gesehen – einen über das Sommerfest, den anderen über seine Hochzeit.

»Es geht mir nur um das Schloss. Es gehört zu unserer …«

»Ich weiß, es gehört zu eurer Geschichte. Dann um …«, Claire sah auf die Uhr, »um zwei?«

Betty hatte keine Ahnung, was sie meinte. Zu sehr hingen ihre Gedanken noch an dem Schloss am Berg.

»Um zwei – was?«

»Kann ich mir den Kuchen abholen?«

Der Mandelkuchen, natürlich.

»Um zwei, du Nervensäge.«

»Beschimpf mich ruhig«, sagte Claire grinsend. »Ich weiß, dass du mich liebst.«

Lachend griff Betty wieder nach dem Teigroller, und Claire verschwand blitzschnell durch die Tür.

Während Betty Eier trennte, Zitronenschale rieb und eine Vanilleschote auskratzte, glitt ihr Blick über die Zeitungsseite, die Claire – natürlich – liegen gelassen hatte.

Drei Tage auf Hallion Castle. Richard wiedersehen, nein, besser – einen Grund haben, um Richard wiederzusehen. Sie wusste, dass er oft am Wochenende das Schloss besuchte, um dort zu arbeiten und Spaziergänge zu unternehmen. Es hätte Hunderte Gelegenheiten gegeben, ihm zu begegnen. Notfalls hätte sie einfach klingeln und ihm ein selbst gebackenes Brot vorbeibringen können.

Energisch quirlte sie das Eiklar so steif, dass der Schneebesen darin stehen blieb.

»Hallo, erinnerst du dich an mich? Wir waren noch halbe Kinder und haben einen Nachmittag zusammen verbracht, und es war wundervoll, und ich mochte dich so sehr, und dann haben die Leute, mit denen ich unterwegs war, dich beleidigt, und ich habe den Mund gehalten. Ich bin nicht für dich eingestanden, obwohl du mir so viel näher warst als diese drei. Ach, was soll's, Schwamm drüber. Hier, nimm das Brot und verzeih mir.«

Wie sollte er ihr verzeihen, sie trug sich ihre Feigheit ja selbst noch nach.

Erneut warf sie einen Blick auf den Artikel. Er war schon zwei Wochen alt, die Einsendefrist für die Kuchenstücke lief in drei Tagen ab. Womit sollte sie sich überhaupt bewerben, mal angenommen, sie zöge es in Erwägung?

Energisch quirlte sie Eidotter mit Puderzucker zu einer hellen cremigen Masse und rührte Zitronenschale, Vanillemark und Zimt unter.

Es meldeten sich bestimmt jede Menge begabte Bäckerinnen und Bäcker, da hatte sie doch keine Chance.

Jetzt die gemahlenen Mandeln unterrühren und den Eischnee vorsichtig unterheben, Form fetten, Teig einfüllen. Als sie sich nach vorne beugte, um den Kuchen in den Ofen zu schieben, spürte sie, wie der Wunschanhänger gegen ihr Shirt fiel. Sie schlug die Ofentür zu, wischte ihre Finger an der Schürze ab und zog die Kette hervor. Sollte sie sich wirklich mehr Zeit wünschen? Immerhin gab es jeden Tag so viel, das getan und bedacht werden musste. Manchmal funktionierte sie nur noch, bestellte Ware, räumte Lieferungen ein, schleppte Kisten, rührte Teig, backte, wusch, kochte …

Betty sah auf, starrte auf die Lochplatte an der Wand gegenüber, an der Löffel, Teigschaber und all ihre Backutensilien hingen, und mit einem Mal war ihr völlig klar, was sie auf den Zettel schreiben wollte, der in den Wunschanhänger gehörte. Hastig hängte sie ihr »Bin gleich zurück«-Schild an die Ladentür und lief die Stufen zu ihrer Wohnung hoch. Sie griff ihre Handtasche und kramte nach Stift und Papier, die Kendra ihr gegeben hatte. Wo waren die nur? Sie fand flüchtig notierte Rezeptideen, Himbeerdrops, ein Bund Inbusschlüssel – wo steckten bloß dieser Zettel und der Kugelschreiber? Ihr war bewusst, dass beidem natürlich keine Zauberkräfte innewohnten, aber trotzdem … Es war ihr wichtig, dass hier richtig zu machen, jetzt, wo sie endlich wusste, was sie aufschreiben wollte. Sie leerte den gesamten Inhalt ihrer Handtasche auf ihrem Bett aus und fingerte sich durch den kleinen Berg, der sich dort gebildet hatte. Na, dann konnte sie ihre Hysterie gleich dafür nutzen, ihre Tasche aufzuräumen. So war doch alles zu etwas nu… Da waren sie ja! Der blaue Stift und der mittlerweile zerknitterte und eingerissene Zettel. Betty strich ihn auf ihrem Oberschenkel so gut es ging glatt, befeuchtete die Kugelschreiberspitze und notierte ihren Wunsch mit nur einem Hauch von Scham ob ihres Aberglaubens. Aber kaum, dass sie das Wort geschrieben sah, überkam sie eine angenehme Ruhe, so, als hätte sie etwas erreicht, nur indem sie acht Buchstaben zu Papier gebracht hatte. Behutsam riss sie das beschriebene Stück ab, rollte es zwischen den Fingern, bis es in den schmalen Wunschanhänger passte, und ließ ihn dann zurück unter ihr Shirt gleiten. Warm spürte sie ihn auf ihrer Haut.

»Und – was haltet ihr davon?«

Betty knetete die Finger, während sie auf das Urteil ihrer Eltern wartete. Die kauten ausgiebig an ihren Kuchenstücken, sahen sich an und legten in einer in langen Ehejahren erworbenen Synchronizität die Gabeln zurück auf die Teller.

»Das ist – interessant.«

Bettys Herz sank. Wenn es um Essen ging, bedeutete die Wertung »interessant« bei ihrer Mutter stets »schmeckt mir nicht«.

»Komm, was meinst du wirklich?«

»Diese Mischung aus süßer Mousse und bitterer Marmelade ist ungewöhnlich, finde ich. Warum nicht lieber Erdbeergelee?«

»Das ist so vorhersehbar, Maw. Jeder würde das nehmen.«

»Vielleicht würde es jeder nehmen, weil es gut passt«, warf ihr Vater ein.

»Ihr mögt den Kuchen nicht?« Enttäuscht zog Betty die Teller mit dem Rest der Stücke zu sich herüber und nahm einen Bissen. Ihr schmeckte es. Gerade weil der Kontrast einen so unerwartet traf.

»Das habe ich nicht gesagt.« Entschlossen griff ihre Mutter über den Tisch und stopfte sich ein großes Stück Kuchen in den Mund. »Ich mag alles, was du backst, Süße. Du musst nur nicht immer nach dem Besonderen suchen. Das Gewöhnliche hat etwas für sich. Die meisten Leute mögen es.«

»Die Leute mögen auch das, was ich backe!«, entgegnete Betty und ertappte sich dabei, wie ein trotziges Kind zu klingen.

»Natürlich!«

Ihr Vater gab ein Schnaufen von sich, das für »Deine Mutter hat recht« stand. Betty betrachtete sein eckiges Gesicht mit den tiefen Falten neben der Nase, die kurzen roten Haare. Und ihre Mutter, mit den runden Wangen und den grünen Augen, die unter stets ein wenig zusammengezogenen Brauen skeptisch in die Welt sahen. Die beiden hatten schon viel zusammen durchgemacht – erst die Hochzeit gegen den Widerstand ihrer Eltern, die ihn als Klempner für nicht gut genug für ihre Tochter befanden, die schließlich die Handelsschule besucht hatte. Die ersten Ehejahre, die von drei Fehlgeburten überschattet gewesen waren, und schließlich ihre Geburt. Das Kind, das so ersehnt und vielleicht gerade deshalb nie gut genug war. Zumindest kam es Betty so vor. Oder sie war einfach zu empfindlich. Seufzend stand sie auf. »Ich habe ein paar Blaubeermuffins mitgebracht.«

Ihre Mutter klatschte in die Hände. »Oh, das ist wunderbar! Ich liebe Blaubeermuffins!«

»Ich weiß.« Betty lächelte. »Jeder liebt Blaubeermuffins.«

Abends, zurück in ihrer Wohnung, eingehüllt in eine selbst gestrickte Decke, die Füße auf dem Fensterbrett und den Blick auf den Mount Hallion gerichtet, schickte sie eine Nachricht an Harry, auch wenn sie sich eigentlich vorgenommen hatte, ihn zu ignorieren, bis er sich wieder meldete.

Es gibt einen Backwettbewerb. Soll ich mich dafür bewerben?

Es dauerte eine Weile, bis eine Antwort kam: *Echt? Meinst du, du hast eine Chance?*

Sie starrte so lange auf den Text, bis er vor ihren Augen verschwamm. Mit dem Ärmel wischte sie über ihr Gesicht, antwortete: *Wahrscheinlich nicht* und ging zu Bett.

16
Claire

»Wir brauchen einen Namen für dich, irgendetwas Einprägsames.«

Endlich hatte Claire den Mut aufgebracht, bei Kendra vorbeizuschauen und ihr Versprechen einzulösen, für sie eine Website zu entwerfen. Ihre erste Begegnung ganz am Anfang von Claires Zeit in Glenbarry war nicht sehr positiv verlaufen. Sie hatte sich ein Zimmer im Robert the Bruce gemietet und während des dort samstäglich stattfindenden Tanzabends vor versammelter Mannschaft ihren Unmut über die Lautstärke kundgetan. Es war durchaus möglich, dass dabei Ausdrücke wie »Hinterwäldlerfreunde« und »jämmerlicher Rave« gefallen waren. Kendra hatte ihr am nächsten Tag nicht nur zu verstehen gegeben, dass sie alles mit angehört habe, sondern auch, dass sie Claire nicht ausstehen könne. Seitdem hatten die beiden Frauen wenig Worte miteinander gewechselt, und im Geheimen gestand Claire sich ein, dass die resolute schwarzhaarige Frau ihr Angst machte. Aber Glenbarry war nun ihr Zuhause, also sollte sie all ihren neuen Nachbarn unvoreingenommen und hilfreich gegenübertreten – das zumindest hatte Betty ihr eingeschärft.

»Einen Namen? Wie wär's mit Kendra?«

»Schon mal nicht schlecht, aber kein USP.«

»Kein was?«

»USP. Unique Selling Point. Was macht Kendra und ihr Geschäft besonders? Was sticht hervor? Du baust und verkaufst … so etwas.« Claire deutete mit ihrem Kugelschreiber auf das Gebilde aus schwarzen Federn und getrocknetem weißen Heidekraut, das von der Decke direkt über ihrem Kopf hing. »Was genau ist das?«

»Ein Talisman. Es gibt viele verschiedene, aber der hier bringt Glück.«

»Und warum hast du ihn so gestaltet? Weshalb das weiße Heidekraut? Das ist selten.«

»Weil …« Kendra hielt inne und schloss die Augen, bevor sie nach einem Moment fortfuhr. »Es gibt da diese Legende um Malvina. Sie lebte im dritten Jahrhundert und war die Tochter eines berühmten gälischen Dichters. Ihr Geliebter fiel in einer Schlacht, und als sie um ihn weinte, färbten ihre Tränen das Heidekraut weiß.«

»Klingt jetzt nicht so glücklich für mich.«

»Du hast mich ja auch nicht ausreden lassen.«

»Entschuldigung.«

»Malvina beschied, dass das weiße Heidekraut, das Symbol ihrer Trauer, allen Glück bringen sollte, die es fänden. In ihrer Großherzigkeit brachte sie es fertig, ihr Leid in das Wohl anderer zu wandeln.«

Claire kratzte sich am Kopf. Würde sie die Schotten je verstehen? Es schien hier tatsächlich so zu sein, wie Eric einmal gesagt hatte: Die Dinge hatten immer mindestens zwei Seiten.

»Und weshalb die Vogelfedern?«

»Raben sind Mittler zwischen den Welten. Deshalb bringt ein solcher Talisman das Glück nicht nur zu denen, die wir sehen, sondern auch zu jenen, die für uns unsichtbar geworden sind.«

In einer eleganten Bewegung hob Kendra den rechten Arm, strich durch das Gebilde. Leises Klingeln ertönte, und erst jetzt sah Claire die winzigen Glöckchen, die zwischen die Bänder geknotet waren, welche den Glücksbringer zusammenhielten.

»Der Ton ruft sie«, flüsterte Kendra. »Er ruft alle aus unserer und der anderen Welt, die ein wenig Glück gebrauchen können.« Sie lehnte den Kopf in den Nacken und summte leise.

Bei ihrem Anblick richteten sich die Härchen in Claires Nacken auf. Spürte sie da nicht einen kalten Windhauch?

»Kommt her.« Kendras Stimme war nur mehr ein Wispern. »Kommt her und holt euch euer Glück.«

Ein lautes Krachen ertönte, und Claire zuckte zusammen. »Himmel hilf, was war das?«

Kendra lachte. »Dewie hat etwas umgeworfen. Passiert ungefähr einhundertmal am Tag.«

Schamesröte stieg in Claires Wangen. Mehr brauchte es nicht, um sie in Angst und Schrecken zu versetzen: Federn und Blumen, ein paar geflüsterte Worte und einen Jungen, der Dinge umstieß.

»Ist das genug USP für dich?«

»Ausreichend. Und ich habe einen Namen für dich. Die Highland-Hexe.«

»Ist das nicht ziemlich plakativ?«

»Allerdings!«

»Und … das ist gut?«

»Sehr gut sogar! Übertreibung malt Bilder. Bilder bleiben haften.«

Erwartungsvoll starrte Claire Kendra ins Gesicht, aber statt eines zustimmenden Nickens verzerrte sich deren Miene vor Schmerz, und sie presste beide Hände auf ihren prallen Bauch. Panisch sprang Claire auf. »Was ist? Geht es los? Musst du ins Krankenhaus? Hast du deine Tasche gepackt? Soll ich sie holen?«

»Hör um Himmels willen mit der Schnappatmung auf«, keuchte Kendra. »Es ist noch nicht so weit. Es dreht sich nur schon in Position.«

»Okay, aber damit du es weißt, ich habe von so etwas keine Ahnung, und zum nächsten Krankenhaus ist es eine ganz schöne Strecke. Also gib mir lieber rechtzeitig vorher Bescheid.«

»Klar. Weil man so was so gut planen kann.« Kendras Stimme troff nur so von der Überlegenheit, die sie aus drei Geburten zog.

»Tatsächlich kann man das.« Vorsichtig nahm Claire wieder Platz. »Der Arzt errechnet einen Termin, an dem erscheinst du im Krankenhaus, und notfalls gibt es eine Spritze, um die Wehen zu fördern, und ehe du dich versiehst …«

»Ist schon gut, keine Angst. Mir platzt hier nicht gleich die Fruchtblase, und ich verspreche dir, dass du weder Wasser abkochen noch Handtücher zerreißen musst, während ich mich schreiend auf dem Boden wälze. Das fehlte mir gerade noch, dass eine Engländerin mein Kind rauszieht.«

Unwillkürlich musste Claire grinsen. »Dann wärst du verpflichtet, es nach mir zu benennen.«

»Na, super!« Kendra stöhnte so übertrieben, dass Claire den Spaß dahinter erkannte.

»Womit wir wieder beim Thema ›Namen‹ wären.«

»Die Highland-Hexe, meinetwegen. Es gibt Schlimmeres.«

»Gute Wahl. Was stellt du außer Glücksbringern her?«

Aufatmend sank Kendra in ihrem Stuhl zurück. Anscheinend ließen die Schmerzen nach. »Ich ziehe Kerzen aus Bienenwachs mit einem Anteil an Kiefernharz und Tannennadeln. Der Duft ist wunderbar. Und dann gibt es meine Wunscherfüller.«

Claire zog die Augenbrauen hoch. »Wunscherfüller? Was soll das sein? Kochst du Drogen?«

»Ach, die Zeiten sind lange vorbei.«

Offensichtlich musste der Schreck überdeutlich in ihrem Gesicht zu lesen gewesen sein, denn Kendra lachte trocken. »Dir kann man aber auch alles erzählen! Hier …«, sie griff in ihre Hosentasche, zog etwas heraus und reichte es Claire. »Man schreibt seinen geheimsten und dringlichsten Wunsch auf ein Stück Papier, verstaut es in diesem Anhänger und trägt ihn an einer Kette so lange um den Hals, bis der Wunsch sich erfüllt hat.«

Claire schnappte nach Luft, als sie das Schmuckstück betrachtete. Genau so eines hatte Betty getragen. Einen Wunscherfüller. Warum hatte sie ihr nicht gesagt, dass sie ihn von Kendra hatte? Und was wünschte sie sich? Die Gedanken fuhren Karussell in ihrem Kopf. Sollte sie Betty darauf ansprechen oder sich gekränkt fühlen, dass sie sie angelogen hatte? Sie waren Freundinnen, da sollte man schon ehrlich miteinander sein.

»Nicht jeder trägt sein Herz auf der Zunge.«

»Was?« Irritiert sah Claire auf.

»Es gibt Dinge, die wir niemandem verraten. Die wir vor uns selbst verstecken in der Tiefe unserer Seele.«

Wäre es nicht so unvorstellbar, dann könnte sie fast glauben, dass Kendra ihre Gedanken gelesen hätte. Zu passend waren ihre Worte und zu besänftigend.

»Wieso … wieso sagst du mir das?«

»Weil du es hören solltest.«

»Okay.« Claire reichte ihr den Anhänger zurück, für den Augenblick unschlüssig, ob sie sich nicht in der Gegenwart einer echten Highland-Hexe befand. »Der ist schön.«

»Danke. Möchtest du einen?«

»Nicht nötig. Mein größter Wunsch ist schon in Erfüllung gegangen.«

Und zwar in einer Sommernacht, in der Eric ihr gesagt hatte, dass er sie liebe.

17

Betty

Vier Wochen trug Betty nun schon ihren Wunscherfüller mit sich herum, aber nichts hatte sich verändert, rein gar nichts, deshalb erwartete sie auch nichts, als sie sich zum ersten Mal seit seinem Geburtstag wieder mit Harry traf. Wie zuvor gingen sie in sein Lieblingsrestaurant, er aß Lasagne, sie Salat, das Gespräch floss so ungehindert wie ein Bach voller Biberstaudämme, und am Ende teilten sie die Rechnung. Die wenigen Meter zu ihrem Auto dehnten sich auf Marathonlänge. Was sollte sie mit ihm besprechen oder ihm anvertrauen? Gab es etwas, zu dem sie seine Meinung wissen wollte?

Erleichtert atmete sie auf, als sie ihren Wagen erreicht hatten. »Da wären wir.«

»Ja, da wären wir. Der Abend hat Spaß gemacht, Betty.«

Was?, wollte sie rufen. Was an den letzten beiden Stunden hat Spaß gemacht? Verrat's mir!

»Du bist echt eine tolle Frau. Und deine Haare sind auch toll.«

Betty wusste nicht viel von Beziehungen, aber dass Harry bereit war, den nächsten Schritt zu machen, stand wie in Neonschrift über seinem Kopf. Und sie wollte sich umdrehen und davonlaufen.

Sei nicht so verklemmt, schalt sie sich. Willst du dein Leben lang Single bleiben? Vielleicht ist Liebe so – kein Feuerwerk, sondern eine Taschenlampe, bei der die Batterie bald versagt.

Der Gedanke brachte sie zum Lachen. Und zum Nachdenken.

Natürlich wollte sie jemanden lieben und geliebt werden, aber nicht so. Nicht, wenn es sich wie ein »Meinetwegen« anfühlte. Sie wollte ein »Unbedingt«!

»Was ist so lustig?« Harry klang beleidigt, und dieser Tonfall brachte sie endgültig dazu, seine Hand zum Abschied zu schütteln und davonzufahren.

Zurück in ihrer Wohnung, schlüpfte sie in ihren Fleece-Pyjama, stellte sich an das offene Fenster und ließ die abendliche Herbstkälte hereinwehen. Die Baumkronen des Waldes bewegten sich wie tanzende Schemen, die Wolken hingen voll Regen. Eine Tasse heiße Schokolade zwischen den Händen, sah Betty in der Dunkelheit ein hell erleuchtetes Fenster in Hallion Castle und fragte sich, ob schon die ersten Vorbereitungen auf dem Schloss im Gange waren. Wurden Kabel verlegt für die Kameras und diese grellen Scheinwerfer aufgehängt, oder war es noch zu früh dafür? Die Show sollte ja am zweiten Adventswochenende stattfinden, bis dahin vergingen noch ein paar Wochen. Aber die Teilnehmerinnen standen bestimmt schon fest. Sie war nicht dabei. Wie auch – sie hatte sich nicht beworben. Einige Augenblicke hatte sie es in Erwägung gezogen, den Gedanken aber sofort wieder verworfen. Sicherlich wäre es spannend, sich zu bewerben und davon zu träumen, ausgewählt zu werden. Aber am Ende hätte die Enttäuschung der Ablehnung gestanden, und die wog schwerer als jede Fantasie. Das hatte Betty vor vielen Jahren schmerzhaft gelernt – man musste sich nicht allem aussetzen, nur weil man unbedingt eine Erfahrung machen wollte.

Die heiße Schokolade, versetzt mit einem Schuss Kakaolikör, floss wärmend ihre Kehle hinab. Gott sei Dank hatte Claire die Angelegenheit auf sich beruhen lassen, deshalb hatte sie ihr nicht erklären müssen, weshalb sie einen Rückzieher gemacht hatte. Aber mit ein bisschen Glück würden die Backzutaten bei ihr bestellt werden, und sie könnte sie auf das Schloss bringen. Wer auch immer die Show organisierte, würde mit ihr gemeinsam die Bestellliste durchgehen und überprüfen, ob sie alles geliefert hatte. Und möglicherweise würde sie Richard sehen, wie er an ihr vorbeiging, bestimmt ganz in Gedanken. Eine kleine Chance dafür gab es zumindest. Sie würde ihm ein leises »Hallo« zurufen, und wenn er sich umdrehte und ihr ins Gesicht sah, würde sie erkennen, dass er nicht wusste, wer sie war. Dass nur noch sie allein sich an das Wundervollste in ihrem Leben erinnerte. Sie sollte es endlich vergessen. Sie sollte …

Der Wind schlug das Fenster gegen den Rahmen, Betty schreckte aus ihren Gedanken auf. Sie stellte die Tasse ab, schloss das Fenster und zog die Gardinen vor.

Sie sollte …

Komische Idee, aber wie wäre es, wenn sie mal nichts sollte, sondern wollte?

18

Betty

Ungewohnt kleinlaut stand Claire im Laden vor ihr – die Arme hinter dem Rücken verschränkt, die Beine überkreuz.

»Sag mal, Betty …«

»Ja?«

»Da ist so eine Sache passiert. Oder besser, ich habe etwas gemacht.«

Worauf wollte ihre Freundin sie vorbereiten? Es klang nach einer mittleren Katastrophe.

»Und was hast du gemacht?«, erkundigte sie sich vorsichtig, nicht sicher, ob sie die Antwort hören wollte.

Claire nagte an ihrer Unterlippe. »Kennst du diese Bilder, die etwas zu zeigen scheinen, aber wenn man genauer hinsieht, erkennt man, dass etwas ganz anderes abgebildet ist?«

»Ja, das Foto mit der Katze, die auf den ersten Blick wie ein Rabe aussieht. Wer kennt das nicht?«

»Genau!« Mit ihrem alten Elan stupste Claire den Zeigefinger gegen Bettys Schulter. »Ich habe einen Raben gemacht, aber du wirst sehen, dass er eine Katze ist.«

Ihrem freudigen Strahlen nach zu urteilen, schien Claire davon auszugehen, etwas erklärt zu haben, tatsächlich aber wurden die Fragezeichen in Bettys Kopf immer größer.

»Ich mag Raben«, sagte sie, weil ihr nichts Besseres einfiel.

»Ich auch, ich auch. Wer nicht? Aber in unserem Fall ist die Katze das Nonplusultra.«

»Ich mag Katzen. Und Meerschweinchen. Und Affen. Hunde natürlich auch.«

Claire wedelte mit der Hand vor ihrem Gesicht. »Bleiben wir bei der Katze und dem Raben. Der bedeutet in unserem Fall, dass jemand hinter deinem Rücken deinen Namen benutzt hat. Das ist nicht besonders toll, ohne Frage. Aber die Katze symbolisiert, dass aufgrund dieser unorthodoxen Aktion etwas Großartiges geschieht.«

»Okay.« Betty hatte von all den Tiergeschichten allmählich die Nase voll und ahnte, dass hinter Claires blumigen Worten etwas steckte, was ihr nicht gefallen würde. »Red jetzt bitte Klartext. Was hast du getan?«

Nach einer langen Pause holte Claire tief Luft, und dann sprudelte es nur so aus ihr heraus. »Erinnerst du dich noch, dass ich vor ein paar Wochen deinen neuen Kuchen gekauft habe? Den mit der weißen Mousse und der Orangenmarmelade?«

Natürlich erinnerte Betty sich. Seit dem gelinde gesagt verhaltenen Urteil ihrer Eltern hatte sie ihn nicht mehr gebacken.

»Und dann habe ich ein paar Stücke deines köstlichen Mandelkuchens geholt.«

»Ja, ja, ich weiß. Hat er dir geschmeckt?«

»Natürlich! Und was den anderen Kuchen angeht –

ich habe ein Stück davon gegessen, und die anderen habe ich …« Claire hielt inne, ein klägliches Lächeln auf dem Gesicht.

Für einen Moment stockte Bettys Herz. Wenn Claire jetzt zugab, den Rest weggeschmissen zu haben … Sollte dieses ganze Vorgeplänkel nur dazu dienen, ihr schonend beizubringen, dass ihr Gebäck im Müll gelandet war – dann würde sie nie wieder eine Rührschüssel anfassen!

»Was? Nun sag schon.«

»Die anderen habe ich zusammen mit dem Mandelkuchen unter deinem Namen bei dem Backwettbewerb eingereicht.« Claire stieß die Beichte hervor und schlug sich dann die Hände vors Gesicht. Eine so kindliche Geste, dass Betty unwillkürlich lächeln musste. Im nächsten Moment wurde ihr klar, was ihre Freundin da getan hatte. Sollte sie sich jetzt freuen, dass ihr der Kuchen geschmeckt hatte, oder über Claires Eigenmächtigkeit ärgern? Der Ärger überwog, eindeutig.

»Das war dermaßen übergriffig, Claire«, sagte sie kopfschüttelnd. »Du kannst doch nicht für mich eine Bewerbung vornehmen. Wieso hast du das überhaupt getan?«

Claire spreizte die Finger vor ihrem Gesicht, sodass eines ihrer blauen Augen hervorlugte. »Dafür gab es zwei Gründe. Zum einen war mir klar, dass du dich nie zu einer Bewerbung überwinden würdest. Zum zweiten wusste ich, dass du eine absolut reelle Chance hattest, in die engere Auswahl zu kommen.«

Nachdem der erste Schock vorüber war, packte Betty dann doch die Neugier. »Und, was ist jetzt …«

Claire ließ die Hände sinken, ein breites Grinsen kam

zum Vorschein. »Du hast es geschafft! Du gehörst zu den drei Finalistinnen! Du wirst ein ganzes Wochenende auf Hallion Castle verbringen, du wirst im Fernsehen sein, deine Kuchen werden alle begeistern, und am Ende gewinnst du! Du wirst gewinnen, Betty, hörst du?«

Claire riss sie in die Arme, drückte sie fest an sich und hüpfte dabei auf und ab. »Du wirst die neue Baking-Queen! Habe ich es dir nicht schon bei unserer ersten Begegnung vorhergesagt?«

Claire war niemand, dem man lange böse sein konnte. Zumindest Betty konnte es nicht. Und auch wenn ihr tausend Vorwürfe auf der Zunge lagen – dass man so etwas nicht über den Kopf eines anderen hinweg machte, dass es Grenzen gab –, so tat es doch gut, das Schreiben des Senders in der Hand zu halten und schwarz auf weiß zu lesen, dass man unter fast fünfhundert Bewerbungen zu den Top drei gehörte.

Aber dennoch – sie würde im Fernsehen zu sehen sein, und auch wenn der Sender nur im Norden Schottlands zu empfangen war und von so gut wie niemandem beachtet wurde, so würde sie sich doch auf eine Art und Weise sichtbar machen wie schon lange nicht mehr. Seit dem Sommerfest auf Hallion Castle trat sie nicht einmal mehr bei Tanzveranstaltungen auf, obwohl es auf Festen in den Ortschaften ringsum immer wieder die Gelegenheit dazu gab. Und nun das … Was, wenn ihr vor lauter Aufregung nichts glückte und ihr kein Kuchen gelang und jeder, der die Sendung sah, über sie lachte? Was, wenn … wenn alles gut ging und Claire recht behielt?

Gedankenverloren spielten Bettys Finger mit dem Wunscherfüller. Ob diese seltsame Entwicklung auf seinen Einfluss zurückzuführen war?

Die Türklingel des Muddle ertönte mit ihrem zarten Klang, Betty steckte den Anhänger zurück unter ihr Shirt und kam aus der Küche hervor.

»Hallo, Deirdre«, begrüßte sie eine ihrer Stammkundinnen aus Aultbea. »Womit kann ich dir helfen?«

Egal, was in den nächsten Wochen geschehen würde – für den Moment ging ihr normaler Alltag weiter.

19
Richard

»Hast du die Liste bekommen?« Ohne Richards Antwort abzuwarten, hielt Raymond einen Zettel mit drei Namen vor seine Bildschirmkamera. »Das sind unsere glücklichen Teilnehmerinnen.«

Glücklich, das bezweifelte er, aber ja, wenige Sekunden vor dem Zoom-Meeting war eine E-Mail von Raymond eingetroffen mit dem Betreff: *Das Schicksal hat gesprochen!*

»Ja, und ich bin schon sehr gespannt«, antwortete Richard dem weißen Bildschirm.

Der Zettel sank herab, und Raymonds vergnügtes Gesicht war wieder zu sehen. »Das ist so aufregend, nicht wahr? Alba TVs Kernkompetenz lag bisher ja fast ausschließlich beim Sport und bei den Serienformaten.«

Richard biss sich auf die Zunge, um Raymonds Aussage nicht dahingehend richtigzustellen, dass es sich bei den Sportsendungen um uninteressante Matches drittklassiger Fußball-, Rugby- und Shintyteams handelte. Und die ausgestrahlten Uraltserien hatte schon in den Siebzigern niemand sehen wollen.

»Aber jetzt produzieren wir unsere erste eigene, richtige Show! Eine dreitägige Abendunterhaltung der Extraklasse. Ich meine, Richard … Hättest du dir das vorgestellt, damals, als wir noch eine Familie waren?«

»Während der sechs Monate vor fast dreißig Jahren? Nein, wirklich nicht.«

»Siehst du? Ich bin so froh, dass Debby mit der Idee dieser Sendung auf mich zugekommen ist. Es ist wundervoll, dass unsere Bekanntschaft wieder auflebt. Ich habe dir das nie gesagt, Richard, aber du warst für mich damals ein Vorbild. Der ältere Bruder, den ich nie hatte.«

Richard schwieg, mundtot gemacht von Raymonds offenherziger Freundlichkeit und der Enthüllung, dass seine Mutter das ganze Spektakel ins Rollen gebracht hatte. Soweit er sich erinnerte, hatte sie es ihm genau andersherum geschildert. Und wie höchst erstaunlich, dass sie jemand Debby nannte.

»Ich bin kein Vorbild«, sagte er mit trockenem Mund. »Ich bin Literaturdozent.«

Raymond nickte enthusiastisch. »Genau das mag ich so! Deine Bescheidenheit. Du erinnerst dich bestimmt nicht mehr daran, aber in dem Sommer, als wir zusammen verreist sind, da haben wir beide am Strand eine Sandburg gebaut. Du bist so rational an die Sache herangegangen, hast den Grund aufgeschüttet, Türme geformt, die Wände mit Muscheln verziert, während ich die ganze Zeit nur zugesehen und Unfug gemacht habe.«

Eine Erinnerung blitzte in Richards Hirn auf, in verblassten Farben wie ein altes Polaroid: die Sonne auf seiner Haut, der Meeresgeruch und das Schreien der Möwen. Nasser Sand in seinen Händen, ein Schloss, das unter seinen Fingern Form annahm. Und neben ihm, kaum aus dem Augenwinkel zu sehen, dieser kleine Junge, einen albernen Hut als Sonnenschutz auf dem Kopf, der immer wieder kichernd nach seinem Bauwerk griff.

»Doch«, sagte er langsam, »doch, ich erinnere mich.«

Zum ersten Mal, seit das Zoom-Meeting mit Raymond begonnen hatte, sah er direkt auf den Bildschirm und erkannte in dem erwachsenen Mann ihm gegenüber ein wenig von dem Jungen am Strand.

»Mein Vater war an diesem Tag sehr enttäuscht von mir, keine Ahnung, weshalb«, fuhr Raymond fort. »Es war leicht, ihm nicht zu genügen. Und als er dann diese Sandburg von dir lobte, da sagtest du, sie wäre mein Werk. Du hättest nur getan, was ich dir gesagt hätte.«

»Habe ich das?«

»Ja. Ich habe dir nicht widersprochen. Vielleicht hätte ich das tun sollen, aber meine Güte, ich war fünf Jahre alt und so froh, dass mein Vater stolz auf mich war. Ich wollte mich bei dir bedanken, aber ich habe es vergessen, und dann war die Beziehung zwischen Debby und meinem Vater auch schon wieder vorbei, und wir haben uns aus den Augen verloren … Deshalb sage ich es dir jetzt, viel zu spät, aber ehrlich gemeint: Danke.«

Richard schluckte. Wider Erwarten rührte ihn diese Enthüllung. Einem kleinen Jungen zu helfen, der unter seinem strengen Vater litt, darauf konnte man stolz sein und sich freuen, im richtigen Moment das Richtige getan zu haben. »Nicht der Rede wert, Raymond. Wir waren Kinder. Wir mussten doch zusammenhalten.«

Nach ihrem mentalen Ausflug in eine gemeinsame Vergangenheit, die wie ein anderes Leben zurücklag, kündigte Raymond die Ankunft der Crew – bestehend aus ihm als Showrunner, der Kamerafrau und einem Assistenten – im Schloss für den Donnerstag vor dem zweiten Advent an. Das bedeutete, dass mit den drei Teilnehmerinnen summa summarum sechs Zimmer zur Verfügung gestellt werden müssten. In Gedanken ging Richard die Räume in Hallion Castle durch. Die Crew konnte er im Dachgeschoss unterbringen, die Zimmer dort waren nicht so zugig wie die anderen. Raymond bekam den Masterbedroom, da Richard es bei seinen Besuchen sowieso vorzog, in einem der Turmzimmer zu wohnen. Und die drei Frauen – die brachte er am besten im ersten Stock unter. Die Tapeten an den Wänden stammten aus den 1920ern, waren aber gut in Schuss und die Dielenböden ohne größere Unebenheiten. Das Licht funktionierte meistens. Und irgendwo würde er auch noch genug Bettwäsche ohne Stockflecken finden.

Wie absurd, so einen Aufwand zu betreiben, nur um sich lächerlich zu machen. Gott sei Dank würde keiner seiner Kollegen oder Studenten diese Sendung sehen.

Er öffnete die E-Mail mit den Namen der Kontestantinnen. Da gab es eine Raelyn McAdams aus Ullapool, Greta Payne aus Aberdeen und Elizabeth Cleary aus Glenbarry.

Elizabeth Cleary. Ob das dieselbe Frau war, die sich ihm damals als Liz Cleary vorgestellt hatte? Jeder andere Gedanke schien abwegig – so winzig wie Glenbarry war, musste sie es sein.

Die tanzende Liz. Was hatte sie ihm nicht alles erzählt von ihren Wünschen und Plänen. Dass sie die Welt bereisen und sehen wollte, was sich ihr zeigte. Hatten sich ihre Träume erfüllt, oder war sie nie aus Glenbarry herausgekommen? Stellte die Teilnahme an diesem Wettbewerb den Höhepunkt ihres Lebens dar? Das … wäre sehr traurig. Er hätte dem Mädchen mit dem scheuen Lächeln mehr gewünscht. Aber vielleicht war sie ja glücklich. Er hoffte, dass sie, wenn sie den Blick zurückwandte, Erfüllenderes sah als er.

Die Zahnbürste im Mund, die Augen klein vor Müdigkeit, starrte Richard in den Badezimmerspiegel. Das Grau an seinen Schläfen wurde immer mehr. Angeblich sollten Männer durch diese Alterserscheinungen ja interessanter wirken, aber er fand es einfach nur – grau. Raymond, obwohl nur wenige Jahre jünger, sah aus wie frisch von der Uni.

Er spuckte die Zahnpasta aus, spülte sich den Mund und spritzte sich kaltes Wasser ins Gesicht. Schon besser. Aber immer noch – alt. Neugierig schob er den Kopf dichter an den Spiegel. Woran das wohl lag? An den tiefen Falten, die sich von der Nase zu den Mundwinkeln eingegraben hatten? Oder saß es in seinen Augen? Er war nicht immer so abschätzig und distanziert gewesen, aber wie er sich so betrachtete, fiel es ihm schwer, in diesem erwachsenen Mann das Kind vom Strand wiederzuerkennen.

Seltsam, dass innerhalb weniger Stunden zwei Personen seiner Vergangenheit wieder in sein Leben getreten waren. Erst Raymond und dann Liz – wenn sie es überhaupt war. Sollte er sich Klarheit verschaffen? Der Gedanke, bei ihrem Einzug in das Schloss vor laufenden Kameras überrascht zu werden, behagte ihm wenig. Man konnte ihm so einiges nachsagen, Spontaneität gehörte nicht dazu. Nun, er hatte sowieso vor, am Wochenende nach Glenbarry zu fahren. Dann konnte er auch Elizabeth Cleary aufsuchen. Und es hätte nichts zu bedeuten, außer einer professionellen Vorbereitung auf die Show.

Mehrere Baustellen auf der A9 hatten seine Ankunft in Glenbarry in den späten Nachmittag verschoben. Die Sonne war schon halb hinter Mount Hallion verschwunden, als Richard vor dem örtlichen Pub anhielt. Wenn ihm jemand sagen konnte, wo diese Ms. Cleary zu finden war, dann der Inhaber der lokalen Lokalität.

Nachdem er die wenigen Stufen, die zur umlaufenden Veranda führten, hinaufgestiegen war, hielt er einen Moment inne. Der Schankraum war zwar noch nicht völlig gefüllt, aber an zwei Tischen saßen Gäste beim Essen. Für einen Augenblick fühlte er sich wieder wie dieser unsichere Junge, der regelmäßig Spott erfahren hatte, aus keinem anderen Grund als dem, dass er kein Schotte war; aber dann atmete er tief durch und öffnete die Tür. Niemand beachtete ihn. Mit festen Schritten ging er über die dunklen Bodendielen, vorbei an den Holztischen und den Stühlen mit grüner Lederpolsterung, auf den leeren Tresen zu. Bevor er mit einem lauten »Hallo« doch noch die Aufmerksamkeit aller Anwesenden auf sich gezogen hätte, trat ein derber glatzköpfiger Mann mit schwarzer Schürze aus einem Raum gegenüber vom Schanktisch.

Er stieß die Schwingtür mit einem gekonnten Hüftstoß auf und schob sich, ein volles Tablett in den Händen, hindurch. Als er Richard erblickte, nickte er ihm kurz zu und bediente dann Gäste an einem der Tische. Im Bemühen, gelassen zu wirken, steckte Richard die Hände in die Hosentaschen, drehte den Oberkörper nach rechts und wieder nach links, gerade so, als ginge es ihm bei seinem Besuch um die Innenausstattung dieses Etablissements – die sich im Übrigen kaum von der des Dame Ragnell unterschied. Egal, wo man in Großbritannien Station machte, Pubs boten nicht nur eine große Auswahl an Bieren, sondern auch verlässlich ein Gefühl von Vertrautheit.

»Wenn Sie essen wollen, nehmen Sie Platz, ich komme gleich«, ertönte eine raue Stimme hinter ihm. Richard drehte sich hastig um und konnte auf dem Gesicht des Wirtes förmlich ablesen, wie dieser versuchte, ihn einzuordnen.

»Ich kenne Sie doch …«

»Bitte verzeihen Sie die Störung, ich hätte nur eine Frage«, unterbrach er den Mann, um von seiner Person abzulenken. »Ich suche Elizabeth Cleary. Können Sie mir sagen, wo ich sie finde?«

»Betty? Was wollen Sie von ihr?«, fragte der Mann in einem Tonfall, der gleichzeitig fürsorglich und herausfordernd war. Offensichtlich hatte diese Elizabeth, Liz, Betty oder wie auch immer, Menschen, die auf sie aufpassten.

»Wir haben geschäftlich miteinander zu tun.«

»Und dann wissen Sie nicht, wo Sie sie finden können?«

Eine Frau an einem der Tische, hochschwanger und

mit kurzen schwarzen Haaren, lehnte sich in ihrem Stuhl zurück. »Sag's ihm, Fred. Das ist okay für Betty.«

Die Aufmerksamkeit des Mannes richtete sich auf seinen Gast. »Bist du dir sicher, Kendra?«

»Na klar, der wird ihr schon nichts tun. Das ist doch der Earl.«

Großartig. So war sein – wenn auch wahrscheinlich von Anfang an zum Scheitern verurteiltes – Inkognito aufgeflogen.

Fred schlug sich lachend mit der Hand gegen die Stirn. »Stimmt, du hast recht, aber erkannt hätte ich ihn nicht.«

»Ist ja auch nicht oft hier.«

In einem Versuch, das Gespräch zu unterbrechen, das die beiden miteinander führten, als stünde er nicht direkt neben ihnen, räusperte sich Richard vernehmlich. »Da Sie nun ein Attest bezüglich meiner Person und der Ehrenhaftigkeit meiner Absichten erhalten haben, wären Sie so freundlich, mir mitzuteilen, wo ich besagte Ms. Cleary finde?«

»Sie ist bestimmt noch in ihrem Laden, in Bettys Muddle. Wenn Sie rauskommen, gehen Sie die Straße nach links, immer geradeaus. Und in dem Moment, in dem Sie denken, ich hätte Sie in die Irre geführt, sind Sie auch schon da. Können Sie gar nicht verfehlen.«

»Vielen Dank.« Richard nickte Fred und Kendra zu, verließ den Pub und stieg in seinen Wagen. Das war ja besser gelaufen als gedacht. Während er vom Parkplatz auf die Straße einbog, wurde ihm mit einem Mal in aller Deutlichkeit bewusst, dass er gleich Liz wiedersehen würde, mit der er eine unbeschwerte, wundervolle

Zeit verbracht hatte. Die erste Frau, die er geküsst hatte. Bei dem Gedanken daran, wie sie sich mit geschlossenen Augen ihm entgegengebeugt und ein leichtes Lächeln auf ihren Lippen gelegen hatte, schlug sein Herz schneller.

Du Narr, schalt er sich. Du dummer, alter Narr.

20
Betty

Seit Betty akzeptiert hatte, dass sie aufgrund von Claires Einmischung an dem Wettbewerb teilnehmen würde, verbrachte sie noch mehr Zeit als üblicherweise in der Küche ihres kleinen Ladens. Laut dem vorgegebenen Ablauf der Show trafen am Donnerstagabend alle Teilnehmerinnen im Schloss zu einem Empfang ein. Am Freitag würden sie einen herzhaften Pie backen, am Samstag einen traditionellen Früchtekuchen und am Sonntag eine eigene Kuchenkreation. Die Gewinnerin sollte dann bei einer großen Veranstaltung am Abend bekanntgegeben werden. Und so probierte Betty sich an diversen Rezepten aus, deren Resultate sie im Muddle zum Verkauf anbot. Den Reaktionen ihrer Kunden nach zu urteilen, gelangen ihr die Experimente ausgezeichnet, aber sie selbst war schwerer zufriedenzustellen. Da fehlte es einmal an der richtigen Konsistenz des Bodens, ein andermal an der Fluffigkeit der Füllung, und dann wieder wollte die Glasur nicht glänzen. Als sie an diesem Samstagnachmittag entnervt die Rührschüssel in den Geschirrspüler stopfte, ertönte lautes, anhaltendes Klopfen. Betty warf einen Blick um die Ecke und sah im Licht der untergehenden Sonne schemenhaft einen Mann vor der Tür stehen, der ihr »Geschlossen«-Schild entweder nicht sah oder absichtlich ignorierte. Vorsichtig zog Betty sich in die Küche zurück. Sie war so geschafft und wollte nur noch einen Tee, eine warme Decke über den Beinen und ein gutes Buch. Wenn der Besucher sie nicht gesehen hatte, ging er vielleicht gleich wieder, und sie konnte ihren großartigen Plan in die Tat umsetzen.

Von wegen! Nach einer kurzen Verschnaufpause setzte das Klopfen wieder ein, kombiniert mit einem »Ms. Cleary? Sind Sie da?«.

»Verdammt!« Seufzend zog Betty das Smartphone aus der Kängurutasche ihrer Schürze, zog sie sich über den Kopf und warf sie zu Boden. In dem mit Teigresten und Marmelade bespritzten Kleidungsstück wollte sie sich lieber nicht zeigen. Auf dem Weg aus der Küche sah sie auf ihr Telefon. Fred hatte ihr drei Sprachnachrichten hinterlassen. Sie hätte das Gerät nicht lautlos stellen sollen. Möglicherweise war etwas passiert, und er brauchte ihre Hilfe. Vielleicht stand deshalb jetzt dieser Mann draußen und klopfte wie wild. Hastig lief sie zur Tür und hörte dabei Freds Nachricht ab. Seine Stimme klang nicht nach einem Notfall.

»Hör zu, Betty, du kriegst gleich Besuch von seiner Durchlaucht vom Berge. Ich habe ihm gesagt, wo er dich findet, hoffe, das war okay.«

Durchlaucht vom Berge, so nannten sie den Earl of Hallion. Sie mochte diesen Spitznamen nicht, aber sie stand mit ihrer Meinung über ihn im Dorf sowieso allein dar. Und was hatte das zu bedeuten, dass er sie besuchen …

Das Smartphone noch am Ohr, öffnete sie die Tür und starrte Richard ins Gesicht. Obwohl ihr klar war, dass sie mit offenem Mund dastand, was mit Sicherheit keinen guten Eindruck machte, gelang es ihr nicht, ihre Gedanken so weit zu sortieren, dass sie in angemessener Weise hätte reagieren können. Richard lächelte und deutete eine Verbeugung an.

»Es kam Licht aus dem kleinen Fenster, deshalb war ich so hartnäckig. Ich ging davon aus, dass Sie anwesend seien.«

Noch immer brachte Betty kein Wort heraus. Ihr halbes Leben, nein, länger sogar, hatte sie auf ein Wiedersehen gehofft, ob nun zufällig bei einem Spaziergang oder bei den Einkäufen für die Show – die der Sender doch nicht bei ihr getätigt hatte. Mit Großhandelspreisen konnte sie nun mal nicht mithalten. Das Elend des Einzelhändlers!

Betty, das ist gerade nicht das entscheidende Thema!, ermahnte sie sich im Stillen. Richard steht vor dir. Sag etwas Kluges, Witziges, etwas Claire-artiges. Sag irgendetwas!

»Komme ich ungelegen?« Richard schob sich mit dem Zeigefinger die Brille auf den Nasenrücken. Damals hatte er keine Brille gehabt. Auch keine grauen Schläfen und nicht diese Ernsthaftigkeit in den Augen.

»Alles in Ordnung, Ms. Cleary?« In seiner Stimme klang Sorge mit. Sie musste endlich irgendeine Reaktion zeigen, wollte sie nicht vollständig wie eine Idiotin dastehen.

»My Lord«, entgegnete sie und versuchte sich an einem Knicks. Nein, das war nicht besser als zu schweigen.

Abwehrend hob Richard beide Hände. »Um Gottes willen, bitte, lassen Sie das. Und wenn Sie die sind, für die ich Sie halte – wovon ich jetzt, wo ich Ihnen gegenüberstehe, überzeugt bin –, dann habe ich Sie einst gebeten, mich beim Vornamen zu nennen. Ich würde es begrüßen, wenn wir es auch jetzt dabei beließen.«

Also erinnerte er sich genauso wie sie. Funkelnde Freude stieg in Betty auf und gab ihr die Kontrolle über ihren Verstand zurück.

»Aber nur, wenn du mich nicht mehr Ms. Cleary nennst.«

»Einverstanden. Dann Liz?«

»Betty oder Elizabeth.«

Er nickte. »Elizabeth.«

In diesem Moment hätte sie alles dafür gegeben, ihre Schürze zu tragen. In deren Tasche konnte man wunderbar die nervösen Hände vergraben, von denen nun die eine gezwungen war, eine Haarsträhne zu drehen, während die andere an ihr herunterhing und das Smartphone umklammert hielt.

»Sind Sie … Bist du wegen der Sendung da?«

»Genau. Ich fand deinen Namen unter den Teilnehmerinnen und wollte sichergehen, ob das wirklich du bist.«

Er lächelte genauso wie damals. War überhaupt Zeit vergangen? Standen sie sich nicht wieder gegenüber, mit klopfendem Herzen und kurz vor einem Kuss?

»Ich war der Meinung, wir sollten uns vor der Sendung austauschen. Es macht einen besseren Eindruck, wenn wir vertrauter miteinander wirken. Ich werde auch die anderen beiden Frauen aufsuchen, aber da du in der Nähe wohnst, wollte ich als Erstes bei dir vorbeischauen.«

Natürlich. Es ging nur um die Sendung. Worum auch sonst? Sie erinnerte sich noch an jedes der beißenden Worte, mit denen ihre Begleiter Richard damals bedacht hatten. Wie sollte er sie dann vergessen haben? Und sie war zu feige gewesen, aufzustehen und sich zu ihm zu bekennen. Aber bekennen? Zu was? Einem Moment der Zugehörigkeit, der Nähe und des Verständnisses? Denn es war genau das gewesen – nur ein Moment. Sie schluckte und ließ ihre malträtierte Haarsträhne los. »Möchtest du hereinkommen? Ich könnte einen Tee kochen.«

»Ehrlich gesagt hatte ich gehofft, wir könnten ein wenig spazieren gehen«, entgegnete er mit einem um Entschuldigung heischenden Lächeln. »Ich habe heute schon einige Zeit im Auto gesessen und würde mir gerne die Beine vertreten. Wenn es dir nichts ausmacht.«

Über zu wenig Bewegung konnte sie sich zwar nicht beklagen, und die Sonne stand bereits tief am Horizont, trotzdem war der Kampf ihrer Erschöpfung gegen die Vorstellung, im Dämmerlicht neben Richard zu laufen, nur kurz.

»Ich hole meine Jacke.«

Schweigend liefen sie die sanften Ausläufer des Mount Hallion entlang, vorbei an einer Herde Schafe, die zum Schutz gegen die Kühle eng beieinanderstanden und friedlich grasten. Die leisen Rufe der Tiere begleiteten sie, bis sie auf einer Hügelkuppe stehen blieben und dabei zusahen, wie die Sonne versank und die Bergspitzen in ein warmes goldenes Licht tauchte. Der Wind wehte sanft durch das hohe Gras, und die Vögel sangen ihr Abendlied, während der Himmel sich von Flammendrot zu Dunkelblau wandelte.

Betty wandte Richard den Kopf zu, unwillig, ihre einvernehmliche Stille zu unterbrechen. Dennoch – sie konnten nicht den Abend miteinander verbringen, ohne ein Wort zu wechseln.

»Was wolltest du mir sagen?«

»Sagen?« Richard sah sie fragend unter zusammengezogenen Augenbrauen an.

»Du bist doch wegen der Sendung gekommen. Um zu besprechen, wie es abläuft?«

»Oh, ich habe nicht die geringste Ahnung, wie das vonstatten gehen wird. Ich setze meine ganze Hoffnung darauf, dass die Verantwortlichen von Alba TV wissen, was sie tun.« Er lachte. »Allerdings, wenn ich mir diese Aussage überlege, fürchte ich, enttäuscht zu werden. Alba ist nicht die BBC.«

»Das wohl nicht.« Betty gefiel der abschätzige Ton nicht, mit dem er über den Sender sprach. Sie mochte die alten Serien, die dort in Dauerschleife liefen. »Aber würde die BBC eine solche Show in Hallion Castle veranstalten?«

»Eher nicht, da hast du recht. Man muss wohl manchmal nehmen, was man kriegen kann.«

Ungewollt verirrten sich ihre Gedanken zu Harry. Ob er das über sie dachte?

»Warum machst du es dann überhaupt?«, sagte sie, eine Frage gleichermaßen für sie selbst wie für Richard.

Seine Schultern sanken herab. »Ich bin in diese Geschichte reingeredet worden. Zuerst stand ich ihr ablehnend gegenüber, aber mittlerweile denke ich, sie hat auch ihre angenehmen Seiten.«

Betty entging der kurze Blick nicht, den er ihr zuwarf. Zählte er sie etwa zu diesen angenehmen Seiten? Bevor sie weiter darüber nachdenken konnte, fragte Richard: »Und du? Warum machst du es? Weshalb nimmst du teil?«

Sie lachte, als ihr klar wurde, dass sie ihm seine eigene Antwort zurückgeben konnte: »Ich bin in diese Geschichte reingeredet worden. Zuerst stand ich ihr ablehnend gegenüber, aber mittlerweile denke ich, sie hat auch ihre angenehmen Seiten.«

»Du machst dich über mich lustig.«

»Nein, ganz ernsthaft. Meine beste Freundin hat sich in meinem Namen beworben, und ich hatte keine Ahnung davon.«

»Wer solche Freunde hat, was?«

»Ist schon in Ordnung.«

Richard machte einen Schritt nach vorn und warf ihr einen fragenden Blick zu. Betty nickte, wickelte sich den Schal enger um den Hals und folgte ihm in Richtung der Waldgrenze. Die Abenddämmerung war inzwischen einer klaren Nacht gewichen. Äste knackten unter den Pfoten der nachtaktiven Tiere. Vereinzelt huschten Schemen durch das Unterholz, glänzten Augen auf.

»Sieh nur«, flüsterte Richard und deutete in die Dunkelheit vor ihnen. Ein hundsgroßes Tier mit silbergrauem Streifen auf dem Rücken und weißer Gesichtszeichnung scharrte mit den Vorderpfoten in der Erde.

»Ein Dachs.« Aufgeregt packte Betty Richard am Arm. »Die sieht man so selten.«

Mit angehaltenem Atem beobachtete sie das Tier, bis es sein Publikum bemerkte und tiefer in den Wald lief, sodass sie es nicht mehr ausmachen konnten. Grüßend legte Richard zwei Finger an die Schläfe. »Mach's gut, Grimbart. – Wollen wir weiterlaufen?«, fragte er dann, griff Bettys Hand, die noch immer seinen Arm festhielt, und zog sie in seine Ellenbogenbeuge.

Ja, dachte sie, ja. Wie damals vor so vielen Jahren hatte sie auch jetzt kein Gefühl von Fremdheit an seiner Seite. Es schien das Natürlichste der Welt, neben ihm zu gehen, zu schweigen oder zu reden. Doch der morgige Tag würde wieder lang werden, und überhaupt – sie konnten nicht anknüpfen, als wäre zwischen damals und jetzt nicht so viel Zeit vergangen und so viel Leben geschehen. Auch wenn sie das nur zu gern wollte.

»Es ist schon spät.«

Richard betrachtete sie einen Moment, bevor er nickte. »Schade, aber dann trennen sich für jetzt unsere Wege. In ein paar Wochen sehen wir uns ja auf Hallion Castle wieder.«

»Stimmt.« Sie bemühte sich um Fröhlichkeit in der Stimme, auch wenn ihr so gar nicht danach war. Ein paar Wochen warten, dann drei gemeinsame Tage, umgeben von jeder Menge Fremder, nur um ihn danach nie wiederzusehen. Schweigend gingen sie zurück zu ihrem Laden.

»Ich wünsche dir eine gute Nacht.«

»Wünsche ich dir ebenfalls.« Betty verschränkte die

Arme vor der Brust. Es tat lächerlich weh, zu sehen, wie er sich von ihr entfernte und auf sein Auto zuging. Dort angekommen, drehte er sich wieder um, nahm die Brille ab, zog ein Taschentuch hervor und putzte die Gläser eingehend.

»Ich … ich bin froh, dass du mit dabei bist«, sagte er, nachdem die Brille wieder auf seiner Nase saß. »Dass wir uns nach so langer Zeit wiedersehen.«

Eigentlich wollte sie ihm zulächeln, ihren Schlüssel ziehen und ins Haus gehen, aber diese eine Sache musste sie wissen: »Warum hast du mich all die Jahre nicht gesucht? Ich meine, wenn es dich jetzt so freut …«

»Warum ich dich nicht … Elizabeth, du schienst mir damals sehr eng mit deinen Freunden zu sein, und die wiederum schienen mir gegenüber eher feindselig gestimmt. Ich hatte den Eindruck, du würdest dich ihnen gern – wie soll ich es ausdrücken – angleichen. Ich sah für mich keinen Platz in dieser Konstellation.«

»Hättest du denn einen Platz haben wollen?« Kaum, dass die Frage aus ihr herausgebrochen war, hätte Betty sie nur zu gern wieder eingefangen. Richards unverwandt freundliche Miene zeigte ihr jedoch, dass er daran nichts Anstößiges zu finden schien.

»Nicht bei deinen Freunden. Die sahen mir alle drei wie Idioten aus. Verzeih mir meine Offenherzigkeit, solltest du noch mit ihnen befreundet sein.«

Betty schloss die Augen. Colins Gesicht erstand vor ihr, mit diesem desinteressierten, kalten Ausdruck. »Brent ist ein verdammter Glückspilz«, hörte sie seine Stimme. »Marsha ist ein anderes Kaliber als du.«

»Ich bin nicht mehr mit ihnen befreundet. Und du hast recht, sie waren Idioten. Es tut mir leid, was sie zu dir gesagt haben und …«

»Bitte, diese Leute sind es nicht wert, dass wir unsere Begegnung mit dem Gedanken an sie beenden.« Grüßend nickte er ihr zu. »Nun denn, ich lasse dich jetzt allein. Vielen Dank für heute Abend. Es war ein wunderschöner Spaziergang.« Er öffnete die Tür seines Wagens und nahm hinter dem Steuer Platz.

Wie unerträglich, dass er gleich verschwinden würde!

»Falls du mal wieder in der Gegend bist, komm vorbei!«, rief sie. »Wir sollten das wiederholen.«

Wo, um Himmels willen, kam nur diese Dreistigkeit her? Färbte Claire doch mehr auf sie ab als gedacht?

»Ich nehme dich beim Wort«, rief Richard, bevor er die Tür schloss und wegfuhr.

So, wie sie war, mit Jacke, Schal und Schuhen, ließ Betty sich auf die Couch fallen. War das tatsächlich gerade passiert? Das, was sie sich seit Jahren gewünscht hatte – Richard wiederzusehen? So unterschiedlich sie sich diese Begegnung auch jedes Mal vorgestellt haben mochte – normalerweise enthielten ihre Fantasien darüber sein Bekenntnis, sie nie vergessen zu haben, und eine blumige Liebeserklärung, die Jane Austen alle Ehre gemacht hätte – so fühlte sich das, was heute geschehen war, genau richtig an. Keine Erklärungen, keine Geständnisse, nur ein Spaziergang, Schweigen und ein Dachs im Wald.

Konnte es so einfach sein, an die Vergangenheit anzuknüpfen? Oder machte sie sich etwas vor? Ihr Blick glitt über die Zeitungsartikel an ihrer Pinnwand. Da war der vergilbte Ausschnitt aus dem *Edinburgh Standard* über das Sommerfest. Daneben heftete der Bericht über Richards Hochzeit mit Lavinia Wilcox, dem aufstrebenden amerikanischen Starlet. Jahrelang hatte sie vermieden, sich etwas anzusehen, in dem diese Frau mitspielte. Erst Claire, die deren Serie *Breaking Bad Law* liebte, hatte sie dazu gebracht, sich ein paar Folgen anzusehen, und widerwillig musste Betty eingestehen, dass sie Lavinia mochte – zumindest als Schauspielerin. Ihrer Interpretation der toughen Verbrechensbekämpferin war immer ein Hauch Komik beigemischt, und dazu sah sie auch noch atemberaubend aus, mit ihren langen blonden Haaren und dem Körper eines Models.

Sieh es ein, Betty, dachte sie, Richard ist vergeben.

21
Richard

Mit leisem Glucksen füllte sich das Glas mit Whisky. Richard tat zwei Eiswürfel hinein und setzte sich dann in seinen grünen Ohrensessel, öffnete YouTube und suchte nach »Who Knows Where the Time Goes«. Kaum, dass die sanfte Stimme von Sandy Denny den melancholischen Gesang anstimmte, lehnte er sich mit geschlossenen Augen zurück.

Vor zwei Wochen hatte er Elizabeth besucht, und seitdem lief alles besser. Seine Studenten gaben sich mehr Mühe; ein Telefonat mit seiner Mutter war harmonisch und sogar mit Gelächter abgelaufen; Raymonds per Mail versandte Planungen für den Ablauf des Wettbewerbs zeichneten sich durch Struktur und Sachverstand aus. Lavinia hatte erneut auf seine Nachricht bezüglich der Scheidungspapiere geschrieben und mitgeteilt, dass er bald von ihr hören würde.

Aber es gab nichts Gutes ohne ein Körnchen Salz, und in diesem Fall war das lästige Gewürz die Tatsache, dass er sich nicht wieder bei Elizabeth gemeldet hatte.

Um Erklärungen, warum er nicht das Telefon in die Hand genommen und sie angerufen oder ihr eine Nachricht geschrieben hatte, war er nicht verlegen. Dass er noch verheiratet war, zu viel in ihre kurzen Begegnungen hineininterpretierte, sie sich bedrängt fühlen könnte. Gab es jemanden in ihrem Leben? Sie trug noch ihren Geburtsnamen, aber das tat Lavinia auch. Zumindest hatte Elizabeth nichts gesagt, was auf eine bestehende Partnerschaft hinwies, aber wieso hätte sie das auch tun sollen? Sobald er mit ihr in Kontakt treten wollte, tauchten diese Überlegungen auf und sorgten dafür, dass er sich während der Wochenenden auf Hallion Castle in die nötigen Renovierungsarbeiten vergrub. Aber an diesem Donnerstagabend in seiner Wohnung in Edinburgh, mit einem gerade beendeten Buch und keinen zu korrigierenden Arbeiten, wurde ihm klar, dass er sich bald melden musste, wollte er ihr beim Wiedersehen im Schloss nicht peinlich berührt entgegentreten.

Er drehte den kühlen Whisky-Tumbler zwischen den Händen und starrte aus dem Fenster. Das gelbe Licht der Straßenlaternen brach sich in den Regenschlieren am Glas, und er lauschte dem Text des Liedes. Man solle der Zeit nicht die Herrschaft über sein Leben einräumen. Das war leichter gesagt – oder in diesem Fall gesungen – als getan. Er konnte es nicht. Vor über zwanzig Jahren hatte er Elizabeth getroffen. Sollten nicht noch einmal so viele vergehen, musste er jetzt etwas tun. Chancen hatten die unangenehme Angewohnheit, genauso zu verrinnen wie der Regen an seinem Fenster.

Was geschah mit der vergangenen Zeit? Was blieb von der Sekunde, die man nicht nutzte? Bedauern, wenn nicht sogar Reue und diese Art von Erinnerungen, die einen noch nach Jahren nicht in Ruhe ließen. Erinnerungen an einen warmen Sommernachmittag, an ein Versteck zwischen alten Steinen und frischen Glyzinien. Und an das, was danach gekommen war.

Aber war nicht genau das so wunderbar am Vergehen der Zeit? Dinge änderten sich, Menschen änderten sich, und Elizabeth hatte zugegeben, dass ihre Freunde Idioten gewesen waren. Sie waren beide damals fast noch Kinder gewesen, und er erinnerte sich gut daran, wie schwierig es in dem Alter sein konnte, für die eigene Überzeugung einzustehen.

Wem machte er hier etwas vor? Das war es immer, egal, wie alt man war. Also wie, bitte schön, hätte sich Elizabeth damals durchsetzen sollen? Ihm gelang es bis heute kaum, gegen seine Mutter anzukommen. Teils, weil ihn die Auseinandersetzungen Kraft und Energie kosteten, teils aber auch, weil er sich wie ein Deserteur fühlte, wenn er nur daran dachte, die Verpflichtung, die sein Titel brachte, abzulegen. Hatte Elizabeth damals die Worte seiner Mutter gehört, dass er eine Countess oder Duchess zur Frau nehmen sollte? Hatte sie das abgeschreckt? Wie auch immer, er konnte nicht ihr damaliges Verhalten als Ausrede dafür nehmen, sich nicht bei ihr zu melden. Im Grunde gab es dafür überhaupt keine Ausrede. Entschlossen schlug er mit den flachen Händen auf die Armlehnen seines Sessels, stand auf und griff sein Smartphone. Er musste etwas tun! Schnell, damit er nicht in Gefahr geriet, sein Vorhaben zu überdenken, rief er Elizabeths Nummer auf und tippte das Erste, was ihm in den Kopf kam: *Hast du Lust, das Wochenende mit mir in Edinburgh zu verbringen?*

Kaum war die Nachricht versandt, legte er das Smartphone so hastig zurück auf den Tisch, als hätte es ihn gebissen. Er starrte auf das sich verdunkelnde Display und hielt die Luft an. Was, zum Henker, hatte er sich dabei nur gedacht?

Gar nichts, war die prosaische Antwort. Nicht das Geringste. Und diese unüberlegte Aktion würde dazu führen, dass er erst recht jeden Grund hatte, Elizabeth während der Show peinlich berührt zu begegnen, denn sie würde mit Sicherheit nicht …

Ein Piepton kündigte den Erhalt einer Nachricht an. Vorsichtig streckte Richard die Hand aus und versuchte zu ignorieren, dass sie zitterte.

22
Betty

»Wie lange ist das her?«, rief Andrew zum wiederholten Mal. »Wie lange, dass wir das letzte Mal hier alle zusammen gesessen haben?«

»Zu lange!« Betty legte den Arm um die breiten Schultern des Mannes und drückte ihn an sich. Was früher eine Selbstverständlichkeit gewesen war – einen Abend im Pub oder im Sommer am Ufer des Loch Tain mit all den Menschen zu verbringen, die ihr etwas bedeuteten –, hatte Seltenheitswert angenommen, seit Andrew und Eric den größten Teil der Woche unterwegs waren. Selbst an den Wochenenden machte Andrew sich mittlerweile rar. Dank seines Wikingercharmes gelang es ihm mit Leichtigkeit, Frauen kennenzulernen, und das kostete er aus, so gut es nur ging.

»Du kannst froh sein, dass Rupert dich überhaupt noch erkennt«, warf Claire ein. »Du vernachlässigst ihn in der letzten Zeit.«

Andrews Beagle Rupert war schon seit der Jugendzeit sein Gefährte. Früher waren die beiden zusammen über die Wiesen und Hügel gerannt, bis sie erschöpft ins Gras gefallen waren. Aber jetzt zählte der Hund unglaubliche sechzehn Jahre, war fast blind, konnte kaum noch gehen, und Claire hatte in der Abwesenheit der beiden Männer hingebungsvoll die Pflege des Tieres übernommen.

»Ich weiß. Ich wünschte, ich könnte ihn mitnehmen, aber das wäre zu viel Aufregung für den alten Herrn. Ich kann dir gar nicht genug danken, dass du dich um ihn kümmerst. Aber er fehlt mir. Vor allem die guten Gespräche mit ihm.«

»Rupert ist davon nicht so begeistert«, entgegnete Claire mit todernster Miene. »Er fühlt sich von dir intellektuell unterfordert.«

»Ich geb dir gleich intellektuell unterfordert!« Lachend beugte sich Andrew über den Tisch und kniff sie in die Wange.

»Hey! Ich bin nur der Bote!«

»Tut mir leid, Andrew«, mischte sich Eric ein. »Bei mir hat er sich auch schon beschwert.«

Während ihre Freunde sich kabbelten, Fred dazutrat und sich rittlings auf einen Stuhl setzte, lehnte Betty sich zurück und beobachtete die Szene mit stiller Freude. Momente wie diese wollte sie sich stets genau einprägen. Sie betrachtete sie als die Edelsteine in ihrem Leben und auf eine Art bereichernd, die nichts mit materiellem Wert zu tun hatte. Wichtig waren die Menschen, die einen umgaben.

»Betty«, Claire schubste sie sanft an, »ich glaube, jemand ruft dich an.«

»Was?« Erst jetzt vernahm Betty durch das Stimmengewirr die Melodie von »Loch Lomond«. Sie kramte ihr Smartphone aus der Handtasche und warf einen Blick auf das Display. Harry! Sollte sie rangehen oder das Gespräch ablehnen? Immerhin saß sie mit Freunden zusammen. Andererseits konnte sie ihn auch nicht ghosten. Verdammt, warum rief er und nicht Richard an? Was für ein Durcheinander! Männerbekanntschaften waren wie Blätterteig – viel zu aufwendig für das, was am Ende dabei herauskam. Es sei denn, man stand auf vollgekrümelte Kleidung.

»Es klingelt immer noch.«

»Ich weiß!« Entnervt schnappte sie ihr Telefon und stand auf. »Harry? Warte einen Moment, ich gehe nach draußen, hier ist es so laut.«

Das Dach der Veranda hielt den herbstlichen Nieselregen kaum ab, der direkt seitwärts zu fallen schien. Schutzsuchend drückte sie sich an die Wand des Pubs.

»Was gibt es?«

»Wir haben uns so lange nicht gesehen, ich dachte, wir könnten uns mal wieder treffen.«

Sie sammelte ihre Gedanken. Nein, vielen Dank, aber ich finde nicht, dass wir unsere Bekanntschaft fortsetzen sollten – das wäre doch eine gute Antwort. Ablehnend und trotzdem höflich.

»Bist du noch dran?«

»Ja, aber ich denke, wir …«

»Hör zu, diesen Sonntag kommt meine Oma zu Besuch. Die alte Dame wohnt in Cornwall, deshalb sehen wir uns nicht so oft, aber jetzt ist es mal wieder so weit. Ich habe mir gedacht, dass wir es so machen könnten wie bei meinem Geburtstag. Du würdest mir echt helfen damit.«

Es hätte nicht viel gefehlt, und das Telefon wäre ihr

aus der Hand gefallen. Der Typ besaß die Kaltschnäuzigkeit, wieder Catering und Putzdienst bei ihr zu bestellen?

»Schön, dass ich dir helfen könnte.«

»Super, du bist die Beste …«

»Aber ich werde es garantiert nicht tun. Putz deine Wohnung selbst, und da du anscheinend nicht kochen kannst, geh mit deiner Oma ins Restaurant.«

Am anderen Ende der Leitung blieb es still, und Betty wollte das Gespräch schon beenden, als Harrys Stimme wieder ertönte. »Heißt das, du hilfst mir nicht?«

Sie musste fast lachen. »Ja, Harry, genau das heißt es.«

»Ist ziemlich fies von dir. Meine Oma ist fünfundsiebzig. Willst du nicht, dass sie eine schöne Zeit hat?«

»Ich wünsche deiner Oma eine wundervolle Zeit. Deshalb sollst du ja auch deine Wohnung putzen und sie schick ausführen. Mach's gut, Harry.«

Der Regen nahm an Intensität zu, Tropfen fielen auf das nun dunkle Display.

Betty fühlte sich ein winziges bisschen schuldig, und Harrys Oma tat ihr unbekannterweise leid, aber vor allem verspürte sie Erleichterung.

»Willst du nicht wieder hereinkommen?« Claire steckte den Kopf aus der Tür. »Du wirst noch ganz nass.«

Betty lächelte sie an. »Ich komme gleich. Der Geruch nach feuchter Erde ist so schön.«

Claire machte den Hals länger und schnupperte so übertrieben wie eine Figur aus einem Cartoon.

»Stimmt, ist toll. Und nass.« Damit verschwand sie wieder.

Ein tiefer Atemzug, um die köstliche Luft in sich aufzunehmen und um nachzuspüren, wie großartig sie sich fühlte! Wenn sich jetzt noch Richard melden würde, dann …

Eine Nachricht ging ein: *Hast du Lust, das Wochenende mit mir in Edinburgh zu verbringen?*

Fassungslos starrte sie die wenigen Worte an. Passierte das gerade tatsächlich? Ihre Hand tastete nach dem Wunscherfüller.

Kommt das von dir?

Der Regen prasselte immer stärker auf das Holz der Veranda, und Betty drückte sich dichter an die Wand des Pubs.

Hast du Lust, das Wochenende mit mir in Edinburgh zu verbringen?

Verdammt, ja, das hatte sie!

Mit der gleichen Entschlossenheit, die sie Harry gegenüber aufgebracht hatte, tippte sie: *Sehr gern.*

Fast genauso schnell wie ihre Antwort kam eine neue Nachricht von Richard: *Großartig!*

Betty konnte das Grinsen nicht unterdrücken, dass sich auf ihrem Gesicht ausbreitete, als sie zurück zu ihren Freunden ging.

23
Claire

»Ich schaffe das. Wirklich. Mach dir keine Sorgen.«

»Das weiß ich doch, Claire.« Bettys skeptischer Gesichtsausdruck strafte ihre zuversichtlichen Worte Lügen. »Es ist ja nur für heute und morgen.«

»Und selbst wenn ich dich die ganze Woche vertreten müsste. Abends mache ich den Kassensturz, tagsüber bin ich freundlich, und alles andere findet sich.«

»Vergiss nicht, morgen früh als Erstes die vorbereiteten Brötchen und Scones aus der Kühlung zu holen und zu backen. Zehn Minuten, vielleicht fünfzehn.«

Langsam verlor Claire die Geduld mit ihrer Freundin. Sie sollte keine Herzoperation vornehmen – es ging darum, Teigstückchen aufzubacken.

»Ich nehme sie raus, sobald sie goldbraun sind.«

»Und wenn jemand nach Kuchen fragt …«

»Sag ich ihm, er soll sich zum Teufel scheren.«

Betty starrte sie aus weit aufgerissenen Augen an. Claire versuchte vergeblich, ihr Lachen zu unterdrücken. »Das war ein Scherz. Ein Scherz! Ich werde sagen, dass es erst Montag wieder frischen Kuchen gibt und dass sie in Torridon zu … zu …« Verdammt, wie hieß diese andere Bäckerei? Glindas Süßwaren oder so ähnlich.

»Sie sollen zu Marys Spezerei gehen. Der Laden ist direkt an der Hauptstraße, gegenüber vom Rathaus.«

»Ich merk's mir. Und du verschwindest jetzt, wenn du nicht erst am Nachmittag in Glasgow eintreffen willst.«

»Du hast recht, ich sollte mich auf den Weg machen.«

Betty schlüpfte in ihren Mantel, griff ihre Reisetasche und warf einen prüfenden Blick in den Laden. Claire packte sie an den Schultern und schob sie zur Tür. »Hau ab! Viel Spaß mit deiner alten Schulfreundin.«

Claire winkte ihr zu, bis sich Bettys Wagen endlich in Bewegung setzte und in Richtung Autobahn fuhr.

Ein Treffen mit einer Schulfreundin in Glasgow – von wegen! Sie hätte ihr Seelenheil darauf gesetzt, dass vor Betty ein romantisches Wochenende mit ihrem Harry lag. Bestimmt war das der Wunsch in ihrem Anhänger! Liebe, Glück und alles, was dazugehörte!

Mittlerweile kränkte es sie auch nicht mehr, dass ihre Freundin nicht die Wahrheit sagte, denn was Liebesdinge anging, war Betty eben nicht von dieser Welt. Sie brauchte wohl noch Zeit, um damit klarzukommen, dass sie in einer Beziehung steckte. Für jemanden, der so lange allein gelebt hatte, musste das eine enorme Umstellung bedeuten. Für sie selbst war es auch nicht leicht gewesen, von einem Tag auf den anderen so eng mit Eric zusammenzuleben. Hätte man sie gefragt, bevor sie ihn kennengelernt hatte, so hätte sie zwei Dinge vehement abgestritten: jemals mit einem Mann zusammenzuziehen und London zu verlassen. Und jetzt wohnte sie fast am anderen Ende des Landes und nicht nur mit einem, sondern sogar mit zwei Männern zusammen.

Erstaunlich, wie schnell man sich ändern konnte: Nun, wo die beiden sie tagelang allein ließen, kam ihr die Ruhe erdrückend vor. Kein Wunder, dass sie fast jeden Abend in den Pub ging, zu Freds schrecklicher Achtzigerjahre-Musik tanzte und sich von Granny Herbert beim Rommee ausnehmen ließ. Ihre Spielschulden bei der alten Dame beliefen sich mittlerweile auf fast fünfzig Pfund. Es würde sie nicht wundern, wenn demnächst ans Licht käme, dass Granny eine vom FBI gesuchte Trickbetrügerin aus Las Vegas wäre.

Gedankenverloren wanderte sie durch das Muddle, rückte Nudelpackungen gerade, stapelte Konservendosen zu Pyramiden und gab nach mehreren Versuchen auf, die schweren Mehlsäcke im hinteren Teil des Ladens anders zu schichten.

Nachdem sie so zwei Stunden verbracht hatte, setzte sie sich auf die Kassentheke und schnappte sich ihr Smartphone. Noch hatte sich kein einziger Kunde gezeigt. Aber bei dem Regen verließ man das Haus nur, wenn man unbedingt musste. Dann würde sie halt bis zum Abend Candy Crush spielen oder Silbenrätsel lösen!

So vertieft war sie in die Aufgabe, aus den Buchstaben X, L, Y, M, Q und E Worte zu formen, dass sie die Ankunft des Reisebusses vor dem Laden erst mitbekam, als die Tür aufgerissen wurde und gut zwanzig Touristen in das Muddle strömten.

Hastig sprang sie von der Theke, legte das Smartphone beiseite und bemühte sich, all die Wünsche, die gleichzeitig auf sie einprasselten, zu erfüllen. Während sie drei älteren Damen die Wandersocken zeigte, versuchte sie zwei Kinder im Auge zu behalten, die den Ständer mit den Souvenirs entdeckt hatten, und kletterte danach auf einen Stuhl, um T-Shirts im Tartandesign zur Begutachtung aus dem Regal zu holen. Anschließend zog sie mehrere Flaschen Lagavulin unter dem Tresen hervor, packte diverse Scotch Eggs ab und wurde von einem jungen Mann darüber informiert, dass das Ungeheuer von Loch Ness schon in den Fünfzigern gefangen worden sei und seitdem in einem geheimen Regierungslabor versteckt werde.

»Das sind die Gleichen, die uns weismachen wollen, dass wir auf dem Mond waren«, erklärte ihr Kunde und griff nach einem Kühlschrankmagneten mit Nessie. »Den nehme ich. Man muss Flagge bekennen, auch wenn man damit ein Risiko eingeht.«

»Sicher«, sagte sie und spürte die Verzweiflung in ihrem Lächeln, als ihr ein Scottish Egg aus der Hand rutschte und unter die Regale rollte. »Ich möchte wetten, Sie leben sehr gefährlich.«

Nach diesem Ansturm sank sie seufzend auf den Stuhl und schloss die Augen. Mit Sicherheit würde ihr heute Abend Geld in der Kasse fehlen, und sie musste unbedingt das Ei finden, damit nicht morgen der ganze Laden danach stank.

Wie hielt Betty das nur aus? Jeden Tag zuvorkommend sein, alles im Blick behalten, stets drei Schritte vorausdenken. In ihrer Zeit als CEO bei Woodcorp hatte sie Verantwortung getragen, aber die Zuarbeiten hatten die Angestellten geliefert. Dass hier jedoch bedeutete, alles von

A bis Z im Griff zu haben. Vielleicht war auch Einzelhandel nicht das richtige Berufsfeld für sie, genauso wenig wie die Sanitärinstallation. Dann schon eher Webdesign, auch wenn Kendras Onlineshop immer noch nicht fertig war. Nach ihrem Tag als Aushilfe bei Fred hatte sie die Gastronomie ebenfalls von ihrer Liste möglicher Beschäftigungen gestrichen. Gab es überhaupt irgendetwas, was sie machen konnte und wollte? Sie war nicht so kreativ wie Eric, nicht so organisiert wie Betty und nicht so – na, sie nannte es mal spirituell – wie Kendra. Also, womit sollte sie ihr Geld verdienen? Sie konnte schließlich nicht ewig von dem kleinen Vermögen zehren, dass sie dem Mann, den sie für ihren Vater gehalten hatte, abgepresst hatte. Bis heute war sie sich nicht sicher, ob sie sich für diese Tat schämen sollte. Knallhart hatte sie ihre Ziele durchgesetzt. In mehr als einer Hinsicht stellten die 400.000 Pfund ihr Wesley-Erbe dar: Rücksichtslosigkeit, Egoismus, Materialismus.

Verdammt, sie sollte nicht bereuen, was sie getan hatte. Sie sollte daran denken und dabei stolz auf ihre Stärke gegenüber dem Mann sein, der sie nie geliebt und ihr dies in jedem Augenblick gezeigt hatte. Keinen Gedanken sollte sie mehr an ihn verschwenden, wo sie eine wunderbare neue Familie gefunden hatte. Und doch – die alten Verletzungen begleiteten einen wie ein Schatten. Man sah sie nicht, solange man nach vorne schaute, aber wehe, man warf nur einen Blick zurück.

24
Betty

Während der ersten halben Stunde ihrer Fahrt war Betty mehrmals versucht, Claire anzurufen, um sich zu erkundigen, ob alles in Ordnung sei, entschied sich dann aber, ihr zu vertrauen. Was sie auch hätte tun sollen, als es darum ging, Claire zu sagen, wo sie das Wochenende verbrachte. Die Geschichte einer alten Freundin in Glasgow glaubte die Freundin ihr doch sowieso nicht, sondern spann bestimmt wilde Theorien über all das, was Betty in den nächsten Tagen anstellen würde. Theorien, in denen mit Sicherheit ein verschwiegenes Hotel und Harry vorkamen. Aber der spielte überhaupt keine Rolle mehr. Im Gegensatz zu Richard. Der Gedanke an ihn kreiste in ihrem Kopf wie ein Rührbesen in Schlagsahne. Natürlich wohnte sie nicht bei ihm – davon war während der weiteren Planung ihres Kurztrips nie die Rede gewesen. Sie hatte sich in einer kleinen Pension eingemietet, etwas außerhalb gelegen in der Nähe des Holyrood Park. Konnte sie sich einreden, dass sie nur einen alten Freund besuchte und gleichzeitig die Chance nutzte, eine großartige Stadt zu besichtigen? In Edinburgh gab es jede Menge zu sehen.

Genau, das war es! Sie besuchte die schottische Hauptstadt, um sich kulturell und historisch weiterzubilden. Es ging nicht darum, einen verheirateten Mann zu treffen, der sich in Kreisen bewegte, die nicht die ihren waren und niemals sein würden. Einen Mann, der sich vor gut zwanzig Jahren in ihrem Herzen niedergelassen und es seitdem nicht mehr verlassen hatte. Jemand, an dessen Seite sie ein Glück und eine Zufriedenheit empfand wie sonst mit keinem Menschen.

So ein Unfug! Wem wollte sie hier etwas vormachen? Sie fuhr natürlich nicht der Sehenswürdigkeiten wegen nach Edinburgh. Für sie gab es nur einen Grund, in diesem Auto zu sitzen und sich in den Verkehr auf der A9 einzufädeln, und dieser Grund hatte braune Haare und graue Schläfen, trug eine Brille und hatte ihr in den kurzen Momenten ihres Beisammenseins stets das Gefühl gegeben, für ihn das Wichtigste zu sein.

Fünf Stunden später stand sie endlich in ihrem behaglichen Zimmer, zog die Gardine mit dem Rosenmuster zur Seite und blickte aus ihrem Fenster auf Arthur's Seat, den zerklüfteten Hausberg Edinburghs, und die spitzdächrigen Türme von Holyrood Palace. Das Grün der Rasenflächen glänzte nass vom Regen, der sie auf der ganzen Fahrt begleitet hatte, nun aber eine kleine Pause einlegte. Auch wenn sie am liebsten sofort hinausgegangen und auf den Berg gestiegen wäre, so entschied sie sich doch dafür, erst einmal ihre Reisetasche auszupacken und sich von der langen Fahrt zu erholen. Richard wollte sie nach seinem Unterricht abholen und mit ihr essen gehen. Sie hoffte nur, es wäre kein allzu gediegenes Restaurant, in dem man an Tischen mit weißen Damastdecken saß und wo Gerichte mit unaussprechlichen Namen von überheblichen Kellnern serviert wurden. Ihre Kehle wäre wie zugeschnürt, sodass sie keinen Bissen herunter- und kein Wort herausbekäme. Wahrscheinlich würde sie ihren Wein verschütten oder husten oder …

Himmel, Betty, schalt sie sich, denk doch nicht so etwas. Richard will Zeit mit dir verbringen und du mit ihm, und es wird alles wunderbar. Du schaffst das!

Wie ein Echo hörte sie Freds Stimme in ihrem Kopf. »Du kannst so viel mehr, als du denkst«, hatte er einmal zu ihr gesagt. Und bisher hatte Fred meistens recht behalten.

Ihre Handtasche zwischen den Fingern, saß Betty auf dem Bett des Hotelzimmers und sah nervös auf ihre Armbanduhr. Er würde sie um 18.00 Uhr abholen, hatte Richard gesagt. In fünf Minuten war es Punkt sechs. Sollte sie schon zur Rezeption heruntergehen? Aber was, wenn er nicht kam und sie nach einer halben Stunde immer noch dort stand wie bestellt und nicht abgeholt?

So viele Flyer über Sehenswürdigkeiten oder Werbezettel für Restaurants steckten nicht in dem Ständer auf dem runden Tisch in der Eingangshalle, dass sie mehr als zehn Minuten mit der Lektüre überbrücken konnte, und um im Freien zu warten, war es zu nasskalt. Seufzend ließ sie sich auf die Matratze fallen. Geduld, Geduld, Geduld.

Genau in diesem Moment klingelte das Hoteltelefon, und die freundliche Dame von der Rezeption teilte ihr mit, dass sie erwartet werde. Eilig schlüpfte Betty in ihre

Schuhe, zog den Mantel über und schnappte sich ihre Handtasche. Es passierte tatsächlich! Richard und sie würden Zeit miteinander verbringen, und sie würde endlich erkennen, ob sie all die Jahre einem Traum oder einer Möglichkeit nachgehangen hatte. Mit heftig schlagendem Herzen hastete sie die geschwungene Treppe herunter. Richard stand mit dem Rücken zu ihr, offensichtlich in einen der Flyer vertieft, drehte sich aber genau in dem Moment zu ihr um, als sie die unterste Stufe verfehlte und ihre Begegnung sich in einen stolpernden Beinahe-Unfall verwandelte. Ihre Arme drehten sich wie Propellerflügel, als sie versuchte, das Gleichgewicht zu behalten, um nicht auf dem Hintern zu landen. Ohne zu zögern lief Richard mit drei schnellen Schritten auf sie zu und packte sie um die Taille.

»Was für ein Temperament!«, dokumentierte er ihren peinlichen Auftritt.

»Eher Ungeschick.«

»Nicht doch. Ich nehme deine Eile als Zeichen, dass du dich auf diesen Abend freust, was mich wiederum freut, weil ich mich auch …« Er hielt inne, öffnete den Mund, schloss ihn wieder und beendete seinen Satz schließlich mit: »Weil ich mich auch freue.«

Normalerweise war er wortgewandter. Vielleicht sah er ihrem Treffen mit genauso viel Nervosität entgegen wie sie. Der Gedanke ließ Betty ruhiger werden. Was machte es schon aus, wenn sie sich schweigend gegenübersaßen? Das Wichtigste war, in seiner Nähe zu sein. Alles andere würde sich finden.

»Dann freuen wir uns beide.«

Er löste die Hände von ihrer Taille und reichte ihr stattdessen seinen Arm. »Darf ich bitten?«

Sie schob die Hand in seine Ellenbogenbeuge und lächelte ihn an. »Sehr gerne, My Lord.«

Seine Augenbrauen schossen in die Höhe. »Bitte, ein Earl bin ich nur in Glenbarry. Hier in Edinburgh bin ich ein langweiliger Literaturdozent, dessen Haare grauer und dessen Augen kurzsichtiger werden.«

Die Erleichterung, dass sich die alte Vertrautheit zwischen ihnen sofort wieder einstellte, ließ Betty fast schweben.

»Nenn mich frivol, aber ich mag sie beide, den Earl und den Dozenten.«

»Ich hoffe, du bist nicht enttäuscht, dass ich keine feinere Lokalität ausgesucht habe, aber das Dame Ragnell ist mein Lieblingspub.«

Richard zog ihren Stuhl hervor und rückte ihn zurecht, nachdem sie sich gesetzt hatte. Erleichtert sah Betty sich um. In diesem Wirtshaus fühlte sie sich gleich wohl. Das glänzende Holz der Tische, die Fenster mit den geätzten Blumenranken, die Klangdecke aus Gesprächen, leiser Musik und dem Klirren der Gläser – all das ähnelte dem Bruce so sehr.

»Es gefällt mir sehr gut hier. Ehrlich gesagt bin ich heilfroh, dass wir nicht in so ein Edelrestaurant gegangen sind«, gab sie zu.

»Du meinst eines, in dem die Servietten steif wie Bretter sind – genauso wie die Kellner?« Richard lachte leise. »Nein danke, nichts für mich. Diesen Laden hier, den mag ich. Manchmal denke ich, dass ich mehr Zeit hier verbringen sollte. Einfach nur sitzen, ein Guinness trinken und die Leute beobachten.«

»Warum tust du es nicht?«

»Keine Ahnung.« Er zuckte die Schultern und reichte ihr eine Karte vom Nachbartisch, der noch nicht abgeräumt worden war. »Such dir aus, was du essen möchtest, ich würde dir allerdings den Shepherd's Pie empfehlen.«

Sie legte die Karte beiseite, ohne sie überhaupt aufgeschlagen zu haben. »Dann nehme ich den.«

»Wirklich? Ich will dich nicht überreden …«

»Tust du nicht. Aber einer Empfehlung von Einheimischen sollte man folgen.«

»Gute Entscheidung. Was möchtest du trinken?«

»Ein Ale, bitte.«

Richard stand auf und ging an ihr vorbei, berührte dabei flüchtig ihre Schulter. »Ich bin gleich wieder da. Geh nicht weg.«

Sie drehte sich auf ihrem Stuhl herum und beobachtete ihn, wie er an den Tresen trat und darauf wartete, dass er an die Reihe kam, um seine Bestellung aufzugeben. Es fühlte sich wie ein Traum an, in einer fremden Stadt zu sitzen, mit einem Mann, den sie kaum kannte und der ihr doch so vertraut schien.

Der Pie stand dampfend vor ihnen auf dem Tisch, daneben das Bier, und beides schmeckte köstlich.

»Welche Pläne hast du für dieses Wochenende? Was möchtest du auf jeden Fall sehen?« Richard legte die Gabel zur Seite und tupfte sich mit der Serviette die Mundwinkel ab.

»Es ist lange her, dass ich in Edinburgh war. Das Schloss auf jeden Fall.«

»Natürlich.«

»Ich will durch Holyrood Park spazieren. Mein Hotel ist ganz in der Nähe. Und … und … morgen würde ich gern die Läden in der Princes Street anschauen und …« Sie hielt inne. Richard beobachtete sie interessiert mit leicht schräg gelegtem Kopf, so, als zählte sie nicht die Top-Sehenswürdigkeiten aus jedem Edinburgh-Reiseführer auf, sondern absolute Geheimtipps, die kaum jemand kannte. Wie lange würde es wohl dauern, bis er bemerkte, wie simpel gestrickt sie war? Shoppen gehen, im Park spazieren – Himmel, ging es noch belangloser?

Richard räusperte sich. »Sehr schön, das werden wir alles machen. Ich freue mich schon darauf. Und wenn ich eine Anregung geben dürfte …«

»Gern.«

Er beugte sich vor und sah verschwörerisch nach rechts und links. »Wir sollten unbedingt in den Dungeon. Schauder, Horror und das Schlimmste aus Edinburghs dunkelster Geschichte. Bist du dabei?«

Mit allem hatte Betty gerechnet – mit einer Besichtigung des Writers' Museum, einem Ausflug in die National Gallery oder einem Trip zur königlichen Yacht Britannia, aber nicht damit.

»Ist das sehr unheimlich? Ich erschrecke mich ziemlich leicht.«

»Umso besser!« Richard lehnte sich mit einem breiten

Lächeln im Gesicht zurück und verschränkte die Arme vor der Brust. »Ich werde dir zur Seite stehen, dich beschützen und mich nur ab und zu hinter dir verstecken.«

Wieder einmal war es ihm gelungen, dass sie sich besser fühlte. Keine Ahnung, wie er das anstellte, aber für diesen Abend wollte sie es ohne weiteres Hinterfragen akzeptieren. Sie streckte ihm die Hand entgegen. »Einverstanden. Lass uns shoppen und gruseln.«

Er ergriff ihre Hand und drückte sie leicht. »Abgemacht. Auf ein erschröckliches, wunderbares Wochenende!«

25

Claire

Der Wecker ihres Smartphones klingelte Claire um kurz nach sechs aus dem Bett. Gerade noch rechtzeitig, bevor sie die Schlummertaste drücken und wieder in selige Träume versinken konnte, erinnerte sie sich daran, dass sie ins Muddle musste. Schlaftrunken stand sie auf, spritzte sich kaltes Wasser ins Gesicht und stellte die Kaffeemaschine an. Während das Gerät gurgelnd und blubbernd seine Arbeit aufnahm, füllte sie Ruperts Schale mit seinem Futter und ging ins Wohnzimmer, wo der alte Hund sich mit einem leisen Bellen so gut aufrichtete, wie es ihm in seinem methusalemischen Alter noch möglich war. Mochte er auch noch so betagt sein, sein Appetit hatte nicht gelitten. Kaum, dass Claire ihm die Schale vor die Nase hielt, leckte seine rosa Zunge die graue Schnauze.

»Bitte schön, der Herr.« Claire warf eins der Sofakissen auf den Boden und ließ sich neben ihm nieder. »Frühstück ist serviert.« Sie fütterte ihn mit der Hand, und da Rupert dabei immer wieder einnickte, dauerte es eine gute halbe Stunde, bis sie fertig waren. Genauso lange hatte die Kaffeemaschine für ihre Arbeit gebraucht, und so konnte Claire sich endlich selbst ihr Frühstück gönnen. Auf ihrem Smartphone scrollte sie durch die Schlagzeilen des Morgens, checkte ihre E-Mails, was jedes Mal mit der Hoffnung verbunden war, ihre Halbschwester Amelia könnte sich gemeldet haben. Eine Hoffnung, die immer wieder aufs Neue enttäuscht wurde. Zwischen ihnen war zu viel zerbrochen. Vielleicht würde Amelia eines Tages wissen wollen, was Claire dazu gebracht hatte, sich von George Wesley loszusagen. Aber bis dahin war jeder Blick in ihr Mail-Postfach wie ein Stich ins Herz. Glücklicherweise hatte Eric ihr eine Textnachricht geschrieben, in seiner üblichen kurz angebundenen Art: *Bin gegen Mittag zurück. Wo finde ich dich?*

Im Muddle. Ich vertrete Betty.

Sie trank einen Schluck Kaffee, ohne den Blick vom Display zu wenden, und tatsächlich kam fast umgehend eine Antwort: *Warum? Ist was mit ihr?*

Es ist alles in Ordnung, sie ist nur übers Wochenende verreist. Ich erzähle dir alles, wenn du da bist.

Den Rest ihres Kaffees und einen Marmeladentoast später kam die Nachricht: *Okay. Hole dich ab. Liebe dich.*

Grinsend tippte sie: *Natürlich liebst du mich. Ich bin toll,* und machte sich auf den Weg.

»Heute gibt es wirklich keinen Kuchen?«

Eine besonders hartnäckige Kundin wollte partout nicht einsehen, dass sie für ein Wochenende auf ihre geliebten Süßigkeiten verzichten musste. Claires Geduld näherte sich der kritischen Schwelle, aber trotzdem blieb sie freundlich. »Heute leider nicht. Fahren Sie doch nach Torridon. Bei Glindas Süßwaren finden Sie bestimmt etwas.«

Die Frau beäugte sie misstrauisch. »Meinen Sie Marys Spezerei?«

Meinte sie das? Verdammt, Betty hatte ihr doch gesagt, wie der Laden hieß! Nach einem Blick in das unzufriedene Gesicht der Frau nahm Claire Zugriff zu einer der Strategien, die sie sich während ihrer Zeit als CEO bei Woodcorp angeeignet hatte: unbeirrte Zuversicht in die eigenen Überzeugungen ausstrahlen. »Glindas Süßwaren. Direkt gegenüber vom Rathaus. Können Sie gar nicht verfehlen.«

Kaum, dass sie die Frau endlich hinauskomplimentiert hatte, rannte sie in die Küche. Der herrliche Duft frisch gebackener Brötchen und Scones, der gerade noch die Küche erfüllt hatte, hatte eine etwas schärfere Note angenommen. Sie riss die Ofentür auf. Goldbraun sollte das Gebäck sein. Hmmm. Mit schief gelegtem Kopf betrachtete sie die Backwaren. Mehr braun als gold, aber wer wollte da pedantisch sein? Sie zog das Blech aus dem Ofen und legte es zum Abkühlen auf die Arbeitsplatte, da erklang schon wieder die Ladenglocke. Eins war klar – sie würde Bettys tägliche Leistung zukünftig mit ganz anderen Augen betrachten. Das hier war kein Job, sondern Hochleistungssport!

Erics Hände gruben sich so tief in ihre Schultermuskulatur, dass Claire stöhnte. Sofort lockerte sich sein Griff. »Zu fest?«

»Genau richtig. Wag es ja nicht, aufzuhören!«

Beim Geräusch seines leisen tiefen Lachens rutschte die Anstrengung der letzten beiden Tage in den Hintergrund. Seit er sie am frühen Nachmittag abgeholt hatte und sie nach Hause gefahren waren, hatten sie das Bett noch nicht einmal zum Essen verlassen. Und nun auch noch eine Massage! Es gab Momente in ihrem neuen Leben, da war Claire in Versuchung, sich zu kneifen, um sicherzustellen, dass sie nicht träumte.

»Waren deine Tage im Muddle so schlimm?«

»Du machst dir ja keine Vorstellung! Ständig habe ich Kunden bedient und Waren entweder von ganz oben oder ganz unten aus den Regalen geholt. Und wenn niemand im Laden war, habe ich Bestände aufgefüllt und die Küche gesäubert und ich weiß nicht, was noch alles! Den Boden gefegt, die Kasse abgerechnet, Einkaufstüten gefaltet.«

»Tüten gefaltet?« Erics Tonfall war viel zu entrüstet, um ehrlich zu sein. »Mein Gott, Claire, das ist ein Fall für den Europäischen Gerichtshof der Menschenrechte!«

»Haha! Ich will damit nur sagen, dass …«

»Dass du deinen Platz noch nicht gefunden hast. Und das ist auch dein gutes Recht.« Eric beendete die Massage, ließ aber seine Hände auf ihren Schultern liegen. Claire genoss die wohltuende Entspannung, die sich sofort in ihrem Nacken ausbreitete.

»Aber weißt du, was das Schlimmste war? Die ganze Zeit zu lächeln, wenn Kundschaft im Laden war. Für Betty ist das, glaube ich, kein Problem. Sie ist einfach so.«

»Was meinst du?«

Um Eric endlich wieder ansehen zu können, drehte Claire sich um und setzte sich ihm gegenüber. »Sie ist freundlich, aber ich bin aus London. Wir agieren eher robust im zwischenmenschlichen Miteinander.«

»So ein Unsinn! Du bist ein sehr netter Mensch.« Eric grinste breit. »Habe ich zumindest gehört.«

»Hey!« Sie boxte ihn gegen die Schulter, und sofort packte er sie, warf sie auf die Matratze und beugte sich dicht über sie. Ihr Herz fing heftig an zu schlagen. »Wie lange kannst du bleiben?«

»Bis Montag früh. Um acht muss ich wieder auf der Baustelle sein, also heißt das, Abfahrt gegen sechs.«

Claire schlang die Arme um seinen Hals und zog ihn dichter zu sich heran. »Und warum vergeudest du unsere kostbare Zeit mit Geschwätz?«

26

Betty

Dies war der perfekteste Samstag, an den Betty sich erinnern konnte: Zuerst das köstliche Frühstück im Hotel, wo sie ein nettes Gespräch mit einer deutschen Touristin führte, deren Augen strahlten, als sie erzählte, welche Orte sie während ihres siebentägigen Aufenthalts besuchen würde. Dann holte Richard sie ab, und sie machten einen ausgedehnten Spaziergang durch Holyrood Park, der mit seinen weiten Grünflächen, der Kapellenruine, Dunsapie Loch und den kantigen Klippen des Arthur's Seat heimatliche Gefühle in ihr auslöste. Der Weg bis zur Spitze war zwar anstrengend, aber sie wurde mit einem herrlichen Blick über die dicht an dicht stehenden Häuser bis zum Castle Rock belohnt, wo das majestätische Schloss über der Stadt thronte. Die Luft war frisch und klar, Krähen krächzten, und Richard schwieg, genau wie sie. Es war keine unangenehme Stille, sondern eine verstehende. Für einen kurzen Moment war Betty in Versuchung, ihre Hand in seine zu legen, doch sie wagte es nicht. Aber trotzdem – es hätte sich richtig angefühlt.

Danach lud Richard sie in ein gemütliches Restaurant am Anfang der Princes Street ein, gefolgt von einem Ausflug durch Kleiderläden, Bibliotheken und Geschäfte mit bezaubernden kleinen Dingen, die man nicht brauchte, aber wollte. Zwei Stunden und drei Einkaufstüten später tankten sie neue Kraft bei Kaffee und Kuchen. Wäre der Tag damit zu Ende gewesen, hätte er bereits zu den besten Tagen in Bettys Leben gezählt, aber Richard bestand darauf, mit ihr den Dungeon zu besuchen. Und erstaunlicherweise machte das alles noch besser. In einem kleinen dunklen Raum einer Gerichtsverhandlung beizuwohnen, dem Geist der Elizabeth Elphinstone zu begegnen und sich durch die Höhle von Sawney Beans mörderischer Familie zu kämpfen, ließ jede noch vorhandene Distanz zwischen ihnen verschwinden. Vor Grusel lachend und dicht an Richard gedrängt, fühlte Betty sich so jung wie am Tag ihres Kennenlernens. Diesmal schreckte sie nicht davor zurück, seine Hand zu greifen, als sie nach den berüchtigten Edinburgher Grabräubern und Serienmördern Burke & Hare Ausschau hielten, und seine Finger schlossen sich fest um ihre. Selbst als sie wieder in das Dämmerlicht des anbrechenden Abends traten, ließen sie einander nicht los. Sie liefen über das Kopfsteinpflaster der Royal Mile, vorbei an gotischen Bauten und gut frequentierten Pubs, am Castle Hill entlang bis zur Fußbrücke, die den Water of Leith querte. Richards Hand löste sich von ihrer und deutete über den Fluss auf ein Haus mit Türmen und spitzen Giebeln, dass einem Märchenfilm entsprungen schien.

»Hier in der Nähe wohne ich, im Dean Village.«

Betty lehnte sich gegen das Eisengestänge der Brücke. »Das passt zu dir.«

»Ich glaube, ich muss dich enttäuschen. Dean Village bedeutet nicht, dass es ein Dorf der Dekane ist, woran du sicherlich gedacht und es mit meiner Tätigkeit an der Universität in Verbindung gebracht hast. Tatsächlich jedoch kommt ›Dean‹ in diesem Zusammenhang von ›dene‹, was tiefes Tal bedeutet. Dieser Teil Edinburghs, der schon seit dem zwölften Jahrhundert besiedelt wurde, ist also die Stadt im tiefen Tal, wenngleich, und hier wirst du mir zustimmen, ›tief‹ eine Übertreibung darstellt. Auch wenn der Water of Leith sich seit Jahrtausenden durch die Landschaft gräbt, so ist er doch kein dramatischer, sondern eher ein gemütlicher Fluss.«

Konnte es sein, dass Richard nervös war? Sein weitschweifiger Vortrag, gepaart mit der Tatsache, dass er sie nicht direkt ansah und nicht zu wissen schien, was er mit seinen Händen anstellen sollte, mit denen er mal durch seine Haare fuhr, sie dann in die Hosentaschen steckte, nur um sie gleich darauf wieder herauszuziehen und ineinander zu verschränken, deutete darauf hin. Es beruhigte Betty, dass nicht nur sie keine Ahnung hatte, wie es von hieraus weitergehen sollte.

»Danke für die Erklärung«, erwiderte sie, »aber daran habe ich nicht gedacht.«

»Nein? Woran denn sonst? Die meisten Leute gehen davon aus, es handele sich um …«

»Es passt zu dir«, unterbrach sie ihn hastig, »denn es ist wundervoll und altmodisch und weil es mir gefällt.«

Betty erstarrte, kaum, dass sie die Worte ausgesprochen hatte, die viel zu viel von dem verrieten, was sie fühlte. Sie schickte ein Stoßgebet gen Himmel, dass

Richard nicht begriff, was sie damit meinte – oder dass er es begriff …

Zum ersten Mal, seit sie hier standen, sah er ihr direkt in die Augen. »Ich habe diesen Tag auch sehr genossen.«

Hieß es nicht immer, Männer könnten nicht zwischen den Zeilen lesen? Er anscheinend schon. Aber genau das mochte sie ja an ihm – dass er verstand.

»Wir haben noch nicht darüber gesprochen«, begann er zögerlich. »Nicht wirklich. Über damals.«

»Müssen wir das denn?«

Dieser Moment war so schön, warum ihn verderben?

»Nun, wir können nicht so tun, als wäre es nicht geschehen.«

»Warum eigentlich nicht?«

»Weil uns dann etwas fehlen würde, denke ich. Etwas, auf das ich, trotz allem, nicht verzichten möchte.«

Nein, das wollte sie auch nicht. So lange schon trug sie die Erinnerung an ihren gemeinsamen Nachmittag mit sich herum, gehütet und beschützt wie eine kostbare Perle, an deren Glanz sie sich in stillen Stunden erfreute. Sie schuldete Richard eine Erklärung, auch wenn sie nicht wusste, wo sie damit anfangen sollte. Ihre Hoffnung, er würde den Gesprächsfaden wieder aufnehmen, erfüllte sich nicht. Er erwartete Mut von ihr. Unbewusst tasteten ihre Finger nach der Kette des Wunscherfüllers. Magie. Ein bisschen Magie nur, damit sie die richtigen Worte fand.

»Ich war mit diesen Leuten unterwegs, die ich für zu gut hielt, um meine Freunde zu sein, und deren Freundschaft ich gerade deshalb wollte. Marsha, Brent und Colin.«

Seltsam, an die Gesichter der beiden ersten erinnerte sie sich kaum, nur an das von Colin.

»Sie waren cool und selbstbewusst. Das genaue Gegenteil von mir.«

Richard gab ein abschätziges Geräusch von sich. »So ein Unfug! Natürlich bist du das.«

»Ich war sechzehn. In dem Alter gibt es nur zwei Möglichkeiten – man denkt, man sei der Nabel der Welt oder der größte Dummkopf. Ich glaubte, ich sei das Letztere. Wie war das bei dir?«

»Nicht konstant. Die jeweilige Einschätzung war situationsabhängig.« Er hielt die Hände wie die Schalen einer Waage vor sich. »Der Moment, in dem ich erfuhr, dass meine Abhandlung über Wittgensteins Gedanken zu Sprache und Logik während einer Schulveranstaltung vorgetragen werden sollte – Nabel der Welt.«

Er hob die rechte Hand in die Höhe.

»Der Moment, in dem ich vor fünfhundert Leuten stand und meine Abhandlung über Wittgensteins Gedanken zu Sprache und Logik vortragen sollte – Dummkopf.«

Er beugte sich hinunter, bis seine linke Hand fast den Boden berührte.

Betty kannte Wittgenstein nur aus Monty Pythons »Philosophers Song«, aber sie konnte sich gut vorstellen, wie entsetzlich sich der junge Mann, der sich in den Schlossturm zurückgezogen hatte, um ein Fest zu vermeiden, in dieser Situation gefühlt haben musste.

Richard richtete sich wieder auf und lächelte schief. »Entschuldigung, du willst mir etwas erzählen, und ich fahre dir ständig dazwischen.«

»Schon gut, immerhin hatte ich dir eine Frage gestellt.« Sie sammelte ihre Gedanken, bevor sie fortfuhr. »Wir trafen uns, und sie verspotteten mich, weil ich auftreten wollte. Sie sagten, dass ich nur zur Belustigung der Touristen und von euch Engländern da wäre.«

Richard sah aus, als wollte er protestieren, hielt sich aber zurück. Sie war ihm dankbar dafür, denn es war schon schwer genug, sich das ohne Unterbrechung von der Seele zu reden.

»Dann tanzte ich und fühlte mich so glücklich! Hinterher konnte ich sogar Colin in die Schranken weisen.«

»Großartig!«

»Es hat sich nur für den Moment gut angefühlt. Ich flüchtete hinter das Schloss, und dort hast du mich angesprochen, obwohl ich eigentlich meine Ruhe haben wollte.«

»Also hast du dich nur aus Freundlichkeit mit mir unterhalten? Weil du es nicht fertiggebracht hast, mich wegzuschicken?«

»Am Anfang, doch dann habe ich gemerkt, dass die Begegnung mit dir genau das war, was ich gebraucht habe.«

Richard streckte den Arm aus, als wollte er sie berühren, ließ ihn aber wieder sinken. »Ging mir genauso. Ich fühlte mich so lächerlich in meiner Kluft und fürchtete mich vor den geflüsterten oder auch nicht geflüsterten Beleidigungen, die ich hören würde, sobald ich mich auf das Fest begeben hätte. Aber dich – dich wollte ich kennenlernen.«

Rechts und links von ihnen gingen Straßenlaternen an, ihr Licht schimmerte golden in den Regenpfützen, die sich im unebenen Pflaster der Straße gesammelt hatten. Die Luft roch nach Steinen und dem nassen Herbstlaub auf dem Boden.

»Warum bist du gegangen? Du warst mit einem Mal fort.«

»Weißt du nicht mehr – deine Mutter ist gekommen, um dich zu irgendeinem Treffen abzuholen. Ich fühlte mich vollkommen fehl am Platz.«

»Oh ja, das ist der übliche Effekt, den sie auf andere Menschen hat.« Richard lachte leise. »Aber ich wäre zu dir zurückgekommen.«

»Es sah nicht danach aus.« Ärger stieg in Betty auf. Sie wollte das nicht hören – dass alles hätte anders laufen können, wenn sie nur gewartet hätte. Etwas mehr Mut gehabt hätte. »Sie sagte, dass du eine Countess heiraten würdest oder jemanden, der viel Geld hat. Und wer waren wir denn schon, Richard? Zwei Teenager, die sich für einen Moment vor der Welt versteckten. Woher sollte ich wissen …«

»Was?«, fragte er leise. »Was solltest du wissen?«

Nun war sie es, die seinen Blick vermied.

»Du hattest Angst, unsere Begegnung hätte mir nichts bedeutet?« Seine Stimme klang ungläubig. »Ich war mir nicht sicher, ob du gehört hattest, was meine Mutter sagte. Für sie stand immer das Schloss im Mittelpunkt, aber sie kann mir nicht befehlen, wen ich mag. Ich hatte dich geküsst, Elizabeth. Du warst das erste Mädchen, dass ich … Vor dir hatte es keine gegeben und lange Zeit danach auch nicht. Mit dir war es so …« Er hielt inne, sah sie fragend an, als könnte sie ihm verraten, was er ausdrücken wollte.

»Du hast damals gesagt, dass beim Backen etwas entsteht, was besser ist als seine Einzelteile. Genau dieses Gefühl hatte ich bei uns. Dass wir zusammen besser sein würden als jeder für sich allein.«

Genau das war es! So hatte auch sie es empfunden. Im Gegensatz zu Harry oder Colin machte Richard sie besser. Die Erkenntnis raubte ihr beinahe den Atem.

»Ja«, flüsterte sie, »das verstehe ich.«

Sanfter Regen setzte ein, Betty schlug den Kragen hoch und steckte die Hände in die Jackentaschen. Richard deutete mit dem Kopf über den Fluss.

»Willst du mit zu mir kommen? So lange, bis der Regen aufhört? Ich könnte uns Tee machen …« Er sprach nicht weiter, und in seinem Schweigen lag ein wundervolles Versprechen. Natürlich wollte sie mit zu ihm. Noch nie hatte sie etwas so sehr gewollt. Im Grunde war es wie an diesem Sommertag vor einundzwanzig Jahren. Hätte er sie damals gefragt, wäre sie überall mit ihm hingegangen, so unvernünftig und zum Scheitern verurteilt diese Entscheidung auch gewesen wäre. Aber sie waren schon lange keine Teenager mehr, darauf könnte sie sich also nicht herausreden, wenn sie jetzt eine Wahl traf, die sie später bereuen würde.

»Du bist verheiratet, Richard.«

»Ich weiß.« Mit geschlossenen Augen hielt er den Kopf dem Himmel entgegen. »Ich könnte dir jetzt diese Worte sagen, die schon so viele Männer gesagt haben. Dass meine Ehe unglücklich ist und ich sie beenden will. Dass meine Frau und ich uns auseinandergelebt haben und es kein Zurück mehr gibt. All das könnte ich dir sagen, und es wäre die Wahrheit, aber es hat trotzdem einen seltsamen Beiklang. Ich will das hier nicht falsch machen, das zwischen uns.« Er deutete mit der Hand erst auf sie, dann auf sich selbst. »Ich denke, wir sollten uns nach diesem Wochenende nicht mehr privat sehen.«

Seine Worte trafen sie wie ein Axthieb. Konnte das sein? Verlor er jedes Interesse, wenn er nicht sofort bekam, was er wollte? Das passte nicht zu dem Jungen, in den sie sich verliebt hatte, und auch nicht zu dem Mann, mit dem sie so einen wundervollen Tag verbracht hatte. Aber was wusste sie schon über Männer? Unsicher, welche Reaktion die richtige wäre, nahm sie ein paar Schritte Abstand und hielt ihre Handtasche wie einen Schutz vor sich.

»Zumindest nicht«, fuhr Richard fort, der ihren inneren Aufruhr nicht bemerkt zu haben schien, »bis der Wettbewerb vorbei ist. Ich sitze in der Jury, und auch wenn die Verkostung blind erfolgt, so wäre es doch den anderen Teilnehmerinnen gegenüber nicht korrekt, wenn wir … freundschaftliche Bande knüpfen.«

Vor Erleichterung hätte sie fast laut aufgelacht. Nein, Richard stieß sie nicht gleich wieder von sich. Er wollte nicht unfair sein. Warum nur fiel es so schwer, zu vertrauen, wenn einem jemand wichtig war? Wahrscheinlich gerade deshalb. Die Bedeutung, die man einem anderen zumaß, steigerte dessen Fähigkeit, einen zu verletzen, ins Unermessliche. Aber Richard fügte ihr keine Schmerzen zu, das hatte er noch nie. Warum sollte er es jetzt tun?

»Du hast recht«, stimmte sie zu, wenn auch nur aus Vernunft. Ihr Herz sagte etwas ganz anderes. »Nach diesem Wochenende bis zum Wettbewerb sollten wir keinen Kontakt mehr halten. Deshalb gehe ich jetzt in mein Hotel.«

»Soll ich dich begleiten? Es ist von hier aus ein ziemliches Stück zu Fuß.«

»Danke, aber das brauchst du nicht. Ich will unseren gemeinsamen Tag mit diesem Moment beenden – wir beide auf dieser Brücke im Regen.«

Bevor sie begriff, was er tun wollte, hatte er ihre Hand ergriffen und einen sanften Kuss darauf gedrückt. »Dann schlaf gut. Ich hole dich morgen zum Brunchen ab und bringe dir deine gesammelten Schätze mit.« Grinsend hob er die Einkaufstüten an, die er für sie getragen hatte. Statt einer Antwort lächelte sie ihn an und machte sich auf den Weg zu ihrem Hotel. Trotz des Regens und der kühlen Abendluft fror sie nicht.

Seufzend schloss Betty am Montag die Tür hinter dem letzten Kunden ab. Claire hatte ihre Aufgabe wirklich gut gemacht, die Küche blitzte vor Sauberkeit, und die Kasse stimmte. Als Dank hatte sie ihr ein ganzes Blech ihres Lieblingskuchens gebacken. Auf Claires unverhohlen neugierige Fragen, wie denn ihr Wochenende verlaufen sei, hatte Betty mit schlechtem Gewissen gelogen und behauptet, ein paar großartige Tage mit ihrer Freundin verbracht zu haben. Sie würde ihr die Wahrheit sagen, wenn die Show vorüber war.

Und was käme dann? Würde Richard sie tatsächlich weiterhin sehen wollen? Es wäre schon wunderbar, ihn sonntags zum Nachmittagstee auf Hallion Castle zu besuchen. Diese paar Stunden die Woche wären viel zu wenig, aber besser als nichts. Sie wäre ein Teil seines Lebens und er des ihren. Sie könnten sich Nachrichten schicken, zum Geburtstag gratulieren, Weihnachtsgeschenke austauschen. All das tun, was Freunde nun einmal taten. Es musste einfach so kommen! Die Vorstellung, dass ihr erneut aufgeflammter Kontakt wieder im Sande verlaufen könnte, erfüllte sie mit einer Traurigkeit wie der Anblick eines zusammengefallenen Soufflés. Von wegen! Das wurde ihren Gefühlen nicht einmal ansatzweise gerecht! Als würde in jedem ihrer Rezepte eine Zutat fehlen, die nirgendwo aufzutreiben war. Alles würde nur noch fad schmecken, den Gaumen nicht mehr kitzeln, und es wäre egal, ob man einen Bissen nahm oder nicht.

Sie trat an ihren Kalender und zählte die Tage bis zum Wettbewerb ab. Nicht mehr lange, dann konnte sie Richard endlich sagen, dass sie ihn nicht wieder aus ihrem Leben verschwinden sehen wollte.

27
Claire

Fasziniert beobachtete Claire durch die geöffnete Küchentür des Bruce, wie Fred Sandwiches zubereitete. Der bullige Mann belegte ein Toast derart konzentriert und exakt, als nähme er eine Herz-OP vor. Erst eine hauchdünne Schicht seiner selbst gemachten Knoblauchmayonnaise, dann ein Salatblatt, Corned Beef, Rote-Bete-Scheiben, eine aufgefächerte Gewürzgurke und zu guter Letzt, bevor das Meisterwerk seinen Abschluss in einer weiteren Toastscheibe fand, mit den Fingerspitzen gesprenkelte Kresse. Danach wischte er sich die Hände an seiner Schürze ab, griff nach einem breiten Messer und ließ es graziös durch das Sandwich gleiten. Die Hälften fixierte er mit je einem Zahnstocher, der mit einer Schottlandfahne geschmückt war, und dekorierte den Teller mit Paprikapulver und einem weiteren Hauch Kresse.

Die Beobachtung bewirkte zweierlei bei Claire: Zum einen bekam sie Hunger, und zum anderen verirrten sich ihre Gedanken, wie so oft in der letzten Zeit, zur Frage ihres zukünftigen Berufs. Köchin – wäre das etwas für sie? Immerhin gelangen ihr recht ordentliche Spaghetti Bolognese. Die Tomatensoße aus der Dose verfeinerte sie stets mit einem Schuss Rotwein und grob gehacktem

Basilikum. Eric und Andrew zumindest schmeckte es und ihr ebenso. Aber reichte das? Wahrscheinlich nicht. Sie brauchte sich gar nichts vorzumachen – nie im Leben würde sie sich mit so viel Hingabe der Kreation belegter Toastscheiben widmen wie Fred. Also, was sollte sie nur tun?

Ein spitzer Fingernagel bohrte sich in ihren Oberarm und schreckte sie aus ihren Gedanken auf.

»Du bist dran, Luv«, sagte Granny Herbert. »Wir wollen weiterspielen.«

Sie blickte auf, sah in Grannys erwartungsvolles Gesicht. Die alte Dame musste über ein hervorragendes Blatt verfügen, wenn sie so drängelte. Ihre Karten jedoch – ein einziges Jammertal. Seufzend zog sie eine Herz drei vom Talon und sortierte sie zwischen ihre anderen Dreien. So würde das nie etwas werden.

»Was ist los, Claire?« Mit einem Schwung legte Betty eine Reihe von Pik zehn bis Pik König ab. »Weshalb so abwesend? Alles in Ordnung mit Eric?«

Sofort hoben sie die Köpfe – Granny, Betty, Glins und Bettys Mutter – und sahen sie an. »Es geht ihm doch gut, oder?«

»Macht euch keine Sorgen. Er hat viel zu tun, aber seine Arbeit auf der Isle of Skye ist bald erledigt.« Sie lächelte breit. »Er wird kurz vor Weihnachten nach Hause kommen und bleibt dann erst mal bis Mitte Januar.«

»Kannst es kaum erwarten, was?«, fragte Granny und brachte seelenruhig die Reihen auf dem Tisch durcheinander, nahm hier eine Karte, legte dort eine an, tauschte einen Joker aus. Claire wurde allein vom Zusehen schwindlig, aber am Ende lag alles in perfekter Ordnung auf dem Tisch, und Granny hielt nur noch zwei Karten in der Hand.

»Schon. Die letzten Monate waren recht schwierig für uns. Ständig getrennt zu sein, wenn man gerade erst zusammengefunden hat …« Claire versuchte, nicht allzu viel über ihre Beziehung mit Eric zu sprechen, da Glins anwesend war. Sie wusste, dass sie etwas für Eric empfand, und wollte ihr nicht unnötig wehtun. Auch wenn sie bisher nicht viel mit Glins zu tun gehabt hatte, so mochte sie die unkonventionelle junge Frau, die ursprünglich aus Manchester stammte. Von Eric wusste sie nur so viel, dass er ihr vor einigen Jahren Unterschlupf geboten hatte, als diese einer prekären Situation hatte entkommen müssen. Seitdem streifte sie als Wanderfriseurin durch die Dörfer der Highlands und kam dabei einmal im Monat nach Glenbarry. So wie Claire war auch Glins von den stürmischen Wellen des Lebens in Schottland angespült worden.

Bettys Mutter zog eine Karte und schüttelte dabei langsam den Kopf.

»Es verändert sich gerade so viel bei uns. Erst der schreckliche Brand, dann ist Eric ständig unterwegs, und jetzt kommt auch noch das Fernsehen ins Dorf. Und Betty nimmt an dieser Sendung teil.«

»Du solltest stolz sein auf deine Tochter. Es ist großartig, dass sie so weit gekommen ist. Sie vertritt uns alle. Sie ist Glenbarry in dieser Show.«

Aus dem Augenwinkel sah Claire, dass Betty bei Grannys Worten erbleichte. Die alte Dame meinte das bestimmt sehr lieb, aber Claire konnte sich kaum vorstellen, welchen Druck sie damit bei Betty aufbaute.

Ms. Cleary schüttelte bedächtig den Kopf. »Für dich mag es ja passen, so im Vordergrund zu stehen, aber doch nicht für meine Betty. Überhaupt – unser Leben ist gut, so wie es ist. Warum etwas ändern?«

»Nichts bleibt beim Alten, Ms. Cleary«, sagte Glins. »Wäre doch auch langweilig, wenn es so wäre, oder?«

»Ach, ihr jungen Leute seid nie zufrieden mit dem, was ihr habt.«

»Sehen Sie es doch mal so – das Leben ist wie Haare.«

Aller Blicke richteten sich auf die Friseurin.

»Bitte was?«, fragte Claire. »Hat man sich nicht auf die Pralinenschachtel als allgemeingültige Metapher für das Leben geeinigt?«

»Pff.« Glins machte eine wegwerfende Handbewegung. »Das ist so was von überholt. Nein, glaubt mir, das Leben ist wie Haare. Zuerst trägt man sie länger, aber irgendwann schneidet man sie kurz …« Hierbei strich sie sich über den Kopf, den seit Neuestem ein feuerroter Pixie bedeckte. »Und erst, wenn sie ab sind, weiß man, ob es besser ist oder nicht.«

»Also, bei dir hätte ich das schon vorher gewusst«, warf Bettys Mutter schnippisch ein. »Du hattest so schöne lange Haare.«

Glins lachte. »Das ist ja das Tolle an Haaren – und am Leben. Ist man nicht zufrieden damit, wie es ist, kann man sicher sein, dass es sich auch wieder ändert. Man muss es nur machen lassen. Nicht, dass ich unzufrieden mit meiner Frisur bin. Ich liebe meine Stoppeln.«

»Es wächst ja nach«, konnte Bettys Mutter sich nicht zu äußern enthalten.

»Lass gut sein, Maw.« Bettys Stimme war leise, aber eindringlich. »Mir gefällt Glins' Frisur richtig gut.«

Claire deutete mit dem Daumen nach oben. »Mir auch.«

»Mann!« Genervt verschränkte Glins die Arme vor der Brust. »Ich weiß nicht, was schlimmer ist. Wenn einem jemand ins Gesicht sagt, dass man übel aussieht, oder wenn die Leute es mit ihrer Zustimmung übertreiben. Wie bei einem Kind, das ein Pferd gezeichnet hat, was aber keiner erkennen kann. Und alle Erwachsenen stehen davor und sagen: Hast du super gemacht, Mäuschen.«

Granny lachte rau. »Das ist die wichtigste Lektion, die ich jemals gelernt habe. Wenn du eine Entscheidung für dich triffst, ist ausschlaggebend, wie es dir damit geht.« Sie beugte sich Glins über den Tisch entgegen und stupste sie an. »Habe niemals Angst vor der Ablehnung durch andere, und strebe nicht nach ihrer Anerkennung. Mit den Konsequenzen deiner Entscheidungen musst du allein fertigwerden.«

»Gut gesagt, alte Frau.« Lachend hob Glins ihr Bierglas und prostete Granny zu. »Du bist wahrhaft weise.«

Claire bemerkte, dass Bettys Finger unruhig mit den Karten spielten. »Was ist los?«, flüsterte sie. »Alles in Ordnung?«

»Ja, ich bin nur nervös wegen des Wettbewerbs.«

»Wieso? Du wirst mit den anderen den Küchenboden aufwischen.«

Betty nickte abwesend und starrte auf den Tisch, bis

auch sie von einem Piks von Grannys Zeigefinger des Schicksals heimgesucht wurde.

»Was ist heute los? Ihr junges Gemüse benehmt euch, als würde euch unsere wöchentliche Kartenrunde nichts bedeuten.«

»Nun, es ist schon ziemlich frustrierend, regelmäßig Geld an dich zu verlieren, ohne die Chance, es jemals zurückzubekommen.«

»Du bist so ein Londoner Blümchen.« Mit einem selbstzufriedenen Lächeln legte Granny ihre letzten beiden Karten an und rieb sich die Hände. »Also dann, her mit euren Einsätzen!«

Schicksalsergeben zog Claire ihr Portemonnaie aus der Hosentasche und zog eine Fünf-Pfund-Note hervor. »Hier, du Aasgeier! Hat noch jemand außer mir Hunger? Ich lade euch auf eine Runde von Freds Sandwiches ein.«

28

Richard

Noch nie hatte Richard sich so sehr gefreut, die große Eichentür von Hallion Castle aufzuschließen. Glenbarry schien ihm an diesem Freitagabend nicht mehr wie ein Gebiet, auf dem er unerwünscht war. Denn zumindest ein Mensch hier hieß ihn willkommen, und auf diesen Menschen kam es an. Wenn der Wettbewerb vorüber war, hatte hoffentlich Lavinia die Scheidungspapiere unterschrieben, und seine Ehe war Geschichte. Dann konnte er endlich damit beginnen, Elizabeth offiziell den Hof zu machen. Dass sie an diesem Abend in Edinburgh nicht mit zu ihm gegangen war – so sehr er es auch bedauert hatte –, zeigte ihm, was für ein besonderer Mensch sie war. Sie wollte nicht in eine Ehe einbrechen. Sie machte sich Gedanken darum, welche Konsequenzen ihre Handlungen hatten, wen sie damit verletzen könnte. Sie selbst mochte es nicht erkennen, er dafür umso deutlicher – sie war großartig, und er würde alles tun, sie in seiner Nähe zu behalten.

Er wuchtete seinen Rucksack auf den Tisch im Eingangsbereich und zog sich die Schuhe von den Füßen. Die Eiseskälte der Fliesen drang durch seine Socken. Trotzdem lächelte er. Das war letztlich alles kein Problem.

Seine Hausschlappen warteten auf ihn, eine Decke lag auf seinem Bett bereit, und eine Tasse heißen Tees wäre rasch zubereitet. Ersteres an den Füßen, Zweiteres um die Schultern und das Dritte in der Hand, würde er im Turmzimmer am Fenster stehen und auf die Häuser des Ortes hinunterblicken, deren Dächer von pudrigem Schnee bedeckt waren. Der Mond stand voll und groß am Himmel, die Sterne strahlten so hell wie selten. Die Schönheit dieser Gegend hatte sich für ihn vervielfacht in der letzten Zeit.

Weihnachten naht, dachte er. Das Fest der Liebe. Passend. Und dann Silvester, der Neuanfang. Die eine wie die andere Symbolik verband sich meisterhaft mit Elizabeth. Das Buch seines Lebens hatte mit einem Mal einen perfekten Plot erhalten. Was konnte jetzt noch schiefgehen?

»Rickie! Ich dachte schon, du würdest gar nicht mehr kommen!«, ertönte eine wohlbekannte weibliche Stimme hinter ihm. Richard erstarrte. Das konnte nicht sein. Lavinia lebte in Los Angeles, stand wahrscheinlich gerade vor einer Kamera oder rackerte sich in einem Fitnessclub ab. Sie konnte nicht hier sein. Wenn er die Augen schloss und bis zehn zählte, würde diese Halluzination bestimmt verschwinden …

»Willst du mich nicht begrüßen? Ich habe einen sehr langen Flug hinter mir, nur um dich zu sehen.«

Nach einem tiefen Atemzug drehte er sich um. Der Anblick seiner Frau sollte ihn nicht überraschen, und doch tat er es. Die Unbeschwertheit, die in ihrer Stimme gelegen hatte, fand er in ihrem Gesicht nicht wieder. Natürlich war sie so attraktiv wie immer, »die goldene Prinzessin«, wie sie ein Magazin anlässlich der Ausstrahlung des Pilotfilms von *Breaking Bad Law* genannt hatte, aber er kannte seine Immer-noch-Ehefrau. Dass es ihr nicht gelang, ihre Augen strahlen und ihr Lächeln echt aussehen zu lassen, zeigte ihm, dass sie Probleme hatte. Das letzte Mal, dass sie derart mitgenommen ausgesehen hatte, war einer üblen Grippe geschuldet gewesen.

»Bist du krank, Willi?«

»Was ist denn das für eine Begrüßung?« Sie ging auf ihn zu, wiegend und geschmeidig, aber mit einer Schwere, die ihren Versuch, verführerisch zu wirken, ad absurdum führte. Nein, irgendetwas stimmte ganz und gar nicht mit ihr.

»Und diesen Spitznamen finde ich fürchterlich, aber das weißt du ja, Rickie.«

Obgleich er derzeit niemanden weniger in seiner Nähe wollte als Lavinia, musste er dennoch lachen. »Solange du mich Rickie nennst, solltest du dich nicht beschweren.«

Dicht blieb sie vor ihm stehen und lächelte. Zu dicht. Hoffentlich unauffällig trat er einen Schritt zurück. Im Grunde mochte er Lavinia noch, und er wollte sie nicht verletzen. Er wollte nur nichts mehr mit ihr zu tun haben.

Um das unbehagliche Schweigen zwischen ihnen zu unterbrechen, sagte er: »Was führt dich hierher? Die Scheidungspapiere hättest du in L. A. beim Anwalt einreichen können.«

»Das Leben hier hat dich tatsächlich noch uncharmanter gemacht, als du ohnehin schon warst. Ich dachte, du würdest dich wenigstens ein bisschen freuen, mich zu sehen.«

Ihre Worte beschämten und verärgerten ihn gleichermaßen. Weshalb wollte sie ihm ein schlechtes Gewissen einreden? Sollte er ein schlechtes Gewissen haben? Unsinn! Es war ja nicht so, dass Lavinia ihm in den letzten Jahren hinterhergeschmachtet hätte. Er wusste um ihre diversen Liebschaften. Er warf sie ihr nicht vor, im Gegenteil. Sie sollte glücklich sein, nur bitte ohne ihn.

»Ich verstehe es nicht. Wir reden seit Monaten darüber, uns endlich offiziell zu trennen. Es ist alles vorbereitet, du musst nur noch die Papiere unterschreiben. Ich trage dir nichts nach und du mir nicht, aber es ist vorbei. Warum also stehst du plötzlich hier, ohne vorher auch nur ein Wort darüber zu verlieren?«

Die Gelassenheit bröckelte von ihrem Gesicht wie zu dickes Make-up. Schimmerten da Tränen in ihren blauen Augen? Panik stieg in ihm auf. Was passierte hier gerade?

»Du hast darüber geredet, Richard.« Es musste ihr ernst sein, wenn sie ihn mit seinem tatsächlichen Vornamen ansprach. »Ich habe dir zugehört, und ja, ich dachte auch, es sei das Beste, immerhin führen wir seit Jahren keine Ehe mehr. Aber als diese Papiere vor mir lagen – ich konnte sie nicht unterschreiben. Haben wir wirklich alles probiert? Ich weiß, dass wir unsere Ehe unbedacht geschlossen haben, aber sollten wir sie deshalb auch unbedacht beenden?«

Richard starrte sie an. War das jetzt so eine Szene wie in *Notting Hill* – einer der Filme, für die Lavinia erfolglos vorgesprochen hatte –, und vor ihm stand ein Mädchen, das einen Jungen bittet, es zu lieben?

Elizabeth, dachte er. Wenn sie hiervon wüsste, was

würde sie tun? Wahrscheinlich seine Nummer aus ihrem Smartphone löschen und ihn nie wieder kontaktieren.

»Es ist im Augenblick nur sehr ungünstig. Hier findet bald eine Fernsehshow statt …«

Zum ersten Mal, seit sie ihn begrüßt hatte, leuchteten Lavinias Augen auf. »Ich weiß, deine Mutter hat mir davon erzählt. Ein Backwettbewerb, wie putzig.«

»Meine Mutter? Ich wusste nicht, dass ihr Kontakt haltet.«

»Sie ist meine Schwiegermutter, Rickie.«

Ja, und ihr habt euch gehasst, dachte er. Der Ozean war ein gerade ausreichender Abstand zwischen euch.

»Es wird für ein paar Tage viel Trubel im Schloss sein, und alle bewohnbaren Zimmer werden belegt …«

Sie strich die blonden Haare zurück und lächelte ihn an. »Was spricht dagegen, dass ich dein Schlafzimmer mitbenutze? Immerhin bin ich deine Frau.«

Was war das denn für ein Vorschlag? Mehr und mehr gewann Richard den Eindruck, dass Lavinia einem geheimen Drehbuch folgte, in das er keinen Einblick hatte nehmen können.

»Tut mir leid, Willi, aber das geht auf gar keinen Fall. Glenbarry ist ein kleiner Ort, die Leute werden erfahren, dass du hier bist, und wenn sich dann noch das Gerücht ausbreitet, wir würden ein Bett teilen …«

»Na und? Wir sind verheiratet.«

Abwehrend hob er beide Hände. »Ich will es nicht. Punkt.«

»Oh!« Ihre Augenbrauen hoben sich auf ihrer immer noch faltenfreien Stirn. »Gibt es da jemanden?«

Ja, gab es. Eine Frau, die scheu war und zurückhaltend und der es überhaupt nicht guttun würde, wenn sie wüsste, dass er das Bett mit seiner Schauspielerinnengemahlin teilte. Einer Gemahlin, der er nichts von ebenjener Frau erzählen wollte. Er flüchtete sich vor diesem Dilemma in eloquente Worthülsen.

»Akzeptiere bitte meine Ablehnung. Sie beinhaltet keine Abwertung deiner Person, nur eine realistische Einschätzung unserer Beziehung.«

»Also gut. Wenn es dir so wichtig ist, werde ich im Ort unterkommen. Soweit ich weiß, gibt es ein Hotel in Glenbarry.«

Elizabeth hatte während ihres gemeinsamen Wochenendes das Bruce erwähnt und dass sie sich dort oft mit Freunden traf. Sie würde unweigerlich Lavinia begegnen. Sie würde sich ihre Gedanken machen, sich zurückziehen und … Nein, das war unmöglich!

»Kein Hotel. Der örtliche Pub vermietet Schlafgelegenheiten an Touristen. Aber eigentlich ist es mir auch nicht recht, wenn du …«

»Oh bitte, Richard! Irgendwo muss ich doch schlafen! Und welches bessere Zeichen gibt es denn, dass wir getrennte Wege gehen, als wenn ich mir dort ein Zimmer nehme?«

Oh, ihm fielen so einige andere Zeichen ein. Unterschriebene Scheidungsdokumente zum Beispiel. Oder gar nicht erst aufzutauchen.

»Ullapool!« Erleichtert stieß er den Namen der nächstgrößeren Stadt aus. »Es ist nicht allzu weit entfernt, und dort gibt es schöne Hotels. Das Bruce – nein, das wäre nichts für dich. Es ist laut, die Zimmer sind recht klein, habe ich gehört, und bestimmt gibt es kein WLAN. Wahrscheinlich noch nicht einmal fließend Wasser, es sei denn, es regnet. Aber da wir schon über Reiseaktivitäten sprechen – wann fährst du wieder ab?«

Mit einer nonchalanten Handbewegung deutete Lavinia in eine dunkle Ecke des Flurs, wo Richard drei große Koffer stehen sah. Ein Aufbruch am nächsten oder übernächsten Tag war wohl nicht geplant.

»Du meine Güte, wie lange willst du denn bleiben?«

»Nun, deine Mutter und ich hatten uns überlegt, dass meine Anwesenheit während dieses Wettbewerbs die Aufmerksamkeit für das Event extrem steigern könnte. Ist das nicht genau das, was du für Hallion Castle möchtest?«

Ihm lag eine schneidende Antwort auf der Zunge, die er sich aber verkniff, als ihm klar wurde, dass diese Überlegung durchaus etwas für sich hatte. Lavinia würde Aufmerksamkeit erregen, Zuschauer anlocken, und Hallion Castle wäre nicht mehr ein schottisches Gemäuer unter vielen, sondern hätte genau das besondere Etwas, von dem Prentiss gesprochen hatte.

»Das ist tatsächlich keine allzu schlechte Idee. Ich bin sicher, Raymond wird sie ebenfalls gutheißen«, sagte er zögerlich und fügte erklärend hinzu: »Das ist der Chef des Fernsehsenders, der …«

»Raymond ist begeistert«, unterbrach ihn Lavinia. »Ich habe schon mit ihm gesprochen.«

»Du kennst Raymond und sprichst hinter meinem Rücken Dinge mit ihm und meiner Mutter ab …« Sein Ärger erstarb so rasch, wie er gekommen war. Sich aufzuregen, änderte nichts, sondern würde nur seinen Blutdruck in die Höhe treiben. Er sollte es mit Heraklit und dessen berühmtesten, wenn auch stets verkürzt zitiertem Lehrsatz halten: Panta rhei. Alles fließt. Offensichtlich stand er gerade knietief in einem reißenden Strom.

»Weißt du was? Es ist mir egal. Wahrscheinlich ist dies wirklich gut für das Schloss, und ich sollte akzeptieren, dass ich hier nichts zu sagen habe.«

»Du bist süß, wenn du fatalistisch wirst.« Lavinia beugte sich vor und drückte ihm einen Kuss auf die Wange. »Aber genau das sagt mein Yogi auch immer: Geh mit dem Flow.«

Was letztlich nichts anderes war als Heraklit auf der Yogamatte.

»Dann tu das.« Er griff seinen Rucksack und ging auf die Treppe zu. »Ich gehe jetzt schlafen. Für heute Nacht kannst du gern eins der Gästezimmer im ersten Stock nehmen. Aber morgen früh suchst du dir eine Unterkunft in Ullapool.«

29

Betty

»Wir haben noch …«, Glins warf einen Blick auf ihr Smartphone, »fünf Stunden. Das muss reichen, das wird reichen.«

Da sie ihre Hände vor Nervosität nicht still halten konnte, setzte Betty sich darauf. »Mach nicht zu viel, hörst du? Ich will mich im Spiegel noch wiedererkennen. Die ganze Situation ist sowieso schon so verrückt und überhaupt nicht das, was ich normalerweise mache, da will ich nicht aussehen wie eine Fremde.«

»Hey!« Glins hielt die Bürste wie zum Schwur in die Höhe. »Lass mich nur machen. Vertrau mir! Sehe ich aus wie jemand, der es mit Body Modifications übertreibt?«

Bettys Blick glitt über Glins' Nasenpiercing, den neu hinzugekommenen Augenbrauenring und ihren Oberarm, auf dem einer der Flügel des tätowierten Drachen zu sehen war, der sich über ihren gesamten Rücken zog.

»Wenn du mich so fragst …«

»Jetzt komm schon! Habe ich dir jemals eine Frisur gemacht, mit der du nicht zufrieden warst?«

Nein, tatsächlich nicht. Glins hatte die Fähigkeit, genau einzuschätzen, welcher Schnitt zu einem passte. Es gab keinen Grund, sich nicht vertrauensvoll in ihre Hände zu begeben – nur den, dass Betty vor Lampenfieber kaum noch klar denken konnte.

»Tut mir leid, Glins. Ich vertraue dir. Ich bin nur aufgeregt.«

»Kein Wunder.« Glins trat hinter sie, und gleich darauf spürte Betty, wie sie ihre frisch gewaschenen Haare mit kräftigen Strichen bürstete. »Ich würde ja ums Verrecken nicht im Fernsehen auftreten wollen! Du kannst mir glauben, ich würde entweder aus Versehen jemandem mein Getränk ins Gesicht schütten oder stolpern und mit voller Wucht …«

»Es ist gut, Glins! Bitte, mach es nicht noch schlimmer.«

»Sorry. Aber du musst dir doch keine Sorgen machen. Dir ist bestimmt noch nie irgendwas Peinliches passiert.«

»Wenn du wüsstest!«

»Hm? Erzähl.«

»Ich weiß nicht … Es war ziemlich unangenehm.«

»Jetzt mach schon.« Glins beugte sich über Bettys Schulter und starrte ihr direkt in die Augen. »Mach schon, mach schon, mach schon!«

Lachend schob Betty die Friseurin ein Stück von sich. »Also gut! Es ist ein paar Jahre her, da erhielt ich zwei Tortenbestellungen zur Auslieferung für einen Samstag. Die Bezahlung war gut, und ich überlegte damals, Catering anzubieten.«

»Gute Idee. Das solltest du machen! Warum machst du es nicht?«

»Hör zu, dann wirst du es begreifen. Da waren also diese Bestellungen. Eine dreistöckige Hochzeitstorte mit

Ganachefüllung und gespritzten Buttercremeblumen als Dekoration.«

»Klingt gut. Bisschen kitschig, aber gut.«

Betty lächelte bei der Erinnerung an die Auftraggeberin. Wie es der inzwischen gehen mochte?

»Die Braut kam einen Monat vor dem Termin in meinen Laden, kostete sich durch sechs verschiedene Probestücke und konnte sich trotzdem nicht entscheiden. Ihr Verlobter war der einzige Sohn einer reichen konservativen Familie, und sie arbeitete als Verkäuferin in einer Boutique. Deshalb hatte sie schreckliche Angst, etwas falsch zu machen und sich vor seinen Eltern zu blamieren.«

»Puh!« Glins legte die Bürste beiseite und begann, Haarsträhnen abzustecken. »Solche eingebildeten Typen sind so gar nichts für mich. Ich sag immer: Lieber bin ich arm, aber dafür schaut mich keiner schräg an, wenn ich nach einem Bier rülpse.«

Wie Richard wohl auf Glins reagieren würde? Wie – und ihre Gedanken begannen, sich schneller und schneller zu drehen – wie wäre es, ihn zum Rommeespielen mit ins Bruce zu nehmen? Würde der Abend entsetzlich peinlich werden oder so, als gehörte er schon immer mit dazu? Wie würde es sich anfühlen, im Kreise ihrer Freunde neben ihm zu sitzen, sich so dicht an ihn zu schmiegen, dass sie sein holziges Aftershave riechen konnte …

»Erzähl weiter«, drängte Glins. »Sie muss sich ja für eine Torte entschieden haben.«

Rasch schob Betty die Gedanken in den Hintergrund, aber sie tröstete sich damit, dass diese Fantasie vielleicht bald Realität werden würde. Wenn Richard tatsächlich etwas für sie empfand, wenn er und seine Frau sich wirklich trennten, wenn sie eine Möglichkeit finden würden, sich zwischen Edinburgh und Glenbarry, zwischen ihren so verschiedenen Leben, nicht zu verlieren, und wenn … Verdammt viele Wenns waren das, und dabei war noch nicht einmal etwas zwischen ihnen geschehen.

»Betty!«

»Die Arme wusste also nicht, was sie nehmen sollte, und ich empfahl ihr Biskuit und Schokoladenfüllung, damit kann man nichts falsch machen. Den Rand verstrich ich so glatt mit schneeweißer Sahne, dass es wie Seide aussah, und obendrauf kamen Dutzende Blumen in Feuerrot und Sonnengelb. Es war wirklich schön. Kurzfristig kam aber noch dieser Auftrag für einen Junggesellinnenabschied herein. Die Damen wollten eine Torte in Form eines …« Die Erinnerung brachte Betty so zum Lachen, dass sie nicht weitersprechen konnte. Damals war ihr jedoch nicht zum Lachen zumute gewesen, als die Brautjungfer erklärt hatte, dass man der Zukünftigen einen wichtigen Teil ihres Bräutigams in Gebäckform präsentieren wolle.

»In Form von was?«, fragte Glins, fand die Antwort aber gleich darauf selbst. »Nicht dein Ernst! Ein Schwanz?«

»Es war eine Herausforderung, das kannst du mir glauben.« Lachtränen liefen Betty die Wangen herunter, als sie sich erinnerte, wie sie zuerst noch unangenehm berührt, bald jedoch mit dem Ehrgeiz der Künstlerin alles darangesetzt hatte, der Torte eine möglichst realistische Form zu geben.

»Stell dir vor, sie wollten auch Biskuitteig und Ganache, aber eine Fondantglasur in Schweinchenrosa. Und keine Blumen.«

»Hast du Fotos gemacht?«

»Sicher nicht! Aber es kam dann, wie es kommen musste. Ich packte am fraglichen Tag beide Torten sorgfältig ein, fuhr zur Auslieferung und hatte die Adressen vertauscht.«

»Nein!«

»Doch! Stolz auf mein Kunstwerk, trug ich den detailgetreuen Du-weißt-schon-was in den Saal, aber statt einer Gruppe johlender junger Frauen stand ich mit diesem vierzig Zentimeter hohen Kuchendildo vor lauter älteren Damen mit Dauerwellen und Herren im Tweedanzug.«

»Ich wäre so gern dabei gewesen!«

Betty zog ein Taschentuch hervor und wischte sich die Tränen ab.

»Glaub mir, ich hätte sofort mit dir getauscht. Alle starrten mich an, und ich stand kurz davor, in Ermangelung von Sand meinen Kopf in den Kuchen zu stecken. Du musst dir das vorstellen – weiße Damastdecken auf den Tischen, pastellfarbene Ballons mit den Initialen der Brautleute schwebten unter der Decke, und überall standen diese penetrant riechenden Lilienbouquets. Und dazwischen ich, mit diesem … Alle waren mucksmäuschenstill, nur die Kapelle spielte noch.«

Glins juchzte vor Freude. »Oh, und ich weiß auch, was. ›Nearer, My God, to Thee‹, stimmt's?«

»Gepasst hätte es, aber nein, ich glaube, es waren Songs von Burt Bacharach. Doch dann, in dieser absurden Situation, passierte etwas Erstaunliches. Der Ehemann deutete mit ausgestrecktem Arm auf ein älteres Paar, ich schätze, das waren seine Eltern, und rief: ›Und genau deshalb liebe ich meine Frau, ihr Spießer!‹«

»Ach nee, das ist ja süß! Hat der Erbprinz passend zur Torte ein paar Eier bekommen. Und was geschah dann?«

»Ein Kellner nahm mir meine Lieferung ab, ich drehte mich um und ging. Später erhielt ich ein Dankschreiben der Kundin. Anscheinend fand aufgrund der Torte ihr Mann zum ersten Mal den Mut, sich voll und ganz hinter sie zu stellen und seine Familie in die Schranken zu weisen.«

»Siehst du, das meine ich. Selbst wenn du Mist baust, kommt etwas Gutes dabei heraus. Und was war mit dem Junggesellinnenabschied? Nahm man dort die Verwechslung auch so leicht?«

»Als ich ankam, waren die Gäste schon so betrunken, dass sie es gar nicht richtig mitbekamen. Aber deshalb habe ich den Gedanken an ein Catering-Unternehmen wieder begraben. Und ich werde beim Backwettbewerb keinen Penis backen.«

»Schade. Das würde mit Sicherheit die Einschaltquoten hochschnellen lassen, und du könntest dich bald vor Bestellungen nicht mehr retten.«

Zwei Stunden später betrachtete Betty sich ungläubig im Spiegel. Glins hatte wahre Wunder vollbracht. Eine Hochsteckfrisur bändigte ihre Haare, und das Make-up, so natürlich, wie es auch aussah, brachte ihre Augen zum Strahlen und verlieh ihr einen porzellanartigen Teint. Ihr Herz stockte, als sie sich vorstellte, so vor Richard zu treten. Sie kam sich wie Aschenputtel vor, nur, dass es genau verkehrt herum lief. Es fing damit an, dass sie dem Prinzen herausgeputzt begegnete, und am nächsten Tag würde sie in Schürze und mit Haarnetz in der Küche stehen.

Die Türklingel riss sie aus ihren Gedanken. »Das müssen Granny und Claire sein.«

»Die coole Alte und die nervige Londonerin«, warf Glins ein.

»Hey, Claire ist in Ordnung. Sie ist eine gute Freundin. Ohne sie würde ich nicht an diesem Wettbewerb teilnehmen.«

»Ja, ist schon klar. Ich mag sie ja auch. Irgendwie.«

Während Glins die Treppe hinunterlief, um die beiden Gäste einzulassen, beugte Betty sich vor und warf einen eingehenderen Blick in den Spiegel. Aber selbst diese kritische Begutachtung brachte sie zu keiner anderen Einschätzung: Sie sah gut aus. Auch Granny war dieser Meinung, denn nach ihrem gekeuchten »Luv, eines Tages bringen mich diese Stufen noch um« entfuhr ihr sofort ein »Was bist du für ein hübsches Ding!«.

»Ja, nicht wahr?«

Claire, eine große Tüte in der Hand, schob sich an der hartnäckig im Türrahmen stehen bleibenden Granny vorbei und pfiff anerkennend. »Du wirst die Königin der Show sein!«

»Auf jeden Fall, denn du wirst das hier anziehen!« Granny zog aus der Tüte, die sie dabeihatte, eines ihrer Kleider, einen Traum aus tannengrünem Tüll und Samt. Betty hatte es jedes Mal bewundert, wenn sie es an der alten Dame gesehen hatte, und sie würde es nur zu gerne tragen, doch das schien ein Ding der Unmöglichkeit.

»Du bist süß, aber …«, sie deutete auf Granny und dann auf sich, »da passe ich nicht rein.«

»Oh doch.« Granny warf Claire einen verschwörerischen Blick zu. »Wir haben das Kleid ändern lassen. Du wirst es tragen, und vor allem: Du wirst es behalten. Die Farbe macht mich ein wenig blass, aber sie passt hervorragend zu deinen Haaren.«

Betty sah die beiden Frauen fassungslos an, die vor ihr standen und sie wie Honigkuchenpferde anstrahlten. Tränen stiegen ihr in die Augen, und sie bemühte sich, sie zu unterdrücken, denn Glins hatte sich solche Mühe mit dem Make-up gegeben. Selbst wenn sie diesen Wettbewerb verlor, selbst wenn sich zwischen Richard und ihr nichts entwickelte, so würde sie trotzdem nicht unglücklich sein. Nicht mit solchen Freundinnen an ihrer Seite.

Sie legte den Bademantel ab und atmete tief ein. »Dann machen wir mich mal fertig.«

Das Kleid passte wie angegossen. »Woher wusstest ihr so genau meine Maße?«, fragte Betty fassungslos, während sie sich vor dem Spiegel drehte. Claire grinste.

»Es könnte sein, dass ich bei einem Besuch eins deiner Sommerkleider aus dem Schrank genommen habe, als du nicht im Zimmer warst.«

»Korrekt!«, sagte Glins anerkennend. »Die Aktion hätte von mir sein können.«

Claire stellte sich vor Betty, drückte ihre Schultern ein wenig zurück und hob ihr Kinn mit einem Finger an.

»Stell dich so hin, um größer und furchtlos zu wirken. Ein guter Trick, wenn du dich in Wirklichkeit ängstlich fühlst.«

»Ich weiß nicht. Bei dem Gedanken an die Kameras und all die Menschen wird mir beinahe schwindlig vor Furcht. Hilft da eine geradere Haltung?«

»Nun, sie verändert erst einmal nicht deine Gefühle, aber sie hat einen Einfluss auf die anderen. Wenn du selbstbewusst erscheinst, wird man dir respektvoller begegnen. Wenn man dir respektvoll begegnet, führt das bei dir zu mehr … Na?«

»Ich weiß es, ich weiß es«, rief Glins und schnipste mit dem Finger wie eine eifrige Schülerin. »Zu mehr Ego.«

»Ganz genau.« Anerkennend deutete Claire auf Glins. »Sehr gut.«

Insgeheim musste Betty lächeln. Es war schön, dass sich die beiden Frauen näherkamen. Jede war auf ihre Weise etwas Besonderes.

»Also gut.« Sie streckte den Rücken so weit durch, dass sie beinahe ins Hohlkreuz fiel. »Was sollte ich noch wissen?«

»Zwei nützliche Sachen habe ich von George Wesley über Gesprächsführung gelernt. Zum Ersten: Halte Schweigen aus. Versuche nicht, jede Pause auszufüllen, indem du irgendetwas sagst. Das wirkt unsicher. Zum Zweiten: Stellt dir jemand eine Frage, die du nicht beantworten willst, dann reagiere mit einer Gegenfrage. Wenn du aber nicht darum herumkommst zu antworten, bleib vage. Es gibt so viele schöne Floskeln – wirf ihm ein paar davon ins Gesicht.« Claire hielt überlegend inne. »Ach ja, immer Augenkontakt herstellen. Und nicht lächeln, wenn jemand etwas sagt, was dich kränkt oder ärgert. Gib deinem Gegenüber nicht die Chance, sich darauf hinauszureden, er oder sie habe nur einen Witz gemacht.«

»Himmel!« Granny warf die Hände in die Höhe. »Das klingt, als würde die arme Betty zu einem Showdown zwischen Profikillern und Börsenhaien gehen. Mein Tipp für dich ist folgender: Wenn du siehst, dass eine Kamera auf dich gerichtet ist, drehe ihr immer deine Schokoladenseite zu.«

»Ich habe eine Schokoladenseite?«, fragte Betty ungläubig. »Ich dachte, das träfe nur auf meine Kuchen zu.«

»Jeder hat eine Schokoladenseite. Deine ist die linke«, erklärte Granny im Brustton der Überzeugung.

»Moment«, warf Glins ein. »Dein ›links‹ oder Bettys ›links‹?«

»Bettys.«

»Also unser ›rechts‹.«

»Genau.«

Die prüfenden Blicke der drei Frauen verunsicherten sie, aber Betty machte sich sogleich Claires Rat zu eigen und hob das Kinn. Tatsächlich, das fühlte sich besser an. Schließlich hatten die drei noch einmal bestätigt, dass Betty ihre linke Seite in die Kamera halten sollte, und dann war es auch schon so weit, dass sie gehen musste, wollte sie pünktlich eintreffen. Glins nahm ihren Koffer, Claire hakte Granny unter, und so liefen sie zu ihrem Wagen, wo Betty nach vielen Umarmungen, bei denen sie um ihr Kleid und ihr Make-up fürchtete, sich schließlich auf den Weg zum Schloss machte. Von nun an gab es kein Zurück mehr.

30
Richard

»Wir haben noch …«, Raymond warf einen Blick auf sein Smartphone, »fünf Stunden. Das muss reichen, das wird reichen.«

Ungläubig sah Richard den Mann an, der für einige Monate fast sein Bruder gewesen war. »In fünf Stunden treffen die drei Damen ein, und bisher ist hier noch nichts geschehen. Ich dachte, ihr würdet diese Leuchtungetüme …«

»Du meinst Scheinwerfer.«

»Meinetwegen, Scheinwerfer aufstellen und Schienen für die Kameras verlegen und …«

Abermals unterbrach ihn Raymond. »So arbeiten wir bei Alba TV nicht. Wir drehen unsere Dokumentationen nach den Regeln von Dogma 95. Nur Handkameras, kein zusätzliches Licht, keine Requisiten. Wir wollen dem Zuschauer die Wahrheit zeigen, die reine, ungeschminkte Wahrheit.«

»Raymond«, begann Richard zögernd, »du weißt aber schon, dass es sich um einen Backwettbewerb handelt und nicht um einen Film von Lars von Trier?«

Dieser Mann war einfach unglaublich! Er lachte, laut und herzhaft, gerade so, als hätte Richard einen Witz gemacht.

»Natürlich weiß ich das. Aber wenn man sich keine hohen Vorgaben setzt, dann erreicht man keine hohen Ziele. Diese Show soll etwas Besonderes werden, deshalb bin ich ja auch so froh, dass deine Frau dabei sein wird. Lavinia Wilcox! Du bist mit Sadie aus *Breaking Bad Law* verheiratet! Mann, ich wäre so neidisch, wenn ich nicht schwul wäre. Meinst du, sie könnte beim Backen assistieren?«

»Ich weiß nicht. Ich habe sie noch nie backen sehen …«

»Wo ist sie überhaupt? Ich würde sie gern begrüßen.«

»Sie macht noch Besorgungen in Ullapool und will gegen achtzehn Uhr kommen, also bevor die Teilnehmerinnen eintreffen.«

»Wunderbar. Dann hole ich mal meinen Koffer aus dem Auto, und du zeigst mir unsere Zimmer. Jane und Edward sind noch auf dem Weg, müssten aber auch bald eintreffen. Sie bringen die Vorräte mit.«

»Vorräte?«

»Natürlich. Wir stellen den Damen alles zur Verfügung, was sie für ihre Backabenteuer brauchen.« Raymond schlug ihm fest auf die Schulter. »Das hier, Bruder, wird großartig! Ich sage nur: BAFTA Scotland Awards.«

Richard sah ihm nach, aber bevor sich tausend Gedanken in ihm darüber festsetzen konnten, wie lächerlich er sich machen und wie wenig dieses Affentheater womöglich zu Hallion Castles Zukunft beitragen würde, entschied er sich, Heraklits Erkenntnis zu befolgen. Nichts blieb gleich, und keine Veränderung konnte aufgehalten werden. Und wenn dies bedeutete, dass aus einem mittelalten, griesgrämigen Literaturdozenten ein per wackelnder

Handkamera gefilmter Schlossherr wurde, dessen größte Errungenschaft die Ehe mit einem Hollywood-Starlet war, dann sollte es eben so sein. Alles ging vorüber, auch das hier. Nur Elizabeth – die sollte nicht vorübergehen.

»Okay, haben Sie noch einen zweiten Kühlschrank?« Jane, eine Frau von geschätzt fünfzig Jahren, die in einem Blaumann steckte, und Edward, ein junger Kerl in schwarzen Hosen und schwarzem Rollkragenpullover, hatten fünf prall gefüllte Tüten in die Küche geschleppt. Der erste – und einzige – Kühlschrank war mit Alkoholika für den abendlichen Empfang, mit Butter, Eiern, Milch, Sahne und Früchten vollgestopft, aber anscheinend sollte da noch mehr kommen.

»Wäre ich vorab über das Ausmaß Ihrer Besorgungen informiert worden«, entgegnete Richard, »so hätte ich selbstverständlich weitere Kühlaggregate oder Frigidaires bereitstellen können, aber …«

»Also kein Kühlschrank?«, unterbrach ihn Jane mit schnarrender Stimme wie ein Oberfeldwebel, worauf er nickte und beinahe die Hacken aneinanderschlug.

»Ray«, schrie sie in die Bibliothek, in der Raymond Möbel aus diversen Zimmern für ein gemütliches Beisammensein zusammenstellte. »Ray, was ist das denn für eine Scheißorganisation?«

Der derart Angesprochene steckte den Kopf in die Küche und lächelte. Richard fing an, ihn um seine Gelassenheit zu beneiden. »Jane, Schatz, sei nicht so negativ. Das hier wird funktionieren, wenn wir funktionieren. Richard?«

»Ja?«

»Dieses Schloss hat doch bestimmt Keller, oder?«

»Sicher, aber …« Er unterbrach sich selbst. »Sehr kalte Keller in dieser Jahreszeit. Genauso gut wie ein Kühlschrank.«

Grummelnd packte Jane zwei der Tüten. »Hätte er auch gleich sagen können. Wo muss ich hin?«

Erstaunlicherweise stimmte Jane die düstere Umgebung fröhlich. Während sie ihm durch die engen Steingewölbe folgte, in denen nur seine Maglite den Weg erhellte, stieß sie immer wieder kleine Schreie aus. Beim ersten Mal hatte Richard sich fürchterlich erschrocken, aber ein anerkennendes »Tolles Echo hat das hier, wirklich tolles Echo!« erklärte ihr Verhalten. »Ich spiele in meiner Freizeit in einem Streichquartett. Vielleicht könnten wir mal zum Proben vorbeikommen?«

»Natürlich. Alles, was Sie wollen.«

Je weiter der Stundenzeiger der Standuhr in der Bibliothek vorrückte, umso nervöser wurde Richard, und das lag nicht daran, dass Edward und Raymond den Raum mithilfe von Decken und Kissen in eine Art Loungebereich verwandelt hatten. Er fürchtete sich vor dem Moment, da er Elizabeth Lavinias Anwesenheit erklären musste. Natürlich hatte er nach dem plötzlichen Auftauchen seiner Frau daran gedacht, Elizabeth trotz des selbst auferlegten Kontaktverbots anzurufen oder, noch besser, bei ihr vorbeizuschauen. Aber immer wieder hatte er gute Gründe gefunden, es nicht zu tun. Gründe, die von »Ich will sie nicht durcheinanderbringen und damit ihre Chancen auf den Sieg schmälern« bis zu »Ich sollte der Angelegenheit nicht so viel Bedeutung beimessen« reichten. Tatsächlich aber hatte er Angst. Davor, dass Elizabeth sich distanzieren würde, wenn er ihr herumdrucksend zu erklären versuchte, dass seine Frau kein Hindernis für sie darstellen musste. Wie erbärmlich wäre das denn, den Satz jedes Ehebrechers von sich zu geben: »Vertrau mir, meine Ehe besteht nur noch auf dem Papier.«

Aber jetzt, wo die beiden Frauen bald aufeinandertreffen würden, erkannte er, dass es besser gewesen wäre, Elizabeth vorzuwarnen. Doch dafür war es nun zu spät, denn die Tür wurde aufgerissen, und Lavinia trat ein. Makellos geschminkt, in einem figurbetonenden schwarzen Cocktailkleid, wehte sie in das Schloss wie auf eine Oscar-Verleihung. Noch bevor er sie begrüßen konnte, belegte Raymond sie mit Beschlag. »Wie schön, dich endlich kennenzulernen«, hauchte er zusammen mit einem Kuss auf ihre Hand, und Lavinia ließ ein gurrendes Lachen hören.

»Ich hoffe, ich bin nicht zu spät.«

»Wann immer du kommst, ist pünktlich. Hör zu, ich habe mir das so vorgestellt: Richard nimmt unsere Gäste in Empfang. Edward hier«, er deutete auf den jungen Mann, der sich in einen schwarzen Smoking geworfen hatte, »begrüßt sie mit einem Glas Champagner, und dann nehmen wir in der Bibliothek Platz. Unbehaglichkeit weicht dank des Alkohols und des flackernden Kaminfeuers bald heiterer Konversation, und Jane …« Er wandte suchend den Kopf. »Wo ist Jane?«

»Ich zieh mich um, du Heini! Gib einer Frau ein paar Minuten!«, dröhnte es aus dem Flur.

»Alles gut, kein Grund, sich aufzuregen! Jane macht die Kamera. Unaufdringlich, mehr ein Schatten als ein Mensch.«

Richard wusste zwar nicht, wie das gehen sollte, aber er lauschte Raymonds Ausführungen mit Interesse. Es klang so einfach, wenn er den Ablauf erklärte.

»Nach einer Stunde ungefähr holen wir jede der Damen zu einem Interview. Du weißt schon – Persönliches hervorkitzeln. Auch hier wird uns der Champagner zuarbeiten. Danach versammeln sich wieder alle in der Bibliothek, ich mache die Ankündigung, dass wir unseren Stargast begrüßen, und *bäm* – dein Auftritt.« Er schlug seine Faust in die flache Hand, sichtlich zufrieden mit sich.

»Und was soll ich bringen, was erwartest du? Die Diva, den bescheidenen Star, die ganz natürlich Gebliebene? Ein bisschen frech, ein bisschen witzig oder jemand, an dem sich die Zuschauer reiben können?«

Richard lag eine Antwort auf der Zunge, aber er hielt sich zurück. Das hier war nicht sein Problem. Seine Aufgabe war es anscheinend nur, die Tür zu öffnen.

»Kannst du mir ein bisschen von allem geben? Das ganze Paket? Aber unbedingt möchte ich dich als Schlossherrin sehen. Debby schwärmte mir davon vor, wie großartig du einmal ein Thanksgiving geschmissen hättest. Elegant, kompetent, alles beherrschend.«

Dieses Thanksgiving, Richard erinnerte sich nur zu gut daran, war eine einzige Katastrophe gewesen. Seine Mutter und Lavinia, die beiden Alphafrauen in seinem damaligen Leben, hatten sich schon bei der Frage zerstritten, wie er gefälligst den Truthahn anzuschneiden habe. Letzten Endes hatte er um Mitternacht das Schloss verlassen und die Nacht in einem Hotel in Torridon verbracht.

Das sarkastische Lächeln, das bei der Erinnerung an diesen Familienhorror auf seinem Gesicht gelegen hatte, erstarb auf seinen Lippen. Wieder einmal hatte er keine andere Lösung gefunden, als zu fliehen. Vor so vielen Jahren war er vor Elizabeth' Freunden weggelaufen, auch seine Zeit in Los Angeles war nur eine Flucht gewesen und genauso seine Rückkehr nach England. Hatte er außer Eskapismus keinen Pfeil im Köcher, wenn es um persönliche Probleme ging?

»Nein, Raymond«, klinkte er sich in die Unterhaltung ein. »Lavinia wird nicht als Schlossherrin auftreten. Verzeih, wenn ich dies so unverblümt sage, meine Liebe, aber es ist besser, Raymond weiß, dass unsere Ehe vor ihrem Ende steht. Sicherlich ist es für diese Show von Vorteil, wenn sie dem Ganzen einen Hauch von Glamour verleiht, aber in einer so wichtigen Angelegenheit möchte ich niemanden hinters Licht führen.«

Raymond und Lavinia starrten ihn an. Er bemühte sich, ihren Blicken standzuhalten, so unangenehm sie auch waren.

»Also gut«, Raymond räusperte sich, »dann stellen wir Lavinia vorrangig als berühmte Schauspielerin vor, und die Tatsache eurer Verbindung bleibt im Hintergrund.«

»Ich denke, damit können wir alle leben.«

»Aber sicher.« Lavinia lächelte gezwungen. »Und danke,

dass du mich derart bloßstellen musstest, um der Wahrheit willen.«

»Hilft es dir, wenn ich ebenfalls vor allen klarstelle, dass das Scheitern unserer Ehe einzig und allein mir zuzurechnen ist?«

Es bedurfte nur einer leichten Hebung des Kopfes, eines Schüttelns ihrer Haare, und Lavinia veränderte sich, als hätte ein Magier einen Zauber ausgesprochen. Die Bedrückung, die eben so deutlich auf ihrem Gesicht zu sehen gewesen war, verschwand und machte fröhlicher Gleichgültigkeit Platz. »Das musst du nicht extra klarstellen, Richard. Ich denke, das war von vornherein jedem klar.«

31
Betty

Unbehaglich stand Betty in der Eingangshalle des Schlosses, ein Glas Champagner zwischen den Fingern. Die beiden Mitbewerberinnen waren kurz nach ihr eingetroffen und schienen sich ebenfalls nicht richtig wohlzufühlen. Während Raelyn, eine junge Frau von Mitte zwanzig, sich mit einem scheuen Lächeln umsah, als hoffte sie, jemanden für eine Unterhaltung gewinnen zu können, starrte Greta unbeirrt in ihr Glas, nahm ab und zu einen Schluck und strich mit der freien Hand über ihre orangefarbene Hose, die einen auffälligen Kontrast zum Purpur ihres Oberteils darstellte. Bettys Wunsch, auf der Stelle umzukehren, wuchs fast ins Unermessliche, bis sich Richard neben sie stellte.

»Und«, fragte er flüsternd, »ist dir die Situation genauso unbehaglich wie mir?«

Sie beugte sich ihm ein wenig entgegen. »Kann ich schlecht einschätzen. Wenn du am liebsten mit den Fingernägeln ein Loch in den Boden kratzen würdest, um darin zu verschwinden, dann schon.«

»Ja, das trifft es ungefähr.« Sein Lächeln ließ die Situation gleich etwas angenehmer erscheinen, und Bettys Herzschlag beruhigte sich.

»Es ist schön, dich wiederzusehen«, wisperte sie.

»Finde ich auch. Deinetwegen freue ich mich auf diese drei Tage. Allerdings gibt es da etwas, was ich dir sagen muss …«

»So, ihr Lieben! Schön, dass ihr da seid. Ich heiße euch im Namen von Alba TV herzlich willkommen.«

Raymond Creston, der Inhaber des Fernsehsenders, trat in ihre Mitte, strahlende hellblaue Augen im braun gebrannten Gesicht, die schulterlangen Haare hinter die Ohren gestrichen und mit einer positiven Ausstrahlung gesegnet, die den ganzen Raum zu erhellen schien. Er hatte bei ihrem Eintreffen neben Richard an der Eingangstür gestanden, zusammen mit einem jungen Mann im schwarzen Smoking, der ihr das Glas Champagner in die Hand gedrückt hatte, kaum, dass Richard sie hineingebeten hatte.

Neben Mr. Creston stand eine ältere, mürrisch wirkende Frau, die ihr als Jane vorgestellt worden war. Sie trug eine Kamera auf einem Gestell auf der Schulter und drehte sich langsam von rechts nach links. Als die Linse der Kamera auf sie gerichtet war, hob Betty das Glas und prostete ihr zu, worauf ihr von Jane ein »Natürlich bleiben! Ich bin gar nicht hier« entgegengeschnauzt wurde. Schuldbewusst senkte Betty ihr Glas und nahm aus lauter Verlegenheit einen Schluck. Aus dem Augenwinkel sah sie Raelyn, die ihr lächelnd zunickte. Sie erwiderte den Gruß. Die junge Frau war ihr auf Anhieb sympathisch.

Mr. Creston wandte sich nun der Kamera zu, die Arme ausgebreitet, als gäbe er gleich eine Musicalnummer zum Besten. Stattdessen jedoch packte er Richard an der Schulter und zog ihn neben sich. Betty konnte sich kaum das Lachen verkneifen, als sie die pure Verzweiflung in seinen Augen sah.

»Richard Bartholomew, der Earl of Hallion, gewährt uns im wundervollen Hallion Castle für diese drei Tage Unterschlupf. Herzlichen Dank für diese Gastfreundschaft.«

»Es ist … es ist mir eine Ehre.« Richard starrte direkt in die Kamera, und Jane bedeutete ihm mit der Hand, er solle zur Seite schauen, zu Mr. Creston, stattdessen sah er jedoch zu ihr. Sie zog die Augenbrauen hoch und neigte auffordernd den Kopf, worauf Richard hörbar einatmete. »Es ist schön, dass in den alten Räumen des Schlosses ein solcher Wettstreit stattfindet. In der Geschichte dieses Ortes gab es viele Auseinandersetzungen, aber mit Sicherheit noch nie eine so genussvolle. Unsere drei wunderbaren Kontestantinnen werden, umgeben von schottischer Vergangenheit, Köstlichkeiten zubereiten.«

Während er sprach, ließ Jane den Kamerablick durch den Raum schweifen. Hoch zu der von Kielbögen gestützten Decke, über die geschwungene Freitreppe, deren alte Holzstufen die Abnutzung durch unzählige Schritte zeigten, zur Galerie im ersten Stock und dem kunstvoll gedrechselten Gitter, das sie begrenzte.

Vor lauter Aufregung hatte sie nicht realisiert, dass sie sich tatsächlich und zum ersten Mal in Hallion Castle befand – etwas, was sie sich immer wieder vorgestellt hatte und was ihr wie ein unerfüllbarer Traum vorgekommen war. Jetzt, da es ihr bewusst wurde, sah sie sich genauso eingehend um, wie es die Kamera tat. Die grauen und roten Fliesen, auf denen sie stand, erstreckten sich wie ein Schachbrett für Riesen auf dem Boden, die abendliche Landschaft präsentierte sich hinter den geschwungenen Fensterbögen wie ein Gemälde in einem steinernen Rahmen. Natürlich hatte sie schon des Öfteren Fotos aus dem Innern des Schlosses betrachtet, aber wahrhaftig hier zu stehen, war etwas völlig anderes. Was sie überraschte, war das Gefühl, sich ein Stück weit zu Hause zu fühlen, trotz der imposanten Höhe der Eingangshalle und der Weitläufigkeit des Raumes. Diese alten Mauern strahlten eine Wärme aus, die sie so nicht erwartet hatte.

»Und jetzt«, ergriff Mr. Creston wieder das Wort, »begeben wir uns alle in das Herzstück des Schlosses. Nein, noch nicht in die Küche. In der Bibliothek warten ein paar Leckerbissen und ein gemütliches Ambiente auf unsere Damen. My Lord, wenn Sie uns bitte den Weg weisen würden.«

Richard warf ihm einen Blick unter hochgezogenen Brauen zu. Es sah aus, als wollte er etwas entgegnen, aber dann wandte er sich mit einem breiten Lächeln an alle Anwesenden.

»Bitte folgen Sie mir.«

Die Bibliothek übertraf Bettys Erwartungen bei Weitem. Noch nie hatte sie so viele Bücher an einem Platz gesehen, zumindest nicht in einem Privathaushalt. Stühle und Kissen luden überall zum Hinsetzen ein, und auf zwei Couchtischen standen die von Mr. Creston angesprochenen Leckereien – Chips, Gemüsesticks mit Dip und Gurkensandwiches. Offensichtlich war Alba TVs Budget für diese Sendung begrenzt.

»Bitte, nehmen Sie Platz«, forderte er sie auf. Etwas umständlich setzte sich Betty auf den Boden. Grannys Kleid war eindeutig nicht dafür geschneidert, aber in dieser surrealen Situation gefiel es ihr, sich auf die Erde zu setzen, auch wenn die anderen auf Stühlen Platz genommen hatten.

»Darf ich?« Mit einem lauten Seufzen ließ sich Greta neben ihr nieder.

»Danke«, flüsterte Betty ihr zu. »Jetzt bin ich nicht ganz allein hier unten. Ich kam mir ein bisschen komisch vor.«

»Komisch ist gut«, erwiderte Greta. »Das fällt auf und erhöht die Aufmerksamkeit.«

»Aufmerksamkeit?«

Greta legte den Kopf schief. »Des Publikums. Oberste Regel bei solchen Reality-Shows: Benimm dich nicht so wie die anderen. Ich hätte mich auch ohne dich hierhin gesetzt.«

»Hast du so etwas schon mal gemacht?« Interessiert betrachtete Betty die andere Frau. Sie mochte so alt sein wie sie selbst, aber das war schwer einzuschätzen. Mit ihren kurzen, in Wellen gelegten Haaren, der auffälligen Kleidung und den dunkel geschminkten Lippen hätte sie alles sein können zwischen Ende zwanzig und Anfang vierzig.

»An so einer Show teilgenommen? Klar. Letztes Jahr bei *Der schönste Garten Stirlings*. Ich wäre fast unter die ersten drei gekommen.«

»Das ist ein …«, Betty suchte nach den richtigen Worten, um etwas zu kommentieren, was wie ein Erfolg klang, es aber letztlich nicht war, »ein schönes Ergebnis. Und Dabeisein ist doch alles, nicht?«

»Findest du? Den Satz habe ich nie verstanden. Nimmst du hier nicht teil, um zu gewinnen? Ich schon.«

Allmählich wuchs in Betty ein ungutes Gefühl, und sie warf einen Blick zu Edward und Raelyn, die in angeregter Unterhaltung in den beiden grünen Ohrensesseln saßen. Raymond und Richard standen vor einem der Regale und schienen sich ebenfalls gut zu amüsieren. Warum hatte sie sich nur hierhin gesetzt! Aber jetzt aufzustehen und Greta allein zu lassen, wäre ihr sehr unfair vorgekommen, also blieb sie, wo sie war, hielt sich an ihrem Champagner fest und knabberte ein paar Chips und Sandwiches, während Greta ihr von ihrer Teilnahme an der Gartenshow berichtete und davon, wie sich infolgedessen der Umsatz in ihrem Schmuckladen erhöht hatte.

»Die Leute kamen extra, um mich zu sehen, verstehst du? Damit muss man auch erst einmal umgehen können.«

»Womit?«

»Mit der Prominenz. Erst bist du ein Niemand, und dann …« In einer gleitenden Bewegung führte Greta ihre Hand nach oben. »Plötzlich wollen Leute Selfies mit dir machen.«

»Ach, du meine Güte.« Betty lachte laut auf. »Das wäre mir unangenehm. Hoffentlich passiert mir so etwas nicht.«

»Keine Bange, wird es nicht.« Gretas Lächeln wirkte so falsch wie eine Hundertfünfundzwanzig-Pfund-Note. »Denn ich werde das hier gewinnen.«

Bevor Betty etwas erwidern konnte, brachte sich Mr. Creston für eine weitere Ansage in Positur.

»Meine Damen, wir und das Publikum würden Sie gern etwas näher kennenlernen, deshalb bitten wir jetzt jede von Ihnen zu einem Einzelinterview.« Er streckte Greta die Hand entgegen. »Wenn ich Sie zuerst bitten dürfte.«

Im Aufstehen zischte Greta ihr zu: »Ein gutes Zeichen, wenn man als Erste drankommt. Das zeigt, dass man die Interessanteste ist.«

Keine zwanzig Minuten später kam Greta wieder heraus, einen zufriedenen Ausdruck auf dem Gesicht. Betty war heilfroh, dass sie als Nächste in den kleinen, spärlich eingerichteten Raum nebenan gebeten wurde. Je eher dran, je eher davon – und umso eher endlich im Bett. Der ganze Tag hatte an ihren Kräften gezehrt, und mehr als einmal hatte sie schon ein herzhaftes Gähnen unterdrücken müssen.

Sie nahm auf einem der beiden Klappstühle Platz, Mr. Creston setzte sich ihr gegenüber, während Jane sich seitlich postierte, die Kamera immer vor dem Auge, als wäre sie ein Teil von ihr.

Mr. Creston lächelte beruhigend. »Keine Angst, Ms. Cleary. Das läuft hier völlig harmlos ab. Wir und die Zuschauer wollen Sie kennenlernen. Ein wenig haben Sie ja schon in Ihrer übrigens sehr beeindruckenden Bewerbung erzählt.«

Was hatte Claire denn über sie geschrieben? Beeindruckend war in ihrem Leben eigentlich nur … eigentlich nichts. Nervös zupfte sie an den Ärmeln des Kleides. »Dann mal los.«

Himmel, wann hatte sie sich das letzte Mal so ungelenk gefühlt?

Auf ein Handzeichen von Jane schlug Raymond die Beine übereinander, legte die Hände verschränkt auf seinem Knie ab und räusperte sich.

»Ms. Cleary …«

»Oh, bitte«, fiel sie ihm hastig ins Wort. »Nennen Sie mich Betty.«

»Aber nur, wenn Sie Raymond zu mir sagen.«

Ihr antwortendes Lachen klirrte schrill in ihren Ohren.

»Betty, also. Du führst hier in Glenbarry einen Gemischtwarenladen, ist das richtig?«

»Ja, das Bettys Muddle. Ich habe ein großes Sortiment, vor allem eine überzeugende Auswahl an Wandersocken.«

Was soll das?, dachte sie. Du wirst doch hier nicht von deinen Socken erzählen!

»Wie interessant! Aber es ist ja nicht Fußbekleidung, weshalb sich jeden Samstag die Menschen von Nah und Fern auf den Weg zu dir machen, nicht wahr?«

Was hatte Claire nur in ihre Bewerbung geschrieben? Von Nah und Fern – das klang, als würden Katamarane aus der Südsee im Loch Tain ankern, um ihre Kombüse mit Brötchen und Scones aufzustocken.

»Es stimmt schon, meine selbst gebackenen Kuchen und Teilchen sind über Glenbarry hinaus bekannt. Viele Kunden kommen am Samstagmorgen und decken sich für das Wochenende ein.«

Allmählich fühlte sie sich ungezwungener, das Lampenfieber fiel in dem Maße von ihr ab, in dem sie nicht mehr daran dachte, dass eine Kamera auf sie gerichtet war.

»Gerade im Frühling und Sommer schauen Gäste bei mir vorbei, die sich für ein Frühstück im Freien eindecken wollen. Danach unternehmen sie Wanderungen in der Gegend, den Loch entlang und durch unseren Wald.«

»Um Glenbarry erstreckt sich eine größere Fläche des Caledonian Forest«, warf Raymond ein, an die Kamera gerichtet.

»Das stimmt. Es ist ein herrlicher Wald, mit uraltem Baumbestand, vielen Tieren und Insekten. Das Moos ist weich wie ein Teppich unter den Füßen, und im Herbst wachsen Steinpilze und Pfifferlinge im Überfluss.«

Betty warf einen prüfenden Blick auf Raymond. Sollte sie weiterreden, oder gab er ihr heimlich Zeichen, den Mund zu halten?

»Das klingt wundervoll«, sagte er. »Es scheint, du lebst gern hier, auch wenn der Ort nicht sehr groß ist.«

»Eine Straße, ein paar Häuser, mein Laden und ein Pub.« Sie lächelte bei dem Gedanken an ihr Zuhause. »Glenbarry ist winzig, aber die Menschen sind großartig, und darum geht es doch, oder? Wenn man nicht die richtigen Personen um sich hat, können selbst tausend zu wenig sein.«

Kaum, dass sie in die Bibliothek zurückgekehrt war, packte Richard sie an der Hand und zog sie hastig hinaus in die Eingangshalle, in eine Nische, die Abgeschiedenheit bot.

»Was ist los?« Seine überfallartige Aktion nahm ihr den Atem. Die und seine Nähe, seine Hände auf ihren Armen.

»Ich muss dir etwas sagen. Du sollst es von mir erfahren und nicht vor laufender Kamera.«

»Was? Sag schon.«

»Meine Frau wird hier gleich auftauchen. Sie wird als Überraschungsgast präsentiert.«

»Oh.« Seine Worte wirkten ernüchternd wie ein kalter Regenschauer. Betty verschränkte die Hände hinter dem Rücken. Fast wäre es ihr gelungen, das auszublenden – Richard war verheiratet. Selbst das Ölgemälde in der Bibliothek, das ihn und seine Frau vor der Kulisse des Schlosses zeigte, hatte sie geflissentlich ignorieren können, denn es war von ihrem gewählten Sitzplatz aus nicht zu sehen gewesen, aber alles Wegschauen nützte nichts. Fakten lösten sich nicht in Luft auf, nur weil man es wollte.

»Schön, dass ihr Zeit zusammen verbringt.«

»Es ist nicht so, wie du denkst. Verdammt!« Richard fuhr sich mit beiden Händen durch die Haare. »Das ist nun wirklich der dümmste Satz, den man in dieser Situation von sich geben kann, aber ich habe sie nicht eingeladen. Es war die Idee meiner Mutter und auch die von Raymond. Eine amerikanische Schauspielerin, egal, wie wenig überzeugend sich ihre Karriere entwickelt, übt eine gewisse Faszination aus und zieht Aufmerksamkeit auf sich.«

Aufmerksamkeit. Schon zum zweiten Mal an diesem Abend hörte sie dieses Wort, und wieder gefiel es ihr nicht.

»Je mehr Leute diese Sendung sehen, desto besser. Ich brauche diese Bekanntheit, denn sie bringt vielleicht die Mittel, um das Schloss zu erhalten. Mittel, die ich nicht habe.«

Warum war sie überrascht? Jedem war klar, dass das Schloss sich nicht im besten Zustand befand. Dieser Wettbewerb fand ja nicht statt, damit sie ihre Jugendliebe wiedertraf. Es ging um … Aufmerksamkeit, und die zog nun mal eher ein amerikanischer Fernsehstar auf sich als eine schottische Ladenbesitzerin.

»Wäre es dann nicht am besten«, Betty atmete tief ein und breitete sich darauf vor, endgültig Lebewohl zu sagen, »wenn ihr beide im Mittelpunkt dieser Sendung steht? Der Earl und seine Countess im Backparadies?«

Richards Gesicht verzog sich schmerzlich. »Bitte, Elizabeth, kein Sarkasmus. Das passt nicht zu dir.«

»Woher willst du denn wissen, was zu mir passt? Wir kennen uns nicht, Richard. Das, was wir hatten, war nur eine Träumerei, und aus Träumen wacht man früher oder später auf.«

Entschlossen schob sie sich an ihm vorbei. »Wenn das ganze Theater heute beendet ist, fahre ich nach Hause. Du kannst dann ja morgen mitteilen, dass ich krank geworden bin.«

Nein, sie würde es sich nicht antun, Richard und seiner schönen Frau dabei zuzusehen, wie sie sich als glückliches Paar zeigten. Sie wusste noch nicht einmal, wie sie während der nächsten Stunden gute Miene zum bösen Spiel machen sollte. Könnte sie sich so weit verstellen, dass nicht jeder Blick ihre Kränkung und Traurigkeit verriet? Tränen traten ihr in die Augen, nicht nur aus Kummer, auch vor Wut, weil sie so lange an einer unmöglichen Hoffnung festgehalten hatte.

»Es wäre schöner, du gingest nicht«, hörte sie Richards Stimme hinter sich. »Ich könnte diese drei Tage besser überstehen, wenn ich dich hier wüsste, denn ich habe Angst. Ich habe so viel Angst, Elizabeth. Dass ich meinem Titel nicht gerecht werde, dass ich Menschen, die auf mich vertrauen, enttäusche. Vor allem, dass ich ein falsches Leben führe. All das sind keine leeren Befürchtungen, denn genau diese Fehler begehe ich jeden Tag. Aber ich will damit endlich aufhören. Wenn das bedeutet, dass meine Frau für dieses Schloss Werbung macht, dann bin ich damit einverstanden, aber danach werden wir uns scheiden lassen. Bestimmt wirst du mir nicht glauben, aber ich hoffe trotzdem, dass du es tust.«

Regungslos hörte Betty zu. Sie wollte ihm so gern vertrauen. Vielleicht zu gern?

»Und du hast nicht recht, wenn du sagst, dass wir uns nicht kennen«, fuhr Richard fort. »Ich kenne dich, Elizabeth Cleary. Bei manchen Menschen braucht man dafür nicht viel. Manchmal reichen ein Gespräch unter Glyzinien und ein Kuss.«

Langsam drehte sie sich zu ihm um. Noch nie hatte sie diesen Ausdruck an ihm gesehen, erschöpft und hoffnungsvoll zugleich.

»Ich bin fast vierzig Jahre alt, stecke in einer kaputten Ehe fest und in einem kaputten Schloss. Ich bin kein guter Lehrer und fast immer schlecht gelaunt. So bin ich jetzt, in diesem Abschnitt meines Lebens. Vorher war ich freundlicher, interessierter und generell ein besserer Mensch. So werde ich wieder sein. Nicht deinetwegen, sondern meinetwegen. Damit du einen Grund hast, bei mir zu bleiben.«

Keiner von beiden machte einen Schritt auf den anderen zu. Dafür war noch nicht die Zeit. Betty nickte ihm zu. »Auch ich habe Angst, Richard. Aber ich werde dir vertrauen. Nein, ich werde uns vertrauen.«

32
Richard

Wie betäubt ließ Richard sich auf das Bett fallen. Aus diesem Tag könnte man mühelos eine ganze Woche machen. Lavinias Auftritt hatte nur den Höhepunkt in diesem Durcheinander dargestellt. Raymond hatte sie mit großen Worten angekündigt, gerade so, als würde Meryl Streep erwartet, und dann war sie über die alten Dielen in die Bibliothek geschwebt wie über einen roten Teppich, gehüllt in einen knallengen Jumpsuit, der, dessen war sich Richard sicher, eine Anspielung auf ihre Kostüme in dieser unsäglichen Krimiserie darstellte, in der sie eine der Hauptrollen innehatte. Ein Trio aus Anwältinnen, das nachts auf Verbrecherjagd ging. Unglaublich!

Diese Greta hatte sich gleich an Lavinia herangemacht, sich zu ihrem größten Fan erklärt und war ihr keine Sekunde von der Seite gewichen. Eine unangenehme Person. Betty und Raelyn hatten sich währenddessen abseits gehalten. Wer wollte es ihnen verdenken – in dem Moment, in dem Lavinia den Raum betreten hatte, hatten sie nur noch die zweite Geige gespielt, und der Rest des Abends war zu einem Promi-Schaulaufen ausgeartet.

Egal, das war vorüber, alle hatten sich in ihre Zimmer zurückgezogen, und Betty würde nicht sofort wieder verschwinden – zumindest hoffte er, dass seine Worte sie hatten überzeugen können, zu bleiben. Jedes einzelne davon war genau so gemeint gewesen, wie er es gesagt hatte. In keiner Beziehung seines Lebens gab er hundert Prozent, ob als Lehrer, als Earl oder als Mann, der sich scheiden lassen wollte. Doch mit Betty konnte er es sich nicht leisten, die Dinge halbherzig anzugehen. Zu deutlich sah er ihre Unsicherheit und ihre Befürchtungen. Die tanzende Liz, sie hatte einen Gutteil ihrer Leichtfüßigkeit verloren. Irgendwann würde sie ihm vielleicht erzählen, was geschehen war. Aber für den Augenblick war er einfach froh, in ihrem Leben wieder eine Rolle zu spielen. Er sollte sich bei dieser Freundin, die sie zu dem Wettbewerb angemeldet hatte, bedanken.

Leises Klopfen riss ihn aus seinen Überlegungen, die dabei waren, in einen Dämmerschlaf überzugehen. Er stand auf, schüttelte den Kopf, um die Benommenheit loszuwerden, und öffnete die Tür einen Spalt weit. Sein Kurzzeit-Bruder äugte neugierig ins Zimmer.

»Bist du noch wach, Richard?«

»Definiere wach.«

»Wundervoll!« Raymond schob die Tür weiter auf und sich selbst ins Zimmer.

»Komm doch rein.«

»Danke. Hübsch hast du es hier!« Schwungvoll nahm Raymond auf der Bettkante Platz. »Wir hatten noch gar keine Zeit, uns richtig zu unterhalten.«

Richard streckte sich und gähnte lauter als notwendig.

»Dann sollten wir uns morgen beim Frühstück zusammensetzen und …«

»Nimm Platz, lass uns quatschen.« Raymond klopfte neben sich auf das Bett. Widerwillig folgte Richard der Aufforderung. Warum war er nicht liegen geblieben?

»Zuallererst: Ich bin so froh, dass wir uns wiedergefunden haben. Wir sollten uns nach diesem Wochenende öfter sehen, finde ich.«

»Gute Idee, Raymond. Machen wir auf jeden Fall. Schön, dass wir das besprochen …«

»Jane mastert gerade die Aufnahmen von heute Abend. Vor der Ausstrahlung morgen sollen erste Teaser schon in der Nacht online gestellt werden. Wir feuern auf allen Kanälen: Facebook, Insta, YouTube, Twitter … Willst du das Material vorher sichten?«

»Was? Nein, das ist okay. Ich vertraue dir. Du machst das schon …«

»Du kannst mir glauben, wir gehen mit absoluter Professionalität an die ganze Sache heran.«

Nun, das hatte sich ihm bisher noch nicht gezeigt. So wie er das sah, dilettierten sich Raymond und seine beiden Begleiter durch diese Show und merkten noch nicht einmal, wie wenig Ahnung sie eigentlich hatten.

»Ich weiß genau, was du denkst, Richard.«

Das bezweifelte er.

»Du denkst, wir haben keine Ahnung von dem, was wir tun.«

Oh!

»Und du hast recht. Aber genau das ist es ja, was uns

auszeichnet. Wir zeigen das ganz normale Leben, genau so, wie es uns vor die Kamera kommt.«

»Das ganz normale Leben?«, konnte sich Richard nicht enthalten zu erwidern. »So wie eine Schauspielerin auf einem Schloss?«

Raymond lächelte und berührte Richards Schulter mit der Spitze seines Zeigefingers. »Und wieder weiß ich, was du denkst. Dass es uns nur um Publicity geht. Auch das stimmt, aber nicht ausschließlich. Ehrlich, ich mag Lavinia. Sie ist nicht das größte Talent, aber ich mochte sie als Sadie in *Breaking Bad Law* und finde es unfair, wie übel man ihr dort mitgespielt hat.«

Richard schluckte die Bemerkung hinunter, die ihm bezüglich Lavinias Talent auf der Zunge gelegen hatte.

»Übel mitgespielt? Was meinst du?«

»Hat sie dir nichts davon erzählt?«

»Ich bin die letzte Person, der sie etwas Unangenehmes beichten würde.«

Raymond lehnte sich zurück, so als suchte er Abstand. »Könnte das vielleicht an dir liegen? Ich habe euch heute beobachtet. Viel Zuneigung konnte ich da nicht erkennen. Meine Güte, Richard, ihr wart – nein, ihr seid noch verheiratet. Euch hat doch mal etwas verbunden. Kann das einfach so verschwinden?«

Verdammt, seine Ehe ging diesen Typen, an den er nur eine jahrzehntealte verschwommene Erinnerung an einen gemeinsamen Strandtag hatte, überhaupt nichts an.

»Verrätst du mir, was vorgefallen ist?«

Mit einem unerträglich verständnisvollen Blick sah Raymond ihn an. »Sie haben sie gefeuert, Richard. Nach fünf glorreichen Staffeln. Ihr letzter Drehtag ist gelaufen, sie ist fürs Erste arbeitslos.«

Sprach sein Gegenüber eine Fremdsprache, die er nicht beherrschte? Gut möglich, denn seine Worte ergaben keinen Sinn.

»Ich verstehe nicht … wieso …«

»Angeblich ist Lavinia zu alt für die Zielgruppe der Serie. Das ist eine Schande!«

Zu alt. Mit vierunddreißig. Seltsam war das – mochte sich auch die Lebenszeit der Menschen verlängern, so verringerte sich doch die Spanne, in der sie als wertvoll angesehen wurden. Was bedeutete das für Lavinia? Sie hatte nie etwas anderes sein wollen als Schauspielerin, so wie er sein Leben damit verbringen könnte, im Lehnstuhl zu sitzen, mit einem guten Buch in der Hand. Und hätte er keines, würde er alte Zeitungen glatt streichen, nur um etwas lesen zu können. Der Auftritt bei dieser Show stellte für Lavinia wohl das Äquivalent zu einer solchen zerknitterten Zeitung dar.

»Deshalb macht sie hier mit, oder? Es ist nicht als Werbung für das Schloss gedacht, sondern hauptsächlich für sie.«

»Eine Win-Win-Situation. Warum sollte sie keine Engagements in Schottland annehmen? Ich könnte mir eine Reality-Show über euer gemeinsames Leben auf Hallion Castle vorstellen.«

Seltsam, etwas Ähnliches hatte Elizabeth heute Abend gesagt, und ihre Stimme hatte dabei verletzt und traurig geklungen. Deshalb gab es auf diesen Vorschlag nur eine Antwort.

»Auf gar keinen Fall. So leid es mir auch tut für meine Frau, aber das wird nicht passieren.«

»Überleg es dir.« Raymond stand auf. »Denk in Ruhe darüber nach.«

»Muss ich nicht. Aber danke für das Angebot.«

Raymond nickte und ging so langsam zur Tür, dass Richard ihm förmlich ansehen konnte, dass er etwas auf dem Herzen hatte. Tatsächlich drehte er sich wieder zu ihm um.

»Du hast dich verändert, Richard. Du bist nicht mehr der Junge, der verzichtet, um einem anderen zu helfen.«

Der Vorwurf traf Richard unerwartet heftig, aber weder konnte noch wollte er Raymond verraten, dass ein solch gespieltes Glück dazu führen könnte, sein tatsächliches Glück zu gefährden.

»Manchmal ist der Verzicht, den man leisten müsste, einfach zu groß.«

An Schlaf war nicht mehr zu denken. Unzählige Fragen wirbelten durch seinen Kopf. Konnte er Lavinia derart im Stich lassen? Gleichzeitig im Beruf und im Privatleben solche Rückschläge hinzunehmen, war bestimmt nicht leicht. Sollte die Back-Show unerwarteterweise ein Erfolg werden, könnte er doch mit ihr ein Special auf dem Schloss drehen lassen. Wenn es ihr half …

Entnervt drehte er sich von der einen Seite auf die andere, in der Hoffnung, zur Ruhe zu kommen. Es wären ja nur ein paar Drehtage, und Himmel – es handelte sich bloß um Alba TV!

Aber wie sollte er es Elizabeth erklären? Würde sie

letztlich auch zu einem der Menschen werden, die er enttäuschte?

Er presste sich das Kissen auf die Ohren, doch die Stimme in seinem Kopf konnte er damit nicht zum Schweigen bringen.

33

Betty

Nachdem sie die Augen aufgeschlagen hatte, brauchte Betty einen Moment, um sich zurechtzufinden. Dunkelgrün tapezierte Wände, ein Eichenschrank, Bogenfenster …

Hallion Castle. Der Wettbewerb. Richard. Also war der letzte Abend kein Traum gewesen. Sie hatte in der Bibliothek auf dem Boden gesessen, war interviewt worden, Lavinia Wilcox, der strahlende Star, hatte ihren Auftritt gehabt, und Richard wollte ihr, Betty, einen Grund geben, bei ihm zu bleiben. Hätte sie ihm verraten sollen, dass er sich dafür gar nicht anstrengen musste? Sie wollte nirgendwo lieber sein als in seiner Nähe. Sie vermisste ihn ja jetzt schon. War es nicht mittlerweile spät genug, um aufzustehen und nach ihm zu suchen? Sie griff ihr Smartphone, um die Zeit zu checken. Kurz nach sechs, da war bestimmt noch kein anderer wach.

Doch, Claire! Gleich drei Nachrichten hatte sie vor ein paar Minuten geschickt:

Was ist denn bei euch los? Lavinia Wilcox ist im Schloss? Wie cool ist das denn?

Kannst du mir ein Autogramm besorgen? Oder kann ich vorbeikommen?

Du warst übrigens toll!

Woher sollte Claire das alles wissen? Entwickelte sie etwa auch übersinnliche Fähigkeiten, so wie Kendra?

Die wahrscheinlichere Lösung stellte YouTube dar: kurze Ausschnitte aus dem gestrigen Abend auf dem Kanal von Alba TV. Von jeder Teilnehmerin fand sich ein Teaser aus dem Interview, das sie am Vorabend gegeben hatten. Greta erzählte in einer Unbefangenheit, als hätte sie schon immer vor einer Kamera gestanden, von ihrem Schmuckladen, ihrer Teilnahme an der Gartenshow und ihren Auftritten in Schulmusicals. Sie stimmte sogar »Don't Cry for Me, Argentina« an. Eine schöne Stimme, aber doch – unpassend. Unter dem Video fanden sich einige Kommentare, die meisten davon wirkten in ihrem Enthusiasmus völlig übertrieben. Ob Greta ihre Familie und Freunde gebeten hatte, zu posten?

Raelyn antwortete mit kurzen Sätzen auf Raymonds Fragen nach ihrem Zuhause, ihrer Arbeit und ihrer Motivation, an dem Wettbewerb teilzunehmen. Man sah ihr an, wie unangenehm ihr die ganze Situation war. Nur ein Kommentar fand sich unter ihrem Beitrag: ein aufmunterndes »Go, Sis«.

Unentschlossen ließ Betty den Daumen über ihrem Video schweben. Sollte sie sich das antun? Sie könnte so tun, als wüsste sie nichts von dessen Existenz. Aber nein, Feigheit war keine Lösung. In den nächsten Tagen würde sie sowieso damit konfrontiert werden, dann konnte sie sich auch gleich daran gewöhnen.

Peinlich berührt sah sie sich dabei zu, wie sie im Interview starr in die Kamera blickte, verkrampft lächelte und von Socken und Pilzen erzählte. Der Clip blendete aus mit ihrem Satz »Wenn man nicht die richtigen Personen um sich hat, können selbst tausend zu wenig sein«.

Stöhnend presste sie sich ein Kissen aufs Gesicht. Das war alles noch viel schlimmer als gedacht! Sie sollte dieses Zimmer erst im neuen Jahr wieder verlassen. Bis dahin wäre sicherlich Gras über die Sache gewachsen. Eine gute Idee, wäre da nicht der morgendliche Kaffeedurst, der sie dazu brachte, aufzustehen. Hastig zog sie sich ihre Haussocken über, denn der Boden war eiskalt. Das Drehen am Thermostat der Heizung führte nicht zum erhofften vielversprechenden Glucksen in den Rohren. Nicht so schlimm, sie würde heute ja sowieso viel Zeit in der Küche am Ofen und Herd verbringen, und immerhin kam warmes Wasser aus der Dusche.

Als sie die Freitreppe hinunterging, drang köstlicher Kaffeegeruch in ihre Nase. Sie folgte der Spur bis in ein Zimmer gegenüber der Bibliothek. Raymond, Edward und Jane saßen an einem Eindruck heischenden Esstisch und frühstückten. Auf ihre leise Begrüßung hin winkte Raymond ihr zu. »Komm her, Betty, setz dich zu uns.«

Edward hob die Thermoskanne an. »Kaffee?«

»Oh ja, danke!«

Den Becher mit dem dampfenden Getränk vor sich auf dem Tisch, fühlte sich der Morgen gleich viel besser an. Jane schob ihr einen Teller mit Toast und ein Marmeladenglas zu. »Hier, bedien dich.«

Sie lächelte die Kamerafrau an, schmierte sich ein Brot und suchte verzweifelt nach einem Gesprächsthema.

»Und«, fragte sie schließlich, weil ihr partout nichts Besseres einfiel, »seid ihr zufrieden, wie es gestern gelaufen ist?«

»Sehr!« Raymond klang so enthusiastisch, als hätte er die Mondlandung live übertragen dürfen. »Ihr drei seid toll, jede auf ihre Art. Und das Schloss – ein großartiges Ambiente.«

»Diese Wilcox ist hervorragend«, warf Jane ein, den Mund halb voll mit Toast, »absolut fotogen. Da merkt man die Schauspielerfahrung, sie weiß, wie sie sich in Szene setzt.«

Raymond und Edward nickten im Einklang. »Die Frau ist Gold wert für uns.«

»Aber Richard macht sich auch nicht schlecht, oder? Der Earl, meine ich.« Betty sah von einem zum anderen und spürte Hitze in ihren Wangen. Jane brummte etwas, was wie eine Zustimmung klang, und Edward trank seinen Kaffee.

»Richard hat Charisma«, entgegnete Raymond. »Ein sperriges, unzugängliches Charisma, aber er hält sich tapfer. Er ist beinahe Familie für mich, wusstest du das?«

Erstaunt sah Betty ihn an. »Nein, keine Ahnung.«

»Seine Mutter und mein Vater waren vor vielen Jahren für kurze Zeit ein Paar. Wir waren noch Kinder, aber obwohl wir uns danach aus den Augen verloren haben, betrachte ich ihn immer noch als Bruder. Seltsam, oder?«

»Nein, gar nicht. Es gibt solche Menschen, und man kann froh sein, wenn man ein paar davon in seinem Leben begegnet.«

»Das ist wahr. Ich wünschte nur, er würde es genauso

sehen.« Traurigkeit zog wie eine Wolke über Raymonds sonst so fröhliches Gesicht.

»Du hast uns gar nicht gesagt, dass du den Earl von früher kennst«, wandte Edward ein.

»Ihr müsst nicht alles wissen.«

Jane lachte auf. »Das ist deine Devise als Chef. Halt sie im Unklaren, überrasch sie, verwirr sie.«

Während die drei sich in ihren unernsten Streit vertieften, erinnerte sich Betty daran, dass Richard ihr bei ihrem ersten Treffen von einem Jungen erzählt hatte, den er als Familie betrachtete. Das musste Raymond sein!

»Er sieht es genauso«, entfuhr ihr. »Richard – für ihn warst du damals auch wie ein Bruder. Zumindest hat er mir das gesagt.«

Alle drei sahen sie an, Überraschung auf den Gesichtern von Jane und Edward, Freude auf dem von Raymond.

»Wirklich?«, fragte er. »Wann denn?«

»Bei einem Fest, vor über zwanzig Jahren.« Sie hielt inne. War das nicht unklug, von ihrer Bekanntschaft mit Richard zu erzählen? Sie hatten beschlossen, es geheim zu halten. »Es war nur eine kurze Begegnung.«

»Immerhin lang genug, damit er dir von seiner Familie erzählt hat.«

Unter Raymonds prüfendem Blick wünschte sich Betty, sie wäre nicht damit herausgeplatzt.

»Wie gesagt, wir kennen uns nicht wirklich. Wir konnten damals nur gut miteinander reden.«

»Ja, es gibt solche Menschen«, wiederholte Raymond ihre Worte von vor ein paar Minuten. »Ich freue mich, dass er dir von mir erzählt hat.«

In diesem Moment traten Greta und Lavinia ein. Sofort konzentrierte sich alle Aufmerksamkeit auf die beiden Frauen, und Betty war heilfroh darüber. So konnte sie in Ruhe ihren Toast essen, sich dann wieder auf ihr Zimmer begeben und gedanklich ihr Shepherd's-Pie-Rezept durchgehen. In ihrer Kindheit hatte sie es bestimmt hundertmal zusammen mit ihrer Großmutter zubereitet und wollte es heute auf den Tisch bringen, allerdings mit einer Abwandlung: Das Hackfleisch sollte durch Linsen und Pilze ersetzt werden. Den deftigen Geschmack erreichte sie durch die angebratenen Zwiebeln, Worcestersauce und die Gewürze, da brauchte es das Fleisch nicht unbedingt. Betty gefiel die Vorstellung, Traditionelles nicht ad acta zu legen, sondern anzupassen, zu verändern und damit dem Altbekannten etwas Neues abzugewinnen.

Die Küche in Hallion Castle ließ ihr Herz höherschlagen. Bauernschränke und Regale zogen sich an einer Wand entlang, während die gegenüberliegende Arbeitsplatte aus gebeizter Eiche zwei altmodische Porzellanspülen und die Platten des Gasherdes umschloss. Mit den Fingerspitzen strich Betty beinahe andächtig über die bordeauxrote Emaillierung des Backofens. In seinem Innern könnte man die Weihnachtsgänse und den Christmas Ham für ganz Glenbarry unterbringen, so groß war er. Mit Armaturen in matter Bronze sah er weniger wie ein Gebrauchsgegenstand denn wie ein Schmuckstück aus. Das hier war kein Vergleich zu Harrys Küche. Hier würde es Spaß machen, etwas zuzubereiten.

Eine Stunde später stand sie vor der Arbeitsplatte, die

Locken unter einem Haarnetz versteckt, eine Schürze über der Kleidung, hackte Zwiebeln, Karotten und Sellerie. Im Grunde war das hier nicht anders, als wenn sie für sich selbst oder für ihre Freunde kochte – bis auf den Umstand, dass während der ganzen Zeit Jane mit der Kamera um sie herumschwirrte und Raymond ihr über die Schulter guckte.

»Betty, Liebes«, sagte er, als sie nach den Champignons griff, »hör auf für einen Moment.«

»Wieso?« Irritiert sah sie auf und wischte sich ein paar Zwiebeltränen von den Wangen. »Mache ich etwas falsch?«

»Im Gegenteil, du schneidest wie eine Weltmeisterin. Ich hätte nur gern ein Stillleben, diese Farben müssen festgehalten werden! Jane, kriegst du das hin?«

»Klar.«

Betty trat zurück. Er hatte recht. Das Rot der Karotten mit dem hellen Gelb des Selleries und den transparent wirkenden Zwiebelstücken sahen wunderschön aus auf dem dunklen Hintergrund der Arbeitsplatte.

»Danke, Liebes. Du kannst weitermachen.«

Mit beiden Händen hievte sie die gusseiserne Pfanne auf den alten Gasherd, goss Öl hinein und entzündete die Flamme. Es dauerte nicht lange, bis das Öl heiß genug war und sie die Zutaten hineinstreichen konnte. Die köstlichen Röstaromen ließen ihr das Wasser im Mund zusammenlaufen, und auch Jane schnupperte genießerisch mit geschlossenen Augen. Nachdem das Gemüse etwas weicher geworden war, gab sie Tomatenmark, Worcestersauce und Gemüsebrühe hinzu. Während die Zutaten köchelten, krempelte sie ihre Ärmel hoch und schälte die Kartoffeln. Im Gegensatz zu allen anderen Menschen, die sie kannte, liebte sie diese eintönige Arbeit. Für sie war das wie Meditation, und so fiel Schale um Schale in die Spüle, während ihre Gedanken abschweiften und sich sofort um Richard gruppierten. Weder er noch Lavinia oder Edward durften sich bei der Zubereitung der Gerichte in der Küche blicken lassen, da sie später als Jury die Verkostung vornehmen würden. Was er jetzt gerade wohl machte? Bestimmt saß er in der Bibliothek und las. Oder er unternahm eine Wanderung. Auf gar keinen Fall verbrachte er Zeit mit seiner Frau. Und selbst wenn – er hatte ihr zu verstehen gegeben, dass er ihr nicht mehr romantisch zugetan war. Sie sollte ihm dies glauben und sich nicht vorstellen, wie er mit ihr bei einer Tasse Tee beisammensaß, über alte Zeiten sprach und …

»Wie schätzt du deine Chancen ein, Betty?«, riss Raymonds Stimme sie aus ihren Überlegungen.

»Meine Chancen? Bei wem? Bei ihm?«

»Beim Wettbewerb.« Raymond sah sie fragend an. »Was meinst du denn?«

»Oh! Ich … äh … das meinte ich auch. Den Wettbewerb. Was sonst?«

Ihr Lächeln fühlte sich verunglückt an, und in einem Versuch, lässig zu wirken, machte sie mit der Hand, in der sie die Kartoffel hielt, das Victoryzeichen.

Nein, sie würde sich diese Aufzeichnungen nie ansehen, in ihrem ganzen Leben nicht.

»Und, was meinst du?«, hakte Raymond nach. »Siehst du dich als Gewinnerin?«

Was für eine Frage! Sie zu bejahen, schrie förmlich nach Arroganz, sie zu verneinen, nach falscher Demut. Claire hatte ihr doch ein paar gute Verhaltenstipps gegeben, warum konnte sie sich nicht daran erinnern? Himmel, war das tatsächlich erst gestern gewesen? Es schien eine Ewigkeit her zu sein, dass ihre Freundinnen sie auf dieses Wochenende vorbereitet hatten.

Ah, jetzt fiel es ihr ein. Floskeln. Antworte mit Floskeln. Und aufrecht stehen. Sie räusperte sich und nahm die Schultern zurück. Schon mal nicht schlecht, aber was hatte Granny über ihre Schokoladenseite gesagt? Ruckartig drehte sie den Kopf nach rechts und blickte schräg in die Kamera.

»In dieser Angelegenheit sind wir alle Gewinner. Auf dem herrlichen Hallion Castle sein zu dürfen und in einem fairen Wettstreit gegeneinander anzutreten, das ist so viel mehr wert als ein erster Platz.«

Auf einen Wink von Raymond hin richtete Jane die Kamera auf ihn. Betty hätte fast laut aufgelacht, so übertrieben ernst war sein Gesichtsausdruck.

»Wie wahr, liebe Betty.« Er legte den Arm um ihre Schulter und zog sie neben sich. »Ich bin sicher, dass alles, was du zubereitest, genauso beeindruckend sein wird wie deine Worte.«

»Dann sollte ich mal lieber weiter schälen.« Sie drehte der Kamera den Rücken zu und atmete auf, als Jane und Raymond sich dem Herd und dem auf ihm köchelnden Essen zuwandten.

Die nächsten Zubereitungsschritte vom Kochen der Kartoffeln bis zum Herstellen des Pürees mit Milch und frischer Butter verfolgten die beiden, ohne ihr allzu dicht im Nacken zu sitzen. Gelassen konnte Betty die Gemüsesauce in eine Auflaufform schichten und sie mit dem Kartoffelbrei bedecken, den sie mittels einer Gabel mit einem Linienmuster verzierte. Zu guter Letzt deckte sie den Pie mit Frischhaltefolie ab, stellte ihn in den Kühlschrank und wusch die Kochutensilien ab. Nun war es an Greta und dann an Raelyn, ihre Pies vorzubereiten, bevor alle drei Gerichte im Ofen backten, damit sie knusprig und goldbraun werden konnten. Nach der Blindverkostung würde die Jury die Gewinnerin des ersten Tages bekannt geben, und Betty hoffte sehr darauf, danach auch etwas von den Pies abzubekommen. Die Arbeit und die Gerüche hatten sie unbeschreiblich hungrig gemacht.

Als sie die Küche verließ, stieß sie fast mit Greta zusammen, die sich an ihr vorbeidrängte.

»Den ersten Shot bitte im Gegenlicht am Fenster«, rief sie Jane zu. »In *Der schönste Garten Stirlings* hat mich der Regisseur weniger als Gärtnerin denn als Lebensspenderin inszeniert, und hier will ich nicht nur eine Kochmamsell sein. Kommst du damit klar?«

»Aber sicher«, gab Jane zurück. Betty vermeinte, in der Stimme der resoluten Frau Genervtheit zu hören, doch das mochte daher rühren, dass ihr Greta selbst so sehr auf die Nerven ging.

Nachdem sie sich umgezogen und ihre Kochkleidung zum Auslüften aufgehängt hatte, wusste sie nicht so recht, was sie tun sollte. Am liebsten wäre sie nach Glenbarry gelaufen, um der stets etwas angespannten Situation für ein paar Stunden zu entkommen, aber stattdessen ging sie in die Bibliothek und fand dort Raelyn auf der Couch in ein Buch vertieft. Die junge Frau sah auf, als sie den Raum betrat.

»Gott sei Dank, du bist es!« Sie klappte das Buch zu und legte es beiseite. »Ich bin viel zu nervös, um etwas zu lesen, aber ich wollte mich nicht mit Greta unterhalten.«

Betty öffnete den Mund, doch bevor sie etwas erwidern konnte, unterbrach Raelyn sie. »Du kannst sie auch nicht leiden, stimmt's? Oder bin ich jetzt in ein Riesenfettnäpfchen getreten?«

»Nein, bist du nicht.« Betty nahm neben ihr Platz. »Sie ist ein wenig anstrengend.«

»Puh, bist du freundlich! Sie ist dermaßen ätzend. Wenn sie etwas zu mir sagt, hört es sich immer an wie eine Beleidigung, und ständig hängt sie sich an Ms. Wilcox, als wären sie beste Freundinnen.«

»Vielleicht verstehen sie sich wirklich gut.«

»Vielleicht.« Raelyn zuckte die Schultern. »Oder sie hat einfach keine Hemmungen, sich aufdrängen. Und die ganze Zeit tut sie so, als wäre sie der Superstar.«

Normalerweise beteiligte Betty sich nicht an Lästereien, aber für dieses Mal gestattete sie sich eine Ausnahme. »Immerhin hat sie an *Der schönste Garten Stirlings* teilgenommen und fast gewonnen. Wenn sie nicht verloren hätte.«

Raelyn lachte lauthals. »Echt, wenn ich noch einmal das Wort ›Garten‹ aus ihrem Mund höre, dann schreie ich. Es ist mir nicht wichtig, hier zu gewinnen, es ist einfach toll, bei so etwas mitzumachen. Aber ihr gönne ich den ersten Platz nicht.«

Nein, das tat sie auch nicht, musste Betty sich eingestehen. Über Raelyns Erfolg würde sie sich aus ganzem Herzen freuen, aber nicht über den von Greta.

»Dann müssen wir beide hervorragend backen, so einfach ist das.«

»Du hast recht.« Strahlend reichte Raelyn ihr die Hand, und Betty schlug ein. »Egal, wer von uns gewinnt, es wird die Richtige sein.«

Die Zeit bis zur Verkostung durch die Jury verging quälend langsam. Zur späten Mittagszeit wurde endlich der große Ofen angestellt, und die drei Auflaufformen wurden hineingeschoben. Jane und Edward deckten das Esszimmer ein, während Raymond und Lavinia sich unterhielten. Betty versuchte, dem Gespräch der beiden zu folgen, ohne allzu aufdringlich zu wirken, und hielt gleichzeitig nach Richard Ausschau. Der aber schien wie vom Erdboden verschluckt, was auch Raymond auffiel.

»Wo ist dein Mann?«, fragte er Lavinia. »Ich hoffe, er vergisst nicht, dass er als Jurymitglied gleich eine große Aufgabe zu erfüllen hat.«

»Bestimmt nicht, Ray. In unserem Schlafzimmer funktioniert die Heizung nicht, das wollte er sich ansehen.«

Es brauchte einen Moment, bis Betty die Bedeutung der Worte verstand. »Unser Schlafzimmer« – wenn Lavinia von sich nicht im Pluralis Majestatis sprach, dann meinte sie das eheliche Schlafzimmer. Das von ihr und Richard. Aber das konnte nicht sein. Nicht nach dem, was er ihr gestern Abend gesagt hatte. Oder doch? Was wusste sie schon von Männern.

Nein! Sie wollte ihm glauben. Vertrauen konnte enttäuscht werden, aber Misstrauen war zerstörerisch.

»Euer Schlafzimmer? Ist eure Ehe doch intakt? Nach Richards Worten hatte ich den Eindruck …«

Lavinia lachte leise. »Richard schlägt manchmal über die Stränge, wenn er einen schlechten Tag hat. Dann ist alles nur noch schwarz oder weiß. Glaub mir, Ray, er und ich kriegen das wieder hin.« Verschwörerisch beugte sie sich ihm entgegen. »Was hältst du davon, wenn Alba TV der erste Sender ist, der über unser neu gefundenes Eheglück berichtet und darüber, dass ich zukünftig meine Zelte in Schottland aufschlage?«

Bloß das nicht! Betty schlug sich die Hand vor den Mund. Nicht das!

Raymond blickte sein Gegenüber skeptisch an. »Dürfen wir dann auch dein Aus bei *Breaking Bad Law* spoilern?«

»Mein was?« Das Augenzwinkernde, Leutselige verschwand aus Lavinias Gesicht wie nur allzu oft die schottische Sonne hinter Wolken. »Wo hast du das denn her?«

Bevor Raymond hierauf eine Antwort geben konnte, die Betty brennend interessiert hätte, betrat Richard den Raum. Er trug Stiefel und eine dick gefütterte Weste, offensichtlich hatte er einen Spaziergang unternommen, wovon auch seine geröteten Wangen kündeten.

»Also dann«, rief er, »wo bleibt das Essen? Ich habe Hunger wie ein Wolf.«

34
Claire

»Ihr müsst nicht drängeln, jeder findet einen Platz. Komm her, Dave.« Claire packte den alten Mann am Arm und zog ihn zur Couch. »Du setzt dich hierhin, und Granny, du setzt dich dazu.«

Granny schnaubte verärgert beim Platznehmen. »Klar, die Senioren kann man ja abschieben.«

»Niemand wird hier abgeschoben. Die Couch ist am bequemsten und direkt vor dem Fernseher.«

»Bequem. Als ob wir das brauchten, was, Dave?«

Er blickte erst zu Claire, dann zu seiner Sitznachbarin. »Ich mag es schon, wenn es gemütlich ist.«

Glins schlenderte aus der Küche, eine große Schüssel mit Chips in den Händen. »Dann setz ich mich mal zu euch, um den Altersdurchschnitt auf diesem Sitzmöbel zu verringern.«

»Nein!« Energisch hielt Claire sie fest. »Gwynie sitzt neben Dave.«

»Echt jetzt?« Glins stopfte sich eine Handvoll Chips in den Mund und kaute geräuschvoll, während ihr Blick über den leeren Platz glitt. »Ihr seid doch alle verrückt hier.«

»Da hast du recht.« Claire konnte nicht anders, als ihr

zuzustimmen. Sie hatte sich diesen Abend so schön vorgestellt – ihre Freunde kämen zu Besuch, es gäbe jede Menge leckeres Essen und guten Alkohol, gemeinsam schaute man sich die erste Folge von Bettys Show an und unterhielt sich fröhlich und ausgelassen. Stattdessen fühlte sich Granny Herbert altersdiskriminiert, Glins bediente sich hemmungslos an Snacks und Dosenbier, und Kendras Kinder rannten durch die Wohnung, während ihre Mutter sich ins Schlafzimmer zurückgezogen hatte – angeblich, um ihr Baby zu stillen. Im Vorbeigehen hatte Claire jedoch Schnarchgeräusche aus dem Raum gehört.

»Puh, Rupert hat gepupst.« Melissa, Kendras achtjährige Tochter, ließ sich neben dem Hund zu Boden fallen.

»Ja, Mäuschen, das macht er manchmal. Hier, nimm ein paar Chips.« Glins strich ihr über die Haare und hielt ihr die Schüssel hin. Nur zu gern folgte Melissa der Aufforderung, hörte aber trotzdem nicht auf, über die zugegebenermaßen üble Geruchsbelästigung zu meckern. Claire riss das Fenster auf, was wiederum Granny dazu brachte, sich wegen der Kälte zu beschweren. Glücklich, dem Chaos wenigstens für den Moment entkommen zu können, lief Claire in den Flur, als die Türklingel ertönte.

»Fred, Gott sei Dank, dass du da bist!« Erleichtert ließ sie den großen glatzköpfigen Gastwirt ein.

»Ich verstehe deine Freude, frage aber trotzdem: Was ist los?«

»Das da drüben«, sie deutete den Flur entlang, »das ist nicht mein Wohnzimmer, sondern das Pandämonium, voller Wesen, die mich in den Wahnsinn treiben.«

Fred zog die Augenbrauen zusammen. »Es sind deine Freunde.«

»Ich sehe den Unterschied nicht mehr. Granny fühlt sich als Seniorin ungerecht behandelt und will nicht auf die Couch, Glins nimmt Gwynie den Platz weg, Kendra und ihr Baby schlafen, während ihre Kinder herumtoben und Ruperts Flatulenzen kommentieren. Alle reden durcheinander, die Show fängt in ein paar Minuten an, und keiner tut das, was ich sage!«

»Und das ist ja so ungefähr das Schlimmste, was dir passieren kann.« Lachend zog Fred den Mantel aus und hängte ihn an die Garderobe. »Dann lass uns mal Ordnung schaffen.«

Gemeinsam betraten sie das Wohnzimmer, wo sich Granny bemühte, das schwergängige Fenster zu schließen und Dewie sich zu seiner Schwester neben Rupert gelegt hatte, den Schwanz des Hundes hochhob und seine Nase an dessen Hintern hielt. Glins lümmelte neben Dave auf der Couch und strich durch die dünnen Haarsträhnen des alten Mannes. »Die könnten auch mal wieder einen Schnitt vertragen. Du kannst dir ja schon Zöpfchen flechten.«

»Findest du?« Mit zittrigen Fingern fuhr er sich über den Hinterkopf.

»Auf jeden Fall! Nächsten Donnerstag bin ich wieder im Bruce, komm doch vorbei.«

»Kannst du nicht gleich hier schneiden? Claire hat bestimmt eine gute Schere im Haus.«

»Okay!« Freds Stimme dröhnte durch das Zimmer. Alle Gespräche erstarben, aller Blicke wandten sich ihm zu. Selbst Dewie ließ von Ruperts Hinterteil ab.

»Gut, da ich jetzt eure Aufmerksamkeit habe. Granny, setz dich auf die Couch, Glins, steh auf, das ist nicht dein Platz …«

»Das ist schon in Ordnung«, warf Dave fröhlich ein. »Gwynie sitzt auf meinem Schoß.«

»Gut, dann bleib, wo du bist, aber denk nicht mal daran, hier irgendwelche Haare zu schneiden. Melissa, Dewie, ihr lasst den Hund in Ruhe und setzt euch ruhig hin. Wo ist Walt?«

Metallisches Klirren beantwortete diese Frage sofort. »Ist schon gut«, sagte Claire, »ich kläre das.«

In der Küche stand Kendras Fünfjähriger halsbrecherisch auf einem Stuhl und schlug mit einem Holzlöffel gegen die Töpfe, die über der Kochinsel von der Decke hingen.

»Ich mach doch Musik!«, protestierte der Junge, als Claire ihn kurzerhand schnappte und nach draußen trug.

»Du machst Krach. Mach den bitte zu Hause. Deine Mutter freut sich bestimmt darüber.«

»Die meckert immer.«

»Bestimmt zu Recht, mein Kind, bestimmt zu Recht.«

Im Wohnzimmer hatte Fred es erstaunlicherweise geschafft, Ordnung herzustellen. Alle saßen dort, wo sie sollten, niemand regte sich über was auch immer auf, und Glins deutete auf die Couchlehne neben sich. »Hier, Alte, setz dich zu mir.«

Nach einem kurzen Zögern nahm Claire Platz. »Das ist toll«, sagte sie stockend, »dass wir uns gut verstehen, obwohl Eric und ich … Das bedeutet mir was.«

Glins bedachte sie mit einem abschätzigen Blick, dem

allerdings ein Lächeln folgte. »Fang bloß nicht an zu heulen. Wenn ich ihn schon nicht haben kann, dann ist es gut, dass er mit dir zusammen ist.«

»Wirklich, das ist so …«

»Ey!« Warnend hob Glins eine Hand. »Kein Rumgeflenne, ich meine das ernst.«

»Schon gut.«

»Volle Aufmerksamkeit jetzt!« Freds Finger schwebte über der Fernbedienung. »Gleich kommt Betty im Fernsehen.«

Er schaltete ein, und begleitet von einer instrumentalen Fassung von »The Flower of Scotland« zog der Titel über den Bildschirm: *Albas Best Bakers*. Videoausschnitte der Teilnehmerinnen wurden eingeblendet, und Freds Hand legte sich schwer auf Claires Schulter, als Betty sagte: »Glenbarry ist winzig, aber die Menschen sind großartig, und darum geht es doch, oder?«

Sie blickte auf und sah seine Augen glänzen. »Alles in Ordnung?«, flüsterte sie.

Er schüttelte lächelnd den Kopf. »Ja, alles in Ordnung. Ich bin nur so froh, dass sie das macht. Es sich zutraut.«

Claire drückte seine Finger, bevor sie sich wieder ganz dem Fernseher zuwandte. Der Show war die Unprofessionalität auf den ersten Blick anzusehen, angefangen bei der Aufdringlichkeit, mit der der Senderchef Raymond Creston und sein Assistent die Produkte der Sponsoren vermeintlich beiläufig in die Kamera hielten, als sie die zu meisternde Aufgabe eines herzhaften Pies erklärten, bis zu der Handkamera, die den Akteuren schwankend durch die Räumlichkeiten folgte. Trotzdem – oder vielleicht gerade deshalb – übte das Programm einen gewissen Reiz aus, und als schließlich Lavinia Wilcox im Bild erschien, hatte die Show endgültig Claires Herz gewonnen. »Sie spielt die Sadie«, fangirlte sie eifrig. »Eine der Hauptrollen in meiner Lieblingsserie.«

»Das wissen wir, Luv«, warf Fred ein. »Du hast es schon sehr oft erzählt.«

»Ist sie nicht umwerfend?«

»Sie sieht verdammt traurig aus«, ertönte Kendras verschlafene Stimme von der Tür.

»Wie kommst du denn darauf?« Diese Einschätzung ihrer Heldin wollte Claire nicht unwidersprochen hinnehmen. »Es gibt keinen Grund, warum sie traurig sein sollte.«

Kendra schlurfte ins Zimmer, ihr Baby auf dem Arm. »Wir kennen ihn nicht, aber das heißt nicht, dass es keinen gibt.«

»Da ist sie!« Granny klatschte schallend in die Hände, als Betty auf dem Bildschirm erschien. Mit traumwandlerischer Sicherheit hackte und würfelte sie das Gemüse für ihren Pie, bis Raymond sie mit einigen Fragen unterbrach.

»Sie macht das gar nicht übel«, sagte Granny.

»Aber sie wirkt ein wenig verwirrt.«

»Aufgeregt, Fred, nicht verwirrt.«

Währenddessen fragte Raymond: »Siehst du dich als Gewinnerin?«

»Fangfrage, böse Fangfrage!«, rief Glins. »Hoffentlich sagt sie nicht ›Nein‹. Und auch nicht ›Ja‹.«

Die Sekunden, während derer Betty überlegte, dehnten sich schier endlos.

»Komm schon«, flüsterte Claire. »Sag etwas Belangloses, das gut klingt.«

»Und zeig deine Schokoladenseite«, fiel nun auch Granny in den Chor der Ratgeberinnen ein. »Dreh dich nach rechts, Mädchen. Nach rechts!«

Wie auf Kommando wandte Betty den Kopf zur Seite, wenn auch ein wenig zu sehr, wie Claire eingestehen musste, denn nun sah es so aus, als hätte Betty einen steifen Hals. Aber sie jubelte, als ihre Freundin sich mit einer wunderbar nichts und alles sagenden Antwort aus der Affäre zog: »In dieser Angelegenheit sind wir alle Gewinner. Auf dem herrlichen Hallion Castle sein zu dürfen und in einem fairen Wettstreit gegeneinander anzutreten, das ist so viel mehr wert als ein erster Platz.«

Die Fingernägel in ihre Handflächen gedrückt, verfolgte Claire das Finale des Tages. Die Kamera fuhr über die andächtig kauenden Juroren, die sich anschließend flüsternd miteinander abstimmten. Nach kurzer Beratung stand Lavinia auf, um die Entscheidung der Jury bekannt zu geben.

35

Betty

Es rauschte in Bettys Ohren, und sie glaubte für einen Moment, das Gleichgewicht zu verlieren. Sie hatte gewonnen! Alle in der Jury waren zu der gleichen Einschätzung gekommen: Ihr vegetarischer Shepherd's Pie war der Beste. Lavinia, die das Urteil in ihrer sanften, beinahe schnurrenden Stimme bekannt gegeben hatte, zog sie in eine nach Orangenblüten duftende Umarmung, Raymond klopfte ihr auf die Schulter, und Edward strahlte, während Jane sie bedächtig mit der Kamera umkreiste. Betty glaubte, platzen zu müssen vor lauter Freude, und so störte es sie auch nicht, dass Greta ihr dünn lächelnd die Hand schüttelte und beiläufig meinte, mit ihrer vegetarischen Variante sei sie ja mit dem Mainstream geschwommen und habe deshalb einen sicheren Sieg einfahren können. Wichtiger war Raelyns aufrichtige Freude. Nachdem wieder etwas Ruhe eingekehrt und das obligatorische Glas Champagner getrunken worden war, lief Richard an ihr vorbei und griff ihre Hand. »Kommst du mit?«

Er zog sie hinter sich her in die Küche. Schweigend sah er sie so lange an, bis ihr unbehaglich wurde.

»Richard? Alles in Ordnung?«

»Ja! Ich kann mich nur nicht sattsehen an dir.«

Sprachlos vor Freude über das Kompliment küsste sie ihn auf die Wange. Sie liebte sein Aftershave, diesen ledrigen, holzigen Geruch und auch die Bartstoppeln auf seiner Haut. Sachte rieb sie mit den Fingerspitzen darüber, bis Richard sie ergriff und einen Kuss daraufdrückte. Ein wohliger Schauer durchlief ihren Körper, wie sie ihn noch nie verspürt hatte. Aber dieser Moment währte nicht lange, denn Lavinias Stimme ertönte: »Richard, wo bist du? Raymond sucht nach dir.«

Er verzog das Gesicht zu einem so übertriebenen Ausdruck des Schreckens, dass Betty unwillkürlich lachen musste.

»Psst«, flüsterte er und legte ihr seine Hand auf den Mund. »Keinen Mucks.«

»Richard?«

Heiterkeit perlte in ihr wie der Champagner von vorhin im Glas, aber trotzdem gelang es Betty, ihr Lachen zu unterdrücken. Er nahm vorsichtig seine Hand herunter, zog sein Smartphone aus der Tasche und stellte es lautlos. Gerade noch rechtzeitig, denn im nächsten Moment rief Lavinia an. Ihre Schritte entfernten sich, das Knarren der Treppenstufen erklang, dann das Schlagen einer Tür. Anscheinend suchte sie jetzt im ersten Stock nach ihm. Wieder packte Richard fest Bettys Hand.

»Komm, lass uns zu den Glyzinien gehen.«

Noch undurchdringlicher als früher war die Ruine der einstigen Schlossküche von Ranken überwuchert, und auch wenn diese keine Blüten trugen, wie bei ihrer ersten Begegnung, so wirkte das alte Gemäuer doch nicht weniger romantisch. Bettys Herz klopfte heftig, als sie davorstand. Wie eine Zeitreisende kam sie sich vor.

Mit einem jungenhaften Grinsen im Gesicht hob Richard den Pflanzenvorhang. »Tritt ein«, sagte er, und sie folgte der Aufforderung nur zu gern.

»Hier hat sich nichts verändert«, stellte sie fest. »Es ist noch immer der schönste Ort auf dem Gelände.«

»Meine Rede. Ich würde gern wieder meine Jacke ausbreiten, damit wir uns setzen können, aber ich fürchte, dafür ist es zu kalt.«

Dass ihr die Kälte nichts ausmachen würde, dachte sie. Weder Schnee noch Hagel noch Wind könnten sie davon abhalten, hier bei ihm zu sein.

»Frierst du? Möchtest du zurück ins Schloss?«

»Im Leben nicht«, protestierte sie. »Ich dachte nicht, dass ich jemals wieder hier mit dir stehen würde. Da gehe ich doch nicht nach fünf Minuten zurück.«

»Das ist schön.«

Sie schwiegen. Mit niemandem ließ sich so gut nichts sagen wie mit ihm, aber ihr lag etwas auf dem Herzen, und das wollte sie unbedingt ansprechen.

»Wäre es wirklich so schlimm gewesen, wenn Lavinia uns gefunden hätte?«

»Das hatten wir doch besprochen. Es könnte zu deiner Disqualifizierung führen, wenn bekannt würde, dass wir uns kennen.«

»Ist es wirklich das, was dich besorgt, oder willst du nicht, dass sie uns zusammen sieht?«

Richard schob sich die Brille auf den Nasenrücken.

»Ich verstehe nicht.«

Ein Teil von ihr wollte die Situation von vorhin zurück, die Unbeschwertheit, sich vor der Welt zu verstecken. Der andere Teil von ihr erinnerte sich an das, was Lavinia gesagt hatte.

»Schlaft ihr im selben Zimmer? Wollt ihr eurer Ehe noch eine Chance geben? Denn wenn das stimmt, dann sollten wir nicht zusammen hier sein.«

»Wer behauptet so etwas?«

»Lavinia. Sie hat es Raymond gegenüber erwähnt.«

»Glaub mir, Elizabeth, das stimmt nicht.« Richard ergriff ihre mittlerweile kalten Hände und rieb sie zwischen seinen warm. »Sie kämpft zurzeit an einer anderen Front, und wahrscheinlich fühlt sie sich besser, wenn sie die Fassade einer vielleicht nicht glücklichen, aber doch nicht gänzlich verlorenen Ehe aufrechterhält.«

»Ist es wegen ihres Jobs, geht es darum?«

»Du weißt davon?«

»Raymond deutete so etwas an.«

»Anscheinend wird sie in ihrer Serie durch eine jüngere Schauspielerin ersetzt. Sie wird Zeit brauchen, um das und die Scheidung zu verkraften.«

Nie hätte Betty sich das vorstellen können, aber sie empfand Mitleid für Lavinia. So eine schöne, elegante, talentierte Frau, und dann wurde ihr in zwei so wichtigen Bereichen ihres Lebens der Boden unter den Füßen weggezogen.

»Das muss schrecklich für sie sein. Und ungerecht ist es außerdem.«

»Sicherlich.« Richard hob ihre Hände an die Lippen

und pustete seinen warmen Atem darüber. »Meine Güte, du bist ja ein Eisklumpen. Wir sollten jetzt hineingehen.«

»Nein, sollten wir nicht.« Kurz entschlossen entzog Betty ihm ihre Hände. »Richard, ich habe es satt, darum herumzureden. Ich mag dich. Mehr als das. Seit über zwanzig Jahren denke ich an dich und habe stets geglaubt, du wärst unerreichbar für mich, in deinem schönen Schloss und deiner Ehe. Wenn du meinst, dass es für uns eine Zukunft gibt, dann sag es mir, und auch, wenn du das nicht für möglich hältst.«

Keine Ahnung, wo sie den Mut hernahm, so offen zu sprechen. Vielleicht war es die Tatsache, dass sie gerade gewonnen hatte.

Richard zog die Augenbrauen zusammen. »Eine Zukunft für uns kann es nur geben, wenn du aufhörst zu glauben, ich sei besser als du. Ich bin kein Royal aus einem Hochglanzmagazin und der Letzte, den man glorifizieren sollte. Um deine Frage zu beantworten: Ja, ich kann mir eine Zukunft mit dir vorstellen. Es ist vielleicht unvernünftig, aber es ist das, was ich mir wünsche.«

Betty fühlte sich wie vorhin, als sie zur Siegerin des ersten Tages erklärt worden war, nur dass das Glücksgefühl sich verhundertfacht hatte und genauso auch die Ungläubigkeit.

»Aber du musst mir ebenfalls eine Frage beantworten, Elizabeth. Willst du mich oder ein Bild von mir, an dem du anscheinend während der letzten Jahre gemalt hast? Ein Bild, das mit mir nichts zu tun hat.«

Nun war sie es, die seine Hände ergriff, um sie zu wärmen.

»Ich weiß, wer du bist, Richard, und ja, ich habe mir all die Jahre vorgestellt, was für ein wunderbares Leben du wohl führst, und ich habe es dir gegönnt. Ich habe mir ein Bild von dir gemalt, damit du in meiner Nähe bist. Aber jetzt brauche ich es nicht mehr. Ich sehe einen Mann, der lieber allein ist als unter Menschen. Der in Bücheruniversen eintaucht, die für ihn realer sind als die Welt, in der er lebt. Einen Mann, der Angst hat, enttäuscht zu werden und zu enttäuschen. All das verstehe ich, und genau diesen Mann will ich.«

Richard gab ein seltsames Geräusch von sich, eine Mischung aus Lachen und einem leisen Schrei. »Das ist gut, Elizabeth, denn das ist genau das, was ich dir bieten kann.«

Sie sahen sich an, und dann beugte sie sich ihm ein wenig entgegen, öffnete leicht die Lippen und verwandelte sich zurück in das sechzehnjährige Mädchen, das mit klopfendem Herzen, halb ohnmächtig vor Aufregung, auf einen Kuss wartete. Und wie damals küsste Richard sie sanft, zärtlich, so liebevoll, dass sie vor Glück zu vergehen meinte. Als er sie in die Arme zog, legte Betty mit geschlossenen Augen den Kopf an seine Brust. Sein Herzschlag ging fest und ruhig, genau wie ihrer. So sollte es sein. Das wollte sie. Ewig hätte sie so stehen können, verbunden in einer Gemeinschaft, die sie sich immer noch nicht erklären konnte, aber für die sie unendlich dankbar war.

Erst als Schneefall einsetzte, löste sich Richard von ihr.

»Was meinst du, sollen wir jetzt nicht endlich ins Haus gehen?«

Sie hob den Kopf, ließ die Flocken auf ihrem Gesicht schmelzen. »Wenn es unbedingt sein muss.«

»Komm«, er nahm ihre Hand, »wir laufen ganz langsam, dann ist es nicht so schnell vorbei.«

Es war schon dunkel, die Sterne glänzten, und der Mond stand groß und blass am wolkenlosen Himmel.

»Früher, als ich noch ein Kind war«, sagte sie, »da glaubte ich, der Mond würde nur für mich scheinen, bis mir meine Eltern sagten, er sei für alle da. Ich hatte nie das Gefühl, etwas nur für mich zu haben, weißt du. Ich glaube, deshalb wurde mir das Backen so wichtig. Das konnte ich gut, es gehörte nur mir.«

Richard zog sie dicht an sich. »Du willst das hier gewinnen, nicht wahr?«

»Nur, wenn ich gut genug bin.«

Bevor sie das Schloss betraten, ließ Richard ihre Finger los, allerdings nicht, ohne vorher einen Kuss darauf gedrückt zu haben. »Nicht mehr lange, Elizabeth«, flüsterte er in ihr Ohr, »dann gehen wir Hand in Hand durch dieses Tor.«

36

Betty

Sie hatte die halbe Nacht nicht schlafen können, so glücklich aufgeregt war sie. Schnee lag über den Hügeln, beugte die Äste und lag auf den Dächern des Schlosses. Die Sonne war noch nicht aufgegangen, sandte nur ihre ersten hellen Strahlen über den Horizont. Klirrende Kälte ging mit dem Schneefall der vergangenen Nacht einher, aber trotzdem lief Betty noch vor dem Frühstück hinaus, um ihre Spuren auf dem unberührten Weiß zu hinterlassen. Sie ging ein Stück den Weg zum Dorf hinunter, kehrte dann aber um und rannte zurück, weil sie viel zu weit von Richard entfernt war. Außer Atem stand sie wieder vor dem Schloss und presste die Hände in die Hüften. Es war geschehen! Richard hatte sie geküsst, sie hatten sich etwas versprochen. Eine Zukunft und Liebe. Gab es noch mehr, was man sich wünschen konnte? Ohne zu zögern hätte sie in diesem Moment auf den Sieg beim Wettbewerb verzichtet. Im Vergleich dazu bedeutete er nicht das Geringste.

»Guten Morgen«, hörte sie Gretas Stimme hinter sich. »Warst du schon draußen?«

Nein, selbst sie konnte ihr nicht die blendende Laune verderben. Lächelnd wandte sie sich zu ihr um.

»Guten Morgen. Ja, ich wollte die Morgenluft genießen. Es ist herrlich, findest du nicht?« Mit ausgebreiteten Armen drehte sie sich einmal um sich selbst, wie um die gesamte Schönheit der Landschaft zu umfassen.

»Du hast ja eine tolle Laune. Kein Wunder, nach deinem Sieg gestern. Habe ich dir überhaupt gratuliert?«

»Nicht so richtig, aber ist schon in Ordnung.«

»Wirklich nicht? Das tut mir leid.« Greta trat dicht an sie heran und zückte ihr Smartphone. »Hast du gesehen? Dein Rezept wird auf Insta und Facebook wie verrückt geteilt.« Sie hielt ihr das Gerät vor die Nase, und Betty sah ein Bild, auf dem sie gerade Gemüse schnitt.

»Die Leute lieben es.« Die unverhohlene Abneigung in Gretas Stimme verursachte Betty Unbehagen. Heimlich schaute sie nach rechts und links, aber es war niemand zu sehen, mit dessen Hilfe sie dieser Situation entkommen konnte.

»Hier schreibt einer: ›Das muss ich unbedingt nachkochen. Sieht superlecker aus‹. Und ein anderer: ›Das gefällt mir. #BettyausGlenbarry verbindet die Tradition mit Moderne zu etwas Mundwässerndem.‹ #BettyausGlenbarry – du hast jetzt ein eigenes Hashtag, und es hat mehr Buchstaben als dein Dorf Einwohner.«

Betty nahm die Schultern zurück und hob den Kopf. Diese Frau hatte kein Recht, schlecht über ihren Heimatort zu reden, und sie würde ihr nicht erlauben, ihr Angst zu machen oder die beste Zeit ihres Lebens zu verderben.

»Das freut mich. Vielen Dank, dass du mich darauf aufmerksam machst. Sei nicht traurig, Greta, du bekommst bestimmt auch noch ein Hashtag. Entschuldige mich bitte, ich gehe jetzt ins Haus. Ich brauche unbedingt eine Tasse Kaffee.«

Greta machte keine Anstalten, zur Seite zu treten oder ihr Smartphone herunterzunehmen, das sie fast wie eine Waffe hielt. Ohne sich ihre Verärgerung anmerken zu lassen, steckte Betty die Hände in die Taschen und wollte sich auf den Weg machen.

»Ich habe übrigens ein nettes Foto von dir«, sagte Greta. Ihre Stimme zitterte, aber nicht so wie bei jemandem, der kurz vor einem Tränenausbruch stand. Es klang so, als könne sie sich kaum ein Lachen verkneifen.

»Ein Bild von dir und unserem Gastgeber. Hier.« Wieder streckte Greta ihr das Smartphone entgegen. Es war ein Foto von ihr und Richard, wie sie sich küssten. Es musste durch ein Loch im Mauerwerk aufgenommen worden sein, war aufgrund der Dunkelheit grobkörnig, aber trotzdem gut zu erkennen.

»Woher …?« Betty versagte die Stimme.

»Woher ich das habe? Nicht nur du gehst gern spazieren.« Voller Hohn breitete Greta die Arme aus und drehte sich im Kreis. »Dabei sieht man so herrliche Dinge! Zum Beispiel, wie du dich an ein Jurymitglied ranschmeißt.«

»Das hat nichts damit … nichts mit dem Wettbewerb zu tun.«

»Natürlich nicht. Wer würde denn so etwas denken? Wollen wir es herausfinden?«

»Was meinst du?« Die Kälte des Wintermorgens, die sie während ihres Spaziergangs nicht gespürt hatte, drang mit voller Kraft auf sie ein. Sie schlang die Arme um ihren

Oberkörper und versuchte zu verhindern, dass ihre Zähne aufeinanderschlugen.

»Es könnte online gestellt werden. Du würdest wegen Beeinflussung disqualifiziert, der Earl würde als Ehebrecher dastehen, und jeder würde sehen, was du für den Gewinn bereit bist zu tun.«

»Die paar Leute, die uns zuschauen?« Betty bemühte sich, abgeklärt zu klingen, aber es hörte sich hilflos an.

»Deine Leute. Willst du, dass man so über dich redet? Hier kennt doch jeder jeden.«

Konnte ihr das nicht egal sein? Ihren Freunden würde sie alles erklären können. Und ihren Eltern. Oder würden sie zukünftig in ihr die Frau sehen, die keine Grenzen kannte, wenn sie gewinnen wollte? Die sich dafür sogar an einen verheirateten Mann heranmachte?

»Weshalb machst du das? Was versprichst du dir davon?«

»Ich will hieraus als Siegerin hervorgehen. Das ist meine Show! Wir beide wissen, dass es sich letztlich zwischen dir und mir entscheiden wird. Raelyn backt gerade gut genug, dass man es essen kann. Also wirst du heute und morgen sehr viel schlechter sein, als du es könntest. Du wirst dir deine Niederlage ehrlich erwerben, aber dein Ruf bleibt unangetastet. Was sagst du?«

Betty konnte nichts anderes tun, als sie anzustarren. Es war lange her, dass ihr solche Bösartigkeit begegnet war. Genaugenommen einundzwanzig Jahre und gut sechs Monate. Sie musste in Ruhe darüber nachdenken, was jetzt zu tun wäre, aber das funktionierte nicht hier, mit der überlegen grinsenden Greta vor sich.

»Gut«, stimmte sie zu, hauptsächlich, um der Situation zu entkommen. »Du wirst gewinnen.«

»Sehr vernünftig.« Greta steckte ihr Smartphone in ihre Jackentasche. »Es ist schön, mit dir Geschäfte zu machen.«

Betty schaffte es gerade noch, langsamen Schrittes und mit hoch erhobenem Kopf in das Schloss zu gehen, aber dann rannte sie auf ihr Zimmer, schmiss die Tür hinter sich zu und warf sich aufs Bett. Was sollte sie jetzt tun? Was wäre das Beste? Wenn sie Gretas Erpressung nachgäbe – würde ihr etwas genommen? Hatte sie sich nicht wenige Augenblicke vor ihrem Zusammentreffen gesagt, dass es ihr egal wäre, ob sie gewann oder verlor? Ihre Familie und Freunde würden sie trösten, aber bald schon wäre es vergessen, und sie hätte ihr altes Leben zurück. Besser noch – ihr altes Leben und Richard. Wenn sie jedoch zuließ, dass Greta das Foto veröffentlichte, sicherlich mit einigen pikanten Lügen verziert, konnte das unabsehbar viel zerstören. Würde Richard am Ende glauben, sie hätte das Bild selbst öffentlich gemacht, um ihn zu zwingen, sich zu ihr zu bekennen? Ihre Freunde davon zu überzeugen, Richard als Mann an ihrer Seite zu akzeptieren, würde schon schwierig genug werden, auch ohne dieses geleakte Vorspiel.

Als Raymond sie in die Küche rief, damit sie ihren Früchtekuchen vorbereitete, hatte sie einen Entschluss gefasst. Der Gewinn dieses Wettbewerbs war die möglichen Konsequenzen nicht wert. Schweigsam und ohne sich von der Kamera beirren zu lassen, mischte sie die Zutaten für den Dundee Cake zusammen. Verwechselte die Mengenangaben von Zucker und Salz, vergaß das Orangeat und nahm weder Zimt noch Kardamom. Ohne eine Miene zu verziehen, stand sie bei der Verkostung den Juroren gegenüber, die sich nach dem ersten Bissen ihre Servietten vor den Mund hielten, um sich möglichst elegant ihres Kuchens zu entledigen. Dass es das wert wäre, dachte sie, auch wenn es ihr in der Seele wehtat, etwas so Wunderbares wie Kuchen mit voller Absicht zu verschandeln. Nur die Tatsache, dass am Ende Raelyn und nicht Greta den Tagessieg davontrug, entlockte ihr ein Lächeln. Sie gratulierte der Siegerin, trank einen Schluck Champagner auf sie und ging dann schnurstracks auf ihr Zimmer, ohne auf die verwunderten Fragen von Raymond zu reagieren. Sie konnte keine Antworten geben, zumindest keine, die nicht verraten würden, dass etwas überhaupt nicht in Ordnung war. Himmel, was für Nachrichten würde Claire ihr nach der Ausstrahlung schicken!

Um nicht von Raymond oder Janes Kamera überrascht zu werden, schloss sie die Tür ab, presste das Gesicht ins Kissen und schrie hinein. Hoffentlich war es das wert, und hoffentlich gewann Raelyn morgen. Greta gönnte sie nicht einmal die Schicht Vanillecreme auf einem Eclair.

Leise klopfte es an ihre Tür. »Betty? Bist du hier drin?«

Richard! In jeder anderen Situation hätte sie sich über seinen Besuch gefreut, aber nicht jetzt.

Es klopfte erneut. »Betty, geht es dir nicht gut?«

Einfach nicht reagieren, er würde schon wieder verschwinden.

Er rüttelte an der Tür. »Ich mache mir Sorgen. Sag doch etwas.«

Nein, sie konnte ihn da nicht stehen lassen. Nachher trat er noch die Tür ein, wobei er sich mit Sicherheit den Fuß verstauchen würde. Seufzend erhob sich Betty und öffnete ihm. Die Verwunderung über ihr Verhalten stand ihm ins Gesicht geschrieben. »Was sollte das? Zu viel Salz – das ist doch ein absoluter Anfängerfehler.«

»Vielleicht backe ich so schlecht.«

»Humbug!« In seiner Stimme war neben Besorgnis ein Hauch Ärger hörbar. »Wollten wir nicht ehrlich zueinander sein?«

Stimmt, das wollten sie, und es wäre das Beste, was sie tun konnte. Oder das Schlimmste. Oder …

»Setz dich, ich muss dir etwas sagen.« Sie deutete auf das Bett. Richard nahm Platz, ohne den Blick von ihr abzuwenden.

»Allmählich machst du mir Angst.«

Sie setzte sich neben ihn und erzählte von dem Foto und Gretas Erpressung. Von ihren Überlegungen und warum sie sich entschlossen hatte, nachzugeben. Richard hörte ihr zu, ohne ein Wort zu sagen. Als sie geendet hatte, blieb er eine Weile stumm, bevor er aufstand, ihre Hand ergriff und sie mit sich zog. »Komm mit. Ich habe genug von Leuten wie Greta, du nicht auch?«

»Was willst du tun?«

Er grinste. »Vor die Kamera treten.«

37
Richard

Mit geschulterter Kamera stand Jane im Esszimmer vor Raymond. »Läuft«, verkündete sie.

»Dann fangen wir an. Es wäre mir zwar lieber, du würdest mir verraten, was das hier soll, Richard …«

»Ich improvisiere. Wenn es dir nicht gefällt, nutze die Aufnahme nicht, aber ich bin mir sicher, du wirst sie nehmen.« Nicht einmal ein Hauch von Unsicherheit erfüllte ihn. Selten war er sich etwas so sicher gewesen. Die Konsequenzen kümmerten ihn nicht. Betty stand dicht neben ihm. Auch ihr hatte er nicht gesagt, was genau er vorhatte, aber er las Vertrauen in ihren Augen. Kurz drückte er ihre Finger, und sie erwiderte die Berührung.

Raymond schüttelte den Kopf, offensichtlich wenig erbaut, dass er im Unklaren gelassen wurde, doch als er sich der Kamera zuwandte, lag ein strahlendes Lächeln auf seinem Gesicht. »Der Earl of Hallion, unser großzügiger Gastgeber, möchte etwas bekannt geben. Wir dürfen alle gespannt sein.« Auf eine Handbewegung von ihm richtete Jane die Kamera auf Richard. Zum ersten Mal fühlte er sich gelassen vor der Linse.

»Was erwartet man sich von einer Veranstaltung wie dieser? Ein wenig Unterhaltung, Entspannung und diese gemütliche Art des Voyeurismus, andere Menschen bei Alltäglichkeiten zu beobachten. Im Grunde geht es hier um ein friedliches Kräftemessen, bei dem es am Ende zwar eine Gewinnerin geben soll, aber keine Verlierer. Manche sehen das jedoch anders, und wie ich erfahren habe, kam es hinter den Kulissen zu einer Erpressung gegen eine der Teilnehmerinnen und auch gegen mich.«

Richard hörte ein scharfes Einatmen gleichzeitig von Raymond, Jane und auch von Betty. Er warf ihr einen, so hoffte er zumindest, beschwichtigenden Blick zu.

»Was ist denn hier los?«, rief Lavinia aus dem Hintergrund. In ihrem Schlepptau kamen Raelyn und diese unerträgliche Greta hinzu.

»Aufnahmen, ohne dass wir davon wissen?«, sagte sie empört. Am liebsten hätte er sie umgehend aus dem Schloss geworfen. Mit einer knappen Handbewegung bedeutete Raymond den dreien, still zu sein. Richard räusperte sich und fuhr fort. »Eine unserer Teilnehmerinnen ist so erpicht darauf, zu gewinnen, dass sie sich nicht entblödet hat, Elizabeth Cleary mit einem Foto unter Druck zu setzen.«

Betty entfuhr ein leises »Richard«, aber er nickte ihr zu. Vertrau mir, dachte er. »Sie sollte absichtlich verlieren, um den Gewinn einer anderen Kandidatin zu sichern. Ich werde den Namen dieser Frau nicht preisgeben. So weit lasse ich mich nicht herab. Aber was für ein Foto sollte das sein, werden Sie sich nun fragen. Damit Sie das verstehen, muss ich etwas ausholen. Ms. Cleary und ich haben uns vor vielen Jahren kennengelernt. Eine kurze Begegnung, aber eine schicksalhafte, möchte ich meinen.

Lange sahen wir uns nicht wieder, und ihre Auswahl zur Teilnahme an diesem Wettbewerb geschah, ohne dass ich davon wusste. Aber es führte dazu, dass wir uns erneut begegneten.« Er konnte nicht verhindern, dass er lächelte, zu beglückend war der Gedanke, dass ihm diese zweite Chance geschenkt worden war.

»Um es kurz zu machen: Ich empfinde sehr viel für Ms. Cleary und sie für mich – zumindest ist dies mein größter Wunsch.« Aus dem Augenwinkel sah er Bettys gerötetes, strahlendes Gesicht. Sicher hatte sie nicht mit dem gerechnet, was er hier veranstaltete, aber offensichtlich gefiel es ihr.

»Ich halte nichts davon, mein Privatleben vor der Öffentlichkeit auszubreiten, aber um zu verhindern, dass von unbefugter Seite Falsches verbreitet wird, sei so viel gesagt, dass Ms. Cleary und ich uns eine gemeinsame Zukunft aufbauen wollen, wenn alle Hindernisse aus dem Weg geräumt sind. Damit nicht der Verdacht einer Bevorzugung aufkommt, trete ich von meinem Platz in der Jury zurück und weiß, dass auf das Urteil meiner beiden Mitjuroren hundertprozentig Verlass ist. Ich möchte noch klärend hinzufügen, dass meine Gefühle für Ms. Cleary meine Wertungen der letzten beiden Tage nicht beeinflusst haben, immerhin habe ich bei ihrer heutigen Kreation ebenfalls keinen Punkt vergeben.«

Jane entfuhr ein leises Lachen. »Zu Recht«, warf sie ein. »Der Kuchen war so übel«, dann schwenkte sie die Kamera zu Betty herüber. Das hätte sie die ganze Zeit tun sollen, dachte Richard. Immerhin war sie die schönste Frau, die es gab.

»Zu guter Letzt noch eine Bekanntgabe«, fuhr er fort. »Leider ist Greta Payne erkrankt und muss heute noch abreisen. Wir wünschen ihr gute Besserung.«

Mit einer Handbewegung bedeutete er Jane, die Kamera abzustellen. Es war mucksmäuschenstill, niemand sagte ein Wort, und Richard rekapitulierte, was er gerade getan hatte. »Was meinst du?«, flüsterte er Betty zu. Statt einer Antwort nickte sie.

In die Stille tönte ohrenbetäubend ein Knall, als Greta die Tür hinter sich zuwarf. Richards Hoffnung, damit sei das Schlimmste überstanden, erfüllte sich jedoch nicht, denn Lavinia stürmte vor und ohrfeigte ihn.

»Hindernisse aus dem Weg räumen?«, fauchte sie. »Ein Hindernis – so siehst du mich? Nach all den Jahren?«

»Es tut mir leid, Lavinia, aber bitte unterschreibe endlich die Scheidungspapiere.«

»Das werde ich, und wenn du morgen aufwachst, wirst du begreifen, welch großen Fehler du gemacht hast.«

Auch sie knallte die Tür hinter sich zu, dass die Gläser in den Schränken klirrten.

Raymond rieb sich die Stirn. »Du hast meine Show ruiniert.«

»Ich habe dir das geliefert, was du wolltest – die reine, ungeschminkte Wahrheit.«

»Vor allem wollte ich, dass meine Show für die ganze Familie nicht von Erpressung und Dramen überschattet wird. Wir haben nur noch zwei Teilnehmerinnen, Richard, und so, wie ich das sehe, kommt Lavinia bestimmt nicht wieder, also stellt Edward ganz allein die

Jury dar. Mit wem soll er sich denn bitte schön beraten? Mit einer Sockenpuppe?«

Das hatte er nicht bedacht, musste Richard sich eingestehen.

»Wie wäre es denn«, warf Betty vorsichtig ein, »wenn Jane ebenfalls zur Jury stößt? Dann wärt ihr wenigstens zu zweit. Ich bin mir sicher, dass Raelyn oder ich für die Zeit die Kamera übernehmen könnten.«

»Stell dir das nicht zu einfach vor, Rotschopf. Das ist was anderes, als ein Video bei einer Geburtstagsfeier zu drehen.«

Richard hatte die Aufzeichnungen gesehen und konnte den Unterschied nicht feststellen, aber er hielt den Mund. Betty würde das schon machen.

»Nun, wenn du uns morgen eine Einführung gibst, wären wir vielleicht in der Lage, einen einigermaßen adäquaten Job zu machen. Wenn sich eine damit auskennt, dann du«, schmeichelte Betty und hatte damit Erfolg. Jane grummelte noch ein wenig, stimmte aber letztlich zu. Nur Raymond wollte sich noch nicht zufriedengeben.

»Zwei Leute in der Jury, großartig! Dann haben wir am Ende ein Unentschieden. Das habe ich mir alles anders vorgestellt.«

Aufmunternd klopfte Richard ihm auf die Schulter. »Wer diese Show gesehen hat, wird sie mit Sicherheit nicht vergessen, kleiner Bruder.«

38
Claire

Niemand sagte einen Ton. Weder Granny, Dave und Glins, die sich wieder die Couch teilten, noch Kendra, die mit ihren Kindern auf dem Boden hockte und Rupert streichelte. Fred und Andrew, der zusammen mit Eric rechtzeitig zur Ausstrahlung des zweiten Teils eingetroffen war, starrten mit weit aufgerissenen Augen auf den Fernseher, während sich Erics Arme wie eine Schraubzwinge um Claire schlossen. Schon wieder ein Fernsehabend, der so ganz anders verlief, als sie sich das vorgestellt hatte. Der Earl liebte Betty, zumindest hatte er das gesagt, und man musste nur einen Blick auf Bettys strahlendes Gesicht werfen, um zu sehen, dass sie die Gefühle erwiderte. Auch wenn Claire diese Entwicklung überrascht hatte, so war sie doch nicht so fassungslos wie die anderen. Relativ schnell, nachdem sie Betty kennengelernt hatte, war ihr klar gewesen, dass sie und den Earl etwas Unausgesprochenes miteinander verband, aber die Schockstarre ihrer Gäste zeigte ihr, dass sie da wohl die Einzige war. Melissa brach das Schweigen als Erste. »Ich hätte gerne von Tante Bettys Kuchen probiert.«

Walt gab ein Geräusch von sich, als müsste er sich übergeben, worauf seine Schwester ihn gegen die Schulter boxte, was ihn veranlasste, den Angriff mit gleicher Münze heimzuzahlen. Kendra trennte die beiden Raufbolde mit ausgestreckten Armen. »Sofort aufhören! Ihr seid eine solche Plage.« Dass sie gleich darauf beide auf die Wange küsste, strafte ihre Worte Lügen.

»Ich denke«, sagte Andrew, »dass nicht der Kuchen hier die große Neuigkeit ist.«

»Betty und die Durchlaucht vom Berge.« Fred schüttelte den Kopf. »Wie kann sie nur?«

»Oh, halt den Mund, du Dummkopf!« Mühsam erhob sich Dave von der Couch und stemmte die Hände in die Hüften. »Die beiden lieben sich, und wie es aussieht, schon eine ganze Weile.«

»Macht es das besser?«, erwiderte Andrew, was ihm ein gezielt an den Kopf geworfenes Kissen von Granny Herbert einbrachte.

»Deine Meinung interessiert hier niemanden. Zwei Menschen lieben sich – Punkt! Und du wirst das gefälligst akzeptieren, denn Betty ist eine von uns.«

»Aber er nicht«, mischte Eric sich ein. Inspiriert von Kendras Kindern, schlug Claire ihm tadelnd gegen die Schulter. Sie liebte ihn mehr, als sie zu sagen wusste, doch er konnte manchmal so dermaßen engstirnig sein.

»Ich war zuerst auch keine von euch, trotzdem habt ihr mir eine Chance gegeben. Warum nicht ihm?«

Die drei Männer warfen sich verstohlene Blicke zu, als erhoffe der eine vom anderen ein gutes Argument. Das Einzige, was Andrew herausbrachte, war ein gequältes »Ja, aber …«

»Aber was? Weil er Engländer ist? Bin ich ebenfalls.«

»Ich übrigens auch«, warf Glins ein. »Und trotzdem lasst ihr mich euch die Haare schneiden.«

»Ihr seid die Ausnahmen.«

»Vielleicht ist er ja auch eine«, entgegnete Granny Herbert. »Und denk dran, Fred, er wäre ein weiterer Gast im Bruce.«

»Wenn du so argumentierst …«

»Dann sind wir uns also einig«, beendete Claire die Diskussion. »Wir freuen uns für Betty und begegnen dem Earl unvoreingenommen.«

»Meinetwegen. Er bekommt seine Chance.«

»Na also!« Glücklich küsste Claire Eric auf den Mund. »Du bist ja doch kein so sturer Schotte.«

39
Richard

»Kommst du damit klar?«

»Dass du mich liebst? Geht gerade so.«

Richard lachte und zog Betty dichter an sich. Um den Fragen der anderen zu entgehen, hatten sie sich in sein Turmzimmer zurückgezogen.

»Das beruhigt mich, aber eigentlich meinte ich die Tatsache, dass in wenigen Stunden ausgestrahlt wird, was heute passiert ist. Ich bin sicher, dass Jane schon mit glühenden Wangen die Szenen zusammenstellt.«

»Oh, daran habe ich gar nicht gedacht. Vielleicht sollte ich meinen Leuten Bescheid geben, damit sie nicht völlig überrascht werden.«

»Ich glaube nicht, dass Raymond davon begeistert wäre, wenn etwas vor der Ausstrahlung durchsickert«, gab Richard zu bedenken.

»Schon, aber …« Betty unterbrach sich selbst. »Du hast recht. Jetzt gibt es nur uns. Um die Welt kümmern wir uns morgen wieder.«

»Gute Entscheidung.« Genau das wollte er auch – diesen Abend, diese Nacht wie in einer Blase verbringen, in der nur sie und er wichtig waren. Sanft berührte er ihr Kinn und drehte ihr Gesicht zu sich. Er küsste sie zärtlich, genoss es, wie sie sich tiefer und tiefer in seine Umarmung fallen ließ, ihre Hände dabei über seinen Rücken strichen. Nein, heute wollte er nicht alleine schlafen, wie während der vielen Nächte in den letzten Jahren. Die Uhr seines Lebens fing endlich wieder an zu ticken. Er tauchte die Hände in die Wellen ihrer Haare, spürte ihren Atem auf seinen Lippen. Wie ein Teenager fühlte er sich, mit Schmetterlingen im Bauch und diesem wunderbaren Gefühlsmischmasch aus Aufregung und Angst und Hoffnung. Bettys Augen strahlten, als er sich von ihr löste, um sie anzusehen.

»Ich kann es noch immer nicht glauben, dass wir uns wiedergefunden haben«, flüsterte er. »Dass wir uns kennenlernen können.« Er zog sie erneut in seine Arme, strich mit den Lippen ihren Hals hinab zu ihrer Schulter. Ihre Haut wurde warm, dort, wo sein Atem über sie hinwegglitt. Ihr leises Seufzen, als er eine Hand um die sanfte Rundung ihrer Brust legte, brachte ihn fast um den Verstand.

Und dann – hörte es mit einem Mal auf. Sie erstarrte in seinen Armen und stieß ihn von sich. Verwirrt sah er sie an. »Elizabeth? Was ist los?«

»Das geht mir zu schnell.«

»Nun, dann bremsen wir ab.« Es erforderte eine schier übermenschliche Stärke, die Hände von ihr zu lösen, sich ein Stück wegzusetzen, seine Erregung zu verbergen. »Ist es, weil ich verheiratet bin? Aber das ist vorbei, es ist nur eine Formalität, bis wir …«

»Ich bin noch nicht so weit«, unterbrach sie ihn mit einer Härte, die er nicht verstand und die ihn kränkte.

»Es ist gut, Elizabeth. Ich möchte doch nichts von dir, was du nicht geben willst.«

»Gut.«

Schweigend saßen sie nebeneinander, und Richard zermarterte sich den Kopf, um ein unverfängliches Gesprächsthema zu finden. Gerade noch lagen sie sich in den Armen, und nun waren sie innerhalb von Sekunden zu Fremden geworden. Wie konnte das geschehen, was hatte er falsch gemacht? Hatte er etwas falsch gemacht?

»Es war ein anstrengender Tag«, sagte er im Bemühen, auf sicheres Terrain zu gelangen. »Wir sollten jetzt schlafen. Jeder in seinem eigenen Bett.«

»Eine gute Idee.« Betty stand auf, trat von einem Bein auf das andere. »Gib mir Zeit«, sagte sie, den Blick zu Boden gerichtet, als wollte sie ihn nicht mehr ansehen. »Ich habe einmal einen Fehler gemacht und fürchte, wieder einen zu begehen.«

Hatte noch ein letzter Funken Erregung in seinem Körper geglommen, so erlosch er in diesem Moment.

»Ich hatte nicht erwartet, von dir als Fehler eingestuft zu werden.«

»So meine ich das nicht!« Sie trat einen Schritt auf ihn zu, streckte in einer hilflos wirkenden Geste die Hände nach ihm aus. »Das ist nicht so einfach für mich, okay? Kannst du das akzeptieren?«

Die Kränkung, die er verspürte, durfte nicht die Oberhand gewinnen. Verständnis, das war es, was sie jetzt brauchte, und nicht ein Spektakel verletzter Männlichkeit.

»Das kann ich, Elizabeth. Ich bemühe mich darum.

Dieser Tag war sehr aufwühlend, und es war unpassend von mir, mich dir derart aufzudrängen. Wenn nach dem morgigen Tag wieder Ruhe eingekehrt ist, gehen wir unseren Weg weiter, in der Geschwindigkeit, die für uns die Richtige ist.«

Sie nickte und trat zur Tür.

»Schlaf gut«, rief er ihr hinterher, aber sie verließ das Zimmer, ohne seinen Gruß zu erwidern.

Vollkommen verwirrt ließ er sich auf das Bett fallen. Was war hier passiert? Brauchte es nur ein paar Küsse von ihm, damit die Frau, die ihm so viel bedeutete, sich lieber in der Friendzone einrichtete?

40
Betty

Konnte das Leben noch besser werden? Schwer vorstellbar. Seufzend kuschelte Betty sich am nächsten Morgen in die Bettdecke. Richard hatte sich zu ihr bekannt und nicht zugelassen, dass Greta mit ihrer üblen Erpressung durchkam. Und wie verständnisvoll er sich gezeigt hatte, als sie ihn gebeten hatte, zu warten. Die Zeit würde kommen, in der sie mehr zulassen konnte. Bestimmt. Wenn es einen Mann gab, mit dem sie zusammen sein wollte, dann war es Richard. Er würde nicht von ihr enttäuscht sein. Er nicht. Gedankenverloren drehte sie den Wunscherfüller zwischen den Fingern. War ihm das alles zu verdanken? Sie würde Kendra eine gigantische Torte backen, um sich erkenntlich zu zeigen.

»Frühstück ist fertig«, rief Jane durch ihre Tür, und sofort sprang Betty auf. Kaffee und Toast und Richard, das war jetzt genau das Richtige!

Nie zuvor hatten sich ihre Schritte so beschwingt angefühlt wie auf den wenigen Metern bis zum Esszimmer. Als sie die Tür aufstieß, fiel ihre gute Stimmung jedoch in sich zusammen wie ein Soufflé, das abkühlt. Neben Raymond und Jane saßen Lavinia und Richards Mutter, die Countess, mit am Tisch. Sie erkannte die Frau sofort wieder. Gewiss, ihre Haare waren mittlerweile grau und das Gesicht faltig, doch die selbstsichere Aura hatte die Jahrzehnte unbeschadet überstanden.

Raymond blickte auf und sah sie im Türrahmen stehen. »Betty, guten Morgen.«

Nun starrten sie alle an. Lavinia lächelte sogar, aber die Countess verzog keine Miene. Schade, dass das Schloss nicht über Falltüren verfügte. Sie hätte nur zu gern davon Gebrauch gemacht.

»Bitte, kommen Sie doch her.« Lavinia winkte sie mit einer eleganten Bewegung heran. »Nehmen Sie Platz, meine Liebe.«

Zögernd folgte Betty der Aufforderung.

»Machen Sie doch nicht so ein Gesicht! Ich weiß, unsere Situation ist durchaus ungewöhnlich, aber ich gönne Richard sein neues Glück.«

»Wirklich? Das ist sehr großherzig von Ihnen. Ich hatte nie die Absicht, Ihnen wehzutun, das müssen Sie mir glauben …«

»Ach, ich habe gestern überreagiert. Das ist meine Art, so bin ich nun mal.«

»Dann sind Sie die junge Dame, die für so viel Aufsehen gesorgt hat?«, erhob die Countess zum ersten Mal die Stimme.

»Nein, das war Greta Payne«, erwiderte Betty und klopfte sich mental selbst auf die Schulter, dass ihr diese Antwort einfiel. »Sie hat versucht, mich zu erpressen. Nur ihretwegen hat Richard sich …«

»Natürlich. Sie trifft keine Schuld.«

»Das tut es auch nicht …« Betty stockte. Warum verteidigte sie sich? Liebe war nichts, wofür man sich rechtfertigen musste. Oder doch?

»Hier«, Jane hielt ihr einen Teller mit einem Marmeladenbrot vor die Nase, »iss was.« Ein Becher voll dampfendem Kaffee folgte. »Und trink.«

Dankbar nickte Betty ihr zu. So unwirsch Jane auch immer auftrat, sie wusste stets, was man gerade brauchte.

Die Tür wurde aufgerissen, Raelyn und Edward blickten in den Raum, die Wangen gerötet, die Haare durcheinander und Hand in Hand.

»Ups, wir dachten, ihr seid schon fertig mit Frühstücken.«

»Wie entzückend.« Die Stimme der Countess troff vor Indignation. »Noch ein Pärchen. Ist das hier ein Backwettbewerb oder das Love Boat?«

Betty verbrachte den Vormittag damit, nach Richard Ausschau zu halten, der sich aber unsichtbar zu machen schien. Dass Lavinia nach dem gestrigen Abend zurückgekehrt war, erstaunte sie. Nahm sie die Tatsache, dass es eine andere im Leben ihres Mannes gab, so leicht? Der Zorn, mit dem sie ihn geohrfeigt hatte, schien echt gewesen zu sein. Und seine Mutter – natürlich erfreute es diese nicht, dass ihr Sohn keine Countess oder Duchess als Ehefrau wählte. Auch das hatten die Jahre nicht verändern können.

Sie zog sich in die Bibliothek zurück, denn in diesem gemütlichen Raum fühlte sie sich am wohlsten. Mit einer alten Ausgabe von *Jane Eyre* setzte sie sich zwischen Couch und Wand auf den Boden. In diesem Versteck konnte sie sich mit dem Buch die nächsten ein, zwei Stunden gut vertreiben, und irgendwann würde Richard ja wiederkommen. Es juckte ihr in den Fingern, ihn anzurufen oder ihm wenigstens eine Nachricht zu schicken, doch sie hielt sich zurück. Wirkte so ein Verhalten nicht schrecklich verzweifelt? Stieß sie ihn damit nicht ab? Stöhnend lehnte sie sich gegen die Rückwand der Couch. Warum nur war das so kompliziert? Oder war es ganz einfach, und Richard zog sich aufgrund ihrer Zurückweisung von letzter Nacht zurück? Hatte er anderes von ihr erwartet? In Edinburgh hatte sie das jedoch schon einmal geglaubt, und es hatte sich als falsch herausgestellt.

Rede mit ihm, Betty! Ruf ihn an.

Gerade, als sie seine Nummer wählen wollte, ging die Tür zur Bibliothek auf. Hoffentlich war er das! Sie vermisste ihn schrecklich!

»Ich bin froh, dass du es einrichten konntest, Debby.«

Raymond. Aber wer war Debby? Die Antwort ließ nicht lange auf sich warten.

»Das hier ist die größte Veranstaltung, die seit vielen Jahren auf unserem Familiensitz stattfindet. Nichts würde mich davon abhalten, zum großen Finale hier zu sein. Auch wenn dieses Finale aus Butterklumpen und Mehlsäcken besteht, und nein, damit meine ich nicht die Teilnehmerinnen.«

Raymond lachte kurz. »Du urteilst sehr rasch und sehr hart, Debby. Unsere kleine Show ist beliebter, als ich mir hätte träumen lassen, und den Großteil dieser

Popularität ist deinem Sohn und Betty geschuldet. Hast du die Kommentare zu dem Video von gestern Abend gelesen?«

»Solange diese Kommentare nicht von Dickens, Hemingway, Joyce geschrieben wurden, werde ich sie selbstverständlich nicht lesen. Es ist eine Plage, dass jeder glaubt, seine Meinung kundtun zu dürfen, selbst wenn er nicht in der Lage ist, das Wort ›Meinung‹ fehlerfrei zu schreiben. Wo ist es denn nur?«

»Wonach suchst du?«

»Wir haben eine wundervolle Ausgabe von *Jane Eyre* aus dem frühen zwanzigsten Jahrhundert, mit sehr gut erhaltenem Leineneinband und Goldschnitt. Ich hätte sie gern für meine Bibliothek.«

Betty starrte auf das Buch in ihrer Hand. Leineneinband – check. Goldschnitt – check. Da konnte die Countess lange suchen.

»Wofür plädierst du also, Debby?«, nahm Raymond die Unterhaltung wieder auf. »Maulkorb für jeden, der nicht auf Eton war?«

Nun lachte die Countess, und es klang wie das Aneinanderklirren von zwei Porzellantassen. »Eine gute Idee, Raymond.«

»Es sind genau diese Menschen und ihre Kommentare, die Aufmerksamkeit auf Hallion Castle ziehen. Die Leute mögen die Geschichte von Richard und Betty. Weißt du, wie sie die beiden nennen? Den Earl und das Aschenputtel. Eine Liebe, die sich über Zeit und soziale Grenzen hinwegsetzt. Das lädt zum Träumen ein.«

»Wie banal.«

»Banal? Betty könnte deine nächste Schwiegertochter werden.«

»Oh nein, das wird sie nicht.«

Betty presste sich den Zeigefinger unter die Nase. Nicht niesen! Nicht niesen! Sie wollte hören, was diese kalte Frau von sich gab, um zu wissen, mit wem sie es zu tun hatte.

»Richard wähnt sich in einem grausamen Schicksal gefangen, weil er der Earl of Hallion ist, tatsächlich jedoch liebt er die Position, in die er hineingeboren wurde. Was wäre er denn ohne all das hier? Nur ein Dozent an einer schottischen Hochschule. Kein Fernsehteam der Welt würde in seiner Küche eine solche Show veranstalten. Nicht einmal Alba TV. Nichts für ungut, Ray.«

»Kein Problem, Debby.« Die Gelassenheit von Raymonds Worten strafte seine Stimme Lügen. Offensichtlich kränkte ihn die Abwertung seines Senders. Die Countess jedoch schien das nicht zu bemerken.

»Alle paar Jahre verspürt Richard den Drang zu rebellieren, was regelmäßig zu den am wenigsten erfolgreichen Zeiten seines Lebens führt«, fuhr sie fort. »Ob er in den Staaten eine schlecht bezahlte Professur annimmt, ein erfolgloses Starlet heiratet oder – so wie jetzt – sein Herz an eine Highlandbäckerin verloren zu haben glaubt. All das sind Phasen, die vorübergehen. Ich habe mir schon vor langer Zeit angewöhnt, sie zu ignorieren.«

Bettys Finger krallten sich fest um das Buch in ihrer Hand. Sie und Richard – das war keine Phase, und es würde nicht vorübergehen.

»Aber am Ende zählt für ihn immer nur eines: das Schloss. Er würde alles tun, um es zu erhalten. Ich habe ihn gelehrt, dass das seine Aufgabe ist, und auch wenn er sich hin und wieder sträubt, am Ende ordnet er sich ihr unter.«

»Das ist ziemlich viel verlangt von deinem Sohn, meinst du nicht?«

»Raymond, mein Lieber!« Die Countess lachte wieder ihr Porzellanlachen. »So ist das Leben. Wir alle tun, was wir müssen, nicht, was wir wollen. Ich habe meine Partner stets unter dem Gesichtspunkt ausgewählt, was sie zum Erhalt von Hallion Castle beitragen können. Gefühle spielten dabei nie die Hauptrolle.«

»So wie bei meinem Vater?«

Die Countess räusperte sich hörbar. Das hatte sie offenbar nicht kommen sehen.

»Greg hat mir viel bedeutet.«

»Sicher. Aber du weißt schon, dass es einen Namen gibt für das, was du getan hast?«

Betty zuckte zusammen. Er wollte jetzt nicht auf das hinaus, was sie vermutete, oder? Die Gedanken der Countess schienen in die gleiche Richtung zu gehen, denn ihre Stimme klirrte wie Eis.

»Verrate mir, was du meinst, sei so gut.«

»Aufopferung, Debby. Einen solchen Einsatz kann man nur als aufopferungsvoll bezeichnen.«

Beschämt erkannte Betty, dass ihre Überlegungen sie zu einem anderen Wort geführt hatten.

»So habe ich das nie gesehen, Ray. Immer nur als meine Pflicht.«

»Die Pflichten einer Countess. Hättest du jetzt Zeit für ein Interview, Debby? Am besten im Esszimmer, neben dem großen Fenster. Das Licht muss dort gerade außerordentlich sein.«

»Natürlich. Ich kann später weiter nach dem Buch suchen.«

Nachdem die Tür ins Schloss gefallen war, blieb Betty noch ein paar Sekunden in ihrem Versteck und stand dann erst auf. Das Buch legte sie direkt auf den runden Intarsientisch neben den beiden Ohrensesseln. Dort war es nicht zu übersehen, und die Countess würde sich fragen, warum sie es nicht sofort bemerkt hatte.

Die Unterhaltung, derer sie ungewollt Zeugin geworden war, ging Betty nicht aus dem Kopf. Die Kälte, mit der Richards Mutter über ihn gesprochen hatte, erschütterte sie. Sah sie ihren Sohn wirklich so – als beinahe willenlosen Menschen, der alles für einen Haufen Steine zu tun bereit war? Denn letzten Endes war Hallion Castle nicht mehr als das. Kein unbelebtes Objekt war es wert, dass Menschen deshalb unglücklich wurden.

41
Richard

»Da bist du ja endlich!« Seine Mutter schlang die Arme um seinen Hals. »Wir waren schon in Sorge.«

»Ich habe nur einen Spaziergang gemacht. Einen längeren Spaziergang, zugegeben, aber nun bin ich ja da.«

Behutsam löste er ihre Umarmung. »Was mich zu der Frage bringt: Weshalb bist du hier?«

»Aber Junge! So ein Ereignis lasse ich mir doch nicht entgehen. Lavinia rief mich gestern an und erzählte mir, was hier so alles vor sich geht, und deshalb …«

»Willi ist auch hier?«

»Glaubst du, ich lasse dich im Stich?«

Wie auf Kommando kam ihm seine Frau auf der Auffahrt zum Schloss entgegen, wo ihn vor wenigen Augenblicken seine Mutter abgefangen hatte.

»Ich dachte, dass du nach dem gestrigen Abend …«

»Nach meiner Ohrfeige.« Sie lächelte. »Ach, Richard, nimm mir das nicht übel. Ich bin keine gute Verliererin. War ich noch nie. Erinnerst du dich noch an unsere Monopoly-Abende?«

»Ungern.« Umgeworfene Spielbretter, verschüttete Getränke – Lavinia fiel es wirklich schwer, sich mit einem zweiten Platz zufriedenzugeben.

Sie reichte ihm die Hand. »Ich verspreche dir hoch und heilig, keine weiteren Szenen zu machen. Ich komme meinen Pflichten als Jurymitglied nach, werde herzlich gratulieren, egal, wer diese Farce gewinnt, und dann geht es zurück in die Heimat.«

Mit dieser Planung konnte er leben, es fehlte nur eine Kleinigkeit. »Vorher unterschreibst du die Dokumente.«

Ihre Hand, die gerade noch die seine geschüttelt hatte, hielt in der Bewegung inne.

»Ich unterschreibe die Dokumente. Natürlich.«

»Du könntest es jetzt tun, dann hätten wir es hinter …«

»Richard!« Diesen Tonfall seiner Mutter kannte er. Gleich würde eine Belehrung darüber erfolgen, wie wenig gentlemanlike sein Verhalten war.

»So benimmt man sich nicht gegenüber einer Dame. Habe ich dir denn gar nichts beibringen können?«

»So etwas liegt öfter am Lehrer, als man denkt«, entgegnete er und wurde mit einem tadelnden Laut bedacht. Lavinia sprang als rettender Engel ein.

»Komm mit herein. Du musst durchgefroren sein. Wo warst du überhaupt?«

Einmal um den Loch Tain hatte es ihn getrieben. Er mochte sich zwar einreden, dass es ihm nur um die Freude an einem winterlichen Spaziergang ging, in Wirklichkeit wollte er Betty aus dem Weg gehen. Er verstand einfach nicht, warum sie sich ihm gegenüber so abweisend verhielt, sobald sie sich näherkamen. In Edinburgh hatte er ihr Verhalten nachvollziehen können, es sogar gutgeheißen, dass sie nicht in eine Ehe einbrechen wollte. Aber spätestens seit letztem Abend musste ihr doch klar sein, dass er für sie frei war. Was also hielt sie ab?

Raymond und die anderen empfingen ihn so freudig, als wäre er ein Matrose, der nach Monaten auf hoher See zurückgekommen war. Nur Betty hielt sich abseits, und als er sie da in einer Ecke stehen sah, überkam ihn das schlechte Gewissen. Was war er nur für ein Dummkopf. Sie brauchte halt noch etwas Zeit, was machte das schon? Sie hatten ihre ganze Zukunft vor sich. »Hey, wie geht es dir?«

»Gut.« Sie lächelte leicht. »Besser, seit du wieder hier bist.«

»So soll es sein.«

»Warst du deshalb so lange weg, um das von mir zu hören?«

»Nein, ich …« Wollte er ihr das jetzt erklären, so kurz vor ihrem letzten Einsatz in der Küche? Besser nicht. »Ich wusste nicht, dass Lavinia oder meine Mutter kommen würden. Tut mir leid, dass du mit ihnen allein warst. Haben sie sich gut benommen?«

»Alles in Ordnung, mach dir keine Sorgen.« Sie legte die Hand auf seinen Unterarm, einen Ausdruck im Gesicht wie ein schlechter Schauspieler, der Sorglosigkeit mimen wollte. Aber da sie nichts mehr dazu sagte, drang er nicht weiter in sie und nahm es mit einem Gefühl der Erleichterung hin. Nur noch ein paar Stunden, bestenfalls bis zum nächsten Morgen, dann konnte ihre Zukunft ungehindert beginnen.

»Weißt du schon, was du backen wirst?«

»Ich hatte an eine Naked Cake gedacht, mit drei verschiedenen Böden und Füllungen, aber ich habe meine Pläne auf den letzten Metern geändert.«

In ihren Augen las er pure Freude, und dieser Anblick nahm ihm auch noch das letzte schlechte Gefühl. Er zog sie an sich und küsste sie.

»Ich freue mich darauf«, flüsterte er.

42
Betty

Der Gedanke war wie von selbst gekommen, und obwohl sie diese Torte noch nie vorher zubereitet hatte, wollte sie es auf jeden Fall probieren. Es konnte gut gehen oder auch nicht, aber den Versuch war es wert.

Sie kam nach Raelyn an die Reihe und verbat sich jede Aufnahme während ihrer Zeit in der Küche. Grummelnd fügte sich Raymond in sein Schicksal.

Also dann! Orangen, Himbeeren, Stachelbeeren, Butter, Frischkäse, Mehl, weiße Schokolade – der Berg an Zutaten wurde immer größer. Mit einem dünn ausgerollten Mürbeteig fing sie an. Während er im Kühlschrank ruhte, bereitete sie aus frisch gepressten Orangen, Sahne, Zucker, Eiern und Gelatine eine Orangenmousse zu, zog mit dem Zestenreißer einige dünne Streifen aus der Schale und mischte sie unter die Creme, die anschließend ebenfalls ihren Platz im Kühlschrank fand. Die Backzeit des Bodens nutzte sie, um eine Himbeermousse anzurühren, die wunderbar dunkelrot schimmerte. Genau so hatte sie es sich vorgestellt!

Nachdem der Boden ausgekühlt war, schichtete sie erst die Orangenmousse darauf und dann die Himbeercreme. Nachdem sie die wachsende Torte kühlgestellt hatte, schmolz sie die weiße Schokolade. In die süße Masse rührte sie vorsichtig Stachelbeerensaft, bis sie die gewünschte hellgrüne Farbe angenommen hatte, und strich sie dann dünn auf Backpapier aus. Im letzten Schritt hob sie den Schokoladendeckel ab und bedeckte damit ihre Torte. Auch wenn sie noch keinen Bissen probiert hatte, so wusste sie mit jeder Faser, dass sie hervorragend schmecken würde. Im Grunde war die Torte eine Weiterentwicklung von der, die Claire in ihrer Bewerbung eingeschickt hatte, aber diese hier wäre ausgewogener im Zusammenspiel der Süße der Schokolade, der Säure der Beeren und der Bitterkeit der Orange. Und angesichts des Farbverlaufs von hellem Gelb zu kräftigem Rot und lichtem Grün wusste Betty ganz genau, welchen Namen sie ihr geben würde: »Herbstleuchten in den Highlands«. Diese Torte spiegelte die ganze Schönheit ihrer Heimat wider.

»Und die Gewinnerin ist …« Edward legte eine bedeutungsschwangere Pause ein, und Betty vergaß zu atmen. Sie und Raelyn hielten sich vor Aufregung an den Händen.

»Jetzt sag schon«, rief Jane. »Ich will endlich was davon probieren.«

»Die Gewinnerin ist …«

»Er ist echt süß normalerweise«, flüsterte Raelyn ihr zu, »er freut sich nur so sehr, mal im Mittelpunkt zu stehen.«

»Dann soll er das ruhig auskosten.«

»Die Gewinnerin ist – diese wunderbare Regenbogentorte!«

Für eine Sekunde stand die Zeit still, bevor Raelyn die Arme um Betty warf und ihr einen dicken Kuss auf die Wange drückte. »Ich freu mich so für dich!«

»Danke.« Betty erwiderte die Umarmung, immer noch ungläubig, dass Claire recht gehabt und sie diesen Wettbewerb gewonnen hatte.

»Wenn ich Sie ablösen dürfte.« Sanft zog Richard Raelyn zur Seite.

»Aber gern.« Lachend deutete sie einen Knicks an und lief zu Edward, der sie sofort in die Arme schloss. Sein »Es tut mir leid, Schatz« erstickte sie mit einem Kuss.

»Der Kuchen ist köstlich, Betty«, flüsterte Richard. »Er ist wie du – von allem etwas. Und fluffig und cremig.«

»Die Beschreibung gefällt mir«, lachte sie, als er sie hochhob und herumwirbelte. Jane lief mit der Kamera um sie herum, fing jede Sekunde ihres Glücks ein. Diese Aufnahme, dessen war sich Betty sicher, würde sie wieder und wieder ansehen.

43

Betty

»Ich muss mich hinsetzen, Richard! Mir tun die Füße weh!«

Stöhnend sank Betty auf einen Stuhl und legte den Kopf in den Nacken. Seit ihrem Sieg vor über drei Stunden hatten sie getanzt, Champagner getrunken, gelacht und geredet, und nun schwirrte ihr der Kopf, ihre Ohren rauschten, und ihr war heiß.

Lachend zog Richard an ihrer Hand. »Komm schon, der Earl und sein Aschenputtel sollten den ganzen Abend beim Tanz keine Pause einlegen.«

Erschöpft zog sie ihre Finger aus seinem Griff. »Fang du nicht auch noch damit an. Ich bin kein Aschenputtel. Wenn, dann bin ich ein Backputtel.«

»Gönne ihr die Pause, Bruderherz«, schrie Raymond über die laute Musik hinweg, die Edward streamte. Er schwenkte eine Champagnerflasche in der einen Hand, mit der anderen packte er Richard am Ärmel. »Ich brauche sowieso noch ein paar Takes von dir.«

»Bitte nicht!«

»Bitte doch!«

»Meinetwegen.« Während sich Richard gespielt unwillig mitziehen ließ, wandte er sich zu ihr um: »Lauf nicht weg, Elizabeth.«

Sie schüttelte den Kopf. Sie würde nicht weglaufen, aber sie musste unbedingt an die frische Luft.

Die kalte Abendluft biss in ihre Wangen, doch sie ging die Freitreppe hinunter, lief um das Gebäude herum bis zu der alten Küchenruine und schloss die Augen. Was war nicht alles geschehen in den letzten drei Tagen! Ganz begreifen konnte sie es immer noch nicht, aber eines war klar – ihr Leben hatte sich komplett geändert.

Schritte knirschten über die gefrorene Erde.

»Du hast gewonnen?«

Betty riss die Augen auf. »Was willst du denn hier, Greta?«

»Dir gratulieren. Du bist mit Leib und Seele Bäckerin, das war mir sofort klar. Man sieht es dir ja auch an.«

Nein, dieser kleine Seitenhieb auf ihr Gewicht würde ihr den Abend nicht verderben.

»Sei nicht traurig, Greta. Immerhin hättest du fast gewonnen. Wie bei *Der schönste Garten Stirlings*.«

»Autsch!« Greta zuckte zurück. »Das hat gesessen. Aber wenigstens habe ich mich für einen Sieg nicht verkauft.«

»Fängst du wieder damit an? Richard und ich, wir lieben uns.«

»Das glaube ich. Dass du ihn liebst, zumindest. Für jemanden wie dich ist ein Mann wie er doch ein Hauptgewinn in der Lotterie. Fragst du dich nicht, was du für ihn bist?«

»Was ich für ihn …« Betty stockte. Sag es, dachte sie. Sag ihr, dass du auch ein Hauptgewinn bist. Aber es kam ihr nicht über die Lippen. Es würde sich wie eine Lüge anfühlen, und Greta konnte so etwas spüren, davon war Betty überzeugt.

»Hast du dich nie gefragt, woher ich wusste, wo ihr euch an dem Abend versteckt hattet? Freiwillig kriecht doch niemand in so eine Abbruchbude.« Sie zeigte mit dem Daumen auf die Ruine.

»Du hattest einfach Glück.«

»Glück, meine Gute, hatte damit nicht das Geringste zu tun. Dein Richard hat es mir verraten.«

Der Vorwurf war so unvorstellbar, dass Betty lachen musste.

»Du glaubst mir nicht? Er hat mich darum gebeten. Er hat in dir eine Chance gesehen. Eure Vorgeschichte hat dich empfänglich gemacht für seinen Charme …«

Der Wind schien mit einem Mal um mehrere Grade kälter zu sein. »Was weißt du von unserer Vorgeschichte?«

»Du meinst euer kleines Abenteuer bei diesem Fest? Richard hat mir davon erzählt. Liebes, er hat dich nur benutzt, um Publicity zu gewinnen. Der Earl und das Aschenputtel – hast du allen Ernstes geglaubt, diese Geschichte würde wahr? Du weißt schon, mit wem er verheiratet ist, oder? Glaubst du, er würde Lavinia Wilcox für dich verlassen? Die beiden verbringen die Nächte zusammen.«

»Mit Sicherheit nicht! Richard und ich haben gestern beinahe …« Sie unterbrach sich selbst. Das ging niemanden etwas an, schon gar nicht diese Person, aber natürlich hatte sie schon zu viel gesagt.

»Ihr hättet beinahe? Warum denn nur beinahe? Hat er doch nicht gewollt?«

»Verspritz dein Gift woanders«, entgegnete Betty tonlos. »Du bist nur sauer, weil dein falsches Spiel nicht aufgegangen ist.«

»Für mich läuft alles großartig. Ich habe andere Pläne, die mich berühmt machen werden. Man muss sich mit den richtigen Leuten anfreunden, nicht mit denen, die einen nur ausnutzen. Du bist leider prädestiniert dafür. Ich möchte wetten, dass dir so etwas nicht zum ersten Mal passiert.«

Um ihre Hände vom Zittern abzuhalten, ballte Betty sie zu Fäusten.

Colin. Harry. Richard. Konnte das sein? Woher sollte Greta sonst von ihrer gemeinsamen Vergangenheit wissen? Und ja, niemand, der nicht davon wusste, würde zwischen alten Mauern und Gestrüpp nach ihnen suchen. Sie hatte Richard vertraut, weil sie so unbedingt dieses Märchen erleben wollte. Aber wenn sie ganz ehrlich zu sich selbst war, auf diese Art, die wirklich keinen Selbstbetrug zuließ, dann war sie niemand, dem etwas so Wunderbares widerfuhr. Sie war jemand, der an dritter Stelle stand, allerhöchstens. Eine Frau, die man für sich putzen ließ, aber nicht seinen Freunden vorstellte.

»Irgendwie tust du mir leid, Betty. Du bist so eine Nette. Viel zu naiv für diese Welt. Sieh es ein, dein Earl hat mit dir seine fünfzehn Minuten Ruhm bekommen, und die können ihm zu Geld verhelfen. Keine Ahnung, wie er vor der Öffentlichkeit aus der Geschichte mit dir wieder herauskommen will. Vielleicht zeigt er sich in den nächsten Wochen als reuiger Sünder, der zu seiner Frau zurückkehrt. Auch nicht schlecht. Wie auch immer, ich wollte, dass du es weißt.«

»Ach ja?« Betty bemühte sich, ihre Stimme gelassen klingen zu lassen, was ihr nicht gelang. »Und deshalb kommst du extra wieder hierher? Um mir zu helfen?«

»Helfen? Nichts liegt mir ferner. Ich wollte dein Gesicht sehen, wenn du erkennst, was sie hier mit dir gemacht haben.« Lächelnd streckte sie den Daumen hoch. »Hat sich gelohnt. Einen schönen Abend noch.«

Langsamen Schrittes betrat Betty das Schloss, das ihr plötzlich völlig fremd erschien. Musik und Gelächter dröhnten aus dem Esszimmer. Ohne einen Blick durch die halb geöffnete Tür zu werfen, ging sie daran vorbei und die Wendeltreppe hoch zu Richards Zimmer. Die Tagesdecke bedeckte faltenfrei und makellos das Bettzeug, zwei Bücher lagen auf dem Nachtisch neben einer Packung Fruchtbonbons. Nichts davon deutete auf nächtliche Leidenschaft hin. Mit zitternden Knien setzte Betty sich auf das Bett. Wieso fiel es Greta nur so leicht, sie zu verunsichern? Sachte strich sie mit den Fingern über die Decke. Sie wusste die Antwort auf diese Frage. Weil sie sich unsicher war. Niemand wollte sie an Richards Seite. Weder seine Frau noch seine Mutter, und ihre Freunde würden auch nicht begeistert sein. Es war förmlich ein Wunder, dass sie noch nicht das Schloss gestürmt und sie aus den Fängen des Engländers befreit hatten.

Erschöpft ließ Betty sich auf das Bett fallen, und da roch sie es. Orangenblüten. Ein wundervoller Duft. Sie hatte ihn an Lavinia vernommen, als die ihr zu ihrem ersten Sieg gratuliert und sie umarmt hatte. Hastig zog sie die Tagesdecke herunter und hob das Kissen hoch. Beinahe hätte sie gelacht, als sie das zarte Nachthemd darunter liegen sah.

Niemand störte sie, als sie auf ihr Zimmer ging, ihre Sachen packte, sich in ihr Auto setzte und davonfuhr.

44
Richard

»Raymond. Raymond!« Mit Rufen und Winken versuchte Richard die Aufmerksamkeit des Mannes auf sich zu ziehen, der sich mit Raelyn zu Strauss' »Donauwalzer« durch den Raum drehte. Endlich bekam er Augenkontakt und bedeutete ihm mit der Hand, zu ihm zu kommen. Raymond unterbrach den Tanz und verbeugte sich so altmodisch vor Raelyn, als wäre er der Earl. Sie quittierte seine Höflichkeit mit einem Lachen und einem Knicks.

»Was gibt es denn so Dringendes?«

»Hast du Elizabeth gesehen?«

»Betty? Nein.« Suchend blickte Raymond durch den Raum. »Ist sie nicht hier?«

»Offensichtlich nicht.« Vor Ungeduld hätte Richard ihn am liebsten geschüttelt.

»Schau doch mal auf ihrem Zimmer nach. Vielleicht wollte sie sich ein wenig ausruhen.«

»Eine großartige Idee! Dass ich da nicht von selbst draufgekommen bin! Natürlich war ich in ihrem Zimmer. All ihre Sachen sind weg, ihr Auto ist auch nicht mehr da. Sie muss verschwunden sein, als wir dieses dämliche Interview gemacht haben. Auf meine Anrufe reagiert sie auch nicht.«

»Oh.« Zum ersten Mal schien Raymond den Ernst der Lage zu begreifen. »Das wäre nicht gut. Ich wollte noch ein kurzes Gespräch mit euch beiden zusammen führen, unter dem Motto ›Ende gut, alles gut‹. Hast du etwas gesagt, was sie verärgert haben könnte?«

Richard rekapitulierte die letzten Stunden. Am Morgen war er ihr gegenüber zurückhaltend gewesen, weil ihn ihre Zurückweisung am Vorabend gekränkt hatte. Aber dann war er an ihrer Seite gewesen. Er hatte ihr zum Gewinn gratuliert, hatte mir ihr getanzt, alles war perfekt erschienen. Aber offensichtlich war es das dann doch nicht, zumindest nicht für sie.

»Ich habe nichts dergleichen getan. Möglicherweise ist ihr die Situation über den Kopf gewachsen, und sie ist nach Haus zurückgekehrt. Sie ist ziemlich scheu. Ob ich zu ihr fahren sollte?«

»Gute Idee! Weißt du was, wir kommen mit! Das wäre ein toller Abschluss der Show – du stehst vor dem Haus der schüchternen Maid und bittest sie, dich zu erhören. Sie kommt heraus und fällt dir in die Arme. Und dann – Abblende.« Raymond gestikulierte weit ausgreifend in den Raum. »›The Flower of Scotland‹ setzt ein, leise, ganz leise zuerst, die Titel laufen, die Musik schwillt an – Ende. Genauso machen wir das! Ich bin in zwei Minuten fertig, Jane braucht auch nicht länger.«

Um Himmels willen, was für eine fürchterliche Vorstellung! Aber Raymond strahlte ihn so freudig an, dass Richard es nicht übers Herz brachte, ihm seine wahre Meinung zu sagen.

»Das ist eine wunderbare Idee, aber ich denke, Elizabeth braucht jetzt Ruhe. Die sollten wir ihr gönnen. Ich werde ihr eine Nachricht schreiben und sie morgen besuchen, und du hast doch bestimmt noch ungenutztes Material mit ihr, dass du verwenden kannst. Aber das mit der leisen Musik und den Titeln und dem Ende, das solltest du genau so machen.«

»Schade. Es wäre so schön geworden. Aber du musst mir versprechen, dass ihr beide nächstes Jahr als Stargäste mit dabei sein werdet. Ihr könntet in der Jury sitzen.«

»Nächstes Jahr? Du willst noch so eine Show veranstalten?«

»Selbstverständlich! Gern wieder hier.«

»Äh …«

»Oder woanders, gar kein Problem. Ich will dich nicht unter Druck setzen. Wir sollten uns nur nicht wieder aus den Augen verlieren. Ich habe mich so gefreut, dich wiederzusehen.«

Ein wenig unbeholfen zog Richard den jüngeren Mann in eine Umarmung. »Ich auch, kleiner Bruder, ich auch.« Und er meinte es ganz genau so, wie er es sagte. Seit er Elizabeth wiedergefunden hatte, fiel es ihm leichter, nett zu sein.

Elizabeth! Seine Gedanken konzentrierten sich sofort wieder auf sie. Warum war sie nur gegangen, ohne ein Wort zu sagen? Erwartete sie die große romantische Geste von ihm, sollte er auf einem Schimmel, mit einer Rose zwischen den Lippen, vor ihren Laden reiten und sie um ihre Hand bitten? Bis auf den Part mit dem Pferd konnte er sich das sehr gut vorstellen. Trotz aller Bemühungen hatte er es im Reiten nie über den Status eines Stümpers hinausgebracht, der auf die Besonnenheit des Tieres unter ihm vertrauen musste. Eine Rose im Mund konterkarierte einen Antrag. Und wäre es nicht etwas verfrüht, um ihre Hand anzuhalten, auch wenn er sich von Anfang an sicher gewesen war, sie zu heiraten? Würde ihn besagte Rose nicht weniger romantisch als vielmehr unheimlich aussehen lassen? Er würde also morgen ohne Pferd und Rose zu ihr gehen, um sie zu bitten, den Tag mit ihm zu verbringen. Das wäre ein guter Start in eine gemeinsame Zukunft.

»Junge!« Enthusiastisch drückte ihn seine Mutter an sich. »Ich bin so begeistert, wie das hier gelaufen ist. Zu Anfang stand ich der ganzen Sache ja skeptisch gegenüber …«

»Skeptisch? Es war doch deine Idee.«

»Wie auch immer. Auf jeden Fall ist genau das eingetreten, was ich erhofft hatte. Die Leute sind verrückt nach Hallion Castle.« Sie hielt ihm ihr Smartphone entgegen, auf dem die Facebookseite der Show zu sehen war, und deutete vehement auf verschiedene Kommentare unter den Beiträgen. »›Kann man das Schloss für Hochzeiten mieten? Wir würden so gern dort heiraten, aber nur, wenn Betty die Torte backt‹«, las sie vor. »Oder hier: ›Ist das Schloss auf Teambuilding-Events eingerichtet?‹ Das kommt von einer Firma aus Edinburgh. Einige andere erkundigen sich nach Konferenzräumen.«

»Wir haben keine Konferenzräume.«

»Aber wir könnten welche haben. Junge!« Heftig rüttelte sie ihn an der Schulter. »Das ist genau der Anstoß, den wir brauchen. Den Hallion Castle braucht.«

Er griff das Smartphone und scrollte durch die Kommentare. Tatsächlich – in erstaunlich vielen Beiträgen wurde Interesse an den Örtlichkeiten gezeigt. Hochzeiten, Firmenveranstaltungen, Workshops, sogar die Ausrichtung einer Bar Mitzvah wurde angefragt. Und war das da ein Meme, wo jemand Elizabeth' und seinen Kopf auf die Körper von Disneys Cinderella und ihren Prinzen montiert hatte?

»Na, ihr beiden?« Lavinia stellte sich zu ihnen. Verwundert beobachtete Richard, dass sie den Arm um seine Mutter legte. »Seid ihr zufrieden, wie alles gelaufen ist?«

»Sehr, meine Gute. Es tut mir nur leid, was da zwischen euch passiert ist.«

»Was da passiert ist? Das klingt nach einem Unfall, Mutter. Aber das ist es nicht. Wir lassen uns einvernehmlich scheiden und bleiben hoffentlich trotzdem Freunde.«

»Natürlich. Das bleiben doch alle geschiedenen Paare, nicht wahr? Aber wo ist deine Freundin, Richard? Ich wollte sie ein wenig kennenlernen.«

Auch wenn er Elizabeth sehr vermisste und noch immer nicht nachvollziehen konnte, warum sie gegangen war, so freute es ihn doch, dass durch ihr Verschwinden ein weiteres Aufeinandertreffen der beiden Frauen verhindert wurde.

»Sie hat das Schloss verlassen. Sie braucht etwas Ruhe.«

»Ruhe?« Lavinia lachte. »Davon wird sie die nächste Zeit keine mehr bekommen.«

»Was meinst du?«

»Sieh hier.« Nun nahm sie das Smartphone und rief den vor wenigen Stunden geposteten Beitrag über Elizabeths Siegertorte auf. »Die Leute sind nicht nur am Schloss interessiert, sie überschlagen sich förmlich mit Cateringanfragen und Tortenbestellungen. Wenn sie sich geschickt anstellt, kann sie enormes Kapital aus ihrer Teilnahme ziehen.«

Richards Mutter sog hörbar Luft ein. »Genau das, was diese fürchterliche Greta wollte.«

»Du kannst Greta und Elizabeth nicht vergleichen. Die beiden sind so verschieden wie Tag und Nacht.«

»Auf jeden Fall ist deine Elizabeth das Ganze cleverer angegangen, und kaum hat sie erreicht, was sie wollte, verschwindet sie.«

»Ich will so etwas nicht hören, Mutter! Elizabeth hat hier nicht teilgenommen, um sich zu bereichern. Sie hat sich noch nicht einmal selbst angemeldet.«

»Ganz ehrlich, Richard«, mischte sich Lavinia ein, »dafür, dass sie so naiv sein soll, hat sie die Show sehr gut in ihrem Sinne gemanagt. Ein paar sympathische, bescheidene Worte, der erste Gewinn, dann der Eklat, der ihre schärfste Konkurrentin ausschaltet, und das für deine Verhältnisse romantische Liebesgeständnis. Am Ende schließlich der Sieg und jede Menge Aufmerksamkeit. Meine Drehbuchautoren hätten das nicht besser konstruieren können. Mir scheint es, dein Aschenputtel braucht ihren Prinzen nicht, um sich den gläsernen Schuh anzuziehen.«

Richard schlug sich mental selbst auf die Schulter, weil es ihm gelang, gelassen zu bleiben. »Ich verstehe, was du ausdrücken möchtest, Lavinia, aber ich versichere dir, dass deine Einschätzung von Elizabeth' Charakter nicht weiter von der Realität entfernt sein könnte. Sie hat die entstehende Aufmerksamkeit weder erwartet noch gewünscht.«

»Fakt jedoch bleibt«, warf seine Mutter ein, »dass sie gegangen ist. Als würde ihr all das hier nichts bedeuten.«

Als würdest du ihr nichts bedeuten – das meinte sie damit. Aber mit Sicherheit gab es eine Antwort auf die Frage, warum sie fort war. Warum sie seine Anrufe nicht entgegennahm und ihn letzte Nacht auf diese brüske Art zurückgewiesen hatte. Dafür musste es einen Grund geben. Aber vielleicht war es ein Grund, den er nicht hören wollte.

»Ihr entschuldigt mich für einen Moment?«

»Selbstverständlich, mein Junge. Lavinia, was hältst du von einem Glas Champagner?«

»Eine großartige Idee, Debby.«

Richard musste sich nicht einmal anstrengen, um ungesehen den Raum zu verlassen. Seine Beinahe-Exfrau und seine Mutter stießen auf was auch immer an, Raymond stand vor Janes Kamera und interviewte sich anscheinend selbst, Raelyn und Edward standen knutschend neben dem Büfett. Erstaunlich, wozu Menschen imstande waren, wenn Endorphine und Alkohol ihren ganz eigenen Walzer tanzten. Richard jedoch fühlte sich völlig ernüchtert.

Im Flur lehnte er sich an die Wand und scrollte auf seinem Smartphone durch die eingegangenen Nachrichten, von denen es jede Menge gab. Prentiss, der gute alte Prentiss, gratulierte ihm mit Worten, die nur ein wenig sarkastisch klangen. *Schön, dass du dein Glück gefunden hast,* schrieb er, *oder gehörte das zur Show?*

Warum stellte jeder infrage, dass es Elizabeth mit ihm ernst war?

Er überflog die weiteren Nachrichten, die von Studenten kamen, von Freunden, sogar eine vom Dekan der Universität. Aber keine von ihr. Kein verpasster Anruf, keine Silbe. Nichts. Seine Hand mit dem Smartphone sank herab. Jetzt fing er selbst damit an, das zwischen ihr und ihm infrage zu stellen.

45

Betty

Sie hätte erwartet, traurig zu sein. Am Boden zerstört. Immerhin war sie wieder einmal von einem Mann benutzt worden, und Richards Betrug wog so viel schwerer als alles, was Colin oder Harry getan hatten. Die ganze letzte Nacht hatte sie vergeblich auf den Kummer gewartet, auf die Verzweiflung. Weder der eine noch die andere kamen. Warum weinte sie nicht? Warum hatte sie nicht das Verlangen, sich eine Decke über den Kopf zu ziehen und niemals wieder darunter hervorzukommen?

Betty schlug den Mantelkragen hoch und stapfte durch den knöchelhohen Schnee.

Sie kannte die Antwort. Es gab keine Tränen, weil sie wütend war. Noch nie in ihrem Leben hatte sie einen solchen Zorn verspürt, und sie war so dankbar dafür. Statt sie zu lähmen, stärkte er sie. Sie würde sich nicht mehr verkriechen, sondern endlich Klartext reden, und da gab es vor allem eine Person, die ihn hören sollte.

Der Pick-up stand nicht vor Andrews Haus, also war Eric schon wieder unterwegs. Umso besser, gegen ihn hegte sie keinen Groll. Betty klopfte dreimal laut an. Rasche Schritte ertönten, die Tür wurde aufgerissen.

»Hast du etwas vergessen …«

Claire stand im Türrahmen und sah sie überrascht an. »Du?«

Nach einem Moment zog sie Betty in die Arme. »Was machst du denn hier? Warum bist du nicht im Schloss mit deinem Richard? Oh, ich freue mich so für dich! Ich habe gewusst, dass du ihn magst, ich habe es von Anfang an gewusst! Und dass du gewinnen wirst, habe ich auch gewusst!«

Es war Betty unmöglich, auch nur eine Sekunde länger dieser Frau, die sie für eine Freundin gehalten hatte, nahe zu sein. Hastig löste sie sich aus der Umarmung. Claire schien zu bemerken, dass Betty nicht zum Feiern erschienen war.

»Was ist los? Ist etwas passiert? Geht es dir nicht gut?«

Als Claire so vor ihr stand, sie erschrocken aus großen blauen Augen ansah, verrauchte ihre Wut beinahe. Claire hatte ihre Fehler begangen, weil sie an sie geglaubt hatte. Waren es dann überhaupt Fehler? Und was bedeutete Freundschaft, wenn man einander nicht vergeben konnte?

»Komm rein.« Claire ergriff ihre Hand und zog daran. »Ich habe Kaffee übrig. Wir setzen uns in die Küche, und du erzählst mir alles. Und nebenbei kannst du dich bei mir bedanken. Ohne mich hättest du gar nicht teilgenommen.«

Oh ja, genau das brauchte Betty, um sich daran zu erinnern, weshalb sie so wütend war, dass ihr Magen sich wie ein Knoten anfühlte. Rabiat entzog sie Claire ihre Hand.

»Ich bin nicht gekommen, um mit dir Kaffee zu trinken. Ja, es stimmt, deinetwegen habe ich an diesem verfluchten Wettbewerb teilgenommen. Du hast nicht einmal gefragt, ob ich es wollte.«

»Aber Betty …«, stammelte Claire. »Du hättest Nein gesagt, und dann hättest du so viel verpasst.«

Konnte diese Frau wenigstens einmal begreifen, dass sie sich in Dinge einmischte, die sie nichts angingen?

»Was hätte ich verpasst? Dass ein Mann, dem ich seit viel zu langer Zeit in einer kindischen Liebe anhänge, mich als Galionsfigur benutzt, damit sein Name und sein Schloss bekannter werden? Darauf hätte ich verzichten können, Claire. Von nun an wird man mich als die Frau kennen, die so dumm war zu glauben, ein Mann würde für sie seine Ehe mit Lavinia Wilcox beenden.«

»Was? Ich verstehe nicht …«

»Natürlich nicht. Du verstehst gar nichts, aber trotzdem mischst du dich ein. Ich war glücklich, Claire. Ich hatte mein Leben, meine Arbeit, das Backen und meine Freunde. Ich war zufrieden. Und dann kommst du und entscheidest für mich, dass das nicht genug sein kann, also bringst du mich auf diese Datingseite. Hast du dich beglückwünscht, als ich Harry kennengelernt habe?«

»Harry? Ist der nicht längst Geschichte? Betty, wirklich, ich verstehe das alles nicht.«

Claire klang aufrichtig verwirrt und traurig, doch Betty stand nicht der Sinn nach Versöhnlichkeit.

»Harry, der mich zu seiner Geburtstagsfeier einlädt, damit ich für ihn putze und koche.«

»Was? Das konnte ich doch nicht wissen …«

»Und dann dieser Wettbewerb. Du hättest mich entscheiden lassen sollen, ob ich mich bewerbe.«

»Aber das hättest du doch nie getan!« Nun klang auch Claire zornig. »Du nimmst alles hin. Du bist nicht zufrieden, du gibst dich zufrieden.«

»Oh, danke, dass du mir die Welt erklärst! Anscheinend bin ich zu dumm dafür, zu wissen, was für mich das Beste ist.«

»Nicht zu dumm, Betty. Das würde ich nie denken. Aber du glaubst nicht, dass du etwas Gutes verdient hast.«

»Ich hatte etwas Gutes. Mein Leben. Meine Ausgeglichenheit. Glückwunsch, du hast beides zerstört.«

Betty stockte. Tränen traten ihr in die Augen, aber das fehlte gerade noch, dass sie vor Claire zu heulen anfing.

»Tut mir leid, Claire, ich will nichts mehr mit dir zu tun haben. Mein Leben geht dich verdammt noch mal nichts an. Halte dich von mir fern.«

Sie drehte sich um und ignorierte, dass Claire nach ihr rief, sie bat, zurückzukommen, alles zu besprechen und nicht zu gehen. Aber genau das tat sie.

Zurück in ihrer Wohnung, riss sie die Artikel über Richard von der Pinnwand und schmiss sie weg. Viel zu lange hatten sie dort gehangen. Viel zu lange! Aber was konnte sie noch tun? Noch immer breitete sich kein Gefühl von Genugtuung in ihr aus, selbst nicht, als ihr Smartphone klingelte, weil Claire sie anrief. Sie drückte das Gespräch weg und sah, dass Richard versucht hatte, sie zu erreichen. Sie solle sich melden, schrieb er, und warum sie ohne ein Wort gegangen sei.

Darüber sollte er froh sein! Sie hatte doch ihre Schuldigkeit getan – Hallion Castle war von einem unbekannten schottischen Gemäuer zu einer gefragten Location mutiert, und zusammen mit Lavinia sollte er von nun an keine Probleme mehr haben, genug Geld zusammenzubekommen, um das Schloss instand zu halten. Der Gedanke schmerzte durch die Wut hindurch, gerade so, als würde die Narkose bei einer Wurzelbehandlung nicht ausreichen. Aber Harry hatte sich gemeldet. Genauer gesagt hatte er ihr fünf Sprachnachrichten und drei SMS hinterlassen, und alle liefen auf das Gleiche hinaus: Er hatte von ihrem Sieg gehört und wie großartig das sei und ob sie sich nicht treffen sollten. Das mit diesem Engländer könne sie doch nicht ernst meinen.

Warum nicht? Wenn sie schon dabei war, aufzuräumen, sollte sie auch in den Ecken fegen.

Du kannst mich heute Nachmittag von meinem Laden abholen.

Harrys Antwort überraschte sie nicht.

Da bin ich bestimmt eine Stunde unterwegs. Wir können uns in unserem Restaurant treffen.

Ihr Restaurant? Wann bloß war sein Lieblingslokal zu ihrem gemeinsamen geworden? Und selbstverständlich wollte er sich dort treffen – für ihn war das ein kurzer Weg, für sie nicht.

Entweder du kommst, oder wir lassen es.

Angeführt von einem lachenden Emoji, schrieb Harry: *Bin gegen fünf da.*

Na dann!

46
Richard

Einen halben Tag lang hatte er es ausgehalten. Einen halben Tag, in dem er auf den Gängen der Universität immer wieder angesprochen wurde und in denen sich die meisten Fragen, die während seiner Vorlesungen gestellt wurden, auf Kuchen, das Schloss und Betty bezogen. Sein rigoroses »Das ist nicht unser Thema!« führte nur kurzfristig zu Erfolg, und nach dem Mittag tat er etwas noch nie Dagewesenes: Er meldete sich krank, obwohl er völlig gesund war – wenn man denn das Gefühl, zutiefst enttäuscht worden zu sein, nicht als Krankheit deklarieren wollte. Wie hatte das alles nur derart schieflaufen können? Statt mit der Frau zusammen zu sein, die er liebte, saß seine Ehefrau noch immer in Hallion Castle, weil er sie nach dem gestrigen feuchtfröhlichen Abend, den sie mit der Crew und seiner Mutter verbracht hatte, nicht zurück nach Ullapool hatte fahren lassen. Die Scheidungspapiere hatte sie mit Sicherheit immer noch nicht unterzeichnet.

Und Elizabeth – sie meldete sich einfach nicht. Nach diversen erfolglosen Versuchen, sie anzurufen, gab er auf. In ein paar Tagen könnte er es noch einmal probieren. Vielleicht wäre sie dann bereit dafür, ihm zu erklären, was das alles sollte, und hoffentlich die beißenden Gedanken zu widerlegen, die Lavinia und seine Mutter in ihn gepflanzt hatten. Am Morgen hatte er es noch einmal überprüft: Die Anfragen nach Elizabeths Kuchen übertrafen mittlerweile sogar die nach Hallion Castle als Veranstaltungsort. Hatte sie es wirklich von Anfang an darauf angelegt? Sollten Lavinia und seine Mutter recht behalten?

Geistesabwesend lief er nach Hause, warf noch nicht einmal im Vorübergehen einen Blick auf das majestätische Edinburgh Castle. Drei Tage, so lange sollte er warten, bis er Elizabeth wieder kontaktierte. Zweiundsiebzig Stunden. 4320 Minuten. 259.200 Sekunden.

Über einundzwanzig Jahre hatte er auf Elizabeth gewartet, und das waren immerhin fast 190.000 Stunden. Was machten da schon diese 259.200 Sekunden aus?

Keine sechzig Minuten später saß er in seinem Wagen und fuhr Richtung Glenbarry, denn drei Tage machten einen Unterschied. Den zwischen einem feigen Kerl, der darauf wartete, dass sich Probleme für ihn lösten, und einem enthusiastischen Mann, der zu seinen Gefühlen stand. Er wollte nicht mehr feige sein.

Als er in die Auffahrt zu Bettys Laden einbiegen wollte, sah er, dass dort ein zweites Auto neben ihrem stand. Dieser Umstand allein hätte ihm nicht zu denken gegeben, wäre da nicht dieser Mann gewesen, der mit Betty sprach. Er beugte sich vor, küsste sie auf beide Wangen. Betty lachte und sagte etwas. Der Mann überreichte ihr ein Päckchen – eine Schachtel Pralinen? Wie unoriginell. *Ist es das, was dir gefällt, Betty? Ein Kerl, der aussieht, als würde er hinter einem Bankschalter sitzen, und der Billigkonfekt verschenkt?* Er gab ihr einen weiteren Kuss auf die Wange. Oder den Mund? Das war von seiner Position aus schwer zu erkennen, aber letztlich hatte Richard genug gesehen. Elizabeth hatte die Publicity für sich und ihre Kuchen bekommen, auf die sie es abgesehen hatte, und feierte diesen Erfolg mit ihrem Freund, denn das war dieser Typ aller Wahrscheinlichkeit nach. Richard stellte in diesem infamen Spiel nur einen Bauern auf ihrem Schachbrett dar. Er startete den Wagen und fuhr los. Menschen veränderten sich, diese Erkenntnis war eine Banalität. Aber wenn man selbst Zeuge einer solchen Veränderung wurde und einem infolgedessen das Herz brach, dann wurde aus dieser Banalität ein Trauerspiel. Was blieb ihm jetzt noch? Ein altes Gemäuer, das demnächst zu einem Veranstaltungsort für Teambuilding-Events und Selbstfindungsworkshops mutieren würde, eine kaputte Ehe und ein zerplatzter Kindertraum.

47

Betty

Punkt fünf Uhr fuhr Harry vor. Erstaunlich, bisher hatte er sich zu jedem Treffen verspätet. Anscheinend war eine Frau, die ihre fünfzehn Minuten Ruhm im Fernsehen hatte, mehr Einsatz wert als eine normale Betty.

Das hatte sie vorher nie so gesehen, aber es war wohl so – Beziehungen stellten einen Handel dar. Je mehr ein Partner einbrachte, egal, ob Geld, Attraktivität, Einfluss, umso mehr gab der andere. Ein Earl für eine Schauspielerin, eine Fernsehbäckerin für einen Bankangestellten. Gab es dafür Umrechnungstabellen wie für fremde Währungen?

Nahezu elegant sprang Harry aus seinem Wagen, kam mit einem breiten Lächeln und einem Arm hinter dem Rücken auf sie zu.

»Wie schön, dich zu sehen, Betty!« Er beugte sich vor und küsste sie erst auf die rechte, dann auf die linke Wange. Unwillkürlich musste sie lachen. »Was ist denn mit dir los? Zu viel französische Filme gesehen?«

»Ich werde doch noch meine Freundin mit einem Kuss begrüßen dürfen.« Er zog den Arm hervor und streckte ihn ihr entgegen. Eine Pralinenschachtel befand sich in seiner Hand.

»Hier, für dich.«

Kaum, dass sie das Geschenk angenommen hatte, beugte Harry sich wieder vor. Instinktiv wich Betty zur Seite aus, sodass sein Kuss auf ihren Haaren landete und nicht auf ihren Lippen. Sie hielt die Schachtel hoch. »Nett.«

»Gern. Ich muss doch meinen Star hofieren.«

»Wirklich? Wann willst du damit anfangen? Dieses Billigkonfekt aus dem Supermarkt kannst du ja wohl nicht meinen.«

Harrys Lachen klang unsicher. »So billig war es gar nicht.«

»Wie auch immer. Was willst du?«

»Ich wollte dich sehen. Ist das so ungewöhnlich? Ich weiß, es ist zuerst nicht so gut gelaufen zwischen uns, ich war sehr im Stress, weißt du. Beruflich und so. Ich habe die Chance auf eine Beförderung, da muss man sich ins Zeug legen.« Er richtete sich zu seiner vollen Größe auf und streckte die Brust heraus. Fehlte nur noch, dass er mit den Fäusten darauf trommelte. »Aber jetzt werde ich mir mehr Zeit für dich nehmen, versprochen. Ich habe meinen Jungs gesagt, dass du im Fernsehen auftrittst, und sie wollen dich unbedingt kennenlernen.«

Es schien eine Ewigkeit her zu sein, dass sie die Vorstellung, Harrys Freunde kennenzulernen, in freudige Erwartung versetzt hatte. Jetzt war da nur noch Missvergnügen.

»Ich kann ja zu einem eurer Spieleabende dazukommen. Soll ich Scotch Eggs machen? Und einen Salat? Vorher deine Wohnung putzen?«

»Aber nicht doch!« Mit einer wegwerfenden Handbewegung wischte Harry ihren Vorschlag vom Tisch.

»Meine Mutter ist von ihrer Kreuzfahrt zurück, sie macht das jetzt wieder.«

»Da habe ich aber Glück.«

»Na, so schlimm war es doch nicht, oder? Ich sage immer, eine Beziehung besteht aus Geben und Nehmen. Du hilfst mir mit der Wohnung, ich bringe dir Pralinen mit. Also, was sagst du?«

»Wozu?«

»Dass wir uns wieder öfter sehen. Es ist wirklich an der Zeit, dass wir die Stufe drei starten.«

»Stufe drei? Das klingt nach einem Raketenabschuss.«

»So in der Art.« Harry bewegte sich mit langsamen Schritten auf sie zu. Schwang er etwa die Hüften dabei?

»Stufe eins – man begegnet sich und ist sich sympathisch. Stufe zwei – man lernt sich besser kennen. Stufe drei …« Er blieb dicht vor ihr stehen und blickte sie aus halb geschlossenen Augen an. »Stufe drei – man lernt sich noch viel besser kennen.«

Der hauchige Ton seiner Stimme ließ keine Fragen mehr offen. Harry war bereit für – nun ja, für Stufe drei. Betty schwankte zwischen unverhohlener Ablehnung und Übelkeit, entschied sich jedoch für lautes Lachen.

»Harry, vergiss es! Und wenn du der letzte Mann auf Erden wärst, ich würde dich nicht einmal mit meinen Ofenhandschuhen anfassen.«

»Betty, jetzt sei nicht so! Wir hatten doch Spaß miteinander.«

»Hatten wir nicht. Ich wollte dich zum Freund – nein, ich wollte irgendeinen Freund, deshalb habe ich mich mit dir getroffen. Und du hast in mir nicht mehr gesehen als eine Putzfrau und Begleitung, wenn du nicht allein essen wolltest.«

»Ich habe doch gesagt, dass ich mir mehr Mühe geben will.«

Wie konnte ein erwachsener Mann nur so sehr wie ein gekränktes Kind aussehen? Er stellte den personifizierten Schmollmund dar.

»Lass mich in Ruhe, Harry. Ruf nicht mehr an, schick mir keine Nachrichten. Hau ab. Du bist mich nicht wert.«

»Dein Ruhm steigt dir ja ganz schön zu Kopf! Bin ich dir nicht mehr gut genug? Und um mir das zu sagen, lässt du mich extra hierherfahren? Das finde ich ziemlich fies von dir.«

»Stell dir vor, Harry, genau das will ich sein. Und jetzt verschwinde.«

Unbeeindruckt von seinen halblaut geäußerten Beleidigungen, blieb sie mit verschränkten Armen stehen und beobachtete ihn, wie er in seinen Wagen stieg und davonfuhr. Erst als sie ihn nicht mehr sehen konnte, machte sie sich auf den Weg ins Dorf. Es gab noch etwas klarzustellen, und sie war gerade so richtig in Fahrt!

»Schatz, schön, dass du dich wieder mal blicken lässt.«

Betty war ihrer Mutter ins Wohnzimmer gefolgt, wo diese sofort die Kissen auf der Couch geraderückte.

»Wie war es auf dem Schloss? Hast du verloren? Mach dir nichts draus. Das war doch von Anfang an eine dumme Idee.«

Betty grub die Nägel in die Handinnenflächen. »Ihr habt es euch nicht angesehen?«

Louise Cleary hielt inne. »Aber Betty, das ist nichts für uns, und auf BBC 1 kamen dieses Wochenende die Bridget-Jones-Filme. Du weißt doch, wie sehr dein Vater und ich die lieben.«

»Ja, ich weiß, ich weiß.« Sie lachte. »Ist schon seltsam. Nichts von dem, was ich mache, ist etwas für euch. Weder mein Tanz noch meine Kuchen, es sei denn, ich backe das, was sowieso alle backen, und auch nicht, wenn ich im Fernsehen auftrete. Kannst du mir verraten, was ich tun müsste, damit es euch interessiert?«

»Betty?«

Sie hielt dem verwunderten Blick ihrer Mutter stand, versuchte nicht, einzulenken oder sich herauszureden.

»Gibt es da überhaupt etwas, oder liegt es gar nicht an dem, was ich tue, sondern an mir als Person?«

»Was ist denn hier los?« Mit schlafmüden Augen kam ihr Vater ins Zimmer. »Der Tag war anstrengend, ich wollte mich vor dem Abendbrot ausruhen, aber wenn ihr so viel redet, komme ich nicht zur Ruhe.«

»Dann mach die Tür zu, Pa. Schließ dich aus unserem Leben aus. Das gelingt dir doch sonst auch ganz hervorragend.«

Ein Teil von ihr schämte sich dafür, so unhöflich aufzutreten, doch es gab kein Zurück mehr. Zu viel war geschehen. Das Leben veränderte sich. Manchmal so langsam, wie Wasser einen Stein abschliff, aber dann wie ein reißender Strom, der alles Alte niederriss.

Ihr Vater erwiderte nichts. Natürlich nicht. Es hätte sie nicht einmal gewundert, wenn er sich mit einer Zeitung auf die Couch gesetzt hätte.

»Ihr habt mir nie das Gefühl gegeben, euch zu genügen. Egal, was ich getan habe, ich habe nie mehr als ein ›Wie nett‹ von euch bekommen.«

»Und was ist daran schlecht?«, grummelte ihr Vater. »Nett ist gut.«

»Alles war immer ›nett‹ bei euch, ganz egal, ob es um meine Wünsche und Anstrengungen ging oder wenn der Briefträger früher als gewöhnlich kam oder Granny Herbert von ihrer Katze erzählte. Ihr habt mit eurer Anerkennung nie einen Unterschied gemacht zwischen eurer Tochter, der Leistungsfähigkeit der Royal Mail oder Lady Guineveres Albernheiten.«

Ihre Eltern starrten sie an in einer Mischung aus trotziger Abwehr und Betroffenheit. Ob sie verstanden, worum es ihr ging?

»Immer fragt ihr mich, wann ich endlich heirate und Kinder kriege, so, als würde ich allein nicht ausreichen. Fast hätte ich mich deshalb auf einen Mann eingelassen, der mich nicht wertschätzt. Alles nur, weil ich Angst habe, allein nicht zu genügen.«

Es tat gut, es auszusprechen. All die Gedanken, die sie stets unterdrückt hatte, sie ließen sich nicht mehr einsperren.

Freiheit, dachte sie. Das ist Freiheit.

»Vielleicht bleibe ich immer allein und werde nie Kinder haben. Wird euch das genug sein? Bin ich euch genug?«

Ihr Vater rührte sich als Erster. Glänzten seine Augen?

»Ich kann das nicht«, sagte er an seine Frau gewandt.

Sie drückte kurz seinen Arm. »Ich weiß.«

Zwischen ihren Eltern herrschte ein schweigendes Einvernehmen, geboren aus so vielen gemeinsamen Jahren. Nie zuvor hatte Betty sich so ausgeschlossen gefühlt.

»Wir wussten nicht, dass du es so empfunden hast«, fing ihre Mutter an. »Wir wollten es auch nicht. Es ist nur so …«

Ihr Blick wurde bittend, fast, als hoffte sie, nicht weitersprechen zu müssen, aber Betty zog nur auffordernd die Augenbrauen nach oben.

»Es war zu Anfang nicht leicht für uns, das weißt du. Wir wünschten uns so sehr ein Kind, aber nach drei Fehlgeburten, da schien es so, als sollte es nicht sein. Wir trauerten lange, doch irgendwann fanden wir uns damit ab. Und dann wurde ich wieder schwanger. Mit dir. Du bliebst bei uns. Wir hätten überglücklich sein sollen und waren es auch, aber ein Teil von uns …« Ihre Eltern tauschten einen raschen Blick. »Ein Teil von uns hatte Angst, wieder einen solchen Verlust zu erdulden. Vielleicht kamen wir dir deshalb nie so nahe, wie wir es hätten tun sollen.«

Ihr Vater nickte. »Es ist so, wie deine Mutter sagt.«

Noch nie hatte Betty ihre Eltern so gut verstanden wie in diesem Moment, denn genau das tat sie auch: Sie ging Bindungen aus dem Weg, um Kummer zu vermeiden. Lange Zeit hatte es funktioniert.

»Ist euch eigentlich klar, dass ihr mich wegen eurer Angst, mich zu verlieren, beinahe verloren hättet?«

Umständlich zog ihre Mutter ein kariertes Taschentuch aus ihrem Ärmel und tupfte sich die Augen. »Also haben wir dich noch nicht verloren?«

»Natürlich nicht. Aber so wird es nicht weitergehen

können. Ihr müsst euch um mich bemühen. Ich bin eure Tochter, ich bin hier.«

Betty atmete tief ein. Sie spürte diesen flammenden Ärger nicht länger. Sie hatte ihre Meinung Claire, Harry und ihren Eltern gegenüber vertreten und damit anscheinend die Wut in ihrem Innern besänftigt.

»Das wissen wir doch, Liebling. Das wissen wir.«

Ihre Mutter zog sie in eine unbeholfene Umarmung, und ihr Vater klopfte ihr dreimal etwas zu kräftig auf den Rücken.

Ein Anfang war gemacht. Alles Weitere musste sich zeigen.

48
Claire

Selten war ihr ein Gang so schwergefallen wie der die Straße entlang zu Bettys Laden. Was, wenn ihre Freundin sich nicht mit ihr versöhnen wollte? Hatte sie wieder einmal Grenzen überschritten? Das war eins ihrer übergroßen Talente. Claire wischte sich die trotz der Kälte schweißnassen Händen an der Jacke ab. Sie wusste nicht einmal, was sie sagen sollte. Sich darauf hinauszureden, dass sie eine bevormundende und besserwisserische Person war, schien ihr keine gute Methode. Das hatte sie in ihrer Zeit bei Woodcorp gelernt: Wenn man verkaufen wollte, durfte man niemals auf die Schwachstellen eines Produktes hinweisen. Aber was waren in dieser vertrackten Geschichte die positiven Seiten?

Dank mir warst du im Fernsehen, dank mir hast du Dinge getan, die du dich sonst nie getraut hättest? Das klang gar nicht mal so schlecht, aber all dem stand das eine entgegen, dass Betty ihr in ihrem Zorn an den Kopf geworfen hatte: »Mein Leben geht dich verdammt noch mal nichts an.« Was all ihre wunderbaren »Überwinde dich selbst und gewinne an Stärke«-Kalendersprüche hinfällig machte. Wie wäre es zur Abwechslung mal damit, zuzuhören und nicht in den Verteidigungsmodus zu gehen?

Die Augen mit der Hand gegen die Wintersonne abgeschirmt, schaute Claire durch das Schaufenster ins Muddle. Der verkramte Laden, in dem sie sich mittlerweile so gut auskannte, dass sie auf Anhieb sagen konnte, in welchem Regalfach die Thermounterwäsche lag und an welchem Haken des Sockenständers die Merinostrümpfe hingen, schien ihr plötzlich fremd und abweisend. Der Schmerz, den sie dabei empfand, war größer, als sie es sich hätte vorstellen können. Ruhig und verlässlich hatte Bettys Freundschaft sie seit fast ihrem ersten Tag in Glenbarry begleitet. War es diese Unaufgeregtheit gewesen, die sie dazu gebracht hatte, Betty für selbstverständlich zu halten? Wenn ja – was für ein Unfug war das! Man sollte doch gerade die Menschen wertschätzen, die einen im Gleichgewicht hielten. Aber es schien so leicht, über deren Bedürfnisse hinwegzugehen, weil sie meistens zu leise waren, um darauf zu bestehen.

Claire richtete sich auf und trat einen Schritt zurück. Die ganze Zeit hatte sie geglaubt, sie würde Bettys Leben bereichern, dabei war es genau umgekehrt. Sie verdiente diese Freundschaft nicht. Am besten wäre es, umzukehren und Betty in Frieden zu lassen, aber die Vorstellung schmerzte derart, dass ihr die Tränen in die Augen stiegen.

»Wenn du noch lange hier draußen herumstehst, holst du dir den Tod.«

Claire sah auf. Betty stand in der offenen Tür, die Arme vor der Brust verschränkt.

»Hallo, ich war in der Gegend und dachte mir …«

»Halt den Mund, Claire. Halt einfach mal den Mund.«

Betty trat zur Seite, eröffnete ihr damit die Möglichkeit, einzutreten. Eine Möglichkeit, die Claire zögernd ergriff. Schweigend standen sie sich vor dem Kassentresen gegenüber, so lange, bis Betty ihre abweisende Haltung ein Stück weit aufgab.

»Weshalb bist du hergekommen?«

Claire versuchte, die passenden Worte zu finden. »Weil ich …«

Aber vielleicht mussten die Worte gar nicht passend sein, Hauptsache, sie waren ehrlich.

»Es tut mir leid, dass ich die Bewerbung für den Wettbewerb abgeschickt habe, ohne dich zu fragen. Ich weiß, dass ich manchmal glaube, besser zu wissen, was für Menschen gut ist, als sie selbst, und dann tue ich das, von dem ich glaube, dass es getan werden sollte. Damit erfülle ich nur meine eigenen Vorstellungen, nicht die der anderen. Aber auch wenn ich bedauere, was ich getan habe, so finde ich es trotzdem gut, dass du gewonnen hast. Dass du im Mittelpunkt gestanden hast. Und ich hoffe …«, sie schluckte gegen den Kloß in ihrem Hals an, »ich hoffe, dass ich nicht alles versaut habe zwischen uns. Weil ich dich wirklich sehr mag.«

»Ach, Claire«, seufzte Betty, »du bist unmöglich.« Ihre Stimme klang nicht mehr wütend, zumindest schien es Claire so. Sie lächelte schief.

»Ich weiß. Bestimmt werde ich immer mal wieder über die Stränge schlagen, aber ich bemühe mich. Ich werde mich ändern.«

»Um Gottes willen, tu das bloß nicht!« Auch noch der letzte Rest Ärger verschwand aus Bettys Augen. »Ich mag dich genau so, wie du bist, auch wenn du mich manchmal in den Wahnsinn treibst.«

Erleichtert schloss Claire ihre Freundin in die Arme. »Ich bin so froh, dass du mir nicht mehr böse bist.«

»Ich war nicht wütend auf dich, sondern auf mich. Dass ich mich so habe täuschen lassen.«

Claire löste sich ein Stück weit aus der Umarmung und sah Betty fragend an. »Willst du mir davon erzählen? Was ist da oben passiert?«

»Nicht jetzt. Bestimmt ein andermal. Wenn es nicht mehr so wehtut.«

Obwohl Claire tausend Fragen auf der Zunge lagen, hielt sie sich zurück, wofür sie sich insgeheim beglückwünschte. Aber zumindest eins wollte sie Betty mit auf den Weg geben.

»In meiner Familie haben wir immer über alles geschwiegen, was unangenehm oder schmerzhaft war. Doch die Stille hat nichts verbessert, im Gegenteil. Manchmal ist Konfrontation der richtige Weg. Bei mir hast du damit ja schon einen Anfang gemacht.«

Sie drückte Betty fest an sich und reflektierte ihre Worte. Nein, sie wollte nicht sofort wieder den gleichen Fehler machen und Betty bevormunden.

»Tu, was für dich das Richtige ist. Niemand sonst soll das für dich entscheiden. Hat Granny nicht so etwas gesagt? Dass man sich nicht nach der Meinung der anderen richten soll?«

»Ja, das hat sie.« Betty legte die Hände auf Claires Schultern und schob sie ein Stück weit von sich. »Und sie hat recht damit. Sich selbst zu vertrauen, bedeutet Freiheit.«

49
Betty

Schon den ganzen Abend beobachtete Betty von ihrem Zimmer aus Mount Hallion. Gelb schien Licht aus den Fenstern des Schlosses. Richard war also dieses Wochenende zurückgekehrt. Ob Lavinia bei ihm war?

Denk nicht darüber nach. Es ist dir egal. Er ist dir egal.

Gedankenverloren spielte sie mit dem Wunscherfüller um ihren Hals. Trug der die Verantwortung für all das, was geschehen war? Wenn ja, dann sollte sie ein ernstes Wörtchen mit Kendra reden, denn offensichtlich funktionierte das Teil nicht.

Oder vielleicht doch. Ihre Beziehungen zu ihren Eltern und auch zu Claire hatten nun, wo alles zur Sprache gekommen war, eine Chance, besser zu werden, und auch sie fühlte sich stärker.

Eines der Lichter ging aus, gleich darauf ein anderes an. Das musste in der Bibliothek sein. Sie mochte diesen Raum mit den deckenhohen Regalen voller Bücher und den gemütlichen alten Möbeln. Diesem Geruch nach Holzpolitur und Tabak.

Wie Colin, schoss es ihr durch den Kopf. Der Gedanke vertrieb den Kummer. Tatsächlich, es war wie mit Colin. Anders, aber doch genauso. Damals hatte sie nichts gesagt, und vom Schloss war sie auch ohne ein Wort geflohen. Richard hatte sein Spielchen mit ihr spielen können, aber er würde niemals erfahren, was das mit ihr machte. Sicher interessierte es ihn nicht, doch sollte er deshalb so billig davonkommen?

Sie schlüpfte in ihren Mantel, zog die Stiefel über und schnappte sich ihre Handtasche. Auch wenn es für ihre Schlossromanze kein »Und sie lebten glücklich bis ans Ende ihrer Tage« gab, so wollte sie trotzdem einen Schlusspunkt setzen.

50
Richard

»Wann gedenkst du, abzureisen?«

»Stört es dich so sehr, wenn ich mich hier aufhalte? Du bist doch die ganze Woche in Edinburgh.«

»Schon, aber …«

»Ich habe gestern mit Raymond telefoniert. Er hängt sehr an der Idee einer Reality-Serie mit uns beiden auf dem Schloss. Zwei Drehtage pro Woche, höchstens. Ab und zu würden sie dich in Edinburgh besuchen und uns auf Ausflügen begleiten. Stell dir das vor, wir beide ziehen in Gummistiefeln durch das schottische Marschland.«

Mit durchgedrücktem Rücken und Bewegungen, als schwinge sie Wanderstöcke, schritt Lavinia durch die Küche.

»Ich habe es schon einmal gesagt, und ich sage es wieder: Bei so etwas mache ich garantiert nicht mit.« Richard biss von dem Sandwich ab, das sein Abendbrot darstellte und das er unzeremoniell im Stehen aß.

»Aber denk doch an die Publicity.«

Hatte Lavinias realistische Darstellung eines Hochlandwanderers ihn noch amüsiert, so verdüsterte sich seine Laune sofort wieder. Publicity! Dachten alle nur daran, welche Wirkung sie nach außen vermittelten? Selbst Elizabeth … Gerade Elizabeth …

»Nach dem, was ich im Fernsehen über mich und … was ich gesagt habe, würde uns niemand das glückliche Paar abkaufen.«

»Aber das wäre doch das Besondere! Wir beide werden präsentiert als zwei Menschen, die um ihre Beziehung kämpfen. Raymond hat Kontakte zu einer Eheberaterin, die in jeder Folge Tipps für die Bewältigung von Krisen und Streitpunkten geben könnte. Neben der Unterhaltung böte das Programm Hilfe und …«

Richard lachte. »Eine Eheberatung vor laufender Kamera? Nur über meine Leiche, Willi, und das meine ich nicht metaphorisch.«

Mit einem nonchalanten Schulterzucken überspielte sie die Kränkung, die er in ihren Augen las. »Was hättest du schon zu verlieren? Das Techtelmechtel mit deiner schottischen Freundin hat sich ja anscheinend zerschlagen.«

»Ich will nichts davon hören!«

»Oh! Du bist wirklich traurig deshalb, oder?«

Traurig? Das beschrieb nicht einmal ansatzweise den Kummer und die Enttäuschung, die er über Elizabeth' Verrat empfand. Er schüttelte den Kopf.

»Traurig bin ich, weil du nicht verstehen willst, dass es zwischen uns vorbei ist. Traurig bin ich für dich, weil du deine Rolle in dieser Serie verloren hast, weil ein paar dumme Produzenten dich für zu alt halten.«

Lavinia erbleichte. »Das war nicht so, ich wollte selbst aussteigen …«

»Humbug! Willi, bitte, hör auf, dich zu belügen. Es

gibt diese Zeiten im Leben, da scheint es, als triebe man ohne Rettungsring im offenen Meer, doch das sind die Momente, in denen man schwimmen lernt. Deine Karriere verläuft nicht so, wie du es dir vorgestellt hast, aber die Lavinia Wilcox, die ich kennengelernt habe und vor deren Schneid und Tatkraft ich einen unglaublichen Respekt habe, die hätte weitergekämpft und nicht versucht, an einem Mann festzuhalten, der ihr nicht die Liebe entgegenbringt, die sie verdient.«

»Richard …« Lavinia hielt sich die Hand vor den Mund und starrte ihn aus glänzenden Augen an.

Er ging auf sie zu und packte sie an den Schultern. »Du schaffst das. Du kommst wieder auf die Beine. Ich kann dir dabei nicht als dein Ehemann helfen, aber als Freund. Meinst du, das wird dir genügen?«

Sie nahm die Hand herunter. Tränen liefen ihr über die Wangen. »Es tut mir leid, Richard«, flüsterte sie. »Es tut mir so leid.«

»Was meinst du?«

Energisches, beinahe wütendes Klingeln ertönte. Überrascht wandte er sich von Lavinia ab. »Erwartest du jemanden? Steht Raymond mit seiner Entourage vor der Tür und will uns filmen?«

»Nein, ich … ich weiß nicht, wer das ist. Können wir das nicht ignorieren?«

Nun mischte sich in das Sturmläuten auch heftiges Klopfen.

»Würde ich gern, aber das scheint für denjenigen, der da draußen steht, keine Option zu sein. Merk dir, was du sagen wolltest, ja?«

»Ist ja gut«, rief er beim Durchqueren der Eingangshalle. »Ich bin gleich da.«

Genervt riss er die Tür auf. »Was ist denn los … Elizabeth?«

Sie zitterte, aber nicht vor Kälte, so viel war offensichtlich. Ihre Augen sprühten Funken, und ihre ganze Erscheinung sprach von Entrüstung. Warum eigentlich? Immerhin war er derjenige, der getäuscht worden war. Und wie konnte ihm auffallen, wie schön sie war? Das tat doch überhaupt nichts zur Sache. Aber trotzdem – das Rot ihrer Haare im Mondlicht raubte ihm den Atem.

Du bist so ein Idiot, Richard.

»Was willst du hier? Du hast deine Zelte letzte Woche zur Gänze abgebrochen. Ich denke nicht, dass sich hier noch etwas befindet, auf das du Anspruch hättest.«

»Oh doch, das tut es.«

»Und was wäre das, wenn ich fragen darf?«

»Fünf Minuten deiner durchlauchtigen Zeit. Damit ich dir sagen kann, was für ein elender Mistkerl du bist. War das von Anfang an dein Plan – eine Liebesgeschichte mit mir vorzutäuschen, um Aufmerksamkeit auf dich und das Schloss zu ziehen? Bist du jetzt zufrieden, dass es so gut geklappt hat? Scheißegal, was mit Betty wird, die ist ja nur ein dummes Landei!«

An nichts von dem, was Richard ihr bei einer Begegnung hatte vorwerfen wollen, erinnerte er sich noch. Oder besser – sie hatte alles schon gesagt. Nur genau andersherum. Das war bizarr. Ein passenderes Wort dafür fiel ihm beim besten Willen nicht ein. Bizarr. Hatte jemand ihre Rollen vertauscht und ihm nichts davon gesagt?

Er nutzte einen Moment, als Betty Luft holte, um sie zu unterbrechen.

»Du bist der Mistkerl, Elizabeth. Und ich frage dich, ob es von Anfang an dein Plan war, eine Liebesgeschichte mit mir vorzutäuschen, um Aufmerksamkeit auf dich und dein Geschäft zu ziehen.«

»Was redest du da? Das ist doch Unsinn.«

»Ist es das? Stell dir vor, ich gehe sogar noch weiter: Bist du jetzt zufrieden, dass es so gut geklappt hat? Ganz egal, was mit Richard wird, der ist ja nur ein dummer Engländer.«

Elizabeth wirkte völlig verwirrt. »Du kannst doch nicht einfach wiederholen, was ich dir vorwerfe.«

»Doch, das kann ich. Und sogar noch mehr, denn ich habe dich gesehen, letzten Montag, mit einem Mann vor deinem Laden. Er hat dir etwas geschenkt, du hast gelacht, er hat dich geküsst.« Die Erinnerung schnürte ihm den Hals zu. »Habt ihr über mich gelacht, Elizabeth? Über den Sodalan? Über den Feigling?«

»Wärst du länger geblieben, hättest du gesehen, wie ich diesen Mann weggeschickt habe. Er ist genau wie du – er hat kein Interesse an mir, er wollte durch mich nur seine Ziele erreichen, und ich habe ihm gesagt, dass er sich zum Teufel scheren kann. Aber …«, sie stockte kurz, »weshalb warst du dort?«

»Weil ich mit dir reden wollte. Ich konnte nicht begreifen, warum du verschwunden warst und nicht auf meine Anrufe reagiertest. Ich wollte dich bitten, zu mir zu kommen.«

»Nein, das wolltest du nicht.« Hatte Elizabeth für

einen Moment ihre Vehemenz verloren, so gewann sie diese umgehend zurück. »Am letzten Abend der Show kam Greta wieder. Ich habe sie draußen vor dem Schloss getroffen. Sie hat mir verraten, dass das mit uns nur eine Inszenierung war. Du hast ihr gesagt, wo sie uns finden und fotografieren kann, um mich zu erpressen. Damit hat doch alles angefangen. Es hat mich überrascht, wie schnell du bereit warst, dich öffentlich zu mir zu bekennen. So bist du doch eigentlich gar nicht. Aber als Teil eines Plans ergibt es Sinn. Die Geschichte vom Earl und dem Aschenputtel – die zieht Aufmerksamkeit auf sich.«

Ohne es zu wollen, musste Richard lachen. »Elizabeth, das ist das Dümmste, was ich jemals gehört habe. Natürlich habe ich nicht mit dieser unsäglichen Greta verabredet, dass sie Fotos von uns schießt. Diese Offenbarung hätte mich schließlich auch in ein sehr schlechtes Licht rücken können – hat sie teilweise sogar. Immerhin bin ich noch ein verheirateter Mann.«

»Oh ja, das bist du! Mit allem, was dazugehört.«

»Und das bedeutet?«

»Ich habe ein Nachthemd in deinem Bett gefunden.«

Wovon sprach sie bitte schön?

»Ich trage keine Nachthemden.«

»Es war mit Sicherheit auch nicht deines! Es roch nach Lavinias Parfüm.«

»Humbug! Wie sollte das denn in mein Bett kommen?«

Sie sah aus, als würde sie gleich explodieren. »Warum sagst du mir nicht einfach die Wahrheit? Was hast du denn noch zu verlieren?«

»Was ich …« Welch dumme Frage. »Ich habe so viel zu

verlieren. Meine Integrität als Dozent zum Beispiel, denn jetzt bin ich vor aller Augen ein Ehebrecher, und am Ende kriege ich nicht einmal die Frau, für die ich all das auf mich genommen habe, weil sie ein Nachthemd gefunden hat. Du hast recht, Elizabeth, normalerweise bin ich kein Mensch, der sich und sein Leben ins Rampenlicht drängt. Ich habe es an diesem Abend nur getan, weil du am Boden zerstört warst und deinen Kuchen absichtlich ruiniert hast, um mich zu schützen. Das wollte ich nicht auf dir sitzen lassen.« Er hielt inne, als ihm die Bedeutung seiner Worte klar wurde. »Das stimmt doch, oder? Du hast mit vollem Bewusstsein verloren, damit ich nicht schlecht dastehe.«

»Ja, das habe ich.«

»Aber wenn weder du noch ich die Mistkerle sind, für die wir uns halten, wer ist es dann?«

»Das bin dann wohl ich.«

Richard drehte sich ruckartig um. Lavinia stand hinter ihnen, und zum ersten Mal, so schien es ihm, spielte sie keine Rolle, als hätte sie eine Maske abgenommen, die sonst jeden Tag ihr Gesicht bedeckte.

»Ich war an diesem Abend vor dem Schloss und habe das Foto geschossen.«

»Stimmt, du hattest mich gesucht«, fiel es ihm ein. »Aber woher hättest du wissen sollen, wo ich war?«

»Ich weiß, wie sehr du diesen Platz liebst, Richard. Und ich hatte natürlich gemerkt, dass euch etwas verbindet. Das war nicht schwer zu erkennen. Dann wart ihr beide verschwunden, und nachdem ich euch weder in euren Zimmern noch in der Küche gefunden hatte, blieb dieser Ort übrig.«

»Und warum?« Betty klang völlig ungläubig. »Dass Sie wütend auf mich sind, kann ich verstehen. Aber warum Greta da mit hineinziehen?«

»Ich wollte nicht als eifersüchtige Ehefrau dastehen, die auf solche Mittel zurückgreift …«

»Auch wenn du es bist.« Diese Bemerkung konnte Richard sich nicht verkneifen. Gern hätte er noch sehr viel mehr gesagt.

Lavinia nickte. »Ja, so tief bin ich gefallen in meinem Unglück.«

»Oh bitte, verschone mich mit deiner Hollywood-Theatralik!«

»Ich verstehe es immer noch nicht«, wandte Elizabeth gerade rechtzeitig ein, um ihn von üblen Beschimpfungen abzuhalten. »Was hätte es Ihnen gebracht, wenn ich den Wettbewerb verliere?«

»Das war nicht der Plan, zumindest nicht meiner. Greta sollte Sie mithilfe des Fotos dazu bringen, das Schloss zu verlassen. Anscheinend hat sie jedoch improvisiert, um als die bessere Bäckerin dazustehen. Eine zielstrebige Frau.«

»Das ist nicht das erste Wort, das mir einfällt, um Greta zu beschreiben. Anscheinend habe ich, ohne es zu wissen, ein Natterngezücht auf Hallion Castle beherbergt.«

»Natterngezücht? So viel zu Hollywood-Theatralik.«

»Ihr macht mich wahnsinnig, alle beide!«, rief Elizabeth. »Hört auf damit! Haben Sie Greta dazu gebracht, am letzten Abend wieder auf das Schloss zu kommen und mir diese Geschichte zu erzählen?«

»Irgendwie musste ich diese verfahrene Situation ja retten.«

»Retten?« Richard stand kurz davor, aus der Haut zu fahren, aber Elizabeth legte ihm beruhigend die Hand auf den Arm.

»Sie wollten mich unbedingt loswerden. Warum?«

»Ist das nicht offensichtlich? Ich wollte meine Ehe nicht aufgeben. Deshalb versprach ich Greta, meine Kontakte spielen zu lassen, damit sie eine eigene Back-Show bekommen würde, wenn sie Ihnen diese Lüge über Richard auftischen würde. Sie meinte, das würde ausreichen, um Sie zu vertreiben, denn Sie seien eine unsichere Person, die schnell an sich zweifelt, aber ich wollte sichergehen. Deshalb das Nachthemd und mein Parfüm in Richards Zimmer.«

»Du hast uns angelogen und auch Greta, denn natürlich hast du nicht genug Einfluss, um für sie eine eigene Fernsehshow aus dem Boden zu stampfen. Hat meine Mutter von dem Ganzen gewusst?« So distanziert sein Verhältnis zu ihr auch war, er hoffte inständig, dass sie ihn nicht ebenfalls derart hintergangen hatte. Erleichtert sah er, dass Lavinia den Kopf schüttelte.

»Nein, deine Mutter wusste nichts davon. Sie ist nur der Meinung, dass ich, wenn auch nicht die Schwiegertochter ihrer Wahl, so doch sehr viel besser für Hallion Castle bin als … nun, als Sie, Ms. Cleary.«

»Damit wird meine Mutter leben müssen.« Er legte einen Arm um Elizabeths Schultern. »Vorausgesetzt natürlich, Elizabeth wird mir den großen Gefallen tun, mich irgendwann zu heiraten.«

Sie lächelte ihn an, aber sandte einen raschen Blick zu Lavinia. »Wir sollten nicht jetzt darüber reden …«

Natürlich nicht. Weil es für Lavinia schmerzhaft war,

mit seinem neuen Glück konfrontiert zu werden, und obwohl sie ihnen so übel mitgespielt hatte, wollte Elizabeth ihr nicht wehtun.

»Du solltest jetzt besser gehen, Lavinia. Was du getan hast, ist so dermaßen … Ehrlich gesagt fehlen mir die Worte. Ich möchte nur, dass du gehst.«

»Verstehst du wenigstens, wieso ich es getan habe?«

»Ganz ehrlich – es ist mir egal.«

Lavinia schluckte schwer. »Ich hole meine Sachen und gehe in ein Hotel. Morgen nehme ich dann ein Flugzeug zurück in die Staaten.«

»Gut so.«

»Aber vorher gebe ich dir noch etwas.« Mit diesen Worten ging sie zurück ins Schloss.

Richard drückte Elizabeth dicht an sich. »Wir beide müssen noch sehr daran arbeiten, uns zu vertrauen.«

»Ich weiß. Es tut mir so leid. Ich hätte mit dir reden sollen. Es direkt ansprechen, aber …«

»Aber was? Mach nicht gleich wieder denselben Fehler. Sprich mit mir.«

Ihr Blick huschte unstet zwischen ihm, dem Schloss und dem Boden umher. Kalte Angst stieg in Richard auf bei der Vorstellung, was sie ihm zu sagen hätte.

»Damals, beim Sommerfest, nachdem du gegangen warst, blieb ich bei Marsha, Brent und Colin … Ich wollte so unbedingt erwachsen sein. Erwachsen und etwas Besonderes.«

Dass sie doch etwas Besonderes sei, wollte er einwenden, aber tat es nicht, um es ihr nicht noch schwerer zu machen, das zu sagen, was sie sagen musste. Sie atmete tief ein. »Nach einer Weile verzogen sich Marsha und Brent in den Wald, und ich blieb mit Colin zurück. Er war mein Blind Date an dem Tag.«

»Colin? War das der Bulle oder der dürre Kerl?«

»Der Dürre.« Sie lächelte, aber es zeugte nicht von Freude. »Ich schlief mit ihm. Es war mein erstes Mal.«

»Mit diesem Idioten?«

Sie zuckte die Schultern. »Es war dämlich, das weiß ich längst. Aber ich wollte mir beweisen, dass ich kein Kind mehr war. Vielleicht wollte ich auch einfach aufhören, an dich zu denken. Wie auch immer, ich habe es getan. Es war meine freie Entscheidung, aber mir war klar, dass ich es nicht mit ihm hätte tun sollen. Und ich tat es trotzdem.«

Richard nahm den Arm von ihrer Schulter. Natürlich war es albern, nach all diesen Jahren gekränkt zu sein, aber wie konnte sie so kurz, nachdem sie sich begegnet waren, mit einem anderen schlafen?

»Ich war zu dir zurückgekommen, Elizabeth«, sagte er tonlos. »Ich stand vor dir.«

Tränen traten ihr in die Augen. »Ich weiß, Richard. Es tut mir so unendlich leid, aber ich dachte nicht, dass es für uns eine Zukunft geben könnte, so hatte ich zumindest deine Mutter verstanden und …«

Sofort kam er wieder zur Vernunft. »Nein, bitte, du musst dich nicht entschuldigen. Wir waren jung und kannten uns bei Weitem nicht gut genug, um einander zu vertrauen. Ich wollte dir kein schlechtes Gewissen machen.«

Abermals hob ein tiefer Atemzug ihre Brust. »Auf jeden Fall schlief ich mit Colin in diesem Wald. Für einen Moment fand ich es aufregend, es endlich auch zu tun. Aber dann merkte ich, dass es ihm gar nicht um mich ging. Ich war ihm völlig egal, doch bevor ich einen klaren Gedanken fassen und begreifen konnte, was ich da tat, war es auch schon vorbei. Colin stand auf und sagte, dass ich langweilig sei und hässlich und dass er viel lieber mit Marsha schlafen würde. Ich sei nur ein Trostpreis gewesen, meinte er.«

Die Worte und die klägliche Stimme, mit der Elizabeth sie hervorbrachte, schnitten Richard tief ins Herz. Jetzt begriff er, warum sie sich immer wieder zurückgezogen hatte, warum sie sofort geglaubt hatte, von ihm nicht wertgeschätzt zu werden. Das war das Erste, was sie von einem Mann gelernt hatte.

»Ich hoffe, du kannst mit meiner Hilfe irgendwann verstehen, dass nichts von dem, was dieser Idiot gesagt hat, mit dir zu tun hat. Ich verspreche dir, Elizabeth, wenn du bereit bist, mit mir zusammen zu sein, dann wird es anders sein.«

»Ich weiß.« Ganz überzeugt klang sie nicht, aber er würde es ihr beweisen. Er würde alles tun, um ihr zu zeigen, wie wundervoll es sein konnte, zu lieben und geliebt zu werden.

Die Tür ging auf, und Lavinia trat hindurch. Ihre Koffer standen im Flur, und sie hielt einen Umschlag in der Hand.

»Das ist für dich, Richard. Die Scheidungspapiere. Unterschrieben.«

»Danke.« Er griff danach und hielt den Umschlag fest, als hinge sein Leben davon ab.

»Dann gehe ich jetzt. Kannst du mir mit den Koffern helfen?«

Richard wandte den Blick von dem kostbaren Umschlag ab und reichte ihn Elizabeth.

»Natürlich.«

Rasch waren die Koffer in Lavinias Mietwagen verstaut, und es gab nichts mehr zu sagen außer dem, was er erstaunlicherweise trotz allem fühlte.

»Ich wünsche dir alles Gute, Lavinia. Es tut mir leid, dass ich nicht der Ehemann für dich sein konnte, den du gebraucht hättest.«

»Na ja«, sie lächelte schief, »ich war auch nicht die richtige Frau für dich.«

»Eine Zeit lang schien es so.«

»Dann sollten wir uns nur daran erinnern. Ich werde es versuchen und hoffe, du kannst irgendwann vergessen, was ich getan habe.«

Er zog sie in die Arme. »Vergessen nicht, verzeihen sicherlich.«

»Dann wäre das ja fast ein Happy End.« Sie wischte sich über die Augen, stieg ein und fuhr davon.

»Wie geht es dir?« Elizabeth stellte sich neben ihn und schob ihren Arm unter seinen.

»Ich weiß nicht genau. Erleichtert, melancholisch, hoffnungsvoll, such dir was aus.«

»Ich nehme alles davon. Es ist eine gute Mischung. Sie passt zu uns.«

Er betrachtete die Frau an seiner Seite, und ihm war, als sähe er sie zum ersten Mal. Als verliebte er sich gerade wieder neu in sie.

»Vor allem aber bin ich glücklich, Elizabeth Cleary.«

51
Richard

Richard lief durch die verwaisten Gänge der Universitätsbibliothek. So kurz vor Weihnachten waren viele ausländische Studenten schon aufgebrochen, um ihre Familien in der Heimat zu besuchen, und auch bei den einheimischen Kommilitonen nahm das Interesse an den Vorlesungen ab, je näher die Feiertage rückten. Aber er wusste, dass er eine Person auf jeden Fall noch in der Bibliothek antreffen würde. An einem der hinteren Tische fand er sie, fast vergraben unter mehreren dicken Wälzern und einem aufgestellten Tablet.

»Hallo, Marjorie.«

Seit ihrem Versuch, ihn als Testleser für ihren Roman zu gewinnen, hatte sie seine Vorlesungen gemieden und war ihm sogar so erfolgreich aus dem Weg gegangen, dass er sie nicht einmal mehr gesehen hatte.

Sie sah kurz auf, blickte dann aber gleich wieder auf das Buch vor ihr auf dem Tisch. »Professor Bartholomew.«

Seufzend zog Richard einen Stuhl heran und erntete ein ärgerliches Zischen von einem der anderen Anwesenden, als das Stuhlbein über den Boden kratzte. Entschuldigend hob er die Hand. Stille in einer Bibliothek war unabdingbar seit den Tagen der Mönche, die in den

Schreibstuben ihrer Klöster theologische Schriften vervielfältigten.

»Ich möchte lernen, Professor«, sagte Marjorie abweisend.

»Ich weiß. Ich brauche nicht lange. Im Grunde will ich Ihnen nur eines sagen: Verzeihung.«

Noch immer starrte sie auf das Buch, aber für einen Moment zuckte ihr Blick zu ihm. »Verzeihung? Wofür?«

Nein, sie würde es ihm nicht leicht machen. Verständlicherweise.

»Sie wollten etwas für Sie Wichtiges mit mir teilen. Sie hatten Vertrauen in mich als Ihren Lehrer, und ich habe Sie nicht ernst genommen. Dafür.«

Endlich löste sie den Blick von dem Buch und sah ihn an. »Das war doch nicht …«

»Doch, das war es«, unterbrach er ihre bevorstehende Beschwichtigung. »Meine Aufgabe sollte es nicht nur sein, meinen Studenten Literatur nahezubringen, sondern vor allem Sie alle zu motivieren, sie zu üben. Sich in ihr trainieren, wie ein Fußballcoach seine Mannschaft trainiert. Durch mich sollten Sie in die Lage versetzt werden, ein Tor zu schießen.«

Majorie pustete ihren Pony hoch. »Ein Tor schießen bedeutet in diesem Fall, ein Buch zu schreiben?«

»Exakt!« Er deutete anerkennend mit dem Finger auf sie. »Ich sehe, beim Stilmittel Metapher macht Ihnen keiner etwas vor.«

Sie lachte glucksend. Richard hatte sie noch nie lachen gehört. »Also gut, Professor, ich nehme Ihre Entschuldigung an. Allerdings nur, wenn …«

»Ja?«

»Wenn Sie endlich einmal ehrlich sind.«

Ihr Satz traf ihn unerwartet. Wie viel ehrlicher, als einen Fehler einzugestehen, konnte man denn werden?

»Sie wirken immer so traurig, und ich frage mich, wieso. Na ja, eigentlich sind Sie ständig schlecht gelaunt, aber miese Stimmung ist oft nur das Kostüm, mit dem sich Kummer verkleidet, um nicht als Loser dazustehen, mit dem keiner reden will.«

»Wow.« Richard stockte. »Das ist … das ist ziemlich wahr. Steht so etwas in Ihrem Buch?«

»Wenn Sie es gelesen hätten, wüssten Sie es.«

»Touché. Nur so viel dazu, Marjorie, denn ein Professor sollte seine Studenten nicht mit privaten Dingen beschweren: Meine letzten Jahre waren von der verstörenden Empfindung geprägt, die Adorno so kurz und prägnant beschrieben hat.«

»Es gibt kein richtiges Leben im Falschen?«, fragte Marjorie. »Das Gefühl kenne ich.«

»Wirklich? Wann empfinden Sie denn so?«

»Eigentlich immer. Nur dann nicht, wenn ich lese oder schreibe. Oder in einer Ihrer Vorlesungen sitze.«

Ihre Bemerkung traf ihn zutiefst. »Meine Kurse sind ein Teil des für Sie richtigen Lebens?«

Sie nickte. »Überrascht Sie das? Bei Ihnen lerne ich zu verstehen. Sie bringen mich zum Nachdenken.«

Er schluckte gegen seine Rührung an. *Reiß dich zusammen, Richard! Du kannst doch nicht vor einer Studentin anfangen zu heulen.*

»Das ist – ich meine, deshalb bin ich Lehrer geworden.«

»Ziel erreicht, würde ich sagen.« Sie schlug das Buch zu und pustete sich abermals ihren Pony aus dem Gesicht. »Aber Sie sollten etwas unternehmen, Professor. Sie sollten Ihr richtiges Leben finden.«

»Sie werden lachen, Marjorie, das habe ich. Von jetzt an wird Professor Bartholomew bessere Laune haben, das können Sie mir glauben.«

»Eine Ära geht zu Ende.« Sie grinste frech. »Dann hoffe ich, dass Sie uns zukünftig auch das Wichtigste der Texte zeigen, die wir behandeln.«

Irritiert strich Richard über den Ellenbogenflicken seines Tweedanzugs. »Das Wichtigste? Wir arbeiten doch die Subtexte heraus, diskutieren politische und gesellschaftliche Hintergründe, Stilmittel …«

»Aber wir sprechen nicht darüber, was diese Texte in uns auslösen. Was sie mit uns machen – oder mit Ihnen.«

»Ich dachte nicht, dass es von Interesse wäre.«

»Hallo? Es ist das Entscheidende!« Sie sah ihn an, als zweifelte sie an seiner Intelligenz. »Was man bei der Lektüre einer Geschichte empfindet, das kommt zuerst, und es geht zuletzt. Manchmal nie wieder.«

Insgeheim entschuldigte Richard sich ein weiteres Mal bei ihr – dafür, dass er sie nur als Studentin gesehen hatte, die mit nervigen Fragen ihrer Einsamkeit entkommen wollte. Tatsächlich jedoch konnte sie ihm noch etwas beibringen.

»Geben Sie es mir. Ihr Buch. Ich bin sicher, Sie tragen es immer bei sich, habe ich recht?«

Verlegen lächelnd hob Marjorie ihren Rucksack auf den Tisch und öffnete ihn. »Nicht ausgedruckt.«

Sie kramte in den Untiefen der Tasche herum, zog nach einer Weile einen USB-Stick in Form einer Ente hervor und reichte ihn Richard. Als er danach greifen wollte, zog sie ihn zurück.

»Meinen Sie das ernst, oder sagen Sie das nur, weil Sie sich mies fühlen?«

Ein wenig schon, aber nicht hauptsächlich.

»Jetzt geben Sie ihn schon her.« Er schnappte sich den Stick und steckte ihn in seine Brusttasche. »Aber machen Sie sich darauf gefasst, dass ich ein strenger Kritiker bin. Ich werde Ihnen jede Schwachstelle en detail und rücksichtslos darlegen.«

Ein breites Lächeln zog über Marjories Gesicht. »Genau das will ich doch, Professor Bartholomew.«

»Dann haben wir einen Deal.« Er stand auf und reichte ihr seine Hand. Sie schlug ein.

»Deal!«

52
Betty

Aufgeregt lief Betty in der Eingangshalle hin und her. »Sie werden gleich eintreffen! Es ist kurz vor zweiundzwanzig Uhr. Haben wir auch an alles gedacht? Ist das Schloss sauber genug?«

»Sauber genug, damit das neue Jahr gut anfangen kann.«

Sie rannte in die Küche. Den Black Bun, den traditionell an Silvester servierten Früchtekuchen, hatte sie schon am Vorabend gebacken, damit sich die Aromen von Rosinen, Zimt, Ingwer und schwarzem Pfeffer im schweren Teig gut entfalten konnten. Der Haggis blieb im Ofen warm, das Steckrüben- und das Kartoffelpüree in den jeweiligen Töpfen.

»Haben wir genug Whisky?«

»Glaub mir, Liz, davon habe ich immer in ausreichender Menge im Haus, also gibt es keinen Grund, besorgt zu sein.«

»Du hältst mich für hysterisch, hab ich recht?«

»Nein.« Er nahm sie in die Arme und hielt sie fest. Genau das brauchte sie jetzt.

»Du bist nervös, weil ich deine Freunde kennenlerne. Du hast Angst, dass sie mich nicht mögen und ich sie nicht, und du weißt nicht, wie du dich entscheiden sollst, wenn wir alle nicht miteinander auskommen.«

»Donnerwetter! Du bist gut darin, eine Frau zu beruhigen.«

»Mach dich nicht verrückt. Es wird großartig werden. Das beste Silvester, das Glenbarry je erlebt hat.«

»Aber Fred ist nicht glücklich. Normalerweise feiern wir im Bruce.«

»Das machen wir nächstes Jahr. Das wird dann das allerbeste Silvester, das Glenbarry je erlebt hat.«

Nein, mit Richard an ihrer Seite gab es keine Möglichkeit, zu hyperventilieren. Sie lehnte sich gegen ihn und seufzte. »Du hast recht. Es wird ein wunderbares Fest.«

Zugegebenermaßen sah es zuerst nicht danach aus. Eric und Andrew traten Richard sehr reserviert gegenüber – und er ihnen. Als er Claire erblickte, weiteten sich seine Augen. »Sie kenne ich doch. Sie waren vor ein paar Monaten bei mir und haben mich relativ rüde zusammengestaucht.«

Mit dem unerschütterlichen Selbstvertrauen, das Claire zur Schau tragen konnte, streckte sie ihm die Hand entgegen. »Claire Wesley, schön, Sie wiederzusehen, Mr. Bartholomew. Ich war es übrigens, die Betty dazu gebracht hat, am Wettbewerb teilzunehmen. Sie müssen sich nicht bei mir bedanken, ich habe das gern getan.«

»Ich hatte nicht vor, mich bei Ihnen zu …«

Aber da war sie auch schon wieder an Erics Seite geeilt.

»Das ist deine beste Freundin?«, fragte Richard ungläubig.

»Ja. Sie ist wundervoll. Anstrengend, aber wundervoll.«

»Aha.«

»Glaub mir, du wirst sie alle mögen.«

»Aha.«

Nach und nach trafen Granny und Dave ein und Kendra mit ihren Kindern, und es wurde genauso chaotisch und laut und fröhlich, wie Betty es sich erhofft hatte. Als sie alle um die brennenden Fackeln vor dem Schloss standen, die Eric und Andrew mit einiger Mühe in den gefrorenen Boden getrieben hatten, sie gemeinsam die Sekunden bis Mitternacht herunterzählten, da gab es keine Distanz mehr. Von übergroßer Freude erfüllt, betrachtete Betty, wie sich ihre Freunde umarmten, sich gegenseitig ein frohes neues Jahr wünschten und im zuckenden Schein der lichterloh brennenden Holzscheite gemeinsam »Auld Lang Syne« sangen, so wie es seit langer Zeit Brauch war.

Danach brachte Eric die Senioren heim und Andrew Kendra und all ihre Kinder. Nach ihrer Rückkehr machten sie es sich in der Bibliothek mit Whisky und den Resten des Black Bun gemütlich. Eric prostete Richard zu. »Willkommen in Glenbarry. Auf eine bessere Nachbarschaft als während der letzten Jahre.«

Richard hob sein Glas. »An mir soll es nicht liegen.«

»Als Zeichen unseres guten Willens könnten wir Ihnen helfen, die Fensterrahmen abzudichten«, schlug Andrew vor. »Oder Dielen auszubessern. Hier im Schloss ist ja einiges zu tun.«

»Das würde ich niemals verlangen«, entgegnete Richard, und Betty spürte, dass ihm der Vorschlag unangenehm war. Sie wusste, warum: weil er im Gegenzug nichts dafür geben konnte.

»Sie haben es nicht verlangt. Wir bieten es an.« Eric biss vom Black Bun ab. »Großartig, Betty. Du hast dich mal wieder selbst übertroffen.«

»Danke.«

»Meinen Sie das ernst? Sie würden mir hier im Schloss zur Hand gehen?«

»Klar, warum nicht? Betty soll es warm und gemütlich haben, und hier zieht es ganz schön, wenn wir mal ehrlich sind.«

»Nun«, Richard setzte sich auf, einen nachdenklichen Ausdruck im Gesicht, »ich hätte da eine Idee für gegenseitige Nachbarschaftshilfe. Ein Quidproquo, wenn Sie so wollen.«

»Ich nehme jedes Quid und jedes Quo.«

Andrew hatte eindeutig schon zu oft auf das neue Jahr angestoßen. Auf keinen Fall würde sie ihn mit dem Auto nach Hause fahren lassen.

»Was meinen Sie?«, fragte Eric. Anscheinend hatte auch er erkannt, dass man die Diskussion nicht seinem besten Freund überlassen konnte.

»Soweit ich weiß, ist Ihre Tischlerei bei einem Feuer zerstört worden, Mr. O'Malley. Nun habe ich in Hallion Castle sehr viel Platz. Die Kellerbereiche zum Beispiel sind trocken und geräumig, es gäbe sicherlich die Möglichkeit, sich hier eine Tischlerei einzurichten. Warum Geld für ein neues Bauwerk ausgeben, wenn es schon eines gibt, das nutzbar wäre?«

Noch nie hatte Betty Richard so sehr geliebt wie in diesem Moment. Sie schlang die Arme um seinen Hals und küsste ihn. »Das ist eine großartige Idee!«

»Allerdings. Und Betty könnte hier eine größere Backstube einrichten. Die Anfragen nach deinen Torten reißen doch nicht ab. Nimm Bestellungen entgegen, biete Backkurse an.«

Typisch Claire. Sie dachte gleich immer drei Schritte weiter, aber eigentlich … war die Idee nicht schlecht.

»Das klingt hervorragend, Ms. Wesley. Es kommen jedes Jahr so viele Touristen in die Highlands, warum sollten sie nicht ein Wochenende in Glenbarry verbringen, um mit dir zu backen?« Richard schien Feuer und Flamme zu sein.

»Und ihr beide«, Claire deutete erst auf Eric, dann auf Andrew, »ihr könntet Tischlerkurse veranstalten. Endlich wieder eigene Möbel kreieren. Nicht mehr ständig unterwegs sein.«

»Was würdet ihr davon halten, wenn ich außerdem geführte Wanderungen in die Umgebung anbiete?«, warf Andrew ein.

»Oh«, vor lauter Aufregung klatschte Betty in die Hände, »das würde mir gefallen, Andrew. Und wenn mehr Gäste in den Ort kommen, können wir ihnen hier im Schloss Zimmer vermieten.«

»Hauptsache, das macht Fred keine Konkurrenz.«

»Wir kommen erst ins Spiel, wenn das Bruce voll ist.«

»Gut, dann erstelle ich in den nächsten Wochen einen Businessplan für unsere Schloss-WG.« Als wäre ein Schalter umgelegt, wechselte Claire in den CEO-Modus, und

Betty konnte sich zum ersten Mal vorstellen, wie sie die Geschäfte für Woodcorp gemanagt hatte.

»Wir brauchen eine Webseite, auf der alles angeboten wird. Keine Einzelauftritte, damit der gemeinsame Charakter erhalten bleibt. Außerdem verstärkte Aktionen auf den Social-Media-Kanälen. Am besten wäre es, wenn du, Betty, in den nächsten Tagen ein paar deiner schönsten Torten backst, damit ich Fotos davon schießen kann. Und du, Eric, kannst du eventuell die Werkstatt eines Tischlers in der Umgebung nutzen, um ein oder zwei Stücke für die Homepage zu fertigen? Ich trage als Erstes zusammen, welche Versicherungen wir benötigen. Außerdem brauchen wir einen Steuerberater. Erst mal keine IT, die Webseiten schaffe ich auch so. Vielleicht lässt sich Kendra in unser Projekt einbinden. Ich spreche sie darauf an.«

Eric betrachtete seine Freundin lächelnd. »Du bist schon seltsam, Claire Wesley. Die ganzen letzten Wochen hast du dich bemüht, einen Job zu finden, der zu dir passt, und nichts hat funktioniert. Doch jetzt sitzt du hier, planst unseren Einstieg in die gemeinsame Selbstständigkeit, sprudelst fast über vor Ideen. Du bist die geborene Managerin. Such nicht weiter, sondern mach das, was du so hervorragend kannst.«

Alle schwiegen und sahen Claire an, die ihrerseits in die Runde blickte.

»Möglicherweise hast du recht«, gab sie zu.

»Möglicherweise? Du bist die Beste, die ich mir dafür vorstellen könnte.«

»Ich stimme Eric und Betty zu«, sagte Richard. »Ihre Überzeugungskraft führte dazu, dass ich nach Ihrem Besuch bei mir Mr. O'Malleys Tischlerei aufsuchte, um eine Zusammenarbeit zu besprechen.«

»Die ich ablehnte, weil ich ein sturer Dummkopf bin.« Eric fuhr sich durch die Haare. »Tut mir leid, wenn ich damals unhöflich war.«

»Ist schon gut, Mr. O'…«

»Eric. Das passt schon.«

»Richard.«

Betty kniff sich heimlich, um sich zu vergewissern, dass sie nicht träumte. Dieses Silvester entwickelte sich so viel besser, als sie zu hoffen gewagt hatte. Ihre eigene Showküche, Catering, Kochkurse – das wäre wie ein wahr gewordener Traum. Fragte sich nur, ob sie dann noch Zeit für das Muddle hätte. Eine Nachfolgerin könnte schwer zu finden sein – es sei denn … Vielleicht hatte ja Glins Lust, sesshaft zu werden. Eine Frage wäre es wert.

»Aber das wird eine Menge Geld kosten«, gebot Andrew der guten Stimmung Einhalt. »Wir können diesen Aspekt nicht ausblenden, bei allem Eifer und allen großartigen Ideen.«

»Da ich gerade dabei bin, zuzugeben, dass ich mich manchmal wie ein störrischer Esel verhalte, kann ich damit gleich weitermachen.« Eric wandte sich Claire zu. »Du hast mir so oft dein Geld angeboten, damit wir uns eine gemeinsame Zukunft aufbauen können, und ich habe es aus falsch verstandenem Stolz jedes Mal abgelehnt. Würdest du in uns alle investieren? Dein Vermögen in die Schloss-WG stecken?«

»Ich könnte mir keine bessere Anlage vorstellen, du Blödmann!« Lachend fiel Claire ihm um den Hals.

Richard öffnete die Whiskyflasche und goss allen ein. »Trinken wir auf ein neues Jahr und all das Gute, das es uns bringen wird.«

Nachdem sich ihre Gäste auf den Heimweg gemacht hatten, wollte auch Betty sich verabschieden, aber er zog sie sanft in die Arme. Sie genoss seine zärtlichen Hände, seine Lippen auf ihren.

»Ich will nicht, dass du gehst«, flüsterte er. »Wir warten schon so lange aufeinander, Elizabeth. So viele Sommer, so viele Winter sind vergangen, und jeder von ihnen hat sich nicht richtig angefühlt. Bleib hier. Bleib heute Nacht hier. Und dann den Rest deines Lebens.«

53
Claire

Den Schal bis unter die Nase geschlungen, die Hände in den Jackentaschen, machte sich Claire mit Eric und Andrew auf den Weg vom Schloss nach Hause. Selbst wenn der Weg den Mount Hallion hinab einige Zeit dauerte und die Straße menschenleer war, ließen sie die Autos lieber stehen. Claire machte es nichts aus, zu Fuß zu gehen, so schön war die Nacht. Der Schnee glänzte im Mondlicht und knirschte bei jedem Schritt. Keiner von ihnen sagte ein Wort. Claire kannte die beiden Männer mittlerweile gut genug, um zu wissen, dass sie etwas im Schilde führten, aber sie wusste auch, dass ein Versuch, es ihnen zu entlocken, zum Scheitern verurteilt war. Wenn die beiden etwas nicht sagen wollten, dann taten sie es auch nicht, also blieb ihr nur übrig, abzuwarten.

In Freds Pub tobte noch die Silvesterparty, Musik dröhnte bis ins Freie, und Licht flackerte in allen Regenbogenfarben durch die Fenster.

»Wisst ihr was«, sagte Andrew, »ich denke, ich schau hier noch mal rein.«

»Gute Idee. Tu das. Hab eine schöne Zeit.«

Meine Güte, seit wann redete Eric denn derart geschwollen mit seinem besten Freund? Die beiden tauschten einen höchst verschwörerischen Blick, gerade so, als planten sie eine geheime Mission. Vielleicht waren die beiden Agenten, und sie wusste nichts davon.

»Hat Schottland einen eigenen Secret Service?«, entfuhr es ihr.

»Wie kommst du denn darauf?«

»Ihr benehmt euch so seltsam. Da dachte ich mir, ihr seid in geheimer Mission unterwegs.«

»Gut, das ist für mich das Signal zu gehen. Besser kann es nicht werden, als wenn deine Freundin uns für James Bond und Ethan Hunt hält«, sagte Andrew.

»Eher für Mort & Phil«, erklärte Claire grinsend, wohl wissend, dass es den beiden nicht gefallen würde, mit zwei unfähigen Comicspionen verglichen zu werden. Andrew fasste sich dann auch verabschiedend an seine nicht vorhandene Hutkrempe und ging in den Pub.

»Wirst du mir jetzt verraten, was mit euch los ist?«

Mit Eric allein hatte sie größere Chancen, ihm sein Geheimnis zu entlocken.

»Was soll denn sein?«

»Euer komisches Getue. ›Hab eine schöne Zeit‹«, ich bitte dich!«

»Ach, Claire, du misstrauisches Wesen. Auch ich vermag mich hin und wieder gewählt auszudrücken. Ich schätze, Seine Durchlaucht vom Berge hat auf mich abgefärbt.«

Missbilligend knuffte sie seine Schulter. »Fang nicht wieder so an. Du nennst ihn seit heute Richard, und du mochtest ihn.«

»Ja, er ist in Ordnung. Das ich das noch mal sage!« Als

könnte er es nicht glauben, schüttelte er den Kopf. »Aber die Idee, dass wir uns zusammentun, gemeinsam etwas aufbauen, die gefällt mir.«

Sie hatten den Loch Tain hinter sich gelassen und die Häuser an Glenbarrys einziger Straße erreicht, aber anstatt weiterzugehen, hielt Eric an.

»Vielen Dank, dass du dich so engagieren willst, Claire.«

»Pff«, sie machte eine abwehrende Geste, »das ist doch nichts. Geld bekommt erst dann einen Wert, wenn etwas Gutes damit gemacht wird. Und das wird etwas Gutes. Etwas richtig, richtig Großartiges.«

»Das denke ich auch. Und da wir gerade davon sprechen …«

Verwirrt beobachtete sie, wie Eric erst höchst selbstzufrieden, dann mit zunehmend erschrockener Miene in seinen Taschen kramte. »Ich hatte es doch hier … Ich bin mir ganz sicher …«

»Brauchst du ein Taschentuch?«

»Nein.«

»Hast du dein Smartphone vergessen?«

»Nein.«

»Die Schlüssel? Kein Problem, ich hab meine dabei.«

»Nein.«

»Dann weiß ich auch nicht, Eric.« Resigniert ließ sie die Schultern hängen. »Was auch immer du suchst, kannst du das nicht im Haus tun? Mir ist kalt.«

»Ah!« Mit einem triumphierenden Aufschrei zog Eric die Hand aus der Jackentasche. »Ich hab's!«

»Ich freue mich sehr für dich. Lass uns gehen.«

»Noch nicht.« Er nahm ihre linke Hand zwischen seine

warmen Finger und hielt sie fest. »Unser Anfang war kompliziert, Claire.«

»Ja, das weiß ich.« Sein Verhalten irritierte sie. Und ihre erste gemeinsame Zeit als »kompliziert« zu bezeichnen, war eine Untertreibung.

»Aber wir haben uns nicht unterkriegen lassen.«

Es wurde immer merkwürdiger.

»Ich hätte nie gedacht, noch einmal so für eine Frau empfinden zu können, aber dann kamst du hierher und hast mir keine andere Chance gelassen, als mich in dich zu verlieben.«

»Du armer Kerl«, spottete sie zärtlich. Grinsend hielt er ihr seine freie Hand vor den Mund.

»Lass mich einmal das letzte Wort haben, Claire.«

Fragend hob sie die Augenbrauen. Worauf lief das hier hinaus?

»Um genau zu sein, sind es vier, nein sechs letzte Worte, und zwar: Willst du mich heiraten, Claire Wesley?«

Fassungslos starrte sie ihn an. »Hast du mich das gerade wirklich gefragt?«

»Ja. Schlimm?«

»Nein! Ich bin nur verwirrt.«

»Das merke ich.«

Er schob einen Holzring über ihren linken Ringfinger. Glatt und samtig und warm fühlte er sich auf ihrer Haut an. Heiraten! Das war ihr nie in den Sinn gekommen, aber natürlich, ihr herrlich altmodischer Freund wollte ihre Liebe für alle Welt sichtbar machen. Niemand sollte daran zweifeln, dass sie zu ihm gehörte und er zu ihr. Diese Frage zu stellen, zeigte, dass er sich ihr mit Haut und

Haaren verbunden fühlte. Etwas Schöneres konnte sie sich nicht vorstellen, denn sie empfand genauso. Lächelnd sah sie auf, in seine strahlenden Augen.

»Ich werde dich heiraten, Eric O'Malley, und wenn wir die Geschichte später unseren Kindern und Enkelkindern erzählen, dann habe ich dich zuerst gefragt.«

Epilog

Betty schlug die Augen auf, und sofort kehrte die Erinnerung an die vergangene Nacht zurück. Ein wohliges Gefühl durchzog ihren Körper. So sollte es also sein. Geborgenheit zu spüren, selbst in dem Moment, in dem man sich vergaß. Aufgefangen zu werden aus der höchsten Höhe. Sich im Arm zu halten und zu reden und schließlich mitten im Satz einzuschlafen, nur um bald wieder aufzuwachen, weil die Sehnsucht nach dem anderen noch im Traum zu stark war. Sie hatte so viele Ängste gehabt, sich nie ausreichend gefühlt. Aber jetzt, wo sie sicher wusste, dass Richard sie liebte, gab es keine Unsicherheiten mehr. Sie war endlich frei.

Bei dem Gedanken richtete sie sich kerzengerade auf und griff unwillkürlich nach dem Wunscherfüller. Eine Sache blieb noch zu tun.

In diesem Moment trat Richard gestiefelt und gespornt ins Zimmer und legte ihre Kleidung aufs Bett. »Komm, zieh dich an. Es ist wunderschön draußen.«

Die Kälte stach in ihre Wangen und ließ bei jedem Atemzug Wölkchen kondensieren, als sie untergehakt neben Richard lief, den Kopf an seine Schulter gelehnt. In der

Nacht war frischer Schnee gefallen, er lag bis auf einige Tierspuren tief und unberührt.

Richard griff ihre Hände und rieb sie. »Ist dir kalt?«

Sie schüttelte den Kopf und verschränkte die Finger mit seinen. »Nein. Dir?«

»Auch nicht.«

Ab und an wehte eine Böe durch die Bäume, schüttelte Schneeschauer von den Ästen, die tief unter ihrer weißen Last hingen. Als sie den Loch Tain erreichten, brach die Sonne zwischen den schweren Wolken hervor und ließ Schnee und Wasser funkeln. Die Berge jenseits des Sees glänzten hell. Richard drückte Betty an sich.

»Ich habe es nie jemandem gesagt, aber ich liebe diese Landschaft. Ich wollte immer zu ihr gehören.«

»Das kannst du. Dafür braucht es nicht mehr, als hier sein zu wollen.«

»Wenn du das sagst, dann glaube ich es.«

»Das will ich doch hoffen!« Lachend löste sich Betty aus seinen Armen und zog sich die Kette über den Kopf.

»Was tust du da?«, fragte Richard, als sie den Wunscherfüller aufschraubte und das Stück Papier herausfingerte.

»Ich muss etwas zu Ende bringen. Das hat mir eine Hexe aufgetragen.«

Richard trat einen Schritt zurück. »Dann will ich nicht stören. Sag mir, wenn du meine Hilfe brauchst.«

Sie legte die Hand auf seinen Oberarm und küsste ihn auf die Wange, bevor sie an das Ufer des Loch Tain trat. Der Wind, der ihr gerade noch kräftig um die Nase geweht war, hielt abrupt inne, wie um ihre Aufgabe leichter zu machen. Betty rollte den Streifen Papier auf. *Freiheit* stand dort. Das war es, was sie stets gewollt hatte. Keine Freiheit, die sie fortführen würde von dem Ort und den Menschen, die sie liebte, sondern die Freiheit, zu lieben und zu vertrauen.

Sie kniete sich auf den gefrorenen Boden, entzündete ein Streichholz und hielt es an das Papier. Als es zu brennen begann, legte sie es auf einen Stein und sah dabei zu, wie sich das Feuer hindurchfraß, aus den Flammen Glut wurde und aus der Glut Asche. Erst jetzt frischte der Wind wieder auf, erfasste die Reste und trug sie mit sich hoch in den Himmel. Betty stand auf und sah ihnen nach, bis Richard von hinten die Arme um sie legte. »Hast du erledigt, was du tun musstest?«

Sie lehnte den Kopf gegen seine Brust und schloss die Augen. »Ja.«

»Gut.« Er drückte einen Kuss auf ihre Locken. »Und was tun wir jetzt?«

Lächelnd drehte sie sich in seinen Armen um und sah ihn an. »Alles.«

Statt einer Danksagung …

Bettys Scottish Shortbread Fingers

Was man braucht
125 g Butter (zimmerwarm)
50 g Zucker
175 g Weizenmehl

Was man tut
Heize den Ofen auf 180 Grad vor.
Gib die Butter und den Zucker in eine Schüssel und mixe beides mit dem Rührgerät, bis eine schaumige Masse entsteht.
Dann füge das Mehl hinzu und verrühre alles.
Forme den Teig zu einem Ball und lege ihn auf eine bemehlte Arbeitsfläche. Rolle den Teig etwa einen Zentimeter dick aus.
Schneide den Teig mit dem Messer in längliche Rechtecke, etwa einen halben mal sieben Zentimeter.
Steche mit einer Gabel mehrfach in die Shortbread Fingers, bestreue sie mit etwas Zucker und lasse sie für eine halbe Stunde im Kühlschrank ruhen.
Danach backe die Shortbread Fingers für etwa 15 bis

20 Minuten. Sie sollten eine schöne goldene Farbe haben und nicht zu dunkel werden.
Betty liebt ihr Shortbread mit einer aromatischen Tasse Tee oder kräftigem Kaffee. An kalten, regnerischen Tagen darf es auch mal eine heiße Schokolade sein.